馬克吐溫
Mark Twain

哈克流浪記

The Adventures of Huckleberry Finn

廖勇超譯

開創美國文學新局面的偉大作家——馬克吐溫

嚴肅的父親與活潑的母親

一八三五年九月,三十七歲的約翰‧馬歇爾‧克列門斯(John Clemens)拋下田納西州波爾爾——莫爾市郵政局長的職位,帶著一家七口踏上橫越全國的長途旅行。他駕駛雙馬大車,載著懷孕的妻子潔恩、八歲的帕梅拉、五歲的瑪格麗和三歲的本傑明,十歲的兒子奧利安及黑人女僕珍妮各騎一匹馬走在前面。他們穿過田納西州進入肯塔基州,到路易維爾爾改走水路,先順俄亥俄河而下,再逆密西西比河而上,到密里州聖路易下船轉陸路,驅車北行。顛簸幾個星期才抵達潔恩娘家所在的弗羅里達村。由於操勞過度,潔恩在十一月三十日早產生下一個男嬰,取名為塞繆爾‧朗赫恩‧克列門斯(Samuel Langhorne Clemens)。他就是日後以幽默筆調開創美國文學新局面的偉大作家馬克‧吐溫。

一八三九年十一月，克列門斯一家再度踏上旅程搬遷至密西西比河西岸馬里恩郡的漢尼巴爾，四歲的馬克·吐溫第一次見到這條他日後鍾愛無比，帶給他無窮力量與智慧的大河。

一八四六年，約翰被提名為馬里恩郡巡迴法庭書記官，原本可以更上一層樓。但還沒舉行選舉，就在一八四七年三月染患感冒、併發胸膜炎、肺炎，兩個星期後就去世了，享年四十九歲。這一年，馬克·吐溫才十二歲。

馬克·吐溫的父親嚴肅寡言，但母親潔恩卻是漂亮迷人、機智俏皮，馬克·吐溫日後在文學上展現的幽默風趣，顯然是來自母系的遺傳。

童年時代

馬克·吐溫五歲接受私塾教育，但是當時私人學校所教授的，無非是《聖經》經文與教義。跟外頭才剛開發的小鎮漢尼巴爾比起來，教室裡頭顯然單調乏味，遠不如外頭有山有水。

十九世紀上半期的美國，尚未經過內戰洗禮，也還沒公布「釋奴令」，所以馬克·吐溫小時候家裡即蓄有女黑奴珍妮，他姨父的農場更是養了二十名黑奴。馬克·吐溫到姨父家住的時候，常常去黑奴居住的小木屋，找他的好朋友丹尼爾叔叔。丹尼爾為人誠實、單純而富同情心，對孩子們非常好，而且他很會講故事，所以更受到孩子的歡迎。這些口耳相傳的黑人故事，雖然不脫魔鬼、女巫、僵屍等等怪力亂神，卻讓小孩非常著迷。這種想像的刺激，對於日後擅於述說故事的馬克·吐溫，想必也發揮著某種啓蒙作用。

除了想像的刺激之外，嚴苛而赤裸的現實，也是作家成長的要素。少年馬克·吐溫有次在碼頭邊上，就看到一名黑奴因小事被私刑處死，旁觀者不對死者表示同情，反倒為了奴隸主的損失而惋惜；又有一次，鎮上兩位商人起了衝突，其中之一在街上拔槍當場撂倒對手。傷者中彈倒下，氣若遊絲，胸口血流不止。事發當時，小馬克·吐溫在現場受到驚嚇。這段經歷在蟄伏四十年以後，如實寫入《哈克流浪記》。

青少年時期的馬克・吐溫在印刷廠學到一門手藝之後，進入大哥奧利安創辦的《西部聯合報》工作，雖然事先約定有薪給，每週美元三塊五毛錢。不過奧利安也不是塊作生意的料，報費壓得太低，訂數是增加了，卻沒賺到什麼錢，所以馬克・吐溫還是領不到工資。不過，馬克・吐溫在學徒期間，就開始在報上寫些地方傳聞軼事的報導，到了自己大哥的報社之後，就更大膽地寫一些輕鬆、幽默的諷刺小品文章。

在印刷廠工作幾年之後，馬克・吐溫開始存錢旅遊各地。先是到紐約，之後馬克・吐溫轉往費城，又是靠著當排字工人賺錢，再到首都華盛頓觀光遊覽。他在美東地區闖蕩一年，這時他還只有十八歲。兩年之後的一八五六年，馬克・吐溫直快悶壞了。他靜極思動，卻旅費無著。沒想到這時老天爺卻幫了他一把，該年十一月的某日，寒風刺骨，天上飄著雪花，竟然憑空吹來的一張五十元鈔票，讓街上走著的馬克・吐溫碰上了！他在報上登了啟事，等待四天無人前來認領，就大膽地拿這五十元去買了張到辛那提的船票。此後，馬克・吐溫跟之前的旅行一般，沿路打工賺錢，來支應旅費，由辛辛納提又轉往紐奧良，想由這兒前往南美洲和亞馬遜河口。

不過到了紐奧良之後，馬克・吐溫才曉得南美洲全然是個夢幻，有人告訴他，

到南美洲的船「大概要等個十年或十二吧」！而他手頭卻只剩下十塊錢而已，想走回頭路也來不及了。正好他在到達紐奧良的船上認識了領航員霍雷斯·畢克斯比，於是前去苦求了三天，請求做他的徒弟。

馬克·吐溫跟畢克斯比學的，是紐奧良到聖路易之間一二〇〇英哩河道的領航員，必須摸熟大河的一切狀況。當時這條變化無常，時時改道的大河上，既沒有燈塔、也沒有浮標，領航員只能靠著自己超絕的記憶力和明快的判斷力來導航。畢克斯比是個老練的領航員，也是脾氣火爆但頗有實效的老師，他把船會經過的每個城鎮、農場、岬灣、沙洲、島嶼和曲流，毫不藏私地全部傳授給馬克·吐溫。而且還時常要抽考，冷不防就問：「紐奧良上游第一個岬角叫什麼？」或者「梅樹灣長什麼樣子？」如果徒弟答不出來，老師的脾氣就要發作。畢克斯比告誡馬克·吐溫：「河的形狀，一定要完完全全地瞭然於胸。就算是在很黑的夜裡，也要有安全行駛的把握。」畢克斯比時時地教誨，讓容易自滿的馬克·吐溫常常保持一顆警惕的心。

內戰及西部探礦

一八五九年四月，馬克‧吐溫正式取得領航員執照。經過多年的努力，他終於取得了成功，坐上令人羨慕的位子，領到讓人嫉妒的高薪。而年輕的馬克‧吐溫趾高氣昂，也以為這就是他的終身事業。但是此刻的美國，由於蓄奴制度的爭議，一股即將撕裂全國的力量正在醞釀。一八六○年十一月，立志解放黑奴的林肯當選總統，主張蓄奴的南方各州宣佈脫離聯邦，另組「美洲邦聯」。隔年一月二十六日，紐奧良所在的路易斯安納州州議會通過脫離美利堅合眾國，加入南方邦聯。此後，密西西比河進入封鎖狀態，到了四月南北戰爭全面爆發，河運交通被迫中斷，馬克‧吐溫的領航員生涯也到此為止。

當時內華達的西部地區都還是不毛之地，不料三年前發現了金、銀礦產，繼加州之後再次掀起掏金熱，吸引大批礦工和投機客蜂擁而至。於是馬克‧吐溫夥同其他三位做著發財夢的同伴，一起去找礦脈。不過這四個中，包括馬克‧吐溫在內有三位，對於礦產根本是一竅不通！就這樣胡亂捉摸了幾個月，把盤纏吃光，找到的除了石頭之外還是石頭。馬克‧吐溫只好勉強從事礦工的工作，暫時養活自己。在尋寶的過程中，馬克‧吐溫不斷地寫信給家人，一方面報告礦區的所見所聞，一方面還不斷地做著發財美夢。這些信件後來都讓大哥奧利安轉給地方媒體《地方企業報》發表。該報住於維吉尼亞城，馬克‧吐溫文筆幽默，對於礦區的描述，誇張中

帶著輕鬆，很受報社編輯和讀者的喜愛。

正當馬克・吐溫屈身挖礦，一籌莫展，眼見就要山窮水盡之際，《地方企業報》記者威廉・賴特剛好寄來一封信，說他最近要請假三個月，問馬克・吐溫是否樂意代班，週薪二十五美元。見到這封信，馬克・吐溫如釋重負，匆匆與夥伴道別，就前往維吉尼亞城去了。

作為一位正直的記者，馬克・吐溫看不慣種種無法無天的事情，諸如草菅人命的法官、收受賄賂的陪審團和用錢平事的暴徒們，他都極為憤慨，在報導中大膽批評，而招許多人的忌恨和不滿。為了掩飾自己身分的尷尬，他想到以密西比河上測水員的術語：「Mark Twain」（水深兩噚，約三點六五公尺，這個水深度可讓一般船隻安全通過）為筆名。

此後，屬名「馬克・吐溫」的文章更是辛辣犀利，句句擊中要害，深受讀者的喜愛。在聲名日隆的時候，馬克・吐溫卻因為報社社論，而與另一家報紙《維吉尼亞聯合報》的老闆發生衝突，雙方約定決鬥。雖然最後並沒有真正舉槍相向，但這個消息傳遍全城，且觸犯法條，按規將判處兩年監禁。於是在友人密報下，隔天凌晨

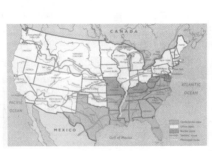

四點之前，馬克‧吐溫收拾行李倉惶西逃前往舊金山。

到了舊金山之後，馬克‧吐溫還是混跡報社擔任記者工作，但又因為報導惹事，差一點招到警方的報復。一八六四年十二月馬克‧吐溫再返回內華達山區採金，不過白挖了幾個月，什麼也沒挖到，倒是同伴中許多能說善道的老礦工說了許多故事，再次豐富了馬克‧吐溫的創作泉源。隔年五月美國南北戰爭結束，消息傳來，馬克‧吐溫也決定回到舊金山，再次從事記者工作。這時候的馬克‧吐溫年屆三十，筆下也逐漸博得名聲，就在這一年的十一月，他寫好《卡拉維拉斯郡有名的跳蛙》交由《週末》雜誌刊載。

結婚與進軍文壇

一八六七年，馬克‧吐溫接受加州《阿爾塔報》的派遣，跟著觀光船「貴格城」號隨船採訪。這段期間他總共寫了五十篇通訊稿，後來刪改結集為《傻子國外旅遊記》於一八六九年出版。在隨船採訪期間，他認識了紐約州富豪之子查理‧蘭登，後來又在約紐結識查理的姊姊奧莉維亞，這位小姐正是後來陪伴馬克‧吐溫三十餘年的忠實伴侶。

婚後的馬克‧吐溫繼續從事報社工作，同時也密集地創作短篇小說，包括：《田納西的新聞界》、《我怎樣編輯農業報》、《競選州長》、《神秘的訪問》等作品，都是在婚後不久完成。似乎是因為幸福的生活，而帶給他許多的靈感。

一八七○年十月，馬克‧吐溫賣掉報社股份，帶著懷孕的夫人搬到紐約和波士頓之間的哈特福德市。馬克‧吐溫住在租來的房子，為了還清先前辦報所欠下債務，於該年底又展開了全國的巡迴演講。四年前在他結婚之前，馬克‧吐溫曾被報社派往夏威夷採訪，剛好碰上「大黃蜂」號快輪失火事件，他搶在第一時間把消息傳回美國，搶到了大獨家，引起全國讀者的注意。後來回到舊金山之後，他發現大家都想聽他講述事件經過，於是異想天開地開辦演講會，沒想到一砲而紅，變成了名嘴。

一八七二年二月演講季結束，馬克‧吐溫整理出幾年前遠走西部的真實經歷，出版了第二本書《艱苦生涯》。下半年，從英國演說回來之後，馬克‧吐溫和與他毗鄰而居的作家查爾斯‧達德理‧華納決定合作撰寫一部反映時事的小說。經過四個月的密集討論和創作，《鍍金時代》宣告完成。這本小說描寫當時美國社會諸多黑暗腐朽情事，抨擊所謂的「黃金時代」不過是表面上鍍了一層金粉的西貝貨罷了！「鍍金時代」這個詞條後來也收入英、美主要字典中，歷史學家以之專指美國

《哈克流浪記》

十九世紀七〇至八〇年代的特定歷史時期。《鍍金時代》出版於一八七三年，這時美國經濟正好出現危機，書中所揭露的一切恰恰清清楚楚地攤在民眾眼前，在全美各地都造成轟動，當然就刺激了銷售。

接連兩部書的暢銷，以及第一部長篇小說的成功，讓馬克‧吐溫可以過著寬裕的生活，他在哈特福德買下一塊地皮，設計興建了一座三層樓的別墅。這時他已經在文壇上站穩腳步，成為頗具知名度的年輕作家，同時風靡英、美兩國的讀者及聽眾。

《湯姆》的完成鼓勵了馬克‧吐溫，寫作生涯至此，他已穩穩地抓牢最適合自己的題材和風格。才寫完湯姆的故事之後，他的腦子還在為童年回憶轉個不停，那股子呼之即出的文思急欲宣洩，所以他又接著寫下《哈克流浪記》。不過幾十頁之後，似乎又卡住了。這一回馬克‧吐溫不再慌亂，先把稿子收起來，靜待「油箱加滿」。之後他嘗試進行《王子與乞兒》和另一篇史托姆菲爾德船長的故事，但都不見順利。心情煩躁不安的馬克‧吐溫此時也厭倦了哈特福德的平靜生活，於是帶著

妻小及一位牧師朋友，一起到歐洲大陸旅行。

馬克‧吐溫周遊德、法、荷、英、意等國，邊陪伴家人各處遊覽，邊為創作蒐集素材。在巴黎暫留期間，又寫了一本遊記《國外徒步旅行記事》，回美國之後即出版。一八八○年，馬克‧吐溫回到故居書桌前，發現《哈克》仍在醞釀中，而《王子與乞兒》則已蓄勢待發，於是一鼓作氣迅速寫成。又過兩年，為了進行《密西西比河上》的收尾，馬克‧吐溫重返闊別多年的大河，沿著當年擔任領航員的路線，重溫昔日河上風光，也見到許多老朋友和童年玩伴。回到漢尼巴爾，他才驚訝地發現，幾十年來外頭天翻地覆，但家鄉卻還是沒什麼變化，一樣地窮苦，人們個個悶悶不樂，「本該隨著年紀增長而來的富足滿意，和對未來的信心，都付諸闕如」。這次返鄉之旅的啟發，正是重新啟動《哈克》的契機。一八八三年夏天，馬克‧吐溫回到哈特福德的夸里農莊玻璃書房，很快地就完成了《哈克流浪記》。這本講述哈克貝利‧芬恩的故事，總共斷斷續續寫了七年之久才大功告成。

在《哈克》書中，馬克‧吐溫導入一位逃亡的黑奴角色吉姆，藉由營救黑人吉姆的思索和行動，哈克掙脫了所謂「正統道德」的束縛，而邁入成熟的境界。馬克‧吐溫這部鉅著，一方面有著思想內涵上的明晰與透徹，同時又能傳達出多層次的意義來，它既是對奴隸制度的正義控訴，且歌頌著哈克與吉姆這種跨越種族的友

愛情誼。透過情節的推展，馬克‧吐溫利用哈克「直覺式」道德感，正面挑戰矯飾扭曲的俗世規範，完全展示主角哈克由稚嫩、胡亂的小孩心性，逐步走向成熟。在書中，哈克屢次碰到的兩難困境，他所感受到的猶豫與艱難地做出抉擇，就算是在一百多年之後的讀者看來，仍是心有戚戚焉，這實在讓人不得不佩服馬克‧吐溫的生花妙筆和足以跨越時間及空間限制的同理心。

現代主義詩人 T. S. 艾略特認為《哈克》是馬克‧吐溫個人的最高成就：「唯一讓他的天才得以完全實現，也是唯一創出自己類型的書」。評論家以為，《哈克》在語言文體風格上的成就，開創了美國文學的一代文風，成為「一個不可動搖的典範」，其影響如同一場文學革命。諾貝爾文學獎得主美國作家海明威對之推崇備至：「所有的美國現代文學，完全是來自馬克‧吐溫這一本《哈克流浪記》！」艾略特目認為哈克的形象將會進入永恆，可與奧德修斯、唐吉訶德、唐璜和哈姆雷特等古典角色相提並論。

危機與晚年

馬克‧吐溫一生的財富，幾乎全都靠著創作而來。但是臨近晚年之際，兩項錯

誤的投資，卻讓他一度陷入危機，最後還是靠著寫書和不斷地巡迴演說，才得以脫困。

為了償還債務，馬克·吐溫於一八九五年再踏上全球巡迴演說的旅程，並努力不輟地寫書創作，終於以四年的時間還清所有債務。但是在這段期間，愛女蘇西卻因病猝逝，令他哀痛不已。自從一九〇〇年返回美國，一直到撒手人寰的十年間，老馬克·吐溫仍是創作不懈，並口授出版《自傳》。但是在這最後十年裡頭，老人卻仍然一再地遭受命運無情的重擊，先是結褵三十四年的妻子奧莉維亞於一九〇四年六月先行離世，竟然連小女兒吉恩也在一九〇九年聖誕節的前一天突然死去。到了這個時候，再堅強的意志也難以獨自撐下去了：「十三年前我失去了蘇西。五年半前我失去了她媽媽——她那誰也比不上的媽媽！克拉拉搬到歐洲去，如今我卻又失去了吉恩。我的過去是多麼闊氣，可是如今卻是這麼可憐！」四個月後，馬克·吐溫病情惡化，一九一〇年四月二十一日下午，永遠安息。〈撰文整理：陳重亨〉

1

如果你從來沒讀過《湯姆歷險記》的話，你是不會知道我是誰的啦。不過那也沒啥大不了的。那本書是馬克吐溫先生寫的，雖然有些事他是說的誇張了點，但大部分他所說的都是實話。不過那也沒什麼大不了的，我從沒看過誰不偶爾撒撒謊的，除了玻莉姨媽，或者是那寡婦，也許瑪莉也可以算進來吧。玻莉姨媽——她就是湯姆的姨媽——還有瑪莉，以及那寡婦道格拉斯，這些人在書裡面都有提到——就像我先前所說的，那本書裡頭所描述的故事大部分都是眞的，雖然的確有些地方是誇張了點。

那本書的結局是這樣的：湯姆跟我找到那幫搶匪藏在洞裡的錢，而靠著那筆錢我們發了大財。我們每個人分到了六千塊——全是金幣唷。當它們被排成一堆時，那看起來眞是壯觀極了。柴契爾法官把這些錢拿去生利息，我們每天可以拿到一塊錢的年息——大家都知道他心裡打的是什麼主意。道格拉斯夫人認了我做養子，負責教養我；可是想想，和一個正經八百的寡婦住在一起，處處都要考慮到她可怕的生活規則，是一件多麼糟糕的事情啊！所以當我再也忍不下去的時候，我就閃了。穿上從前的破衣服，帶著我的

糖罐兒，我又再次感到自由自在，心滿意足。可是湯姆那傢伙逮到了我，說要帶頭組一幫強盜團，如果我肯乖乖回寡婦家的話，我就可以加入他們。所以我就回去啦。

那寡婦見著了我便哭了起來，說我是隻可憐的迷途羔羊，還拉拉雜雜地用一堆其它的名字叫我，可是她沒啥惡意啦。就像從前一樣，她又再次把我塞進新衣服裡，害我全身僵硬、汗流不止。哎，一切又開始啦。當她搖晚餐鈴的時候，你一定得準時出現；當你坐在餐桌上時，你也不能馬上開動，還得等她低頭對著食物喃喃自語一番，雖然她說的那些話和我們吃的東西一點兒關係都沒有。在這裡，每樣東西都規規矩矩地擺著，哪像我從前吃的大鍋菜，各種東西和湯汁都和在一起，那可是好吃多了。

吃過晚飯之後，她把書拿出來，跟我說些摩西的故事，而我也一度很努力地想要知道他的一點一滴，可是後來她說摩西很久很久以前就死了，我便對他失去了興趣，因為一個死人實在沒啥好說的。

很快地，我的菸癮就犯了，所以我就求她讓我哈一根。可是她不准。她說這是糟透了的壞習慣，叫我以後再也不能犯。有些人就是這樣，對一件事什麼都不了解就一味地反對。像她對摩西關心得要命，可是他跟她又非親非故，對別人也沒啥用處，而且老早就死翹翹了，然而她卻因為抽煙這件天大的好事來找我的碴。她自己還不是吸鼻煙；當然她覺得這沒啥關係，因為吸的人是她自己嘛。

現在她的妹妹瓦特森小姐拿著一本拼音課本坐在我旁邊。她最近才搬來，是個戴著寬邊眼鏡，看起來有點瘦的老處女。她很用力地教了我一個小時左右。後來那寡婦叫她放輕鬆一點。我實在是受不了啦，之後的那一個小時簡直是無聊斃了，於是我開始不安分地動來動去。瓦特森小姐會說，「哈克，別把腳抬起來！」、「哈克，不要發出嘎吱嘎吱的怪聲音，坐正！」沒多久她又說，「別伸懶腰打哈欠，哈克，你可不可以乖一點啊？」然後她告訴我關於地獄的事，我說我寧願待在那兒。她聽了非常地生氣，可是我又不是故意的。我只是想去別的地方走走，換換環境，這又不過分。我可看不出那地方有啥好的，所以我決定不要白費力氣。當然，我嘴上可不這麼說，因為那只會給我惹麻煩罷了，而且也對我沒啥好處。

現在她的話匣子已經打開了，所以她繼續告訴我一些關於天堂的事情。她說那裡的人每天所要做的事就是彈琴和歌唱，生生世世皆是如此。雖然我對那樣的生活並不嚮往，但是我口頭上可不這麼說。我問她覺不覺得湯姆以後會上天堂，她回答：「想都別想哩！」我鬆了一口氣，因為我想和湯姆永遠在一起。

瓦特森小姐一直找我的麻煩，煩都煩死了。沒多久，她們把那些黑人找來做晚禱，之後呢，大家就上床睡覺了。我拿著一根蠟燭到我的房裡，把它放在桌上，然後到窗邊

的椅子坐下來，試著想一些有趣的事，但是我就是辦不到。我感到非常地孤獨，幾乎希望自己能夠死掉。星星在天上閃爍著，而樹林間的葉子帶著一絲哀戚的氣息，沙沙作響；遠方有一隻貓頭鷹在咕咕地報著某個人的死訊，夜鴞的啼聲和狗吠也預示著有人要死了；夜風試著在我耳邊細語，可是我聽不懂它在說什麼，卻讓我渾身冷得直打哆嗦。然後，在遙遠的樹叢裡，我聽到鬼魂發出的聲音，是那種因為心中的想法無法讓別人了解時所發出的嘆息，因此它必須夜夜遊盪悲泣，而無法在墳墓裡安息。我既沮喪又害怕，真希望現在有個人陪在我身邊。突然，有一隻蜘蛛爬到我肩膀上，我把牠拍落到蠟燭上，而在我還來不及移開之前，牠很快地就蜷縮成焦黑一團。想也知道這是會給我帶來楣運的壞兆頭。我害怕極了，趕快拍一拍我的衣服，站了起來，在屋裡來回走三次，每一次都向上帝祈禱；然後用一條線綁起一撮我的頭髮，好用來驅走女巫，雖然我一點信心都沒有。因為聽說這是當你弄丟馬蹄鐵的時候才做的。但是我可沒有聽誰說過這樣做可以去除燒死一隻蜘蛛所帶來的楣運。

我又坐了下來，打了個寒顫，拿出煙斗菸口菸；現在整間屋子有如死亡般地寂靜，所以那寡婦不會知道我在抽菸。我聽著小鎮的鐘，噹——噹——噹——敲了十二聲，然後一切又重歸寧靜，甚至比之前還要更安靜。突然間，我聽到樹枝噼啪響，在樹叢底下的黑暗處似乎有什麼東西在動著。我動也不動地聽著，下面傳來一聲幾乎聽不到的「喵

——「喵」聲。太帥了！我馬上盡可能輕柔地回應了幾聲「喵——喵」，然後關上燈，爬出窗戶，從棚架上跳下來，爬到樹叢裡。當然，湯姆正在那裡等我呢。

2

我們沿著後花園的小徑偷偷摸摸、彎著身子走著，以免那些樹枝打到我們的頭。當我們經過廚房的時候，我被樹根絆倒，發出了聲音。我們趕緊蹲下去不動。瓦特森小姐的老黑奴吉姆就睡在廚房門邊；在他身後有一盞燈，所以我們可以很清楚地看到他。他起身把脖子探出來聽著，然後說：

「誰啊？」

他又聽了一陣子；然後踮著腳尖走出來，站在我們中間；我們幾乎都可以碰到他了。然後有好幾分鐘一點聲音都沒有，而我們也一直靠得很近。這時我的腳跟癢癢的；可是我沒有抓它；然後我的耳朵也開始了起來癢；再來是我的背，就在我的肩膀中間。假如我不抓的話，我真的會癢死。我老早就注意到這種情況很多次了，像是你跟一些大人在一起啦，或是參加葬禮啦，或者是當你不想睡覺的時候試著裝睡——在那些你不應該抓癢的場合，總是會覺得全身上下無處不發癢。不久，吉姆說話了⋯

「說，你是誰？你到底是誰？我可是聽到聲音了。不，老子就在這兒跟你耗上了！」

接著，他就坐在我跟湯姆之間。他背靠著樹，把腿伸長，幾乎都快碰到我了。我的鼻子又開始癢，癢到眼淚都流出來了，可是我還是沒有抓；然後換成鼻孔在癢，接著連下面也癢起來了。我不知道我還可以撐多久。這個慘狀持續了大概六或七分鐘，似乎還要更久，我全身上下十一個地方都癢得令人難受。我知道我再也忍不下去了，但是我咬緊牙關繼續撐著。好在這個時候吉姆又睡著了；接著他打鼾──我終於解脫了。

湯姆小聲地暗示我，於是我們緩緩地爬走。當我們離開十呎遠的時候，湯姆輕聲地告訴我說他想要把吉姆綁在樹上，鬧一鬧他；可是我說不，因為他可能會醒來而引起騷動，然後他們就會發現我不在家裡；湯姆說他沒有帶夠蠟燭，想要偷溜進廚房拿幾根。我說吉姆可能會醒來，這麼做並不妥當，但是湯姆堅持要試一試，所以我們偷溜進去拿了三根蠟燭。湯姆留了五分錢在桌上當作是補償。然後我們離開廚房，我嚇得滿身大汗，想要趕快離開這裡；但是湯姆偏偏要爬到吉姆那裡去捉弄他，我只好在那邊等著。

四周依舊是如此地寂靜。

湯姆一回來我們就從捷徑離開，繞過竹林，沒一會兒就爬到房子另一邊的山坡頂上。湯姆說他把吉姆的帽子掛在他頭頂的樹枝上，他動了一下，但是並沒有醒過來。後來，吉姆逢人就說女巫迷惑了他，把他弄得昏迷不醒，然後帶他周遊各地，最後再把他放在樹下，並且把他的帽子掛在樹枝上，來證明這是她們所做的。後來，當吉姆再次提

到這件事的時候，他便說她們帶他到新紐奧良，而之後每當他說到這個故事時，他就不停地加油添醋，吹說這些女巫帶著他環遊全世界，把他累得半死，而他的背至今還有馬鞍的痕跡呢！吉姆對這件事情超驕傲的，以至於他眼中沒有其他黑奴的存在。住在幾哩外的黑奴都會跑來聽吉姆吹噓這件事，而在這個鄉間，他比任何的黑人都還要受人尊敬，陌生的黑奴更是聽得目瞪口呆，好似他是個神仙般。黑人們通常喜歡在夜間圍坐在爐火旁談論著女巫的事情；但是每當某人談論或者是透露他知道這種事的時候，吉姆就會插嘴說：「哼，你懂什麼女巫啊？」而那個黑奴就會立刻閉嘴回座。吉姆總是帶著由五分錢所串成的項鍊，並且說它是魔鬼親賜給他的護身符，只要對它喃喃念著咒語，便可替人治百病，甚至可召喚女巫；但是他從來不說他念的是什麼。黑奴們會從各處慕名而來，把所有的東西都給吉姆，只是為了要看一眼那五分錢的項鍊；但是他們碰也不敢碰它，因為這是惡魔摸過的。對於吉姆來說，只作為一個僕役真是太過於糟蹋了，畢竟他可是見過魔鬼和被女巫帶去周遊列國的大人物咧！

好啦，當湯姆跟我爬上山頂邊的時候，我們從山上俯視整個村莊，可以看見三、四盞燈閃爍著，也許那兒有人生著病；在我們頭頂上的星星彩炫奪目；而在村落旁則是一條約一英哩寬寂靜且壯麗異常的河流。我們走下山坡，看見喬依・哈波、班恩・羅傑和幾個男孩躲在老鞋廠裡。於是我們解開一艘小船，划了大約兩哩半之後，來到山坡的

一處大斷崖上岸。

我們進入了樹叢，湯姆要大家發誓會保守祕密，然後帶他們去看山裡的一個洞，就在樹叢的最濃密處。然後我們點燃了蠟燭，匍匐前進。我們爬了大約兩百碼，最後到達了洞口。湯姆領著路，很快地，他帶我們鑽進一堵牆下，如果你不注意的話，幾乎不會發現那裡是有洞的。我們沿著一個很狹窄的地方行走，最後到達一個應該可以叫作是房間的地方，裡面又濕又冷。湯姆說：

「現在是我們『湯姆幫』成立的時候到啦。想要參加的人必須要起誓，歃血為盟。」

大家都同意了，於是，湯姆拿出一張寫著入幫盟約的紙，讀給大家聽。這份幫規要求每個男孩對於此幫忠貞，絕不洩漏祕密；而如果有任何人膽敢傷害幫內成員的話，那麼無論哪個男孩被指派來復仇，他都必須不吃不睡，直到他殺了對方全家，並且在他們的胸前畫上代表此幫的十字標記。非此幫中的人不能使用此標記，若他使用了話，必遭法律追訴；而如果他膽敢再犯，非取他的狗命不可；此外，如果幫中成員洩漏了機密，將會遭到利刃封喉、屍體焚燒、骨灰四散的殛刑，且他的名字也將以血除去，從此幫中不得再提起他的名字，他將永遠背負著詛咒，消失在人們的記憶中。

大家都說這個幫規寫得實在是太好了，紛紛詢問湯姆他是不是自己想出來的。湯姆說有些是啦，但是剩下的就是從海盜和強盜歷險書籍中抄來的，每一個有規模的幫會都

該有個幫規嘛。

有些人覺得洩密者的家人最好也要被殺掉。湯姆說這真是個好主意，於是他拿了枝鉛筆把它記下來。然後小班說：

「哈克呢？他又沒有家——你要拿他怎麼辦？」

「欸，他不是有爸爸嗎？」湯姆說。

「他是有爸爸沒錯，但是你又找不到他。他以前常常醉倒跟那些豬躺在老鞋廠裡，但是這一年來都沒有再見過他啦。」

他們繼續討論著，想要把我除名，因為他們說每個男孩都必須要有家人或某人來懲罰，不然對別人來說就不公平。大家呆坐了好一會兒，可是想不出什麼好法子來，我急得幾乎要哭出來了。突然間，我想到了一個辦法，於是我跟他們提到瓦特森小姐——他們可以懲罰她啊。大家說：

「喔，她可以啊。太好了，哈克可以參加了。」

然後他們用針刺破手指來簽名，我也在紙上做個記號代替簽名。

「現在，」小班說：「那本幫成立的宗旨是什麼呢？」

「當然是搶劫和謀殺囉。」湯姆說。

「那我們要去搶誰哩？民宅，或者是牛，或者是——」

「閉嘴！幹這些勾當並不是搶劫啊，那是小偷才做的事！」湯姆說。「而且我們不是小偷。那太沒品了。我們是攔路的蒙面大盜。我們專門攔截過往的馬車，殺人劫財。」

「我們一定要殺人嗎？」

「喔，當然。最好是這樣。有些書上不這麼說，但是大部分都覺得最好是把他們都殺掉，除非你要把他們都抓來山洞裡面囚禁，直到他們付出贖金為止。」

「付贖金？那是什麼？」

「我不知道啊，但是那就是他們所做的，我在書裡有看到；所以當然我們也必須這麼做。」

「但是我們什麼都不知道怎麼做？」

「不要找碴，我們就是要這麼做。我不是告訴你書裡面這樣寫的嗎？你想要做得跟書裡面說得不一樣，然後到最後把所有的事都搞砸嗎？」

「哼，湯姆你說得倒簡單，如果我們什麼都不知道的話要怎麼做？我們要怎麼做他媽地去勒索他們呢？這就是我想要知道的事啊！你認為付贖金到底是什麼？」

「嗯，我不知道。可是也許如果我們把他們關到付贖金為止的話，這可能意味著我們必須把他們關到死。」

「對嘛，這才對嘛。你幹嘛之前不講？如果他們不付贖金，我們可是要把他們關到

死——但是這可有點麻煩耶，他們會把所有的東西都吃光，而且總是會想逃跑。」

「小班你說得沒錯。但是他們要怎麼逃跑哩？如果有一個警衛隨時用槍對著他們，

他們怎麼可能逃跑？」

「守衛？這主意真是『不錯』啊。這也就是說有人要整夜守著不能睡覺，只是為了

要守著他們。我覺得這真是遜斃了。為什麼我們不能拿著棒子要求他們一到這兒就付贖

金呢？」

「因為書裡面沒有這樣寫——這就是為什麼。小班，你到底要不要照規矩來做？——

就是這樣。你不知道只有寫書的人才知道該怎麼樣才能把事情做對嗎？你覺得你可以教

他們什麼東西嗎？當然不可能！先生！我們還是要照著正常的方法來要求他們付贖

金。」

「好吧！我不在意；可是無論如何我都覺得這樣很蠢。欸——我們連女人都殺嗎？」

「小班，如果我跟你一樣笨的話，我是不會讓人家知道的啦。殺女人？不——從來

沒有人在書裡面看過這樣的事。你把她們抓到山洞裡面，然後總是要盡可能地對她們有

禮貌，然後漸漸地她們就會愛上你，之後就再也不會想要回家啦。」

「好吧，如果是這樣的話，那我同意。可是這可跟我沒關係。很快地，洞裡面將會

充滿著女人和等著付贖金的肉票，那我們就沒有地方可以落腳啦。繼續吧，我沒有什麼好說的了。」

湯米已經睡著了，當他們把他叫醒的時候，他害怕地哭了起來，說他要回家找媽媽，再也不想當一個強盜了。

他們全都在笑他，說他是一個愛哭鬼。湯米很生氣，說他要把這些祕密跟所有人講。湯姆給了他五分錢叫他閉嘴，並且說我們都可以回家了，下個禮拜再來聚會，到時候再看看是要搶誰還是要殺誰。

小班說他不能常出來，只有每個禮拜天才能出來，所以他想要下禮拜天再開始；但是所有的男孩說星期天做這件事太邪惡了。最後他們達成結論，他們同意盡快再聚，並且訂下日期，然後他們推選湯姆為幫主，小喬為副幫主，然後就回家了。

我爬上棚架溜進窗戶的時候，天已經快亮了，我的新衣服全都沾滿了油漬和泥巴，而且我也累得像條狗似的。

3

早上，瓦特森小姐很仔細地檢查了我的衣服；不過道格拉斯夫人倒是什麼話也沒說，只是很難過地清洗了我衣服上的油漬和泥巴。這讓我覺得我應該要乖一點，如果我做得到的話啦。然後瓦特森小姐帶我進入小室祈禱，但是這沒什麼用。她跟我說如果每天祈禱的話，那麼不論我向上帝要求什麼我都會得到。可是事實上並非如此，我試過了。有一次我得到一條釣魚線，但是沒有鉤子。沒有鉤子的話，對我來說一點用處都沒有。我向上帝祈禱了三、四次，要個魚鉤，可是我的願望都沒有達成。有一天，我請瓦特森小姐幫我向上帝要要看，但是她說我是個白癡。她從來不告訴我為什麼，而我也實在是搞不懂。

有一次我在叢林裡坐下來，花了很長的時間來思考這件事情。我跟我自己說，如果人可以得到任何他們所祈求的，那為什麼狄根拿不回他在豬肉上損失的那筆錢呢？為什麼那寡婦找不回她被偷的銀製煙壺呢？為什麼瓦特森小姐胖不起來呢？我對自己說，禱告是沒有用的。我去跟寡婦講這件事情，她說人祈禱唯一能得到的是精神上的「恩賜」

。這對我來說太沉重了，但是她告訴我她所指的是——我必須幫助他人，而且盡其所能地為他人做事，隨時隨地為他人著想，要摒除一己之私，除了對他人來說——吧。

我走出森林，把這番話在腦子裡想了又想，總覺得沒啥好處——除了對他人來說，所以我最後決定再也不要為這件事情煩了，於是就把它丟到一旁不管了。有時候那寡婦會把我帶到一邊，口沫橫飛地跟我談著上帝，可是也許隔天瓦特森小姐就會把她說的一切推翻。我猜大概有兩個上帝，可憐的窮人呢，應該會站在道格拉斯夫人的上帝這邊，因為如果他站在瓦特森小姐那邊的話，對他是沒有什麼幫助的。我想通了，如果寡婦的神要我的話，我會站在祂那邊，雖然我不知道祂會不會因此比以前更好，因為我是這麼地無知、卑劣又脾氣暴躁。

算來也有一年多沒有看到老爸了，這對我來說是再好不過了，因為他醒的時候常揍我，所以當他在附近的時候，我只好常常跑到樹林裡去。現在他可能已經淹死在離城十二英哩的河上游了，至少大家都這麼說。他們猜那個人應該是他；說這個淹死的人跟他的身材很像，衣服破破爛爛的，而且留著一頭少見的長髮——這都很像老爸——但是他們認不清楚臉，因為長時間浸在水中的緣故，使得整張臉都模糊不清了。他們說他臉朝下在河裡漂浮著，他們把他打撈上岸，埋在河邊。可是我的好日子並沒有持續太久，因為我突然想到一件事情。我太了解了，一個淹死的人不會背朝上，而應該是臉朝上，因

此我知道這並不是老爸，而只是一個穿著男裝的女人。所以我又開始擔心了。我想那老頭一定什麼時候又會出現，雖然我打從心底不希望這天到來。

我們玩強盜遊戲玩了將近一個月，然後我就退出了，接著所有的成員也全退出了。我們誰也沒搶，誰也沒殺，只是在那邊假裝而已。我們想突襲趕市集的莊稼漢和農婦，但是從來沒成功過。湯姆把那些牲畜蔬果叫作「好貨」，然後我們會去洞裡，炫耀我們的所作所為，殺了多少人，搶了多少東西。但事實上我們什麼都沒做。有一次湯姆派一個男孩帶著一隻火把到鎮上遊走，然後他說他從他的管道得到密報說隔天有一群西班牙商人和有錢的阿拉伯人將要在好萊洞紮營。他們帶著兩百隻大象、六百隻駱駝，還有超過一千隻的騾子，上頭全部裝滿了鑽石，而他們只有四百名的守衛。我們可以事先埋伏，然後殺人越貨。他說我們要把刀槍準備好。雖然他們從來沒有真正追趕過一輛馬車，即使馬車上滿的只是載蔬果。但是他說我們必須把棍子和槍準備好，雖然這只是木條跟掃帚柄，而且當你想把它磨亮時，它已經爛掉到只剩一堆灰燼了。我一點都不相信我們可以打倒這一群西班牙人和阿拉伯人，可是我很想看看駱駝和大象。所以隔天我就參加了這次的突襲；當我們得到信號的時候，我們衝出林子往山下跑，可是那裡並沒有什麼西班牙人和阿拉伯人，也沒有駱駝和大象。那裡什麼都沒有，只有一群參加主日學野餐的小朋友。我們把他們的野餐弄得一團糟，搞得小朋友四處追逐，可是我們什麼都沒

拿到，只搶到一些甜甜圈和果醬。最後小班搶到一個破玩偶，而小喬拿到一本讚美詩和傳教本子……後來老師跑進來，叫我們把所有的東西都放下。我告訴湯姆我根本沒有看到鑽石，他說那裡其實有很多鑽石，而且阿拉伯人、大象、還有其他的東西也都在那裡。我說那為什麼我看不見呢？他說真希望我不要那麼笨，只要去讀一本叫作《唐吉軻德》的書，我就不會問這種無知的問題了。他說這一切都是由法術所形成的，又說那裡有上百個士兵、大象和財寶等等，但是我們的敵人是所謂的魔術師，他們把所有的一切都變成小朋友了。我說，好吧，那現在我們所能做的就是去找那些魔術師囉，但湯姆說我真是一個沒腦筋的人。

「為什麼要去找？」湯姆說，「魔術師會召喚很多精靈，祂們會把你碎屍萬段。而且他們像樹一樣高，跟教堂一樣大。」

我說：「那如果我們也可以叫一些精靈來幫我們，不就可以打敗他們了嗎？」

「你要怎麼把他叫來？」

「我不知道。那些魔術師怎麼把他們叫來的？」

「他們只要摩擦一盞舊的錫燈或者是鐵鈴，那些精靈就會從閃電交加的煙霧中出現，去執行任何你所指派的任務。他們來去自如，絕非像你所想的一般。他們的本領可是大到超乎過你的想像呢。」

「誰可以召喚祂們前來呢？」

「當然是擦亮錫燈和鐵鈴的人啊，這些精靈只聽從那個人的使喚。如果他告訴他們用鑽石建一座四十英哩長的宮殿，然後用口香糖或其他什麼東西把它填滿，然後從中國抓一個格格來跟你結婚，他們也會做的到——而且他們必須在隔天太陽升起以前達成。祂們甚至可以把這座宮殿四處移往你想去的地方。你明白了嗎？」

「我想他們是一群大笨蛋，自己有豪華皇宮不住，卻只會聽從他人的使喚。假如我是他們其中一個的話，一定會趕在主人召喚我之前趕去耶利河搶那盞油燈的。」

「哈克，幫幫忙。當你的主人擦亮油燈的時候，不論你願不願意，你都必須要接受召喚。」

「什麼？像我這樣如樹一般高、像教堂一樣大的精靈也不能抗命嗎？好吧——那我就去吧！但是我會把我的主人困在全村最高的樹上。」

「去——！唉，跟你說什麼都沒用，哈克，你什麼都不知道，真是個白癡。」

我把這些事反覆想了兩三天，最後決定要看看油燈中是不是真的有精靈。我找了盞舊的錫燈和鐵鈴，跑到叢林裡擦啊擦的，直到我滿身大汗，心裡想著我要蓋一座宮殿，然後把它賣了——但是一切都沒有用，沒有一隻精靈前來。所以最後我認為這一切只不過都是湯姆的謊話罷了，我知道他相信真的有阿拉伯人和大象，但是就我來說，我可不這麼想，我看到的只不過是那群小學生罷了。

4

三、四個月過去，現在已經是冬天了。這陣子我幾乎都在上學，稍稍會拼字、讀和寫，九九乘法也常常出錯。我一點都不相信繼續背下去會有進步，所以我就不學了，反正我對數學也不感興趣。

剛開始我很討厭學校，但是漸漸可以忍受了。每當我上課上的很煩的時候，我就蹺課，而隔天的那一頓打總是能夠使我感到精神振奮。因此我去學校的時間愈久，日子也更好混了。我也有點習慣道格拉斯寡婦訂下的規矩，而她們也不太找我麻煩了。對我來說，住在房裡、睡在床上這件事，大部分時間都讓我感到很不習慣，所以在冬天來臨之前，我有時候還是會溜出去睡在樹林裡，以偷得一份空閒。我喜歡過以前的生活，但是漸漸地我也開始喜歡新的生活，雖然只有一點點。那寡婦說我雖然學得慢，但是逐漸變乖了，而我的行為也十分令她滿意。她說她覺得收養我並不是一件可恥的事情了。

有一天早上，我不小心在早餐的時候打翻了桌上的鹽罐，我盡可能伸手去接住它，把鹽灑在我的左後方來避免厄運，但是瓦特森小姐站在我前面阻擋我，說道：「哈克，

把你的手拿開，看你把搞得亂七八糟的。」道格拉斯夫人替我說情，但是我很清楚這並不能夠阻止厄運的發生。早餐之後呢，我走出房門，心中有些擔憂和顫抖，想著厄運會在何處降臨，還有這將會是個什麼樣的厄運。有很多方法能夠避免厄運的發生，但是這並不是其中之一；所以我什麼都不做，只是很沒有精神地走著，同時提高警覺。

我走到前院，爬上籬笆，地上鋪著一吋厚的新雪，在上面我看見一些人的腳印，可能是那些礦工在這裡停留所留下的吧。很奇怪，他們站了這麼久卻沒有走進來，真是令人想不通。然而這卻激起了我的好奇心，我決定要跟隨那些腳步，但我先蹲下來仔細看著那些腳印。起初，我什麼也沒發現，然而，後來在左腳靴子的跟上，我發現了一個用來驅魔的十字。

我立刻起身跑到山下，三不五時地回頭望，但是並沒有發現任何人。我竭盡所能快速地趕到柴契爾法官家。他說：

「小鬼，你幾乎跑到喘不過氣來了。你是來討利息的嗎？」

「才不呢。」我說。「有利息給我嗎？」

「嗯哼，有啊，半年的利息昨晚剛進來，超過一百五十塊呢，對你來說是筆大錢啦。你最好讓我把它跟你其他的六千元一起投資，因為如果你把它領走的話，你就會把它花光。」

「大人，不！」我說：「我才不想花它啊。我根本都不想要它——我也不要那六千塊，你拿去好了。我要把它給你——那六千塊還有全部的錢。」

他一臉驚訝，似乎沒搞懂我說什麼。他說：

「你的意思是什麼啊，小鬼？」

我說：「拜託不要問我任何問題——你會接受吧，好不好？」

他說：「我都被你搞亂了，到底發生什麼事了？」

「請接受這筆錢吧。」我說：「而且不要再問我任何問題了——這樣我才不會說謊。」

他想了一會兒，然後說：「喔，我知道了，你想要把所有財產都『賣』給我——可不是給我的。沒錯吧？」

然後他在紙上寫著一些東西，讀了一遍，說：

「你看——這上面寫著說『雙方同意』，這也就是說我從你那裡買過來，並且該付的也都付給你了。唔，這是一塊錢。好，現在你就在這裡簽名吧。」

我簽了字，然後離開那裡。

瓦特森小姐的黑奴吉姆有一個跟你拳頭一樣大的毛球，是從一隻公牛的第四個胃裡拿出來的，他以前常常用這個來做法。他說那裡面有一個神明，祂什麼都知道。所以我

當晚就跑去找他，告訴他老爸又回來了，因為我在雪地裡發現他的足跡。我想知道的是，他想做什麼？他會留下來嗎？吉姆把他的毛球拿出來，對著它說了一些咒語，然後他把它舉起來丟到地上。它摔下來的聲音很沉重，而且大概只滾了一英吋左右。吉姆又試了一次再一次，它的反應都是一樣，吉姆跪了下來，把他的耳朵靠在它上面聽，可是都沒有用，精靈不肯講話；他說有時候如果沒有給錢的話，牠就不會講話。我跟他說我有一個舊的二毛五的爛偽幣，裡面的銅都穿過銀質露出來一點了，而且就算裡面的銅沒有露出來，它也不能用，因為實在是油得不像話（我並沒有說這個錢是我從法官那邊拿來的）。我說它是個爛錢，但也許說它毛球會想要它，因為它可能分不出來錢的真假。吉姆聞了一下，搖一搖，搓一搓，然後說他會試著讓毛球認為這個錢是真貨。他說他會切一顆生的愛爾蘭馬鈴薯，然後把那個錢放在裡面一整晚，那麼隔天早上不但看不到銅，而且它也不會油膩膩的，就算是城裡的人也不會發覺它是假的，更不要說那顆毛球了。唔，我以前知道馬鈴薯有這樣的功用，但是我一時忘記了。

吉姆把那塊錢放在毛球底下，又趴下去聽，這次他說毛球有反應了。他說如果我想要知道的話，毛球會告訴我所有的事情。我說：「說吧。」那毛球開始跟吉姆說，然後吉姆再告訴我，他說：

「你的老爸不知道他自己要做什麼，有時候他想走，有時候他想留下來。最好是由

他去吧。他身邊環繞著兩個天使，一個是黑的，一個是白的。白天使想要讓他變好，可是黑天使總是去搗亂，沒有人知道最後哪一方會得勝。至於你嘛，沒什麼大問題。你的生命裡面將有很多麻煩，同時也有很多的歡樂，有時候你會受點傷啦，有時候你會生點病，但是每次你都會逢凶化吉。未來將會有兩個女孩在你身邊圍繞，一個是白人，一個是黑人；一個有錢，一個貧窮。你會先跟窮的那一個結婚，然後再跟有錢的結婚。你要小心儘可能離水邊遠一點，而且千萬別冒險啊。」

那晚當我點蠟燭到房間時，竟然就看到老爸本人坐在那裡！

5

我把門關上，當我轉身的時候，他就在那裡。以前我很怕他，因為他常常揍我。我想我現在還是很害怕；但是我立刻發現我錯了。雖然他的出現是這麼地突然，讓我感到呼吸急促；但沒過多久，我想我不再覺得他有什麼好怕的了。

他看起來五十多歲了，頭髮很長，油膩膩地揪成一團披在肩上，兩顆眼睛亮晶晶地，像是躲在葡萄藤後閃爍著。他的頭髮全都是黑色，一點白髮都沒有；而他長長地糾結在一起的大鬍子也是如此。他臉露出來的地方一點血色也沒有，呈現著一種白色，但是並不是像別人一樣的白色，而是那種病態的白色，使人看得毛骨悚然——好像樹蛙或者是魚肚般的白色。至於他的衣服嘛——全都破破爛爛的。他蹺著腿，靴子已經破舊不堪，兩根腳趾頭甚至都還露出來了，不時地動來動去。他的帽子放在地板上，是一頂老舊的翻邊便帽，頂頭破了個洞，像個鍋蓋似的。

我站著看他，他斜靠在椅子上瞄著我，我把蠟燭放下來，我注意到窗戶被打開了，他是從棚頂爬上來的。他一直瞄著我，然後說：「衣服還上了漿，你還以為你自己是個

「大人物啊?」

「也許是,也許不是。」我說。

「你難道不親你老爸一下嗎?」他說:「自從我走了,你也學會穿好衣服了唷!我倒是想吐吐你的槽。聽說你上學了唷,能讀也能寫,你以為你現在這樣就比你老爸強了嗎?我要把這一切都從你身上拿走。誰說你能夠做這樣的蠢事啊?誰說的?」

「道格拉斯夫人說的啊!」

「那寡婦?啊?──誰告訴她可以亂管閒事的?」

「沒有人跟她講啊。」

「好,遲早我要讓她不敢管閒事!給我聽清楚,你別再上學了,你聽見了沒?我要讓大家知道,把一個小孩養大並不是要他在他爸面前驕傲得隻開屏的像孔雀。你不要再讓我逮到你去學校了喔,聽見了沒?你媽死之前也不會讀不會寫,我們家裡的人死之前都不會啊,我也不會,而你卻以為你會讀會寫有什麼了不起?你老子可忍受不了。喂,讀點什麼來聽聽看吧!」

我拿一本書,讀了一些關於華盛頓將軍和獨立戰爭的故事,當我讀了大概半分鐘的時候,他把書搶去,丟到遠處。他說:「就是這樣,你真的會讀唷?我還以為你是騙我的哩。你現在給我聽清楚,你別再給我裝模作樣,自以為有學問,我可受不了!我告訴

你，寶貝兒子，如果再讓我抓到你去學校的話，我就讓你好看！你也別信什麼上帝，我沒有你這樣的兒子！」

他拿起一幅黃藍色的、由幾頭乳牛和牧童構成的畫說著：「這是什麼？」

「這是她們獎勵我用功讀書的獎品。」

他把它撕爛，說：「我會給你更好的──賞你一頓皮鞭。」

他坐在那，喃喃地咆哮了一會兒，然後說：「你看看，你這樣不是一位大少爺嗎？有床、睡衣、鏡子、地板還鋪了地毯，而你老爸卻跟豬窩在一起。我從來沒看過有這樣的兒子。我一定要好好揍你一頓我才甘心。還有，他們說你很有錢，是嗎？」

「他們亂說的啦，根本沒這回事。」

「喂！跟我講話的時候態度小心一點！我現在就在你面前喔，別隨便唬弄我。我來鎮上已經兩天了，大家都說你變有錢了，我在河的下游也聽說了啊，這就是為什麼我會來。明天你就把錢給我──我要錢！」

「我沒錢啊！」

「騙人！柴契爾法官幫你保管的吧！去把它拿來，我要！」

「我真的沒錢啊，你去問柴契爾法官嘛；他也會這麼說的。」

「好，我會問他，而且我會叫他把錢吐出來，或者叫他告訴我這到底是怎麼一回

事。喂，你現在口袋裡有多少錢啊？給我拿出來！」

「我只有一塊錢，我要把它——」

「你要幹嘛我不管，把它拿出來就是了。」

他拿著它，咬咬看，看它是不是真的，然後他說他要去鎮上買一點威士忌，說他一整天都沒喝酒了。當他爬出窗戶的時候，他又把頭伸進來咒罵我穿成這副德性，還妄想要比他好。當我以為他已經走了，他又把頭伸進來，叫我要小心一點，如果我再去上學的話，就要痛扁我一頓。

隔天他喝醉了，跑去找柴契爾法官，威脅他把錢拿出來，但是法官不肯。然後他說他要控告他。

法官和道格拉斯夫人訴諸法律，要把我從老爸身邊帶走，而他們其中之一將成為我的監護人。可是這次碰到的是一個剛來的新法官，他不了解那老頭的德性，他說如果能夠幫上忙的話，他們不鼓勵干預或是分離一個家庭，他說他不願意讓小孩和他的爸爸分離。最後，柴契爾法官和道格拉斯夫人都敗訴了。判決結果讓那老頭很高興，但是他還是不肯罷休，他說如果我不把錢拿給他，他就要把我扁得鼻青臉腫。我從法官那裡借了三塊錢，他全拿去買酒喝個爛醉。然後他又拿了一個錫鍋，敲啊打的鬧到半夜，把整個鎮吵得雞飛狗跳。後來他們把他抓起來。隔天開庭後，又把他關了一個禮拜。但是他說

他很爽，因為他終於可以當家作主了，他會好好地「照顧」他的小兒子的。

他被釋放的那一天，那新法官說要讓他洗心革面，所以法官把他帶到自己的家裡，給他穿上乾淨的衣服，請他和家人一起吃飯，把他當作老朋友一般。晚餐之後，新法官苦口婆心地勸老爸戒酒，後來老爸聽到哭了，說自己真是個傻瓜，前途都被他自己搞砸了；但是他現在要開始重新做人，不讓別人以他為恥，希望法官能夠幫他，不要瞧不起他。法官說他相信他是真心想要改過的，就和他的妻子一同哭了起來；老爸說他以前就一直被人家誤會，又說一個人在最絕望的時候，最需要的就是同情。法官邊哭邊說：

「你的話我全都相信。」當睡覺的時間到了時，那老頭站了起來，伸出手說：

「法官大人、夫人，請握住我的手吧！從前這隻手像一隻豬腳般地不值，但現在已經不是了。這是一隻新生命的手。我會好好重新做人的。請各位聽清楚了，現在這是一隻乾淨的手，握著它吧，不要害怕。」於是他們握了手，哭泣著，法官夫人吻著它。然後老爸發誓要改過自新，再也不喝酒了。法官說這是有史以來最神聖的一刻。然後他們帶爸爸去一間舒適的空房就寢。但是他夜裡又忍不住口渴，爬出走廊屋頂，從柱子滑下去，拿他的新外衣去換酒來喝，直到他喝爽了才回來。天亮之前他又爬出去一次，喝得醉醺醺的，從屋頂跌下來，摔得鼻青臉腫，左臂骨折，天亮後被人家發現時，幾乎已經快要凍死了。後來當法官們回到老爸的房間時，他們還稍微探了一探之後才敢進去。

法官覺得很火，他說對那老頭開一槍也許可以讓他改變，不然可能也沒有什麼其他的方法了。

6

很快地，老爸的傷就好了，不但去找柴契爾法官，要他放棄那筆錢，而且還要我別再去上學了。他逮到我幾次，扁了我一頓，但是我還是偷偷地去上學，讓他氣得不得了。以前我是不喜歡那麼常去上學的，但是我現在就是故意要去上學來氣他。這場官司進行得很慢——似乎永遠都不會開庭；而我三不五時地會從法官那裡借兩、三塊錢來給老爸，以免他扁我。每次他一拿到錢就喝個爛醉，而喝醉之後又會鬧事，每次都會被關進牢房。他就是這麼樣的一個人。

他老是去道格拉斯夫人家鬧，最後她警告他說如果他再不停止胡鬧的話，她就要不客氣。他可火大了，放話說要讓大家知道誰才是哈克的老爸。於是在初春的某一天，他逮到我，帶我往上游划了三哩遠，來到伊利諾岸邊，那裡樹林茂密，人跡罕至，裡頭只有一間舊木屋，如果你不熟知它的地點的話，包準你找不到。他整天守著我，我根本就沒有機會逃走。我們住在那木屋裡，晚上他總是把門鎖起來，將鑰匙放在他的頭下。他有一隻偷來的槍，我們靠釣魚和狩獵為生。有時候他把我鎖在屋裡，自己划三哩遠的

船到渡口去，用釣來的魚換些酒回家，喝個爛醉之後就對我拳打腳踢。後來道格拉斯夫人終於知道我在哪裡，她派了一個人想帶我回去，可是老爸拿槍把他轟了出去，過了不久，我又習慣了這樣的生活，覺得這樣也不怎麼差——當然除了被扁之外啦。

這是一種閒散快樂的生活，整天懶洋洋地躺著，抽抽菸，釣釣魚，不像在那寡婦家裡，衣服髒得要洗，吃飯得要規規矩矩，頭髮也要梳整齊，每天正正經經地生活，還得受書本和瓦特森小姐的嘮嘮叨叨所苦。我再也不想回去了。之前我停止罵髒話一陣子，因爲那寡婦不喜歡，但是我現在又開始罵了，因爲老爸覺得那沒什麼大不了的。在這叢林裡鬼混的日子眞是快樂極了。

可是漸漸地，老爸愈來愈兇了，兇到我實在受不了了，搞得我渾身傷痕累累。他常常出去，把我一個人鎖在房子裡。有一次他把我鎖在房子裡三天，實在是寂寞到令人抓狂的地步。我想如果他淹死了，那我就永遠沒有辦法出去了。我害怕極了，於是決定要想個方法離開這裡。我試了好多次，可是都沒有辦法逃出去。這裡的窗戶小到連狗都爬不過。我又爬不上煙囪，那裡太窄了。門是用又厚又硬的橡木做成的。老爸防我防得很緊，每次出去從不會留下刀或什麼工具在屋裡，我翻箱倒櫃找了好幾百次，幾乎把所有的時間都花在找東找西上頭，因爲那是唯一可以打發時間的方法。最後我終於找到幾

樣東西，有一個缺了手把的生鏽木鋸藏在屋頂上的橡架和牆板之間，我把它上了點油後就開始行動。在桌後有一條堵住木條上大洞的舊毛毯，用來防止蠟燭被風吹熄。我爬到桌下把毛毯掀起來，看見一個很大的洞，大到足夠讓我出去，這眞是一個天大的好機會。可是當我要往前爬的時候，我聽見老爸的槍聲在林中響起，我趕快把證據掩藏，急忙把毛毯放下，將鋸子藏起來。不久，老爸就進來了。

老爸心情不太好——這是他的天性。他說他到鎭上去，卻什麼鳥事都不順。他的律師說如果繼續上訴的話，他就可以獲勝，而且可以拿到那筆錢。可是柴契爾法官知道怎麼樣拖延這件官司，而且大家都贊成另起官司來使我擺脫老爸，讓道格拉斯夫人成爲我的監護人。他們預測勝訴的機會很大。我大吃一驚，因爲我不想再回去寡婦那兒被「教化」。後來老爸開始咒罵每件事和他想得到的每個人，一個也不放過，最後甚至把一群連名字都不知道的人都沒頭沒腦地罵了一頓。他說他倒瞧瞧那寡婦如何爭到我。他說他會保持警覺，如果他們敢玩什麼花樣的話，他就會把我藏到六、七英哩外的地方，他們絕對找不到的。我聽了覺得很不安，但是不久我就下定決心要立刻行動，絕對不要讓他得逞。那老頭叫我去船上幫他拿幾樣東西，包括一包五十磅的玉米粉、一塊培根、子彈、四加侖的威士忌、一本舊書、和兩份用來包彈藥粉的報紙，還有一些大麻。我把它們打了包，然後回到船頭休息一下。我仔細地想了一下，如果我拿到槍，我就可以跑到

樹林裡。我想我不會在一個地方停留太久，大部分在晚上的時候，我會四處在鄉間流浪，以打獵或捕魚為生，離開那老頭和寡婦愈遠愈好，直到他們永遠都找不到我。我判斷，如果老爸今晚喝的夠醉的話，我就可以逃走，而且我覺得他一定會喝醉。我想得太入神了，以至於老爸還大聲問我到底是睡著了還是淹死了。

天快黑的時候，我把所有的東西都收拾好帶回木屋。當我在煮晚飯的時候，老爸喝了點酒暖暖身子，然後又開始罵了起來。他在鎮上時就已經喝醉了，整晚都睡在水溝裡，來來往往的人都不停地看著他，別人大概會以為他是亞當吧，因為他全身都是泥巴。每次他酒精開始作祟的時候，他總是會去罵政府。這次他說：

「這叫什麼政府啊？看看它是什麼德性，竟然能夠判決讓兒子離開老爸──這可是我辛辛苦苦拉拔長大的親骨肉耶！現在當我這唯一的兒子長大到可以賺錢孝順你老子的時候，他們竟然要讓他走。這算什麼政府啊？還有咧，法律竟然替柴契爾那臭法官撐腰，霸佔我的財產。這就是法律啊！他把一個人身上的六千塊拿走，然後再把他關在這間破木屋裡，穿著連豬都不想穿的衣服。什麼政府嘛！人們的權益根本得不到保障。有時候我實在想離開這個國家，一走了之。沒錯，我就是這樣跟他們講的，我就是這樣當面告訴那個臭柴契爾的。那時很多人都聽到我說的，也都知道我在說什麼。我說，即使為了兩分錢，我也寧願離開這個爛國家，絕對不再回來。我說，看看我的帽子──這是

帽子嗎？────爛得要命，一戴上去就整頂卡在我的下巴上，簡直不能看嘛。大家評評理，這頂爛帽子竟然戴在鎮上數一數二的富翁頭上──假如那該死的政府不擋我的財路的話。」

「喔，這個政府可真是妙透了啊。俄亥俄州有一個自由的黑鬼，是一個黑白混血兒，長得幾乎跟白人沒什麼兩樣。他穿著白得嚇人的襯衫，戴著炫麗的帽子，身上穿的衣服可說是全鎮最好的。他還有一只金錶，和一根銀頭手杖──看起來好像是個銀髮老貴族。你知道嗎？他們說他是大學教授呢，會說好幾種語言，什麼都知道。但是這還不是最糟的，他們說他還可以『選舉』哩，連我都不行呢。我說啊，這樣的政府到底想要幹嘛？選舉日的時候，如果我沒有醉得很離譜的話，我還打算自己親自去投票呢。可是當他們跟我說這國家有一個州竟然允許黑鬼投票，我就不去投了。我說我再也不投票了。我就是這樣子說，大家都聽見了。再說到這個黑鬼，如果不把他踹開，他們就總是會站在那裡擋路。我就問他們說，這黑鬼為什麼沒有被賣掉呢？──我就是想知道為什麼。你知道他們說什麼？他們說他如果沒有在那州待滿六個月，他就不能被賣，而且事實上他也沒有待那麼久。看！這就是一個例子吧。這個到底是什麼樣的政府啊，一個自由的奴隸竟然要在州裡待滿六個月才能夠被買賣。這真是一個自以為是的政府，放任一個鬼鬼祟祟、賊頭賊腦、欠扁的穿著白襯衫的自由黑鬼六

個月不聞不問……」

老爸繼續咒罵，罵得渾然忘我，以至於沒有注意到腳下那只裝著鹹豬肉的桶子，而被絆了一下，兩隻腿都擦破皮了。受了一肚子鳥氣之後，他又繼續用最惡毒的語言咒罵——罵著黑奴跟政府，偶爾也罵一罵那該死的桶子。沒過一會兒，他又在木屋裡跳了起來，痛得雙腳交替起舞，最後狠狠踢了那桶子一下。可是他這次卻判斷錯誤，因為他的靴子前面有破洞，腳趾頭都露出來了，一踢之下，只見他慘叫一聲，跌坐在泥地上打滾，痛得抱著他的腳趾，咒罵著自己怎麼會那麼蠢。他說他曾經也有段呼風喚雨的日子，但我想他只是在唬吹牛罷了。

晚飯後，他拿著酒壺，嘴裡喃喃地說裡面的量足夠他狠狠地喝個兩杯呢。他總是這麼說的，我猜他肯定過不了一個鐘頭就會醉了，到時我就有機會可以偷走鑰匙，或者是有機會用鋸子來加以脫身。他喝著喝著，最後醉倒在毯子裡。但是我還是沒有機會，因為他睡得並不熟，總是呻吟著說著夢話，揮舞著手腳，搞到我的眼睛都睜不開了，後他終於沉沉地睡去。

我不知道我睡了多久，可是突然有一陣尖叫聲把我嚇醒。那是老爸在鬼叫，發瘋似的在屋裡跑來跑去，喊著「有蛇！有蛇！」。他叫著說有好多蛇爬到他身上，然後他又跳開尖叫著說有一條蛇在咬他的臉——但是我根本沒有看到任何蛇。他開始在木屋裡狂

奔，大喊著：「把牠拿走，把牠拿走，現在牠在咬我的脖子了。」我從來沒有看過一個眼神如此瘋狂的人。不久他就累得筋疲力盡，躺下來喘氣著，接著他在地上急速地滾來滾去，亂踢東西，伸手在空中抓來抓去，尖叫著說魔鬼抓住他了。漸漸地，他筋疲力盡地躺在地上，一動也不動。此刻我聽見樹林裡的貓頭鷹和狼群的鳴叫聲，實在是可怕極了。他躺在牆角邊，漸漸地，他爬了起來，側著頭專心聽著，低聲地說：「咚、咚、咚，死人的腳步聲來了，咚、咚…咚、咚、咚，他們來抓我了。可是我不要去啊——惡魔他們來了，別碰我！手拿開啊——冰死了！放開——喔，饒了我吧！」

然後他趴在地上，爬著請求它們放過他。他裹在毯子裡打滾，不停地乞饒著，最後他哭了起來，我甚至還可以聽見他從毯子底下傳來的嗚咽哭聲。

不久他兇惡地跳了起來，靠近我。我求饒地說著我是哈克啊，但是他只是很詭異地笑著、叫喊我，讓我再也不能靠近他。我求饒地說著我是死神，他要殺了我，拿著一把鉤刀追著我，說我是死神，他要殺了我，拿著一把鉤刀追著我，但是他只是很詭異地笑著、叫喊及咒罵著，還是繼續追著我不放。有一次我跑得慢了些，想從他的腋下溜過時，他捉住了我的衣服。我想我死定了。但是還好我閃電般地從外套裡溜了出來，保住了小命。沒過多久，他累得筋疲力盡，倒在門邊，說他要先休息一下再來殺我。他把刀放在他身旁，說要睡一下好養精蓄銳，然後再來看看誰比較厲害。

沒一會兒工夫他就睡著了。後來我拿了一把夾板做的椅子爬了上去，盡可能地不要

發出任何聲音，把槍拿了下來，檢查是否裝了子彈，然後再把它架在桶上，瞄準老爸，最後在他旁邊坐了下來，觀察他的動靜。而時間一分一秒緩緩地前進，這真是難熬的時刻啊。

7

「起來！你怎麼了？」

我睜開眼睛四處看看，一時之間不知道自己在哪裡。太陽已經出來了，我想我一定睡得很熟。老爸站在我的面前，生氣地說：「你拿槍幹什麼？」我猜他根本不記得昨晚發生的事，於是我說：「有人想要進來，我是拿來對付他的。」

「那你為什麼不把我叫起來？」

「我試過啦，可是沒辦法，我又叫不動你！」

「好吧！不要整天站在這裡煩我，出去看看有沒有魚上鉤，我要在這靜一會兒。」

他把門打開，於是我走到河邊，看到河面漂浮著一些樹幹和樹皮，不時翻滾著。我知道河水正在漲潮，如果我現在在鎮上的話就發了，六月的大潮總是替我帶來好運氣，因為一旦漲潮開始，大片的木頭就會順流而下，有時候甚至會有十來根木頭聚在一起，到時候你只要把它們撈起來賣給鋸木廠，就可以大賺一筆了。

我沿著河岸走，一邊提防著老爸，一邊看看河裡有什麼好撿的。啊，突然飄來了一

艘獨木舟，看起來滿不錯的，大約有十三、四呎長吧，在水裡漂流著，像隻鴨子般地上下起伏。我像隻青蛙似的，衣服脫也沒脫就跳到河裡，伸手去抓這艘獨木舟。我以為裡面有人，因為有時候大家會以此來愚弄別人，當有人划著小船想要去把獨木舟拖回來的時候，他們就會從獨木舟裡爬起來大笑。但是，這一次船上並沒有任何人。很明顯地，這是一艘棄船。於是我爬上船，把它划到岸邊，我想那老頭看到這可會笑得合不攏嘴——它可值十塊錢呢。然而當我快划到岸邊的時候，還沒有看到老爸。於是我划著它經過一條布滿了柳樹和葡萄藤的湍急小溪。忽然間，我想到另外一個主意，我決定好好地把它藏起來，到時逃跑時就不用去林子裡了，我可以划著它往下游五十哩左右，然後找到地方搭營，而不用辛辛苦苦地花時間走路。

我把它藏得離那間破屋很近，藏的時候我老是覺得聽到老爸走近這兒來的聲響，但是我還是把它藏得好好的。之後當我藏好的時候，我看看周圍的柳樹群，發現老爸在裡面處理他剛打到的鳥。他應該什麼都沒有看到吧。

當他靠近的時候，我正在跟那堆魚線奮鬥。他罵我怎麼這麼慢，我告訴他我掉到河裡去了，所以比較慢回來。我知道他看到我全身濕了一定會追問我為什麼。我們釣到了五條鯰魚，然後就回家了。

早餐後，我們兩個都累了，於是便躺下來休息了一會兒。我邊睡邊想著，要怎麼樣

才能夠找出不被老爸和道格拉斯夫人找到我之前逃的遠遠地來得實際，天知道又會發生什麼事。但是我想不出有什麼樣的好方法出，這樣總比聽天由命，祈求在他們找到我的方法，

後來老爸起身喝水的時候說：

「下次如果有人敢再來這裡鬼混的話，一定要把我叫起來，聽到了沒？他們來這裡多半沒什麼好心，我會給他們一槍的。下次你要把我叫起來，聽到了沒？」

然後他又躺下去睡──然而他所說的倒是給了我一些靈感。我對自己說，我想出沒有人能夠跟蹤到我的方法了。

大約十二點的時候，我們出門來到河岸邊。河水漲得很快，許多漂流的木頭起起伏伏，慢慢地聚集著，形成一艘九根木頭的木筏。我們坐上小船，把浮木推到岸邊，然後吃午餐。在這種情況下，任何人都會再繼續等待，因為可以攔到更多的木頭，但是這並不是老爸的風格，一次九根木頭就已經夠了。他現在就應該去鎮上把它們賣掉。所以他就把我鎖起來，乘著小船，帶著浮木，在下午三點半時出發。我推測他今天晚上應該不會回來。我靜靜地等，直到確定他已經離開了。然後我把我的鋸子拿出來，繼續我的工作。我想，在他到河的對岸之前，我早就已經從洞裡面溜出去了。此時老爸跟他的船對我來說只是河岸另一邊的一個小點罷了。

我把玉米粉搬出來，帶到獨木舟的藏身處，撥開葡萄藤和樹枝，把它放進去；然後

我也拿了培根、酒、所有的咖啡、糖和彈藥，又拿了報紙、水桶和葫蘆瓢，還拿了長柄杓、錫杯、鋸子、兩條毛毯、平底鍋、和咖啡壺，又帶了釣魚竿、火柴或其他的雜物——只要值錢的東西我都帶走了。我把所有的東西幾乎都搬光了。我想要一把斧頭，但是怎麼找都找不到，只有一把放在柴堆上，而我把它留下來不帶走是另有目的的。最後我把那把槍拿走了。

我在地上挖啊挖了很久，挖了一個洞，把所有的東西都埋在裡面。然後盡可能地在上面撒上泥土，把木屑和光滑的表面遮蓋住，然後再把原來的那塊木頭搬回去，在下面放了兩顆石頭，另外再用一顆墊住它——因為那木頭彎彎的，搆不著地面。如果你站在四、五呎外，你不會發現它被鋸過，甚至連看都不會看它一眼。除此之外，這裡是木屋的後面，看起來不太會有人過來這兒閒晃。

在我走到獨木舟的路上，我把所有的足跡都湮滅了。我四處看看，站在河岸上俯望整個河面，一切都平靜無事。於是我帶著槍走到林裡打幾隻鳥，不經意地看到一隻野豬；那些豬一從農場裡跑掉很快就變野了。我朝牠開了一槍，把牠帶回營地。

我拿了方才留下的斧頭，把門劈開——我把門剁得慘不忍睹。之後，我把豬抓進來，把牠放在靠近桌邊的地方，用斧頭割開牠的喉嚨，讓牠躺在地上鮮血直流——我說地上是因為這真的是所謂的地上喔，一塊板子也沒有。再來，我拿出一個舊麻袋，裡頭

裝了很多大石頭——儘我可能地裝——然後我從豬的旁邊把這口麻袋往外拖，經過門口，穿過樹林，直到河邊，最後把它丟入河裡，沈入水中，再也看不見了。你可以很容易地注意到東西被拖過的痕跡。我真希望湯姆現在就在這兒，我知道他對這樣的事很有興趣，而且會幫我出一些好主意。要說惡作劇的話，可是沒有人比湯姆還行呢！最後我拔了幾根頭髮，把斧頭染上鮮血，丟到後頭去。然後在牆角宰了那隻豬，用我的外套把豬包起來（這樣牠才不會滴來滴去），直到我在屋子下方找到合適的地方，把牠丟入河裡。現在我又想起了一件事，於是我跑去把我的玉米粉袋和舊鋸子從獨木舟裡拿出來，把它們帶回屋裡。我把袋子拿到它之前放的地方，用鋸子在下面戳個洞，因為這裡既沒刀子也沒叉子——老爸總是用他那把刀做任何事情，煮飯也不例外。然後我抱著那個袋子穿過小屋東面的柳樹叢，來到一個狹窄的小湖。那兒約莫五哩寬，樹旁長滿了雜草——如果季節對的話，鴨子也會在這兒滿天飛。河的一處有一個縮起來像是泥沼或是小溪般的東西，綿延數里之外。我不知道它通往何處，只知道和河是不相連的。玉米粉從袋子漏出來，一路延伸到湖邊，我也把老爸的磨刀石丟在那兒，讓別人看起來以為一切都像是意外發生似的。然後我拿一條繩子把袋子綁住，這樣它才不會再繼續漏。接著帶著它和我的鋸子回到獨木舟去。

現在天已經快要黑了，我把獨木舟推入那四周長滿了柳樹的河中，等待月亮升起。

我把船綁在一個柳樹上，然後吃了點東西，躺在船上抽菸，想著計畫。我對自己說，他們一定會沿著石頭的痕跡到河邊去找我，然後他們會跟著玉米粉的痕跡來到湖邊，搜索那條小溪，最後猜想搶匪一定是殺了我，然後把東西都搶走了。但是他們在河裡怎麼撈也找不到我的屍體，很快地他們就會覺得厭倦，再也不會管我了。太好了，那我就可以愛去什麼地方就去什麼地方了。

有人會去那兒，我可以在夜間進城，四處溜溜，買買日常用品。嗯，就去傑克森島吧！

我累得要命，所以睡著了。當我醒來的時候，一時之間搞不清楚我在哪裡。我坐了起來四處看看，感到有點害怕。後來我記起來我在哪兒了。這條河十分寬闊，月光明亮，亮到我幾乎都可以數著身旁漂流過的浮木，漆黑而沉寂，離岸有數百碼。四周一片死寂，似乎用「聞」的都知道已經很晚了。你知道我說什麼嘛——我不知道該用什麼字來說才好。

我打了哈欠，伸伸懶腰，當我準備要開始出發的時候，突然聽見水裡有了聲音。我靜靜地聽著，很快地我就知道那是什麼聲音了。那是在夜裡靜靜划著船的規律搖槳聲。我從柳樹枝間偷看，沒錯，就在那兒——一艘小船在河的對岸。我看不出來裡面到底有多少人，它繼續往我這裡航來，就在它快撞到我的時候，我看清楚裡面只有一個人，我想也許是老爸吧，雖然我並不是很期待見到他。他在我的下方跳入河中，慢慢地游到岸

邊。他實在離我很近，我幾乎都可以用槍捅到他。沒錯，那就是老爸——而且清醒得不得了。我是從他搖槳的方式判斷出來的。

我一點時間也不浪費。下一分鐘我就在岸邊樹影的掩護下跳入河中，隨著漂流的獨木舟快速地游了兩哩半遠，然後往河的中心移了大約四分之一哩左右，如此一來我應該很快就會通過碼頭，到時人們可能會看到我。我從浮木裡面爬出來，躺在獨木舟裡任它漂流，我躺在那兒好好地休息一下，抽了點菸，往天空看去，一點雲都沒有。當你躺在月光下，天空看起來竟是如此地深沉——這我以前一點都不知道呢。而且在這樣的夜晚裡，一個人在河裡竟然能夠聽得如此地遠！我聽到碼頭上人們的談話聲，我也聽到他們在說什麼，每一句都清清楚楚的。裡面有一個人說最近白天愈來愈長，晚上愈來愈短了；另外一個人說，「這玩意兒」可不短——然後他們笑了，他又再說了一次，然後他們又哈哈大笑；後來他們把另外一個人搖醒，告訴他這個笑話，自顧自地哈哈大笑，然而他並沒有笑。他翻臉了，叫他們不要煩他。第一個傢伙說他要跟他家裡那口子說——她一定會覺得很好笑，但是他說他可不屑說這笑話。我聽到其中一人說現在大概是三點，真希望天趕快亮。後來談話聲愈來愈不清楚，我再也無法分辨他們在說什麼了，只聽見一些嗚嗚聲夾雜著笑聲，我起身，我似乎離他們有一段距離了。

我現在在離碼頭很遠了，我起身，傑克森島就在眼前，大約在下游兩哩半。一座茂密

的小島矗立在河中央，既大又黑且結實，像是一艘在黑暗中沒有開燈的汽艇。我看不到暗礁的蹤影，現在一切都隱沒在水中。

沒花多少時間，我就到達那兒了。我巧妙地在湍急的水流中躲過暗礁。後來我終於在面向伊利諾州的岸邊登陸。我把獨木舟駛往一處我熟知的深溝；我必須把柳樹枝撥開才能夠進得去呢。我把船在那兒綁好，我想，從外面看應該是沒有任何人能夠發現它的吧。

我爬上這座島，坐在一根木頭上，望著大河和那一根根黑色的漂向小鎮的浮木，小鎮就離這兒大約三哩遠。那兒有三、四盞燈閃爍著，有排為數不少的木筏從一哩遠的上游漂流下來，中間有盞燈火。我看著它漂流而下，當它快靠近我眼前的時候，我聽到有個人說：「快打槳啊！往右方！」這句話我聽得清清楚楚的，彷彿這個人就在我旁邊似地。現在天空有一點轉白；我走入樹林中小睡一下，直到早飯時間才起身。

8

當我醒來的時候，太陽已經高高升起了，大概八點多了吧。我躺在草叢中的陰涼處沈思，覺得既舒適又滿意。我偶爾可以從濃密的樹枝細縫中看見太陽，但在這些大樹叢間，大部分的光線都是陰沈幽暗的。從細縫中灑進的陽光在地面上形成點點斑影，隨著微風的吹拂忽明忽暗。坐在樹枝上的兩隻松鼠很親切地跟我打招呼。

我渾身懶洋洋地，覺得舒服極了，一點也不想起床煮早餐。於是我又睡著了。忽然間，河面上「砰」的一聲把我驚醒了，我連忙坐了起來，用手撐著下巴聽著；很快又聽見了一聲。我跳了起來，從樹林的細縫中往外瞧，我看見河面上一團煙霧──大概是在碼頭的另一邊吧。渡船上擠滿了人，往下游划去。現在我明白是怎麼一回事了。「砰」地又一聲，我看見煙從渡船旁噴出。他們不停地在水面上放炮，原來是為了要讓我的屍體浮出來。

我餓瘋了，但是現在又不能燒火煮飯，因為他們可能會看見煙。我只好坐在那看著河上的那團煙，聽著砰砰的炮響。這條河大約有一哩寬，在夏天的早晨看起來真是美極

——假如我現在有點東西吃的話，看著他們打撈我的屍體也是件滿享受的事呢。啊，我突然想到了，他們總是把嵌著水銀的麵包投入河中，因為它們總是會漂到屍體旁停住。所以，我想啊，我可要仔細點瞧，假如有麵包漂來我這兒的話，那就再好不過了。

於是我跑到伊利諾斯岸去試試我的運氣。果然不出我所料，有塊很大的麵包漂過來了。

我用一根長桿去撈「它」，可是我的腳一滑，「它」又漂走了。當然，我站的地方是水流最靠近岸邊的地方，一會兒，又來了一塊，這次我可就沒有失敗囉。我把水銀挖出來，朝麵包咬了一口，這可是所謂的「高級麵包」，是社會名流吃的唷——可不是我們這種人吃得起的呢。

我在林間找一個好位置，坐在樹幹上吃著麵包，看著渡船，覺得很開心。突然間，我覺得大事不妙了，我想那寡婦或是牧師一定曾經祈禱這塊麵包能夠找到我，結果它果然找到我了，這塊麵包一定有鬼，但是我可不吃這一套。

我吸著菸斗，繼續張望著。渡船順著水流駛著，當它靠近的時候，我想我應該有機會可以看看誰在船上，因為就像剛剛麵包漂過來一樣，這艘船也會順著水流靠近岸邊。

當它往我這裡開過來的時候，我熄了菸斗，跑去我剛剛撈麵包的地方，躺在林間的一塊空地，藉著樹枝的掩護，從細縫中偷看。

漸漸地，船愈靠愈近了，近到他們只要架一塊板子就可以上岸。大部分的人都在船

上。老爸、柴契爾法官夫婦、小班、湯姆、和湯姆的姨媽玻莉、席德、以及其他許多人。大家都在說著謀殺案，然而船長卻打斷他們的話說：「看仔細點啊，現在的水流最靠近島上，也許他被沖上岸，被水草纏住了也不一定。」

我可不希望如此。他們全都擠在欄杆旁，聚精會神地往岸上看著。我可以很清楚地看見他們，但是他們並沒有看到我。之後船長大聲地喊著：「靠邊！」然後就在我右前方燃了一個響炮，聲音大到快把我震聾了，煙也把我薰得快要瞎掉了。如果他們在炮裡面有放彈藥的話，我想我就變成他們所要找的那具屍體了，還好謝天謝地我沒有受傷。

船繼續行駛，漸漸離開小島看不見了。我還是三不五時可以聽到炮聲砰砰響著，然而過了一個小時之後便完全聽不見了。這座島有三英哩長，我想他們開到島的另一端便放棄了。但是我的猜想似乎錯了。他們在小島的尾端掉頭，朝密蘇里的方向前進，又開始邊行駛邊放炮。我跑到另一頭看著他們，當他們開到島的前端就不再放炮了，並且繞到密蘇里岸，上岸回鎮。

我想我現在應該很安全，沒有什麼人會再來找我了。我從獨木舟裡拿了一些東西，在濃密的叢林裡架了一個帳篷。我用毛毯架了營帳，好用來遮風避雨，又釣了條鯰魚，料理了一下，直到太陽下山的時候，才生起營火把它煮了當晚餐；接著又架了釣竿，準備釣幾條魚當早餐。夜裡我坐在營火前抽菸，覺得很爽，但沒一會兒就感到有點孤單。

於是我走到河岸邊聽著水流聲，數著星星和浮木，然後便回去睡覺。當你孤單的時候，沒有什麼比這更容易打發時間了，很快你就會習慣的。

我就這樣過了三天三夜。到了第四天，我決定去島上探探險，我是這座島的大王，也就是說，它是屬於我的，我想了解它所有的一切，但其實最重要的是我想要打發一些時間。我發現了很多熟透的草莓，還有青葡萄、青莓和黑莓。我想再過不久它們應該就會長得滿地都是了。

我繼續在樹林裡面閒逛，我想大概離島的尾端不遠了。我帶著槍，但是並沒有用它來打獵，我只是帶著它防身用的，心想要是在家裡的話，我可是會隨便開幾槍來玩玩呢。就在這個時候，我差點踩到一條超大的蛇，牠從花草叢中溜走，我隨後追趕，試著瞄準牠。突然間，我跳到一處熄滅了但還冒著煙的營火上。

我嚇得心臟快要跳出來了，不等看清楚發生了什麼事，扳機也不扣，就死命地踮著腳趾頭溜回去。三不五時我在濃密的樹林中停住，凝神傾聽；可是我的呼吸聲實在太大聲了，以至於我什麼也聽不見。然後我又跑，又聽，就這樣一直反覆著。我緊張到看到樹幹就把它認作是人，踩斷一根樹枝就好像有人把我的呼吸聲撕裂，讓我只剩下一絲喘息而已。

當我回到營地的時候，並不覺得十分煩躁，只覺得此地不宜久留；於是我把我所有

的家當再次搬上獨木舟，好讓它們不被別人發現，然後我把營火滅了，在四周撒上灰燼，讓它看起來像一處很久沒有人來過的營地，然後爬上樹去。

我想我在樹上待了兩個小時；但是我什麼也沒看見，什麼也沒聽見——我只是想像聽見和看見許許多多的事物。啊，我想我也不能老待在這上頭啊，所以最後我下了樹，但還是留在濃密的樹叢裡，並且時時刻刻提高警覺，靠著那些野莓還有早餐剩下的東西來充飢。

天黑的時候，我已經很餓了。趁著月黑風高，我從岸邊溜出來，晃到伊利諾斯岸——大概有四分之一哩遠。我走進樹林，煮了晚餐，在我幾乎決定今晚要在這兒過夜的時候，突然聽到一陣「啪躂啪躂」的聲響。我對自己說，有馬來了，然後我就聽見人的聲音了。我儘快地把所有東西再次搬上獨木舟，然後在樹林裡向外觀望。沒走多遠，就聽到一個人說：

「如果附近有好地方的話，最好就在這邊紮營吧。馬都累壞了，到四周看看去。」

我毫不遲疑，馬上跳上船溜走，回到藏船的老地方，打算今晚在船上過夜。我睡得不好，東想西想的，每次我醒來時總覺得別人抓著我的脖子不放，所以根本睡不安穩。後來我對自己說，我受不了了，我要去弄清楚到底是誰在島上，我一定要弄個清楚。啊，這麼一想我立刻覺得好過得多。

於是我拿了我的槳，離開岸邊，讓獨木舟在陰影下漂浮。今晚月光很亮，在陰影之外感覺好像白天似的。我仔細瞧了一個鐘頭，一切都很寧靜。現在我幾乎到達島的尾端了。一陣寒風開始吹拂，似乎在告訴我們夜晚將盡了。我掉頭划向岸邊，然後帶著槍溜到林邊。我坐在樹幹上，從樹葉的縫隙中向外張望。這時月亮已經看不見了，黑暗覆蓋著整個河面。然而過了一會兒，我看到樹梢露著白光，天已經亮了。於是我帶著槍，又溜到之前碰到的營地，不時停下來聽聽動靜，但是並沒有發現到什麼，我似乎已經找不到那個地方了。但是後來我瞥見樹林中有火光閃爍，我謹慎緩慢地向前進，漸漸地，等到我靠得很近的時候，發現地上躺了一個人，讓我心裡嚇了一大跳。他頭上圍著一條毛毯，離營火十分地近。我站在離他六英尺遠的一根樹後面，張著眼睛直視著他。這時天已微明，沒多久他翻了個身，掀開毛毯，啊，原來是瓦克森小姐的黑奴吉姆！看見他我可興奮極了，於是我說：「嘿！吉姆！」說著說著就從樹林裡跳了出來。

他跳了起來，很害怕地盯著我，然後跪倒在地上，雙手合掌說：「別害我啊——別害我！我對鬼一向都是很尊敬的，也全心全意地照顧死者。你快回到河裡去，不要傷害老吉姆，我可是你的朋友啊！」

很快地，我便讓他了解到我並沒有死，我太高興看到他了，現在我再也不孤單了。

我跟他說我並不害怕他告訴別人我在這兒。我說個不停，但他只是站在那兒看著我，一

句也不說。然後我說：

「天已經亮了，我們來煮早餐吧！好好去生個火！」

「為什麼要生火煮這些噁心的爛莓子？你不是有槍嗎？我們可以獵一些比野莓更好的食物啊！」

「你說野莓這種爛東西？」我說：「你這幾天都吃這些嗎？」

「我找不到別的東西啊！」他說。

「吉姆，你在島上多久啦？」

「你被殺之後那晚我就來了。」

「什麼？真的嗎？」

「沒——錯。」

「那你除了這些爛莓子之外，就再也沒有吃別的東西了嗎？」

「天啊，那一定是餓瘋了，不是嗎？」

「我想我一定可以吞下一匹馬，一定可以。那你在這個島上多久了？」

「從我被殺那晚就來這了。」

「真的？那你吃什麼過活啊？不過你有槍啦。對啦，有槍真好。好吧，那現在你去

獵點東西，我來生火。」

於是我們到獨木舟那兒。當吉姆在森林中的草地上生營火的時候，我拿了玉米粉、醃肉、咖啡、咖啡壺、煎鍋、糖和錫杯。當他看見這些東西的時候，驚訝地說不出話，覺得這些全都是用巫術變出來的。我也抓到一條又肥又大的鯰魚，吉姆用刀料理了牠之後，用火烤著。

早餐做好的時候，我們就躺在草地趁熱吃了起來。吉姆拚命地吃，我想他一定是餓瘋了。後來，我們兩個都吃得非常飽，懶洋洋地躺在地上。吉姆說：

「哈克啊，在木屋裡被殺的不是你，那到底是誰呢？」

我把事情的經過告訴他，他說我實在聰明極了。他說湯姆也沒辦法想出比這更好的計畫。然後我說：

「吉姆，那你為什麼來這兒？而你又是怎麼來的呢？」

他看起來很不安，停了一分鐘，什麼話都沒說。然後他說：

「我想我最好不要講。」

「為什麼？吉姆？」

「啊，也沒有什麼理由啦。可是如果我告訴你，你不要告訴別人唷。」

「如果我告訴別人我就會受懲罰，吉姆。」

「好吧，我告訴你，哈克，我——我逃跑的。」

「吉姆！」

「欸，你說你不會說的喔——你說過的啊，哈克。」

「沒錯。我說過我不會說，我會信守承諾的。我發誓。人家一定會說我是一個贊成廢除黑奴制度的下流鬼——反正那也沒差。我也不打算說，而且我再也不會去那兒了。

好吧，告訴我到底發生了什麼事？」

「喔，你知道嘛，那個老小姐——就是瓦特森小姐啦——她整天都釘著我，對我很不好，雖然她總是說她不會把我賣到奧爾良去，可是我最近發現鎮上來了個黑奴販子，那我就開始緊張了。有天晚上，我聽見她跟道格拉斯夫人說她要把我賣到奧爾良，但是那寡婦並不打算把我賣掉，可是瓦特森小姐賣了我的話可以賺八百塊，那可是一筆誰都沒辦法抗拒的大數目啊。道格拉斯夫人試著說服她不要把我賣掉，但是我聽不下去了，於是當晚立刻就一溜煙地逃走了。我逃到山腳下，本來想偷艘小船，但是怕驚動到別人，於是我先躲到一間木桶店，想等岸上的人離開再行動。我等了一整夜，因為到處都有人走來走去。大概早上六點的時候，船隻開始進進出出了，大約有七、八艘船，船上都在談論著說你老爸到鎮上四處說你被謀殺了。後來又有艘船坐滿了想去案發現場看熱鬧的人，有時候他們會停在岸邊休息。偷聽他們的談話，我知道了你被殺了事。我實在感到

很難過，哈克。但是現在知道你還活著，我就一點也不難過了。」

「我整天躲在薄木屑裡，我餓極了，但是我一點都不怕。因為我知道瓦特森小姐和道格拉斯夫人早餐後要去聚會一整天，而且她們也知道我一大早就會帶著牲畜去放牧，所以她們要等到傍晚才會發現我失蹤了，而其他年輕的僕人也不會想念我，因為老奴僕走了他們才會有出頭的一天。

「到了夜裡，我順著河流走了兩、三哩路，一路上什麼房子也沒有。我對我的未來已經下定決心了，如果繼續步行的話，狗兒們一定很快就會逮到我；而如果我偷一艘船溜走的話，他們就會發現船不見了，到頭來還是會逮到我。所以我偷了一艘木筏，用木筏逃走可不會留下什麼線索的。

「半途中，我看到有燈火漸漸靠近我，於是我便跳入河裡，游到河的中央，把頭壓低，爬上浮木，留神著順流而下的木筏。過了一會兒，雲層聚集，四周開始變暗，於是我爬上木筏，躺著休息。人群都在遠方燈火閃耀處，河又開始漲潮了，我想天亮的時候，我應該已經順流而下約二十五英哩了，到時我得趁天亮前游到伊利諾岸，逃到樹林裡。

「可是我運氣不好，當我快到小島的前端的時候，有人提了盞燈向我靠來，我想待在木筏上也不是什麼辦法。於是我跳下木筏，奮力游到小島，那時我以為在任何地方都可以輕易上岸，可是我錯了——因為河堤太陡了，我費了好大的工夫才上了岸。我終於

逃到叢林裡，心想再也不能靠木筏逃生了，因為天已經很亮了，而且又有人提著燈火四處巡邏。我的菸斗和火柴都沒濕，現在我終於可以好好地抽口菸了。

「那你這陣子沒吃肉沒吃麵包也能過活啊？為什麼不弄條魚來吃吃呢？」

「你要怎麼抓牠們啊？總不能跳下去捉牠們吧？用石頭丟也丟不著啊，何況在晚上要怎麼抓哩？白天我又不能在河堤出現。」

「嗯，的確沒錯，你得隨時都躲在樹林裡，你有聽到他們在放水炮嗎？」

「有啊，我知道他們在找你，我從灌木叢裡看著他們經過。」

這時有幾隻小鳥飛來，同時空中有幾道閃電。吉姆說快要下雨了，他說下雨前小雞都是這樣子跳來跳去的，他想小鳥應該也是這樣吧。我想要抓幾隻鳥兒，但是吉姆阻止我，他說這樣做會招來死神。以前他爸爸曾經病的很重，而他們家人在那時抓了一隻鳥，他的祖母說這樣做他爸爸就會死掉，後來他果真死了。

吉姆還說要拿來煮晚餐的東西絕對不能數，因為這樣做會帶來厄運；同樣地，你也不能在太陽下山後抖桌布。此外，他還說如果擁有蜂窩的人死了的話，在隔天早晨前必須告訴那些蜜蜂，不然它們全都會虛弱而死。吉姆說蜜蜂是不會叮白癡的，但是我才不信哩，因為我自己試過好幾次，牠們叮了也不叮我一下。

我從前早就聽過這些迷信了，雖然不是全部啦。吉姆知道所有的預兆，他自稱大部

分的事情他都很清楚。我說對我來說所有的癥兆看起來都是壞的，所以我問他到底有沒有什麼是會帶來好運的癥兆呢？他說：

「很少啦，幾乎沒有，就算有也沒什麼用。好運來的時候還有什麼好知道的呢？你想要避開它嗎？」然後他說：「如果你的手臂和胸前有很多毛的話，表示你以後會很有錢喔。嗯，其實這些癥兆有時候也有些好處啦，比如說也許剛開始你會窮一段時間，而如果你不知道你以後會有錢的話，你可能會沮喪地去自殺。」

「吉姆，那你手臂和胸前有很多毛嗎？」

「問這種問題有什麼用啊？你看不出來嗎？」

「那你有錢嗎？」

「沒有啊，但是我曾經很有錢，以後也會很有錢。我本來有十四塊喔，但是我後來拿去投資，就賠光了。」

「你投資什麼啊？吉姆？」

「我先把它拿去投資貨品。」

「什麼樣的貨啊？」

「就是牲畜啊。我花了十塊錢買一隻母牛，但是我再也不花半毛錢在牲畜上了。因為在我還來不及賣掉牠就死掉了。」

「啊，那你賠了十塊囉？」

「沒有全賠啦，只賠了大約九塊錢。因為後來我把牠的皮拿去賣了一元十分。」

「那你還剩五元十分嘛。你還有再投資其他的嗎？」

「有啊！你知道米斯託先生那個瘸了一條腿的黑奴嗎？他開了個銀行，跟大家說如果存一塊錢的話，年底可以拿回四塊多。所有的黑奴都投資了，雖然他們投資的並不多。我是他們之中投資的最多的一個，我投資了四塊多，而且說如果賺不到錢的話，我自己就要開一間銀行。當然囉，那個黑奴要我別痴想，因為這個小地方可容不下兩間銀行。於是他說服我，告訴我如果我投資五塊錢的話，到年底我就可以拿回三十五塊錢。

於是我就投資啦，心裡一直想著他年底要怎麼樣來投資。那個黑奴叫作鮑伯，偷偷瞞著他的主人買了一艘裝木材的船。我告訴他年底我就要拿到那三十五塊錢，但是當晚那艘船就被偷了。隔天那黑奴說銀行倒閉了，於是大家就都賠光啦。」

「那你剩下的十分錢拿去做什麼？」

「我本來是要把它花掉的，但是我做了一個夢，那個夢告訴我要把這十分錢送給一個叫作『白爛』的黑奴──也就是『白爛的驢』的簡稱啦。他有點呆呆的，可是他運氣很好，跟我完全不一樣。那個夢告訴我說把那十分錢拿去給白爛投資，他會幫我賺一筆錢。白爛拿了錢，有一次他到教堂聽牧師說要是誰把錢奉獻給上帝，必定會得到一百倍錢。

的回報。於是白爛把那十分錢捐獻了出去，看看到底會發生什麼樣的事情。」

「欸，吉姆，結果呢？」

「當然什麼也沒有啊！我絕對不會這樣子把錢用掉，但是白爛會。如果對方不可靠的話，我才不會把錢借給他呢。他倒還真相信牧師說可以得到一百倍的回報哩。如果我可以再把那十分錢拿回來的話，我可是會高興死的！」

「哎啊，吉姆，還好啦，反正你以後還是會有錢啊！」

「沒錯──想想，我現在可是很有錢呢，我擁有我自己，可值八百塊呢。我真希望我有錢，除此之外，什麼也不想了。」

9

我想再去看看上次探險時在島中央發現的那個地方。於是我們就出發前往，很快地就到達了，因為這個島只有三哩長，四分之一哩寬。

這個地方是一處約四十呎長的陡直山地，我們花了好大一番工夫才爬到頂端。步道的兩側很陡峭，而且灌木長得很濃密。我們費力地在四周走了一圈，後來在石堆中發現一處面向伊利諾灣的大山洞。這個洞大概有兩、三個房間的大小，也容得下吉姆在裡頭站直。裡面十分涼爽，吉姆想立刻把我們的東西放在裡頭，可是我說我可不想整天在這兒爬上爬下的。

可是吉姆說如果我們可以把獨木舟藏好，然後把東西都放在這個洞裡面的話，當有人來的時候，我們就可以立刻衝到這裡；除非他們帶了狗，否則是沒有辦法找到我們的。除此之外，他說那些小鳥已經告訴我們快要下雨了，難道我想要讓所有的東西都濕掉嗎？

於是我們回到獨木舟，把船划到洞口附近，然後把所有的東西都搬上去。又在附近

找了個濃密的柳樹叢，把船藏進去。接著抓了幾條魚，開始準備晚餐。

這個洞口大到足夠讓一個大酒桶進去，洞裡也很平坦，是個適合生火的好地方。於是我們生了火，開始煮晚飯。

我們在洞裡鋪上毯子當作地氈，在那兒吃著晚飯。我們把所有的東西都放進洞的深處。

很快地，天色開始變暗，雷電交加，小鳥的預感還滿靈的嘛，立刻就下起雨來了，而且還來勢洶洶，我從沒見過這麼猛烈的暴風雨呢。這是夏季常有的雷陣雨。當雷陣雨來的時候，外頭常常會一片陰黑，看起來既陰暗又像蜘蛛網，有時還會吹來一陣強風，從天空傾瀉而下，直達遠方的樹木在雨絲的陪襯下看起來發瘋似的搖著手臂；接著，一陣狂風隨之而至，像個劊子手般猛烈地搖晃樹枝，使它們有的枝枒都吹斷；接著，當天色變得最黑藍的時候──咻！一陣強烈的閃電起來就像發瘋似的搖著手臂；再來，當天色變得最黑藍的時候，突然間，一切又變得漆黑無比，然後你會聽到即將消逝的閃電所發出的轟隆隆的聲音，它在彈跳間與樓梯所發出來的聲音似的。

讓你瞥見了遠處的樹梢，視線甚至能延伸到幾百碼之外，突然間，一切又變得漆黑無比，然後你會聽到即將消逝的閃電所發出的轟隆隆的聲音，從天空傾瀉而下，直達世界的另一端，就像是把空木桶從樓梯上推下時，它在彈跳間與樓梯所發出來的聲音似的。

「吉姆，真不錯呢！」我說，「除了這兒之外，我哪裡也不想去了。再給我一點魚和幾塊熱麵包吧！」

「如果不是吉姆的話，你也不會在這兒呢。你會一個人在下面的樹林裡找不到晚餐

吃，而且還可能會被淹死！現在你知道了吧，小雞知道什麼時候會下雨，鳥兒也知道呢。」

在往後的十幾天，河水不斷地高漲，最後淹過了河堤，在伊利諾岸和島上的一些低窪地區，水深已達三、四呎，且綿延了好幾哩寬；但是在密蘇里岸，情況卻和往常一樣，只有半哩的積水，這是因為密蘇里岸有一堵高高的懸崖擋住了水的緣故。

白天時，我們划著獨木舟逛遍整座小島。就算外面出了大太陽，在林蔭深處還是一樣地陰冷昏暗。我們不斷在樹林中穿梭著，有時候藤蔓實在太多了，我們不得不回頭另覓它路。在每一棵臥倒的老樹旁，你都可以看見兔子、蛇等等的動物；而當島被淹了一、兩天左右，牠們就會因為餓扁了而看起來非常地溫馴，那時你可以划到牠們身旁，而且如果你想要的話，可以伸手去摸摸牠們，可是蛇和烏龜除外——牠們馬上就會溜到河裡去了。在我們洞穴所在的那座山脊上，到處都是動物，如果我們想要養寵物的話，可是不愁找不到呢。

有一天晚上我們撈到一艘木筏的一部分——是上等的松板，約有十二呎寬，十五、十六呎長，頂端離水面約六、七英吋，看起來就像一塊結實又平坦的地板。有時候在白天也可以看到一些浮木漂過，但是我們並不打算攔截它們，因為我們在白天可是見光死。

另一晚，當我們在島的最高處時，就在天快亮之前，西邊漂來了一棟木屋，大約有兩層樓，歪歪斜斜的。我們划著船靠近，從二樓的窗戶爬進去。可是裡面實在是太暗了，什麼都看不見。於是我們把獨木舟綁在房子上，坐在船上等，打算等白天再進去瞧瞧。

在我們還沒到島的尾端時，天就亮了。於是我們從窗戶探頭進去瞧瞧，有張床、桌子、還有兩張舊椅子，地板上還散落了滿地的雜物，牆壁上掛了一些衣服，在遠方的角落有一個看起來很像是人的東西躺在那裡。於是吉姆說：「喂！」但是他並沒有回答，於是我又喊了一次。接著吉姆說：「那個人不是在睡覺──他死了。你穩住船──我進去看看。」他走進去，彎下腰檢查，然後說：「他死了，沒錯，還裸著身子呢，他背上有槍傷，我想他應該死了兩、三天了。哈克進來看看，可是不要看他的臉喔──實在太恐怖了。」

我根本不想看他，吉姆在他身上蓋了幾塊破布，但是他並不需要這樣做，因為我根本不會想去看那個死人。地板上散著一堆充滿油垢的舊紙牌，還有舊的威士忌瓶子，另外還有一些黑布做的面罩。在牆上充滿了用炭筆畫的一些有的沒有的圖樣，還有兩件碎花洋裝、一頂遮陽帽、一件女人的內衣褲掛在牆上，同時還有一些男人的衣服。我們把大部分的東西都搬到船上，我想可能會有點用吧。另外地上還有一頂男孩用的舊草帽，

我也把它拿走了。還有一個附有奶嘴的奶瓶，裡面還有一點牛奶。我們本來連這個也想拿，可是它破了，只好作罷。另外還有一個破爛的舊箱子，和一只拉鍊壞了的行李箱，裡面什麼值錢的東西都沒有。根據東西散落的情形看來，我們猜想這二人離開的時候一定很匆忙，以至於根本沒有時間來收拾這些東西。

我們找到一盞舊的熄燈，一把沒有刀把的菜刀，一把值兩便士的全新巴羅刀，一綑蠟燭，一只錫燭台，一個葫蘆瓢，錫杯，舊床單，一個塞滿了針線、封蠟、鈕釦的針線盒，一把短柄小斧，上面釘著約一根小指粗的釣竿，還掛了許多怪嚇人的釣鉤，一捲鹿皮，一個馬蹄鐵，和幾瓶不知名的藥。當我們要離開的時候，我又發現了一把還不錯的馬梳，吉姆也找到一尺舊琴弓，還有一根木棒，雖然有點壞了，但是還可以用。只是對我來說它太長了，對吉姆來說又太短了。可是我們又四處找了找，並沒有發現另外一只。

這樣子翻來翻去，我們可說是滿載而歸。當我們要離開的時候，離島的尾端已經有四分之一英哩了，天也早已亮透了。於是我叫吉姆蓋著被子躺在船裡，因為如果他坐在船上的話，人家老遠就會看出他是一個黑奴。我又多划了半哩遠才來到伊利諾岸，到達河堤時，並沒有發生什麼意外，也沒有什麼人看到我們，我們平安到了家。

10

吃完早飯後，我想談談那個人到底是怎麼死的，但是吉姆並不想談論這件事，他說這樣做會招來厄運的；除此之外，他說那個幽魂可能會來找我們，因為一個死人如果沒有被埋葬的話，就會在世間遊盪，打擾在世的人。這聽起來滿合理的，於是我就閉嘴了。但是我還是忍不住想知道到底是誰殺了他，以及他們為什麼會這麼做呢？

我們翻了翻那些衣服，在一件舊絨外套的內層找到了八塊銀幣。吉姆說他想一定是屋裡的那個死人偷了這件外套，因為如果其他人知道裡面有錢的話，一定不會把它留在那裡的。我說大概是那些離開的人把那個人殺了吧，但是吉姆並不想談這件事。於是我說：

「你覺得這樣做會給你帶來厄運，那我前天在山頂撿到的那塊蛇皮你又怎麼說呢？你說用手碰蛇皮是全世界最不吉利的事情。喔，你所謂的倒楣指的就是這個嗎？我們撿到這麼多東西，還得到八塊銀幣呢。我真希望我們每天都碰到這麼倒楣的事啊，吉姆。」

「你不相信就算了。別高興得太早。楣運就快來了，我告訴你，它就快來啦。」

它還真的來了。我們的談話是發生在禮拜二，然而到了禮拜五晚飯以後，我殺了牠，把牠捲起來丟在吉姆的毯子旁，看起來就像是一條活生生的蛇，心想當吉姆發現時一定很好玩。到了晚上，我完全忘記蛇的這檔事了。後來，當我點著火，吉姆鑽進毯子裡要睡覺時，那隻蛇的同伴竟然在那兒，並且咬了吉姆一口。

吉姆痛的叫了起來，而我就著光線看到那條蛇盤了起來，又準備再跳上來咬人。我立刻用棍子把牠打死，而吉姆則拿著老爸的酒瓶開始大口猛灌。

吉姆光著腳，那條蛇正巧咬到他的腳跟，這一切都要怪我實在是太笨了，竟然忘記蛇的同伴總是會跑到死蛇的身邊聚集。吉姆叫我把蛇頭砍掉丟棄，然後把皮剝掉烤一烤，我照辦了。他把它吃了，說這可以治好他。他又要我把蛇的響環拔掉，把它綁在他的手腕上，他說這樣做也有療效。然後我靜靜地溜出洞外，把蛇丟進灌木叢裡。因為我不想讓吉姆發現這一切都是我的錯。

吉姆不停地灌著酒，三不五時會突然又叫又跳，一旦稍微清醒，又開始對著酒瓶猛灌。他的腳跟腿腫得很大。後來，他漸漸醉倒了，我猜想他應該沒事了吧。不過換成是我的話，我寧願被蛇咬也不願喝老爸的威士忌。

吉姆躺了四天四夜，後來腫脹消了，他又康復了起來。我決定我再也不用手碰蛇皮，因為我已經知道它的厲害了。吉姆說下次我應該要相信他了吧。他又接著說摸蛇皮，會碰到很糟的厄運，恐怕我們的楣運還沒有過呢。他說他寧願看到左肩上的新月一千次，也不願用手摸蛇。我也有同感，雖然我一向認為看著左肩上的新月是最愚蠢不過的事了。老漢克曾經碰過一次，還大吹大擂哩，可是不到兩年啊，他就喝醉酒從射擊塔上摔了下來，在地上躺平了，他們還把他斜著塞入兩個門板所充當的棺材中，就這樣草草地埋了他。這是老爸告訴我的，而這一切都是因為他像個白癡般的看著月亮。

日子一天天地過去了，河水又退回到堤防下。我們所做的第一件事就是用隻剝了皮的兔子當餌，捉了一條大肥魚，大概有六呎二，重兩百磅，簡直就跟人一樣重。我們當然撈不動牠，牠可能會把我們拖下水。我們坐在一旁看著牠掙扎，直到牠筋疲力竭而死。在牠的肚子裡我們發現了銅釦、圓球和一堆廢物。我們用斧頭劈開了球，發現裡面有一個線軸。吉姆說它在肚子裡有一段時間了，所以才變成一個球。我想這大概是有史以來在密西西比河裡面所抓到的魚之中最大的一條了吧。吉姆說他也沒看過跟牠一樣大的魚，如果拿到鎮上的話，應該可以值不少錢吧，大家一定會買一些回家來享受牠潔白如雪的鮮嫩口感。

隔天早上，我開始覺得日子有點無聊，想要找點什麼刺激。我說我想到河的另一邊

去看看，吉姆也覺得這個主意挺好的。可是他說我還是晚上去比較好，而且還是要提高警覺。然後他想了一下又說，也許我可以穿一些舊衣服打扮成女孩的樣子，這個主意真是棒極了。於是我們把一件碎花洋裝裁短，我把褲腳捲到膝蓋上，吉姆用鉤子把它們固定好，看起來還滿合身的。我戴上遮陽帽，把帶子繫在下巴上，讓人難以看清楚我的臉。吉姆說就算是在白天，也很難認出是我了。我練習了一整天，想揣摩一些女孩的神韻和小動作。漸漸地，我模仿地愈來愈像了，只是吉姆說我走路不太像個女孩，他說我不要一直拉起裙子翻口袋。我注意到這點後，果然更像個女孩了。

天一黑我就立刻乘船從伊利諾斯出發。

我從碼頭下游向城鎮出發，順著水流來到小鎮的末端。我把船綁好，從河堤上岸。

有一道燈光從一戶看起來像是很久沒人住的房子裡透出來，我心想到底是誰住在裡面呢。我溜了過去，從窗戶偷看，裡面坐著一個大約四十歲的女人，就著一盞松木桌上的蠟燭縫著衣服。我沒有看過她的臉，她是個陌生人，因為鎮上沒有一個人是我不認識的。這實在是太幸運了，因為我有些心虛，害怕到鎮上來時，人們一聽到我的聲音就會認出我來。但如果這個女人已經在這個小城住了兩天，她就可以告訴我一切我想要知道的事情。於是我敲了門，心中想著從現在開始，我是個女生。

11

「進來！」那女人說。我走了進去，她說：「坐下吧！」

我照做了。她用她那雙小卻銳利的眼睛把我上下打量了一番：「妳的名字是？」

「莎拉威廉斯。」

「妳住在哪兒啊？附近嗎？」

「不，我住在七哩外的霍克菲爾。我一路走來，快要累壞了。」

「我想也餓壞了吧，我拿些東西給妳吃。」

「不，我並不餓。我走到離鎮兩哩遠的農場時就已經餓壞了，在那兒吃了點東西，所以我現在並不餓。這也就是我耽擱了路程的原因。我媽媽病得很嚴重，我沒有錢請醫生，所以我跑來找我舅舅艾伯摩爾。媽媽說他住在鎮的外緣，我從來沒去過那兒。妳認識他嗎？」

「不認識，我誰也不認識啊，我住這兒還不到兩個禮拜呢。到鎮的外緣還有好些路哩，妳今晚就住在這兒吧。把帽子脫了吧。」

哈克流浪記 086

「不，我想我休息一下就要繼續趕路了，我不怕趕夜路。」

她說她不會讓我一個人趕夜路的，她的丈夫大概再過一個半小時就會回來了，她會叫他陪我去。然後她繼續說著她的丈夫，說他在河的上下游關係有多好，他們之前如何地有錢，又說到他們來到鎮上住是一個怎麼樣錯誤的決定——等等。聽到後來，我都覺得找她問鎮上的狀況是個錯誤。但是後來她話鋒一轉，把話題繞到老爸和謀殺案上，這時我才很甘願地繼續聽她喋喋不休。她說著我和湯姆找到六千塊（只是她說成一萬塊）的事，以及老爸和我之間如何如何，最後她講到我被謀殺的事。我說：「是誰殺的啊？

我們在霍克菲爾也聽到很多關於這個的消息。但是我們並不知道凶手是誰。」

「我想鎮上也有很多人想知道是誰殺了哈克。有些人覺得是老哈克自己幹的。」

「不會吧——是真的嗎？」

「很多人剛開始都這麼想，因為他打起孩子的樣子可真是嚇人呢。可是到了傍晚，人們就改變想法了，覺得這應該是一個逃跑的黑奴叫作吉姆幹的。」

「他——」

我停了下來，心想最好保持沉默。她繼續說著，沒注意到我把話吞了下去。

「哈克被殺的那晚，那黑奴就跑了。大家都在懸賞他——三百塊呢。另外也懸賞兩百塊通緝老哈克。你想想看，在謀殺案發生的隔天早上他就到鎮上告訴大家這件事，跟

他們坐著船四處搜尋，可是後來他一上岸就跑了，到了晚上他們想要拷問他時，他早就不見了。再隔天他們發現那個黑奴跑了，大概在命案當晚的十點鐘左右他就不見人影了，所以他們認為說是他幹的。然而就在他們滿腦子認定是吉姆幹的時候，隔天老哈克就回來了，纏著柴契爾法官給他錢作為捉拿黑奴的懸賞金。法官給了他一點錢，當晚他就喝醉了。午夜之後，又跟一些看起來窮兇極惡的陌生人離去。自從那天後，他就再也沒有回來過了。而直到這件事情爆發，人們才想要找他回來，因為現在大家覺得是他殺了那男孩，卻又故意布下迷陣，讓人們以為是搶匪幹的，這樣他就可以拿了哈克的錢，又不會被訴訟纏身。大家都說他這樣做一定沒有好下場。我覺得他可是真狡猾啊，如果他一年之內沒有回來的話，他就可以逍遙法外了，因為找不到什麼證據啊，到時一切都會回歸平靜，而他就可以輕輕鬆鬆得到哈克的錢啦。」

「沒錯，我想應該是這樣吧，應該不會有其他的可能了。還有人覺得是那黑奴幹的嗎？」

「喔，並不是每個人都這麼想，雖然有很多人都覺得是他做的，反正他們很快就會逮到他，到時候再恐嚇他逼他認罪。」

「真的？他們在追捕他嗎？」

「妳真是個老實人啊，可不是每天都有三百塊躺在那兒等著人去撿的。有些人覺得

那黑鬼逃得並不遠，我也這麼覺得——可是我可沒有四處張揚。前幾天我跟一對住在隔壁木屋的夫婦說起這件事，他們碰巧說到幾乎沒有人去過河中間的那個傑克森島。我說：『沒有人住在那兒嗎？』『沒有，一個人也沒有。』他們說。我什麼話也沒說，但是我想了一下，我幾乎很確定我看到那裡生起過煙火，大概就在島的前端吧，兩、三天前才看到的呢。所以我告訴我自己說那黑奴也許就藏在那兒，無論如何，我對自己說那兒值得去找一找。後來我再也沒有看到任何煙了，所以我想他應該跑了。可是我老公和另外一個人想去那兒瞧瞧。前幾天他到河的上游去，但他今天就會回來了。他兩小時前回來我就立刻告訴他這件事。」

我緊張地坐立不安，手上想找點什麼事來做降低我的緊張。於是我從桌上拿一根針，準備把線穿過去。我的手實在是太抖了，不管怎麼穿就是穿不過去。那女人停止了說話，我抬頭，看到她帶著微笑好奇地看著我。我把針線放下，假裝很有興趣——其實也是真的很有興趣——然後說：「三百塊可是筆大數目啊。我真希望我媽媽可以得到這筆錢。妳先生今晚要去那兒嗎？」

「喔，對啊，他跟剛剛我和妳提到的那個人一起去鎮上準備船，順便看看可不可以借到另外一把槍。午夜以後他們就要出發了。」

「等到白天再去不是比較好嗎？」

「對啊,可是到時那黑鬼也看得很清楚呢。午夜以後他比較可能睡著了,到時他們就可以趁著夜黑,溜進樹叢裡搜尋他的營火。」

「這我可沒想到。」

那女人一直很好奇地看著我,讓我覺得渾身不自在。不久她說:「妳的名字叫作什麼啊?親愛的?」

「瑪——瑪莉威廉斯。」

我記得之前我說的名字好像不叫瑪莉,所以我的頭抬也不敢抬——我之前好像說我叫作莎拉,因此這話一說出口我就有點擔心,深怕被拆穿。我希望那女人能再多說點話,她愈不開口,我就愈感到不安。後來她說:「孩子,我記得妳剛剛進來的時候說妳叫莎拉吧?」

「喔,是嗎?」

「夫人,沒錯,莎拉瑪莉威廉斯。莎拉是我的第一個名字,有些人叫我莎拉,有些人叫我瑪莉。」

「喔,是嗎?」

「是的,夫人。」

我覺得好多了,但是還是希望能趕快離開這兒。我再也裝不下去了。

後來那女人開始說起他們有多苦、多窮、老鼠是多麼地猖獗等等,聽了這些話讓我

覺得安心多了。她講這些老鼠還真是講對了，三不五時你就可以看到牠把鼻子探出來。

她說當她一個人在家的時候，手邊總得準備一些東西丟牠們，不然牠們總會鬧得天翻地覆。她給我看一根頂端扭曲成結的鉛棒，說她射得很準喔，但是她前兩天拉傷了手，現在不知道還丟不丟得動。她靜靜地等待機會，直直地向一隻老鼠丟去，但方向偏得很遠，並且還大叫一聲「噢」，她的手又弄傷了。然後她要我試試看。我想要在她先生回來之前趕快離開，但是我當然沒有在她的臉上洩漏出我的想法。我拿了鉛棒，當老鼠探出頭來的時候，我就丟了過去，砸中了牠，我想牠一定是生了病，停在那兒動也不動。她說我技術太好了，要我再打一隻。她把鉛棒拿了回來，並且拿了一團毛線，要我幫她忙。我舉起雙手讓她繞毛線，她繼續說著她跟她丈夫的事情，但是突然她話鋒一轉說：

「注意，留神那些老鼠。妳最好把鉛棒放在妳的膝上。」

話一說完，她就把鉛棒放在我的膝上，我把兩腿併直。然後她繼續聊著。但是過了一分鐘之後，她把毛線拿走，直直看著我，很和藹地說：「好啦，別裝了——你真正的名字是什麼？」

「啥——夫人？」

「你到底叫什麼名字？比爾、湯姆、還是鮑伯？——到底是什麼呢？」

我想我大概顫抖的像片葉子似的，不知如何是好。但我還是說：「請別跟一個可憐

的小女孩開玩笑，夫人。如果打擾到您，我想我還是——」

「不行，坐在那兒不要動，我不會傷害你，也不會去跟別人告密。告訴我你的祕密，相信我，我會保密的。況且我還會幫助你，我的丈夫也會幫助你的。你曉家吧？這沒什麼大不了的，不算什麼啦，你一定是被虐待才會決定離家的吧。願上帝保佑你，我不會告訴別人的。現在告訴我一切吧——這才是好孩子。」

於是我說再繼續裝下去也沒有用了，我會把一切都告訴她，只是她一定得信守她的承諾。於是我告訴她我的父母都死了，法律限制我要住在離河三十哩外的一位嚴厲老農夫的家中。他對我非常壞，我實在是受不了了，趁著他出外幾天，我逮住機會偷了他女兒的舊衣服溜出來。我在三天裡走了三十英哩路，都是在晚上趕路啦，白天我就躲起來睡覺。我從家裡偷來的那袋麵包和肉使我在路上不致挨餓。我說我相信我舅舅艾伯摩爾會照顧我的。這也就是為什麼我逃到哥珊鎮的原因。

「哥珊鎮？孩子，這裡不是哥珊鎮耶，這裡是聖彼得堡。哥珊鎮還要再往上游走十英哩呢。誰告訴你這是哥珊鎮的啊？」

「真的嗎？在我今天早上想要轉進林子休息的時候，碰到一個酒醉的人，他告訴我前面的岔路要向右走，再走五公里就會到達哥珊鎮的啊。」

「我想他喝醉了吧，他說錯路啦。」

「嗯，他看起來像是喝醉了，反正現在也無所謂了啦。我還得趕路呢，天亮前才能到哥珊鎮。」

「等一會兒，我拿點點心給你吃，你應該會需要的。」

於是她拿了點心給我，然後說：「喂——當一條母牛躺著的時候，牠起身時哪一條腿先站起來呢？現在立刻回答我這個問題——別停下來想，哪邊先站起來呢？」

「後面那條腿。夫人。」

「那，好，那一匹馬呢？」

「前腿。夫人。」

「樹的哪一邊青苔長的最茂盛呢？」

「北邊。」

「如果山邊有十五頭牛在吃草，有多少隻朝著同一個方向呢？」

「十五隻全部都朝同一個方向。夫人。」

「好吧，我想你真的在鄉下住過。我以為你又想要我了。現在告訴我吧，你的真名到底叫什麼？」

「喬治彼德斯，夫人。」

「好吧，喬治，記清楚喔，免得你前腳出門跟我說你叫作亞歷山大，後腳一踏出去

又說你是喬治亞歷山大。還有啊，不要穿著那件舊洋裝扮成女孩，你裝的實在是太不像

了，雖然也許還可以騙騙男人啦。上帝保佑你，孩子。下次穿針線的時候，別用針穿

線，應該用線穿針——這才像是一個女人的動作，男人總是做相反的動作。還有啊，當

你用東西丟老鼠的時候，要踮起腳尖，儘可能笨拙地把手舉高，而且也不能射得太準，

至少要差個六、七呎，要直地從肩上丟出去，這樣才像個女孩。不要用手腕或手肘

丟，或是像個男孩般地伸出手臂。還有喔，一個女孩如果要雙腳併攏放東西的時候，

她會張開膝蓋，不會像你剛才一樣直直地併起來。你知道嗎？當你在穿針線的時候，我

就認出你是個男孩了，然後又靠著其他的線索，就更加確定這件事實了。好啦，現在去

找你的舅舅吧。你這個莎拉瑪莉威廉喬治亞歷山大彼德斯。如果你在路上碰到什麼麻

煩，就託人傳話給茱蒂斯羅夫特斯夫人，就是我，我會盡我所能的幫你解決困難的。順

著河走，下次你出門的時候記著穿鞋襪，河邊的路可是條石頭路呢。我想到哥珊鎮之

前，你的腳一定已經不行了。」

我順著河堤走了大概五十碼，然後我再順著來時的足跡，溜回獨木舟，快速地離

開。我奮力地往島前端划去，並且把帽子脫下，因為我不想被任何東西阻擋了我的視

線。當我划到河中央的時候，聽見鐘開始響了。我停下來聽著；聲音清晰地從河的那端

傳來——十一下。當我划到島前端的時候，我停也不停，喘著氣溜進之前在樹林裡的營

地，在一處既高且乾燥的地方生起火來。

然後我又衝進獨木舟，向離此地一點五英哩遠的洞口盡快地划去。我上了岸，穿過叢林，爬上山脊，進入山洞。吉姆躺在地上睡覺，我把他叫起來，然後說：「吉姆，快起來啊！沒時間了！他們在找我們啊！」

吉姆什麼問題也沒問，什麼話也沒說，但是他後半小時的行為顯示出他實在是怕極了。半小時過後，我們已經把所有的一切都搬上木筏，且一切都已經準備就緒，隨時可以從柳樹叢中出發了。我們首先把洞裡的營火熄滅，沒有再點亮蠟燭就離開了那兒。

我把獨木舟划離岸邊，向四周張望，但如果四周有船的話，我也看不見，因為星光並不夠亮。於是我們撐起船槳，趁著黑夜往下游出發，經過死寂的島邊，一句話也沒說。

12

當我們最後到達島的尾端的時候，應該已經將近一點鐘了，木筏漂流的速度也緩慢了下來。如果有船靠過來的話，我們打算跳到獨木舟裡，溜到伊利諾岸上。還好沒有看到什麼船。我們並沒有在船上放槍、魚線或是其他的食物，因為當時情況實在是太緊張了，根本來不及想別的事情。而且把所有東西都搬到船上也不是個好辦法。

如果那些人到島上的話，我想他們應該會找到我剛剛生起的那堆營火，然後整晚守在那裡等吉姆回來，這樣的話他們就離我們很遠了。但是如果他們沒有被我生起的火堆愚弄的話，那也不是我的錯，畢竟我已盡儘我所能地來欺騙他們了。

當天邊透出第一道曙光時，我們把船繫在伊利諾岸邊的一處灘頭，用斧頭砍了些樹枝蓋在木筏上，如此一來船看起來就像是河堤邊的一個小洞。我所謂的灘頭就是一處沙洲，上面長滿了如耙齒般濃密的茂盛樹叢。

我們來到密蘇里岸邊隆起的山丘上，由於伊利諾岸長滿了茂密的樹林，且河道是在密蘇里岸這邊，因此我不怕任何人會看到我們。我們整天都躺在那兒，看著浮木與汽船

從密蘇里岸順流而下，以及逆水而上的汽船在河中央與洶湧的波濤抗衡。我把碰見那個女人的事情告訴吉姆，吉姆說她實在是很聰明，如果她要跟蹤我們的話，她才不會被那營火所騙呢——不，她會帶一隻狗。我說那她自己為什麼不叫她先生帶隻狗呢？吉姆說他打賭當她丈夫出發之前她一定會想到這一點。吉姆認為他們一定是到城裡去找狗了，所以他們失去了大好時機，不然我們現在可不會躲在這個離鎮十六、七英遠哩的灘頭上逍遙哩——我想我們一定會被抓回鎮上的。我說只要他們沒有抓到我們，我才不管是因為什麼理由呢。

天快黑時，我們從林中探出頭來四處張望，什麼都沒看到。於是吉姆替帳篷從木筏上拿了一些板子，蓋了個舒適的帳篷來遮避風雨，還可以防止東西受潮。吉姆替帳篷做了個地板，離木筏大概有一呎多，這樣的話所有的毯子和東西就不會被汽船經過所濺起的浪打濕了。在帳篷中間我們做了一個五、六吋深的火坑，周圍用木框圍著，以便天氣冷的時候生火取暖之用；又做了一個船槳，以防其他的槳會因觸礁而折斷；我們還釘了一個彎曲的樹枝來吊那盞舊燈，這是要用來提醒其他的汽船不要撞倒我們，但是如果碰到向上游航行的船隻，我們是不需要點燈的，除非是碰到所謂的「會船」，因為現在的河水還是漲得很高，水底下的河堤依舊非常地淺，因此上行的船隻不會走這條運河，而會走其他較容易行駛的河道。

這一晚，我們在時速四哩的流速下，行駛了七、八個小時。我們釣釣魚，聊聊天，三不五時游游泳來驅逐睡意。這樣子的生活似乎有點莊嚴肅穆，漂流在安寧的大河裡，仰望天頂上的繁星，我們甚至不想大聲說話，也不放聲大笑，只是偶爾地咯咯輕笑罷了。那晚的天氣很好，什麼狀況也沒有發生，往後的幾晚也都是如此。

每晚我們都會經過城鎮，有些就在遠方的山麓上，看起來就像是一處閃爍著奪目光彩的燈床，一間房子也看不見。第五晚，我們經過聖路易斯，那幅景象就像是全世界的燈都亮起來似的。以前在聖彼德堡時，他們常說聖路易斯有兩、三萬人，我一直不怎麼相信，但是在那晚約兩點鐘時，當我看到那炫目耀眼的光芒時，我終於相信了。那座城安安靜靜的，一點聲音也沒有，大家都入睡了。

現在每個晚上大約十點鐘左右，我都會溜上岸到一些小村落去，用十或十五分錢買些玉米粉、醃肉或其他食物來吃；有時候我也偷些流落在外的雞帶回來果腹。老爸總是說當你逮到機會時就要偷隻雞，因為你自己不偷的話，別人也會偷，這亙古不變的法則說你逮到機會時就要偷隻雞，因為你自己不偷的話，別人也會偷，這亙古不變的法則千萬別忘記啊。我是從來沒有看過老爸偷雞啦，不過他總是這麼說就是了。

每天，在天亮前的早晨，我會溜進玉米田裡「借」顆西瓜、南瓜、幾穗玉米什麼的。老爸總是說如果你以後會還的話，借些東西是沒什麼大不了的；可是道格拉斯夫人卻說偷東西就是偷東西，不用編什麼藉口，有教養的人是不會這樣做的。吉姆認為那寡

婦和老爸講的都有點對，所以最好的方法就是我們每次只從單子上挑一、兩樣東西借就好了，然後聲明說我們以後再也不會跟他們借這幾樣東西了——吉姆也同意跟我們借借東西其實是無傷大雅的啦。於是我們一方面順著河流而下，一邊討論著到底我們是要丟掉西瓜借南瓜呢，還是乾脆借些別的東西。但是到天亮的時候，我們借了所有的東西。在達成決議之前，我們的心裡覺得有點不安，除了那些野蘋果之外，我們對這樣的結論感到很滿意，因為野蘋果那些東西既不好吃，又要等兩、三個月才會熟。

偶爾我們會射隻太早起床或是太晚睡覺的野鴨。大致說來，我們過得還算不錯。

在聖路易下游的第五個晚上，午夜前我們碰到了一陣狂風，夾帶著雷電，頓時下起傾盆大雨。我們躲在帳棚裡，任著木筏漂流。當天邊劃過一道閃電的時候，我們只看見前方一片汪洋，兩側岩壁矗立。不久我說：「唉——唷，吉姆，你看那裡，那是一艘觸礁的汽艇耶！」我們正朝著它飄過去，雷電閃閃把它照得很清楚。船身已歪斜傾倒，船頭甲板的一部分浮出河面，在閃電的照耀下，可以清楚地看到上頭的每根電線。船上的大鐘旁靠著一把椅子，椅背上掛著一頂舊水手帽。

暴風夜逐漸過去了，在這麼一個風雨交加的夜晚，看到如此的殘骸淒慘孤獨地躺在河中，我想任何一個男孩看了都和我有相同的感覺。我想上船去逛逛，順便看看裡面有

什麼東西。於是我說：「吉姆，我們上去瞧瞧！」

剛開始吉姆死命反對，他說：「我才不要去那鬼地方亂逛呢！我們現在過得很順利嘛，不要再去隨便招惹別的事了啦，搞不好甲板上有守衛呢。」

「守衛你的阿媽哩！」我說：「上面除了船長室以外沒什麼好看的，你想有誰會願意在這樣的晚上冒著生命危險在上頭守著船長室呀？尤其這艘船隨時都有可能會沈沒被河水沖走呢。」吉姆頓時無話可說。「除此之外，」我說，「也許我們可以從船長室借些值錢的東西，比如雪茄──我跟你打賭，一根可值五分錢呢。汽艇的船長通常都很有錢，一個月的薪水有六十塊，只要他們想要，他們才不管東西有多貴呢。拿根蠟燭吧，吉姆，我非得到船上搜一搜才甘願。你覺得湯姆會這麼膽小嗎？他才不會哩。他把這樣的舉動叫作冒險──他總是這麼說的。他拚了命也要上船去瞧一瞧。他難道不會逮住機會好好表現一番嗎？你就把它想成是哥倫布的大發現嘛，我真希望湯姆在這裡。」

吉姆在口中碎碎唸了一番，但最後還是安協了。他說我們不應該說大話，隨後又低聲咕噥著。閃電來的正是時候，我們抓住船右弦的釣桿，把獨木舟靠了過去。

這裡的甲板很高。我們順勢滑入，往船長室走去。因為裡面實在太暗了，我們只好慢速前進，同時伸手去撥開電線。沒過多久就看見了天窗，我們爬了上去，來到船長室前，門是開的。天啊，這裡頭竟然有一盞燈！同時我們聽到裡頭傳來低沈的聲音！

吉姆輕聲告訴我說他覺得很不舒服，叫我自己去。我說好吧。而當我想要往木筏的方向前進的時候，突然聽見裡頭傳來一聲哭嚎的聲音說著：「喔，求求你們不要這樣，我發誓我不會告訴別人的！」

又一個人很大聲地說著：「吉姆·透納你說謊，你每次都這麼說，你總是要求多分一點，而且每次都得逞，因為你老是威脅我們如果不給你的話就要跟別人說。可是這次這招已經不管用啦，你真是世界上最卑鄙狡猾的人。」

這時候吉姆已經上了木筏，然而我卻感到非常地好奇，於是我對自己說換成是湯姆，他絕對不會就這樣子回去的，所以我也不能落跑，我要去看個究竟。於是我匍匐在地上，在通道上摸黑前進，直到和船長室只隔一間房間的距離。我看到了一個人躺在地板上，手腳都被綁住，旁邊還站了兩個人，其中一個人的手裡提著一盞昏暗的燈，而另一個人的手裡拿著一把槍，指著躺在地上的那個人，然後說：「喔，我就是喜歡這樣，這麼做真是爽快，你這個人渣！」

躺在地上的那個人縮著身子說：「喔，拜託，比爾，我一定不會說的。」

每次他說那句話時，提著燈的人就會冷笑說：「你不會說？你敢說你不曾對我們說過謊嗎？說啊！」然後他又說：「你聽聽他求饒！如果我們今天不是把他綁著，他肯定會把我們兩個都殺了。為什麼？沒有為什麼，我們只是要討回公道──這就是原因。吉

姆‧透納，我要你從今以後再也不敢威脅別人。比爾，把槍收起來吧。」

比爾說：「傑克‧派克，我反對。我一定要殺了他——他還不是這樣殺了海菲德——

——他難道不該受報應嗎？」

「但是我不要他死，我自有原因。」

「傑克，你真是好心啊——只要我活著，我永遠不敢忘了你的大恩大德。」躺在地

上的人嗚咽地說著。

傑克沒有理會他，自顧自地把燈掛在釘子上，向我躺的地方走來，同時示意叫比爾

過來。我盡我所能地爬了將近兩碼，可是因為船是斜的，所以實在是很難爬。為了避免

被逮到，我爬進了上方的一間客艙。他們摸黑走來，當傑克走到我所在的客艙前面時，

他說：「這裡——進來這裡。」

於是他便走了進來，比爾跟在後頭。但是他們走進來之前，我已經爬到角落頂端的

臥舖了，心中覺得懊悔不已。因為他們站在那兒，手靠著床邊說話。我雖然看不到他

們，但是我知道他們站在哪兒，離我實在是太近了，從他們渾身的威士忌酒味就可以知

道。我很高興我沒有喝酒，但是這也沒什麼差別，因為我嚇得連大氣都不敢喘一聲。我

怕極了，更何況聽到他們這樣的談話時，誰還敢大聲喘氣呢？他們用低沉的語氣嚴肅地

說著話，比爾想要殺了透納，他說：

「他說他不會說，可是他一定會。如果我們把我們的那分現在都給了他，在我們這樣對他之後，他還不是會繼續威脅我們，你信不信？他一定會去作證的。你聽清楚了，我一定要把這個禍害解決掉。」

「我也是這麼想。」傑克平靜地說。

「他媽的，我還以為你不想殺他哩。好吧，那就動手吧。」

「等一會兒，我話還沒有說完呢。你聽我說，開槍是不錯的方法，但如果要真正地把事情處理好，還有其他更安靜的方法呢。我的意思是說我們應該用一種風險較小的方式來達到我們想要的效果，你說是不是？」

「說的是不錯，那你現在要怎麼做呢？」

「我的想法是，我們現在趕快把船艙中看到的任何東西都搬上岸，把它埋起來。然後我們耐心等著，我想這艘船頂多再撐兩個小時就沉沒了，到時候他一定會被淹死。這全都只能怪他自己運氣不好。我覺得這比殺了他更好。我很不喜歡親手殺人；這聽起來不太好，有點不道德，不是嗎？」

「好吧——就這麼做。可是如果這艘船不沈的話怎麼辦呢？」

「反正我們等個兩小時再看看嘛。」

「好吧，開始動手吧。」

他們走後，我溜了出來，嚇得一身冷汗，往前方前進。船裡一片漆黑，我用沙啞的聲音輕聲喚著：「吉姆！」然後他就在我附近呻吟著回應。於是我說：「快點，吉姆！不要再唉唉叫了啦，沒時間了。這邊有一堆殺人犯，如果我們不趕快找到他們的船，把它解開，讓這些人沒辦法逃離這兒的話，就有人要死了啦。可是如果我們趕快找到他們的船，我們可以讓全部的人都倒大楣——因為警長一定會找到他們——趕快啦！我從這兒找起，你去那裡看看，你先從木筏那裡找起，然後——」

「天啊，我的天啊，木筏，再也沒有木筏了啦。它被水沖走了！——我們被困在船上了啦！」

13

我倒吸了口氣，幾乎快暈倒了。我竟然和一群殺手困在這艘破船上。可是現在沒時間想那麼多了，我們一定要趕快找到那艘船——當然是找來自己用囉。於是我們一路搖搖晃晃地往右邊甲板走去，走得很慢很慢，像是過了一個禮拜之久——但是並沒有看到船的影子。吉姆說他走不動了——他嚇得沒有力氣再走了。可是我說，快來啦，如果我們待在這艘船上的話，我們就慘啦。於是我們又開始摸索，我們抓著船長室盡頭的甲板，緊挨著窗板向天窗上爬去，因為天窗的邊緣已經沉沒到水裡面去了。當我們快靠近船艙門的時候，我們看到了小艇，真是謝天謝地啊！——雖然看的並不是很清楚。我高興極了，本想馬上跳上去，不料那時門打開了，有一個人探出頭來，離我大概只有幾呎遠，我想我完了，但是他又縮了回去，然後說：「比爾，把那他媽的燈籠給我拿過來！」

他丟了一袋什麼東西到船上，然後爬上去坐了下來，原來是傑克。接著比爾也走出來上了船。傑克低聲地說：「好囉——出發了！」我累斃了，手幾乎抓不住窗板。但是

比爾說：「等一下——你搜過他的身了沒？」

「沒有啊，你沒搜嗎？」

「沒——所以說他已經拿到他的那一份了囉。」

「好吧，再回去瞧瞧吧——拿了貨不拿錢是沒用的。」

「欸，他不會懷疑我們的企圖嗎？」

「也許不會吧。但是不管如何，我們都要拿到。來吧！」

於是他們下了船，又進去了。

門「砰」地一聲關上，因為船上有點傾斜。沒一會兒工夫我就上了船，而吉姆也跌跌撞撞地跟了上來。我拿出刀子把繩索割斷，趕緊溜之大吉囉！

我們沒有用槳，沒有說話，也沒低聲交談，更沒有喘氣。我們迅速地在沉默寧靜中航行，經過船杆、船尾，一、兩秒之後，已離沉船一百碼了，黑暗迅速地將它吞噬，什麼也看不見了。我們知道我們安全了。當我們划到離沉船約三、四百碼時，看見船長室的火光閃了一下，我們立刻知道那些混蛋發現船不見了，也了解到他們和吉姆‧透納一樣，麻煩大啦。

吉姆划著槳，尾隨在木筏之後。現在我開始擔心那些人那——之前可沒工夫想那麼多。我想就算對殺人犯來說，被丟在沉船上應該也是一件很可怕的事吧。用不著說，我

可能已經變成一個殺人犯了。那我該怎麼辦呢？於是我對吉姆說：「等一會兒看到亮光的時候，就在離那一百碼左右的地方上岸吧，找個可以讓你和小船藏身的好地方，然後我來編個故事，找人去抓那幫人，讓他們得到應有的報應。」

可是這個主意失敗了，因爲很快地，暴風雨又來了。我想大家都在睡覺了吧。我們被急流急沖而下，一面大雨一直下，也看不到任何燈火，我一面盯著我們的木筏。過了一陣子，雨終於停了，但是雲層還是很仔細地看著燈光，一面盯著我們的木筏。漸漸地，一道閃電照亮前方那團烏漆嘛黑的東厚，雷電閃閃，不時穿過天際透出閃光。

原來是我們的木筏，我們很高興能夠再次坐上它。現在我們在右前方的岸上看到了一盞燈，於是我說：「我去那兒瞧瞧。」小船上堆滿了那幫匪徒從沉船上搶來的東西，我們把它搬到木筏上排成一排。我叫吉姆繼續向下划行，當他覺得他已經走了大概兩英哩的時候，點一盞燈等我回來找他。然後我拿著槳，向燈光處划去。當我向它前進的時候，又在山邊看到了三、四盞燈。原來這是一個村落。我划著槳向著岸邊燈光前進，當我靠近它的時候，發現那原來是一艘渡船的桅杆上。四周一片死寂，我從甲板下面靠近，綁上繩子，上了船，四處找著守衛，不知他睡在哪裡。後來我找到他了，他把頭深深地埋在兩膝之間，睡的很沉。我搖了他肩膀兩、三下，然後開始哭了起

來。他驚醒過來，但當他發現是我之後，就伸伸懶腰，打了個哈欠，然後說：「嗨，怎麼啦？不要哭啊，孩子，發生什麼事啦？」

我哭著說：「爸爸，媽媽，姊姊，還有——」

然後我大哭了起來。他說：「別這樣嘛，人都會遇到困難的啊，但是總會有方法解決的嘛。他們怎麼啦？」

「他們——他們——，你是這條船的守衛嗎？」

「沒錯。」他一副很得意的樣子，「我是這艘船的船長、船主、水手、領航員、守衛、和大副。有時候我既是搬運工也是旅客呢。我雖然不像吉姆‧豪貝克那麼有錢，可以對湯姆‧狄克和哈利那麼地慷慨，四處亂砸錢；但是我告訴他好幾次了，我是不會和他交換生活的；因為我說啊，我要過的生活就是一個船員的生活，我想過著與世無爭的生活，就算是他把他所有的錢都拿來跟我換，我也不願意放棄這種生活呢。我說啊——」

我打斷他說：「他們有大麻煩了，而且——」

「誰啊？」

「爸爸，媽媽，姊姊和霍克小姐。你可不可以開船到——」

「到哪兒？他們在哪裡？」

「在沉船上。」

「什麼沉船？」

「就是那一艘沉船！」

「什麼？你是說華特史考特號嗎？」

「對啊。」

「天啊，他們在那兒幹嗎？」

「他們不是故意去那裡的啦。」

「我想也是！天啊，如果不趕快的話，他們肯定會慘遭滅頂。他們到底為什麼會被困在那兒呢？」

「是這樣子的啦。霍克小姐想要去鎮上做客——」

「對啦，是布斯灘嘛——繼續說。」

「她去那裡做客，傍晚時她跟她的黑女傭坐著馬，想坐渡船到她朋友家，好像叫什麼小姐來著——我記不得她的名字了啦。中途她們掉了船槳，只好一路順流而下，漂了大約兩哩路之後便觸礁了。那個划船的黑女傭和馬兒都被水沖走了，還好霍克小姐爬上了那艘沉船。大約在天黑之後的一個小時，我們也乘著船順流而下。因為天色很暗，所以當我們注意到的時候，已經撞上那艘沉船了。可是幸運的是我們全都獲救了，除了比

爾‧惠波之外——天啊，他真是個大好人——我真希望落水的是我而不是他，我是說真的。」

「天啊，這是我碰過最糟的事。那你們後來怎麼辦呢？」

「我們拚命地叫喊啊，可是河太寬了，沒有人聽到我們的呼救。於是老爸說必須要有人上岸求援，而我是裡面唯一會游泳的，所以只好冒險一試囉。霍克小姐說如果我找不到人的話，就去找她的舅舅，他會搞定一切的。我在離這兒大約一哩的下游上岸，四處尋找救兵，可是他們都說：『什麼？在這樣的夜裡，而且水流這麼湍急？這是不可能的啊。你去找汽船求救吧。』如果你可以幫我的話——」

「我向老天發誓，我當然很想去，但是救援費用要誰來付呢？你想你老爸會不會——」

「沒問題！霍克小姐特別告訴我說她的舅舅豪貝克——」

「什麼？他是她舅舅嗎？嗯，你向遠方那盞燈走去，到那兒向西走大概四分之一哩，就會看到一家酒館，跟他們說你要找吉姆‧豪貝克的家。你可不要耍什麼花樣，因為他一定會想知道這個消息。告訴他，到時他就會給你錢。你可不要耍什麼花樣，因為他一定會想知道這個消息。告訴他，在他趕到鎮上之前，我就會把她的甥女安全地救上岸，你趕快去吧。我要到轉角去發動引擎啦。」

我朝燈光走去，但一等到他拐彎之後，我就立刻掉頭溜回我的船上，快速地離開岸邊。航行了將近六百碼，隱身於其他的木船之中——因為我必須要親眼看到汽艇出發我才會安心，但是大致說來我現在的感覺已經好多了，因為我已經盡力去幫助那幫歹徒了。我真希望道格拉斯夫人能夠知道這件事。我想她一定會以我為榮的，因為歹徒和流氓這種人是道格拉斯夫人這類善良的人最關心的了。

沒過多久我就看到沉船了，陰沉且灰暗，並逐漸地下沉著。我打了個寒顫，向它前進。它沉得很深很深，我想再過一分鐘船上的人就沒有生還的可能了。我在它的四周繞著，輕聲地叫喊，喊了一會兒之後，一點回音都沒有，仍舊是如此的死寂。我對那幫匪徒的遭遇感到有點同情，雖然並不是十分地難過，因為我想換作是我的話，我也能承受吧。

後來渡船來了，於是我划到河的中央；當我覺得他應該看不見我的時候，我收起槳，回頭看見他繞著沉船尋找霍克小姐的遺體，好給她舅舅一個交代。沒過多久，那渡船便放棄了，向岸上航去，而我便快速地往河下游划去。

過了好久好久，我才看見吉姆的燈光。當它一出現的時候，看起來就像在千哩遠之外。我到達吉姆那兒時，東方的天空已經有點泛白了。於是我們駛向一個小島，藏起木筏，把小船鑿沉，上了岸，沒一會兒工夫便像死人般地沉沉睡去。

14

當我們起床之後，翻了翻那幫匪徒從沉船上搜來的東西，發現裡頭有靴子、毯子、衣服、很多書、一個望遠鏡以及三盒雪茄，還有一些沒有用的東西。我們這輩子從來都沒有擁有過這麼多東西，那盒雪茄還是上等貨色呢。我們整個上午都躺在林間閒聊，我讀讀書，過得還算滿愉快的。我把在沉船和汽艇上所發生的事都告訴吉姆，我說這樣的遭遇就是我所謂的冒險，但是他說他可不要再有什麼冒險了。他說當我待在船長室裡，而他爬回去找木筏，卻發現它不見的時候，幾乎快要嚇死了。他覺得這下他完蛋了，因為呢，如果他不能獲救的話，就會被淹死；但是就算他僥倖被救，不管是誰救他，都會把他抓回去領賞，然後瓦特森小姐一定會把他賣到南方。嗯，他說得的確沒錯；對一個黑奴來說，他的腦袋還算清楚。

我說了很多關於國王、公爵、伯爵等等的故事給吉姆聽，說他們衣服穿得有多華麗，行為舉止多麼地有派頭，而且還彼此互稱閣下和老爺等等，才不會只稱對方先生呢。吉姆聽了瞠目結舌，對這些感到非常地有興趣。他說：

「我從來不知道有這麼多的頭銜耶。除了老所羅門王之外，我什麼頭銜也沒聽過，當然除了紙牌上的王除外啦。當一個王可以拿多少錢啊？」

「拿？」我說：「如果他們想要每個月拿一千塊的話，他就可以得到啊；他們要拿多少就拿多少，反正什麼都是他們的。」

「那不是太好了嗎？那他們要做什麼事，哈克？」

「什麼都不用做啊！真是的，問這種蠢問題！他們只要閒晃就夠啦。」

「不會吧──真的嗎？」

「當然是這樣啊。他們只要閒晃就好了。除非戰爭來臨才需要上戰場，其他時間他們都是懶洋洋地閒著沒事做，去放放老鷹啦──只要去放放老鷹和──噓！你有沒有聽到聲音？」

我們探出頭看看，但是只瞧見一艘小艇經過，除此之外什麼都沒看見。於是我們又回到林中。

「就是這樣。」我說，「其他的時候呢，當他們覺得無聊時，就會去國會吵吵架；如果有人不聽他的話啊，他就會把他們的頭砍掉。不過他們大部分的時間都待在後宮裡。」

「在哪裡啊？」

「後宮啊。」

「什麼是後宮？」

「就是他妻妾住的地方啊。你不知道什麼是後宮嗎？所羅門王就有一個後宮啊，裡面住了將近一百萬個妃子呢。」

「喔，原來如此！我——我想我忘了。我猜後宮大概就是一棟房子吧，吵吵鬧鬧像一個幼稚園似的，裡面的妻子每天爭風吃醋地惹些小事端。大家都說所羅門王是有史以來最聰明的人，我才不信呢。為什麼？我告訴你為什麼：一個這麼聰明的人難道會願意每天住在這麼吵鬧的地方嗎？不——他才不願意哩。一個真正聰明的人會找個可以安靜休息的地方住。」

「可是不管如何，他的確是最聰明的人啊；那可是道格拉斯夫人親口告訴我的喔。」

「我不知道道格拉斯夫人是怎麼跟你說的，不過他並不是最聰明的人，他有些行為是我看過最殘忍的。你知道他把一個小孩砍成兩段的故事嗎？」

「知道啊，那寡婦告訴過我。」

「喔，！這不是天底下最慘的事嗎？你只要想一想就會知道了。看，這根樹枝——你把它想成是爭奪小孩的女人之一，你來——當另外一個女人，我是所羅門王，然後我們再把這一塊錢當作是那個小孩。你們兩個都在我面前說這個小孩是你們的，那我要怎麼

辦呢？我是不是應該去問問鄰居到底這塊錢是屬於誰的？問清楚以後再把它完整地交給真正的主人。這不是種常識嗎？不——我把這張鈔票撕成一半，一半給你，一半給另一個女人，這就是所羅門王的作法。現在我問你，這張鈔票有什麼用啊？——什麼東西也不能買。所以囉，半個小孩又有什麼用呢？」

「等一等，吉姆！你根本沒搞懂——天啊，你實在錯得太離譜了。」

「誰？我嗎？吉姆？才怪呢！少拿你的那一套來教訓我。我覺得我只是就事論事，那樣做本來就是一件十分變態的事。重點不是半個小孩的問題，重要的是一個小孩。一個用砍斷小孩這種方式來處理事情的人根本不配來領導群眾。哈克，別再跟我說所羅門王了，我對他可是清楚得很。」

「可是你根本不知道重點在哪裡嘛。」

「媽的，什麼重點！我可是很清楚自己到底知道什麼呢。讓我提醒你，真正的重點其實更遠——更深沉，這跟所羅門王的成長背景有關。你想，如果一個人只有一、兩個孩子，他會這樣糟蹋他的孩子嗎？不，他絕對不會的，他知道怎麼去珍惜。但是你想想看，如果家裡有五百萬個小孩跑來跑去的話，要他去珍惜孩子根本就是一件很困難的事，小孩對他來說就像一隻貓一樣，隨時可以切成兩段，因為小孩實在太多了嘛。對所羅門王來說，多一個或少一個小孩根本就是無關緊要的！」

我從來沒見過這麼樣的一個黑奴，實在是固執己見得緊。他是我所見過的黑奴中對所羅門王最不屑的一個。於是我把話題轉開，去說說其他國王的故事。我說了很久以前路易十六世上斷頭臺的故事，還有他那原本可以成為國王的兒子後來如何被關在監獄裡而死的事情。

「真是可憐的孩子啊！」

「可是有人說他逃了出來，流亡到美國。」

「太好了！可是他一定會很寂寞——這兒沒有國王吧。哈克，不是嗎？」

「沒有啊！」

「那他也沒有什麼搞頭啦。他在這裡能做什麼？」

「嗯，我不知道。有些人去當警察，有些人跑去教法文了吧。」

「咦，哈克，法國人跟我們說的話不一樣嗎？」

「吉姆，當然不一樣啊，他們講什麼你一句都聽不懂呢——一個字也聽不懂喔。」

「天啊，怎麼會這樣？」

「我不知道為什麼啦，不過的確是這樣子。我從書裡面讀過一些他們的話。你想如果有一個人到你身前跟你說：Polly-voo-franzy"的話——你會有什麼反應？」

「我一定什麼都不想就把他海扁一頓——如果他不是白人的話。我絕對不會讓一個

黑人這樣叫我的。」

「神經！這句話又不是在罵你。這句話的意思只是說『你知道怎麼講法文嗎？』」

「媽的，他為什麼不直接說就好了？」

「欸，他是在說啊。這就是法國人說話的方式。」

「這真是天底下最可笑的說法，我再也不想聽到這種話了，聽都聽不懂嘛。」

「吉姆，你聽我說，貓會跟我們說一樣的話嗎？」

「不會啊！」

「那麼牛呢？」

「牛也不會啊。」

「那貓會跟牛講一樣的話嗎？或者是牛會和貓講一樣的話嗎？」

「不，他們不會。」

「他們講不一樣的話是很自然的不是嗎？」

「是啊。」

「那貓和牛跟我們說話的方式不同也是很自然的囉？」

「這再明顯不過了。」

「那為什麼一個法國人跟我們講話不一樣就不自然呢？——你回答我這個問題。」

「貓和人一樣嗎，哈克？」

「不一樣。」

「所以要一隻貓跟人講一樣的話根本是件沒意義的事。而牡牛既不是人也不是貓，那麼要牠說話像人或者像貓根本就是件無聊的事。那法國人是人嗎？」

「沒錯啊。」

「那他媽的為什麼法國人講話不像個人呢？──你倒是回答這個問題！」

我覺得我不需要再浪費口舌了──你怎麼講也講不過黑奴的。於是我就閉嘴了。

15

我們預估再過三晚就可以到達伊利諾河下游的凱洛城，這城恰巧位於俄亥俄河的匯流處。到了那裡我們就可以把木筏賣掉，乘上汽艇到俄亥俄河上游的自由邦聯，到時候我們就會沒事了。

可是到了第二天晚上，天空飄起了濃濃的白霧。於是我們想找個灘頭把船繫住，因為在這樣的濃霧中實在是無法航行。然而，當我們帶著繩索，划著獨木舟向前航行，想要把船繫住的時候，卻發現灘頭上只有幾棵小樹。我把繩子往邊上的其中一棵繞了幾圈，但是那裡的水流急勁，強大的沖力使得木筏將那棵樹連根拔起，往下流漂流而去。

霧愈來愈濃，我感到很害怕，大概有一分半鐘動都不敢動——然後木筏便從我的視線中消失了；視線差到連二十碼前都看不清楚。我跳到獨木舟上，跑到船尾，提起船槳用力向前划，但是它動也不動，原來是因為我太慌張了，以至於忘了把繩索解開。我站起身來，試著想把繩子解開，但是我激動的雙手抖個不停，根本無法發揮任何作用。

等到我終於把船繩解開時，我開始追趕木筏。此刻它正從灘頭的尾端漂走。這灘頭

不到六十碼長，等我漂到它的尾部時，我陷入一陣白色的濃霧中，像個死人般地失去了方向感。

我想再划下去也沒有用了；而我知道如果這樣划下去的話，我一定會撞上河堤、灘頭等等的障礙物，因此我必須要保持平穩地漂流。然而，在這個時候要保持雙手平穩是一件多困難的事啊。我一邊喊，一邊側耳聽著，就在下游的不遠處，我聽到了一聲微弱的呼喊，這讓我精神一振。我急忙向它划去，同時留神傾聽聲音是從何處傳來的。在我又聽見它的時候，我發現我偏離了航道，漂流到它的右邊去了；下一次再聽到它的時候，又漂到左邊去了──我實在是聽不太清楚，因為我不時被水流沖得東倒西歪的，雖然聲音總是從我的前方傳來。

我真希望那白癡會想到把鍋子拿起來不停地敲打，但他從來沒想到這點，以至於我被他的呼喚聲搞得七葷八素，只好自己一人孤軍奮戰。突然，我聽見呼喊聲從我的背後傳來。我現在被搞得更亂了。那應該是別人的呼喊聲吧，不然就是我被河流沖得轉向了。

我放下槳，又聽見了呼喊聲，它還是在我的背後，但是是從另外一個地方發出來的。它持續地朝我靠攏，但是卻一直在改變方向。我不斷地回應，直到呼喊聲逐漸從我前方發出。於是我知道水流把獨木舟往下游沖去了，如果那個喊叫聲是吉姆而不是其他

船伕的聲音的話，那就太好了。在霧裡我根本無法分辨那些聲音是誰的，因為霧裡一切都看不清楚，更別提聲音了。

這呼喊聲不斷地持續著，大概在一分鐘之後，我被急流沖到了一處濃霧圍繞、長滿大樹的河堤，然後急流又將我沖向堤的左岸，通過發出轟隆隆巨響的樹枝，繼續向下游漂去。

又過了一兩秒，霧更濃了，一切又重歸寧靜。我坐著動也不動，只聽著我的心跳動，大氣都不敢喘一下。

後來我放棄了，我知道這是怎麼一回事了。這並不是一個你花十分鐘就可以通過的灘頭，它應該有五、六英哩長，寬度超過半哩，島上還長滿了高大的樹。

我保持安靜，豎著耳朵聽著，我想大概聽了十五分鐘左右。當然我現在還是繼續往下游漂流，時速大約四、五英哩。可是要是你是我的話，你才不會這麼想哩。你一定會覺得自己好像死了一般似地漂浮在河上；而如果你身旁有一小枝樹木漂過，你也不會覺得你現在移動的速度很快，你一定會吸一口氣，然後想，天啊，那樹枝往下沖的模樣實在是嚇人極了。如果你不覺得一個人航行在夜晚的迷霧中是一件多麼淒涼寂寞的事的話，你可以試看看，到時你就會知道了。

再接下來的半個小時裡，我三不五時地呼喊著，後來我終於從遠處聽到了回應。我想要向那個方向滑去，但是我做不到，我立刻發現自己已經漂入一處長滿樹木的灘頭，我隱約可以從船身兩旁看見它們，像從一處狹窄運河通過般似的；然而有些樹枝我卻看不見，但我卻知道它們在那兒，因為我可以聽見水流沖擊那些枯老的樹幹和掛著樹枝上的垃圾所發出的聲響。過了沒多久，我就失去了在灘頭前方所發出的呼喊聲。唉，反正我也只能追蹤它們一會兒，因為這實在是比追鬼火還要困難。你沒有辦法想像這呼喊聲竟然能夠飄搖不定到這種地步。

我必須要很有技巧地用船槳撐著河堤四、五次，船才不會撞向小島。我想那木筏一定三不五時地撞到河堤，不然它老早就被沖得更遠了，呼喊聲當然也就聽不見了——我想它應該漂流得比我還要快一些吧。

漸漸地，我似乎又回到了寬闊的河面，但是我到處都聽不見呼喊聲了。我猜吉姆也許抓住漂浮的樹幹坐在上面了吧。我倒是沒事，但是實在是累壞了。因此我躺在船上，告訴自己不要再瞎操心了。當然囉，我並不想睡著，可是我實在愛睏極了，於是我想小睡一下也無妨吧。

可是我想我應該睡了很久，因為當我醒來的時候，天上的星星正閃耀著，霧已經全部消散了，而我正從河道的一處彎流經過。起先我連自己在哪兒都不知道，以為我正在

做夢呢。而當我稍微清醒了之後，覺得剛剛所發生的一切好像已經是上個禮拜的事了。

這條河實在是大極了，河岸旁矗立著又高又密的大樹，像堵堅固的牆一般。我往河的下游處看去，瞥見水上有個黑影，於是我向那邊划去，發現那不過只是兩根綁在一起的木頭罷了。後來我又看到另外一個黑影，於是又向它追去，這次可就對了，那是我們的木筏。

當我靠近它的時候，看見吉姆在上面沉沉地睡著，頭深深地埋在兩膝之間，右手靠在船槳上，另外一隻槳被撞爛了，而木筏上滿是樹葉、樹枝和泥土，看來他也滿慘的。

我把船繫緊，趴在吉姆的下方，用拳頭推推吉姆，叫著：「嘿，吉姆，我睡著了嗎？你為什麼不把我叫起來呢？」

「謝天謝地，是你，哈克？而且你沒淹死——你又回來了？真是令人不敢相信啊！孩子，讓我摸摸你，喔，你真的沒死！你又活蹦亂跳地回來了，跟從前一模一樣——跟以前的哈克一模一樣，真是感謝老天啊！」

「如果你沒醉的話，那你為什麼一直胡言亂語啊？」

「喝醉？我有喝酒嗎？我哪有機會去喝酒啊？」

「吉姆，你怎麼啦？你喝醉囉？」

「我哪有胡言亂語？」

「你沒有嗎？你不是一直瞎著說我回來眞好之類的嗎？你不是離開過嗎？好像我曾經離開似的。」

「哈克，看著我的眼睛；看著我，你沒有離開過嗎？」

「離開？你到底在說什麼啊？我哪兒也沒去啊，我能去哪裡啊？」

「好，一定有什麼事情不對勁。我還是我嗎？我到底是誰啊？我又是什麼呢？我想要搞個清楚。」

「嗯，很清楚啊，我覺得你就在這兒啊，你眞是一個昏頭昏腦的老呆瓜啊，吉姆。」

「我是嗎？那你回答我的問題。你不是划著獨木舟想把繩子繫在灘頭上嗎？」

「我沒有啊。什麼灘頭？我才沒看到什麼灘頭哩。」

「你沒有看到灘頭？你瞧瞧——那繩索鬆了之後木筏不是被河流沖走，把你和獨木舟留在濃霧中了嗎？」

「什麼濃霧啊？」

「就是籠罩了整晚的那場濃霧啊！我們不是曾經互相呼喊，在那些島裡面被搞得迷迷糊糊，連自己在哪兒都弄不清楚嗎？而我不是被河流沖向那些小島，差點被淹死嗎？不是這樣子的嗎——不是這樣子的嗎？你說啊？」

「吉姆啊，哪有發生這麼多事。我沒看到霧，也沒看到島，也沒有麻煩，什麼都沒有。我整晚都坐在這兒跟你講話啊。後來大概十分鐘以前你就睡著了，我想我大概也睡

了一覺。你那個時候沒有喝酒，所以你一定是在做夢。」

「靠，我怎麼可能在十分鐘裡面做這麼長的夢？」

「嘿，你真的是在做夢啊，因為根本沒有發生什麼事嘛。」

「可是，哈克，一切情形我都記得很清楚，就好像是——」

「記得多清楚都沒用，因為根本就沒有發生什麼事嘛。我知道得很清楚，因為我一直都在這兒。」

吉姆沉默了大約五分鐘，沉思著，然後他說：「好吧，哈克，我承認我真的做了夢，但是這可是我做過的夢裡面最令人驚心動魄的，我以前從來沒有做過這麼累人的夢。」

「喔，沒錯，有時候做某些夢可是會讓人家累得半死呢。這個夢可是很嚇人的——吉姆，跟我說吧！」

於是吉姆開始把整件事情從頭講到尾講給我聽，正如同所有發生的事情一樣，只不過他誇張了一點。然後他說他必須要好好地「解」這個夢，因為它代表了一種警示。他說第一個灘頭代表的是一個貴人，可是水流所代表的是將我們和貴人拆散的某個人，而那些呼喊聲代表那些三不五時會出現的警告，如果我們不試著去了解它的話，就會導致厄運的降臨。其他的灘頭代表的是我們將碰上的一些小人，但是假如我們不去招惹他們的

話，這些過節就會如濃霧般地退去，那我們就會重新航向寬廣的河流，也就是自由聯邦，到那兒之後就會什麼麻煩都沒有了。

當我剛上木筏的時候，天上的雲還很厚，但是現在幾乎都散盡了。

「喔，好吧，你把夢都解釋的很清楚了，吉姆。可是那『這些』東西代表的又是什麼呢？」

我所說的是木板上的樹葉和垃圾，以及那隻被撞爛的槳。現在這些東西清楚地擺在眼前。

吉姆看了看那些垃圾，然後看看我，再看看那堆垃圾，他太過於沉浸在夢裡，以致於沒有辦法立刻把它忘記，好好地面對現實。但是當他想清楚了之後，他直直地看著我，笑也沒笑地說：「它們代表著什麼？我現在就告訴你。之前我在跟河流搏鬥，大聲呼喊你；後來我累得半死之後就睡著了。我的心幾乎都碎了，因為你不見了。我根本連自己和這艘木筏會變成怎麼樣都不管。可是當我醒來發現你又活跳跳地回來之後，我高興的哭了，真想跪下來親吻你的腳，因為我是如此地感謝上帝，可是你心裡想的只是要怎麼樣撒謊來騙我這個糊塗的老傻瓜。那些東西是垃圾；垃圾就是人們習慣丟在朋友頭上，讓他們感到難堪萬分的東西。」

然後他慢慢地起身，什麼話也沒說就走進了帳篷，但是這就夠我受了，讓我覺得無

地自容，真想親吻他的腳向他道歉，請他回來。我掙扎了十五分鐘才打定主意去向一位黑奴認錯——然而我做到了，而且並不覺得後悔。我再也不要用這種卑鄙的伎倆玩弄他了，而且如果早知道他會這麼地傷心的話，我就不會這樣子對他的。

16

我們睡了幾乎一整天，到了晚上才出發，尾隨著一艘超長的木筏繼續向下游飄去。

這艘木筏每邊都有四隻腳，我們想它上面應該可以載三十個人吧。木筏上散布著五個大帳棚，中間有一處生營火的地方，頭尾各有一隻聳立的旗竿。它看起來極有特色，像是在跟眾人宣告什麼樣的船主才配擁有這樣的木筏。

我們往下漂流到了河的一處大彎道，天上布滿了雲，而天氣也愈來愈熱了。這條河非常地寬，兩岸長滿了厚實的樹木，沒有半點兒縫隙露出光線來。我們談著凱洛城，想著就算我們到了那兒也認不出它來，因為我聽說那裡房子不多，而且如果他們沒有點著燈的話，我們怎麼知道船已經經過它了呢？吉姆說如果那個地方是在兩條河流的匯流處，我們很容易就可以知道了。但是我說說不定我們會以為我們正經過島的尾端，而事實上仍舊是在同一條河流裡面漂浮著。我和吉姆為這件事感到非常困惑。唉，問題就在於：我們到底應該怎麼做呢？我說，當我們看到第一盞燈亮的時候，我們就划上岸，告訴岸上的人說我爸爸在後頭乘著一艘平底艙船過來，想打聽到凱洛城到底還有多遠。吉

姆覺得這是一個很好的主意，於是我們就邊抽菸，邊等待著。

但是大家都知道當年輕人想要找到問題的答案時，通常都不會有很大的耐心來等待。我們聊著天，後來吉姆說天已經變得很黑了，現在游到那艘大木筏爬上去偷聽應該沒有很大的危險才是——他們應該會談論一些凱洛城的事，因為他們可能會想要在那兒上岸找點樂子；或者無論如何他們會派人到岸上買一些酒、肉、或其他的東西。對一個黑人來說，吉姆的頭腦算是不錯的：當你想要做些什麼事情的時候，他的腦中通常早已有了計畫。

我站了起來把衣服脫掉，噗通一聲地跳入河裡，向木筏的燈火處游去。漸漸地，當我游近它的時候，我把動作放慢，並且盡量小心謹慎。可是一切都安全沒事，沒有人站在船槳的旁邊。於是我跟著木筏向前漂流，直到靠近中央的營火，然後我爬上木筏，慢慢地接近，躲進營火旁的木柴堆裡。營火旁有十三個人——他們是船的守衛，看起來很粗野，不停地傳著酒喝。其中一個人在唱歌——你可以說他在鬼叫啦，唱的並不是什麼好聽的歌。他唱歌的方式像是從鼻子裡面哼出來一般，每一段歌詞的尾音都拖得很長，當他唱完之後，其他人都發出類似戰勝的歡呼聲，然後換下一個人唱。這首歌是這樣唱的：

鎮上有一個查某人，伊就住在阮鎮上

實在有夠愛伊九，不過別的查脯人想要娶伊

對我唱，哩哩囉，哩多，哩囉，哩囉，哩囉

哩多，哩囉，哩囉，哩囉

哩多，哩囉，哩ㄅㄟ——

實在有夠愛伊九，不過別的查脯人想要娶伊

就這樣子唱了大概有十四段，實在是很沒水準。當他要再繼續唱下去的時候，他們其中有人說再唱下去就會出人命啦；另外一個人也說：「天啊，饒了我們吧！」還有另外一個人叫他去散散步吧。他們一直嘲笑他，而他生氣地跳了起來，開始對著大家咒罵，說要給大家好看。

他們本來快放過他了，不過一個最強壯的人突然跳出來說：「兄弟們，坐下吧，把他交給我，他是我的。」

他跳了三下，在空中把鞋跟併攏發出聲響。他把一件綴滿了垂飾的鹿皮衣丟開，然後說：「我要讓你死無葬身之地。」接著把他那頂綁滿了絲帶的帽子往地上一丟，說道：「今天在這裡我要把你解決掉。」

然後他又再次跳了起來，同樣地在空中把鞋跟併攏敲響，大聲地叫著：「嗚呼！我

是從阿鋼索來的殺人魔——你看我！我就是他們所說的死神！我是颶風的血親，被地震所詛咒，是霍亂的近親，嗯，和梅毒也有點關係。看看我，當我精神好的時候，我拿十九隻鱷魚和一桶威士忌當早餐；當我不舒服的時候，我就吃蠍、響尾蛇和死屍！我只要看上一眼，就可以讓久遠的古老硬石碎裂；我一說話，連閃電都要噤聲。嗚呼！大家向後站一點，留點空間讓我發揮吧！我天生下來就愛喝血，死人的呻吟對我來說就像美妙的音樂。兄弟們，把你們的目光集中在我身上吧！——大家小心了，不要大聲喘氣，因為我要開始大展神威啦！」

他在自吹自擂的時候，不斷地搖著頭，眼露兇光，來回不停地跳動，三不五時站直身，用拳頭捶胸，然後說：「兄弟們，看著我吧，看著我！」當他說完，就跳了起來，又用腳跟在空中併攏敲響，然後大喊一聲：「嗚呼！我是全天下最神勇的人！」

先前引起騷動的那個人壓低了帽沿，蓋住右眼，身體向前彎曲，緊握拳頭，在他胸前來回比劃了三圈，大聲呼著氣，開始備戰了起來。然後他站直了身，跳了起來，用腳跟在空中併攏敲響著（這使得圍觀的人鼓譟不已），對著群眾叫了起來：

「嗚呼！大家把頭低下去吧，因為死亡之國已經快要來啦！把我緊緊抓住，因為我的力量大到快要讓我飛上天啦！嗚呼！我可是罪孽之子，千萬別來惹我！各位兄弟，可別想要用肉眼來看我！當我心情好的時候可是會用經緯線為網，在太平洋撈鯨魚咧！當

我頭皮發癢，就用閃電抓；當我想睡覺，就用雷聲入睡！冷的時候在墨西哥灣洗澡，熱的時候就用春秋的暴風搧涼！渴的時候抓把雲止渴；餓的時候，走過之處無不飢荒遍野！嗚呼！把頭低下來向我敬禮吧！我可以以手遮日，將大地變成漆黑一片；還可以任意操弄月亮的圓缺，加速四季的轉換！我一抖身，群山會因此而顫動！別狷想用肉眼看我！我是十足的鐵石心腸，屠殺散居的部落是我休閒時的遊戲，毀家滅國是我終生的職志！廣闊無際的美洲沙漠是我私人的土地，底下埋滿了我所屠殺的死屍！」他跳了起來，又用腳跟在空中併攏敲響著（群眾又歡呼了起來），落到地面之後大喊著：「嗚呼！懷著敬畏之心把頭低下來吧！因為災難之子就在你的眼前！」

然後另一人——他們叫他作鮑伯的那個——向前站了出來，繼續吹噓著自己有多麼的英勇，說他才是最使人敬畏的那一個。然後他們怒目相視，對著對方拳打腳踢，口中發著如印第安人般的呼喊聲。起先，他們互喊著彼此，然後用粗俗的言語辱罵對方的姓名，接著就打了起來，災難之子甚至把鮑伯的緞帶帽踢了有六呎之遠。鮑伯走了過去，把帽子撿起來，說他並不介意，但是要大家走著瞧，說他就要好好地警告鮑伯，要他走路小心點，到時會要他血債血還的！災難之子說他可等不及了，現在他就要好好地警告鮑伯，要他走路小心點，到時會要他流盡全身的每一滴血，現在只是看在他家人的份上才暫時放他一馬。

他們雙方互相對峙，邊環場遊走邊搖著頭，叫嚷著要如何料理對方，但卻遲遲都不動手；這時，一個留著黑鬍子的人跳入場中說…

「過來啊！你們這兩個沒膽的懦夫！看我怎麼海扁你們！」

說著就朝他們開打了。那人抓住他倆，甩到一邊，把他們踢得四處亂跑，滿地找牙。沒到兩分鐘他們便起鐃來——其他人則拍著手，對著他們笑著大喊…「衝啊！殺人魔！」「嗨・扁他啊，災難之子！」「太棒了，小大衛！」就這麼喧鬧了好一陣子，鮑伯和災難之子被打得鼻青臉腫。小大衛要他們對大家承認自己是下三濫的懦夫，根本不配和狗進食，也不配和黑鬼喝酒。後來鮑伯和災難之子嚴肅地握手言和，聲明他們一向敬重對方，同時同意讓一切恩恩怨怨就此一筆勾消。說完之後，他們用河水洗了把臉。

突然傳來一聲吆喝，說是要過渡口了，於是有些人趕緊到那兒操槳，其他的人則到後頭去顧尾槳。

我躺在那兒動也不動地等了十五分鐘，抽了一管他們留下的菸斗；當船安全通過渡口之後，他們又全都回來了，繼續喝酒吹牛唱歌。接著他們拿出一把小提琴，其中一彈著，另一人打著拍子在旁和著，其餘的人則跳著老式的船舞。他們沒跳多久便氣喘如牛，於是又漸漸坐下來喝酒。

他們大聲地合唱著「做一個船伕是最快活……」，然後談論著各種豬的差別和習

性，女人的種種姿態，還有房子失火時要怎樣滅火比較有效，以及和印第安人要如何相處啦，一個國王該怎麼治國，該拿多少財寶，要怎樣讓貓兒打架，一個人癲癇發作該怎麼辦啦，還有清澈和污濁的河流差別何在等等。其中一個叫作艾德的傢伙說，喝密西西比河的污水還比喝俄亥俄河的清水要來得健康；他說如果打一品脫密西西比河的水上來，隨著水域的不同大概會有一半到三分之一的泥巴都留在底部，這並不比俄亥俄河的水來的糟——對俄亥俄河的水來說，要做的是持續地攪拌——當河水水位低的時候再將泥巴丟入，讓它水中的泥巴含量增多，像密西西比河一樣。

災難之子說的確沒錯；他說泥巴裡富含養分，一個喝了密西西比河水的人，只要他想的話，就可以在胃裡種玉米。他說：

「只要看看墓園，就一切都曉得啦；墓園會告訴你一切。辛辛那提的墳墓啥鳥樹也長不出來，可是聖路易市墓園裡頭，樹可長了八百尺咧。這都是因為那些人死之前喝的水的緣故，辛辛那提的屍體對土地沒啥幫助。」

他們又接著說俄亥俄河水不和密西西比河水交混。艾德說如果你在俄亥俄河水位低的時候到密西西比河上航行，你會看見一股清澈的水流向東綿延好幾百里，將兩條河分開，而你一旦向河中划了四分之一英哩，過了那條線之後，水流又是像之前一般地污濁。接著他們又說著怎麼樣才能使菸草不發霉，然後又說到他們碰到鬼，還有其他人歷

經的遭遇等等。

「你為什麼不說說你們親身碰過的事情呢？讓我先跟你們說一個我的親身經歷。五年前我在跟這艘一樣大的木筏上航行的時候，那晚月光皎潔，當時我在船上守衛握著槳。其中有一個夥伴叫作狄克，他走到我坐的地方──邊走邊伸懶腰、打哈欠──然後走到木筏的邊緣彎下腰來洗把臉，之後坐在我旁邊，把他的菸斗拿出來塞了點菸絲，抬頭看著天，然後說──

「『你看看，你看這，』他說：『彎道那邊不是貝克‧米勒的家嗎？』

「『沒錯啊！』我說：『這是那兒──怎麼呢？』他把菸斗放下，用手撐著頭，然後說──『我還以為我們已經離那兒很遠了呢』

「我說：『當我來守夜的時候，我也這麼想。』──我們已經航行了十二小時了──可是他們告訴我這一個小時木筏幾乎都沒有在動。現在它似乎有點在緩慢前進了。』他咕噥了一聲，然後說：

「『以前我在這兒也看過類似的情形，我覺得這兩年水流好像不往這兒來了。』

「他起身了兩三次，眼光直視著河的遠方。我思索著，人總是重複做著別人做過的事，雖然這些事情可能一點意義都沒有。沒多久，我看到一個黑色的東西從遠方向我們這裡漂來，我看到他也正盯著它瞧。我說──

『那是什麼?』

他說,口氣有點不大好——『沒什麼啦,只是一個空酒桶。』

『空酒桶!』我說。『人的眼睛是最不可靠的,你怎麼知道那是一個空酒桶呢?』

他說:『我不知道啊。雖然我覺得它看起來不像是一個桶,可是我覺得它應該是。』

『沒錯。我說也許它是吧,可是它也可能是別的東西。隔了這麼遠,誰都分不清楚啊。』

『我們繼續望著它什麼也沒做。後來我說:

『你看,狄克,我覺得那東西一直朝我們來耶。』

『他一句話也沒說。那個東西一直游過來,我猜那應該是一隻累壞的狗。當我們經過渡口,皎潔的月光灑在河上,照亮了那東西。天啊,原來那是一個酒桶。我說——

『狄克,剛剛我們離這個東西有半哩遠耶,你為什麼會覺得它是一個酒桶呢?』

他說:『我不知道。』

我說——『跟我說嘛,狄克。』

他說:『嗯,我就是知道它是一個酒桶,我以前就看過好幾百次了。他們說它是

一個被詛咒的酒桶。』

「我把其他的守衛叫來站在我旁邊，然後我把狄克說的這件事告訴他們。現在它在我們的正前方浮著，並沒有向我們這裡前來，離我們大概有二十呎遠。有些人說把它撈上來吧，可是其他人並不想。狄克說冒犯過它的木筏都沒有什麼好下場，守衛長說他才不相信呢，他說他覺得這個酒桶往我們這邊來是因為水流的關係，他說它會漸漸離開的。

「於是我們又繼續說著別的事情，唱歌，然後休息。休息過後，守衛長又唱起了另外一首歌；然而現在天空烏雲密布，水桶仍舊依然漂浮在那兒，歌唱聲也似乎沒有辦法把氣氛帶起來。於是他們沒有把歌唱完，也沒有任何的歡呼聲，大家什麼話都沒說。後來大家又試著說些話，有一個人說了一個笑話，但是那笑話實在是很冷，甚至連說笑話的那個人都沒笑，真是不尋常到了極點。我們都坐了下來，看著酒桶，心中覺得不安和焦躁。它仍然浮在那兒。突然間，起了一陣狂風，接著雷電交加，很快地，暴風雨就來了。木筏上有一個人在逃跑的時候顛了一下，摔倒在地上，扭傷了腳踝，大家都搖著頭。而每一次當有閃電的時候，酒桶旁邊就會閃著藍光。我們一直看著它，後來天快亮的時候它就漂走了。當天亮的時候，我們到處都找不到它，當然也不會覺得惋惜。

「但是隔晚大概九點半時，當我們唱著歌，氣氛很high的時候，它又回到它原先的地方。氣氛突然冷了下來，大家都嚴肅了起來，一句話也不說。大家什麼都不做，只是

坐在那兒看著它。天空的雲又開始聚集了，當守衛換班的時候，他們並沒有立刻去睡覺，也都跟著守著夜。暴風雨肆虐了整晚，又有一個人跌倒扭傷了腳踝，必須躺著休息。天亮的時候，酒桶又離開了。然而沒有一個人明白它的去處。

「接下來的整天，大家都顯得清醒安靜，我說的並不是那種不喝酒的清醒——並不是那樣。他們很安靜，但是喝酒喝的比之前還兇——並不是一起喝——而是各喝各的。

「天黑後，交了班的守衛並沒有進來睡覺；沒人說話，也沒人唱歌，更沒有人四處閒晃。他們都靠在一起，坐在那兒靜靜不動約兩個小時，眼睛直定定地看著同一個方向，三不五時地發出嘆息聲。突然，酒桶又出現在老地方，它整晚都在那兒漂著；沒有人睡得著。午夜之後，風暴又來了，天空一片漆黑，大雨滂沱，還交雜著冰雹，雷聲怒吼，狂風肆虐，而閃電照亮了一切，使得那木桶的身影清晰地如同白天所見一般；河面被閃電照著，如同牛乳般地潔白，綿延好幾里，而那酒桶依然浮在那兒。船長命令守衛去掌後艙，因為快到渡口了。可是沒人敢去——他們說不想再扭傷腳踝了，他們甚至不肯走路。就在當時，閃電將天空劈開，電死了兩個守衛，也使另外兩個人受傷。你問怎麼受傷的？當然是扭傷腳踝啊！

「在天快亮的時候，那酒桶又在雷電交加之中消失了。想也知道，那天晚上當然沒有人吃得下早飯。之後船上的人四散，三三兩兩地低聲談話，但是沒有人和狄克坐在一

起，他們都給他臉色看，如果他走近他們，他們會立刻分散而去。他們不想跟他一起搖槳，船長把所有的帆都收了起來放在帳篷邊，不肯把那些屍體運上岸埋葬，他不相信他們上了岸還會再回來，而他說得也的確沒錯。

「夜晚又來臨了，很明顯地如果那酒桶又回來的話，就意味著又有麻煩來到──大家都私下討論著。有些人想要殺了狄克，因爲他以前就看過那個酒桶，而且他長得很難看；有些人叫他滾上岸，而有些人說如果那酒桶再來的話，大家就一起上岸吧。

「這樣的耳語依然繼續傳播著，大家聚精會神地尋找酒桶的蹤跡，然而突然間，它又出現了。它慢慢且穩穩地從上游漂下來，又回到了它的老地方。四周安靜地連一根針掉到地上都聽得見。於是船長走上前說：

「『兄弟們，不要像一群小白癡一樣，我可不想要讓那酒桶一路跟我們到紐奧良，你們也不想吧？那麼，阻止它的最好方法是什麼呢？──燒了它，就是這樣。我要把它拖上船。』在大家都還來不及表達意見的時候，他就跳下河去了。

「他游到酒桶那兒，把它推向木筏，木筏上的人都退到一邊。船長把它搬上木筏打了開來，裡面竟然有一個小孩！沒錯，一個赤裸裸的嬰孩。那是狄克的嬰孩，他自己是這麼說的。

「『沒錯。』他說。上前靠在酒桶上，『沒錯，那是我可憐死去的孩子查爾斯，』他

結結巴巴地說著。他說他以前住在這個河的上游，有一天晚上小孩大哭大鬧，他不小心把他悶死了——這可能是個謊話——後來他害怕了，把他放在一個酒桶裡，在他太太回來之前出了門，向北邊走，當起船夫來。這已經是酒桶跟著他的第三年了。他說這個厄運開始來時總是很輕微，直到死了四個人之後才會罷休。他說大家如果再忍一晚——像之前一樣——可是大家已經受夠了，他們打算乘船把他帶到岸上，對他用私刑。然而他突然抓住了那個小孩，流著淚，緊緊地把他抱在胸前，跳入河裡。而我們這輩子再也沒有看過他和他的小孩了。」

「誰在哭啊？」鮑伯說：「是狄克還是那個小孩？」

「當然是狄克啊。我不是跟你說那個小孩已經死了嗎？死了三年了怎麼能哭啊？」

「嗯，你不要管他為什麼能哭。他為什麼能一直跟著狄克呢？」大衛說：「你回答我這個問題啊。」

「我不知道。」艾德說。「反正他就是會跟——我只知道這樣。」

「欸，他們把那個酒桶怎麼了？」災難之子說。

「他們把它丟下船，它像塊鉛一般地沈到河底了。」

「艾德華，那個小孩看起來像是被悶死的嗎？」

另外一個人又問：「他的頭髮有分邊嗎？」

「艾德，酒桶上的牌子叫什麼？」一個叫作比爾的人問道。

「艾德蒙，你有書面的證據嗎？」吉米說。

「艾德溫，你是不是他們其中被雷劈死了一個啊？」大衛說。

「他？不，被打死的兩個都是他。」鮑伯說。他們都吃地笑著。

「欸，艾德華，你不覺得你應該吃藥了嗎？你的臉色不好喔——你不覺得你臉色很蒼白嗎？」災難之子說。

「哦，別這樣嘛，艾德。」吉米說：「證明給我們看嘛，你身上一定有保留著一塊酒桶的木板當證據才對啊。拿出來給我們看嘛——快——那我們大家就會相信你了。」

艾德很生氣地站了起來，叫他們全部都給他小心，然後邊咒罵邊走了開。其他的人則對著他叫喊，喊聲和笑聲一哩外都聽得見。

「兄弟們，我們切顆西瓜來慶祝吧！」災難之子說。然後他摸黑走到我的藏身之處，伸手碰到了我。這時我全身溫暖柔軟，而且什麼衣服也沒穿；於是他說：「唉唷！」然後向後跳。

「兄弟們，拿個燈籠和幾支火把過來，這裡有一條和牛一樣大的蛇。」

於是他們帶著燈籠圍過來看著我。

「跟我出來，你這個死乞丐。」其中一個人說。

「你是誰？」另外一個人問：

「你來這兒幹什麼？給我好好回答，不然就把你丟下船。」

「兄弟們，把他抓出來，抓住腳跟拖出來。」

我開始求饒，在地上爬著，渾身顫抖。他們看了我一下，竊竊私語，然後災難之子說：「原來是個他媽的賊。把他丟下船吧！」

「不。」大鮑伯說：「拿油彩來把他全身上下塗成天藍色，然後再把他丟到河裡。」

「好，就這樣辦！吉米，去拿油漆來。」

當油漆拿來的時候，鮑伯拿起刷子，大家都笑了起來。正當他想要往我身上塗下去的時候，我開始哭了起來。這招對大衛似乎有點奏效。「給我住手，他只是個小鬼而已。誰敢碰他我就把油漆塗到他身上。」

於是我往四周看了看，他們有些二人嘴裡咕噥著。鮑伯把油漆放下，其他人也沒有再說什麼。

「到火邊來，讓我們來看看你到底來這兒做啥。」大衛說：「坐下來自我介紹吧。

你來船上多久啦？」

「先生，還不到二十五秒呢。」

「那你怎麼這麼快身體就乾了啊？」

「我不知道耶，先生，我總是這樣。」

「喔，是嗎？你的名字叫什麼？」

我才不打算告訴他們我的名字呢，我不知道該怎麼說，於是我說：「查爾斯，先生。」

他們全部大喊了起來，我很高興我這麼說，因為如果他們笑了，心情應該會好一點。

當他們笑夠了，大衛說：「不會吧，查爾斯，五年你不可能長這麼大吧。你從酒桶裡出來只不過是個嬰孩，而且早就已經死翹翹了。現在跟我們說實話吧，沒有人會傷害你的，如果你沒有心懷不軌的話。你的名字到底是什麼？」

「愛力克詹姆斯，先生。愛力克詹姆斯霍普金斯。」

「好，愛力克，你從哪兒來的啊？」

「從一艘貨船上來的，它就停在彎道的那一邊。我在那上面出生，老爸一輩子都在這條河上從事貿易，他叫我游來這兒，因為當你們經過的時候，他想要請你們傳話給在凱洛城的一位喬納斯透納納先生，然後告訴他——」

「少來了！」

「是真的，先生，我說的每個字都是真的。老爸說——」

「喔，你祖母卡好！」

他們都笑了起來。我試著說話，但是他們制止了我。

「你給我聽清楚了。」大衛說：「你很害怕，所以你亂說話。但是現在開始要誠實地回答我的問題。你住在船裡是真的嗎？」

「沒錯，是一艘商船。它就停在河道的另一邊。只是我不是在那艘船上出生的啦，這次是我們的處女航。」

「這才像話嘛。你來這兒幹嘛？偷東西嗎？」

「不，先生，我不是。我只是想要到木筏上來玩玩嘛，所有的男孩都會這麼想。」

「嗯，我知道了。那你躲起來幹什麼呢？」

「有時候船員會把小孩子趕下船。」

「沒錯，因為小孩子可能會偷東西。你聽好啦，如果我們這一次饒了你，你可以保證你以後都不再犯了嗎？」

「老闆，我保證以後絕對不再犯。」

「好吧，現在離岸並不遠，你下船去吧，下次不要再這樣胡鬧了。小子，你可要小心啊，有些船伕可是會把你打的鼻青臉腫的呢。」

我連再見都來不及說，立刻跳下船向岸邊游去。後來當吉姆划過來的時候，那艘大木筏已經離我們很遠了。我爬上木筏，很高興再次看到我的家。

現在我們沒什麼事好做，只有仔細留神不要錯過那個小鎮。吉姆說他一定要小心地看，因為到了凱洛城就代表他成了自由之身；如果他錯過的話，他將永遠是別人的奴隸，而享受不到自由的滋味。每隔一會兒，他就跳起來喊著：「是那裡嗎？」

可是並不是，那不過是鬼火或螢火蟲罷了；於是他坐了下來，又像以前那樣望著。吉姆說一想到他離自由這麼近，就讓他全身顫抖發熱了起來，因為我突然想到如果他自由的話——這該怪誰呢？是我！我無論如何也沒辦法逃脫良心的譴責。它使我心煩，無法靜靜待在一個地方坐著。這感覺我以前從來都沒有過，然而現在卻發生了，而且時時跟隨著我，不斷地折磨我。我試著安慰自己說我並沒有錯，因為又不是我幫吉姆從他主人那裡跑出來的；然而這並沒有用，我的良知每次總是對我說：「你可是清清楚楚知道他是為了自由而逃跑，而你大可以上岸告訴大家這件事。」沒錯，就是這樣——我就是沒有辦法不自責，我的良心隨時提醒著我說：「可憐的瓦特森小姐以前是怎麼對你的啊？你親眼看見她的黑奴逃走了，卻一句話也不說，你怎麼可以這樣對待她呢？她還教你讀書，要你學乖，盡她所能地對你好，她就是這樣子對待你的。」

我覺得自己真是卑鄙極了，希望自己死掉算了。我心神不寧地划著船，吉姆也是。我們誰都安靜不下來，每次他跳著高喊：「那是凱洛城！」我的心就好像被子彈射中了

一般。我想如果那真的是凱洛城的話，我一定會悲慘地死去。

在我自言自語這段時間，吉姆一直高聲地說，當他到了自由地之後，第一件想做的事就把所有的錢都存起來，一毛也不花。等他存夠了之後，他要把他的太太贖回來。她的太太現在為瓦特森小姐附近的農場主人所有。到時候他們兩個要努力賺錢，把兩個小孩也贖回來，如果他們的主人不願意的話，他們將要求解放奴隸組織的人把孩子偷回來。

聽他這麼說，我真是嚇得半死，他以前從來不敢這麼說話的。他一想到自己快要成為自由之身，就整個人都變個樣子了。那句古老的諺語真是說對了：「黑人是得寸進尺的。」這是我從來都沒有想過的事情。我幫著這個黑人逃到這兒來，現在他說他要把他兩個小孩偷回來——而這兩個孩子現在是屬於一個和我素不相識、無冤無仇的人。

聽到吉姆這麼說，我實在感到很懊悔，他實在是太墮落了，我的良心比從前更加地折磨我自己，直到我對它說：「放過我吧」——現在還不晚——我會划上岸向別人告密的。」說完之後，我的心情頓時愉快了起來，輕鬆地像根羽毛似的，所有的煩惱都煙消雲散。我專心地張望尋找亮光，對自己輕輕唱著歌。後來看到了一盞燈光。吉姆大聲地喊著：「我們安全了，哈克，我們安全了！跳起來歡呼吧！我知道終於到了美好的凱洛城了。」

我說：「我先划獨木舟去看看，吉姆。你知道，那不一定是凱洛城。」

他跳起來把獨木舟準備好，在船底鋪上他的舊大衣讓我坐得舒服點，把槳遞給我。當我離開的時候，他說：「很快地，我一定會高興地大喊大叫，而且我會說這都是因為哈克的緣故。我自由了！而且如果不是哈克的話，我永遠都得不到自由。哈克做到了。吉姆永遠不會忘記你的，哈克。你永遠是吉姆最好的朋友，也是我目前唯一的朋友。」

我心虛地划上岸，準備去告密。但聽到他這樣說，似乎把所有的功勞都歸到我身上。我慢慢地划開，心裡不確定對我來說離開到底是高興還是悲傷。當我划離五十碼遠時，吉姆說：「儘管去吧，哈克！你是唯一對老吉姆信守承諾的白人紳士。」

啊，我真是覺得難過。但是我對自己說我一定得這麼做——現在沒辦法改變主意了。就在這時，對面來了一艘小艇，上面有兩個持槍的人，我們雙方都停了下來。他們其中一人說：「那邊是什麼東西啊？」

「一艘木筏，」我說。

「是你的嗎？」

「沒錯，先生。」

「上面有任何人嗎？」

「只有一個人，先生。」

「嗯，今晚在河上頭有五個黑鬼逃跑。在木筏上的人是黑人還是白人呢？」

我沒有立刻回答。我想回答，但是話梗在喉嚨裡。我試了兩三秒，想要大聲地說出來，但是我膽子實在不夠大──連隻兔子的膽量都沒有，我知道我開始動搖了。於是我放棄了，站起來說──「他是個白人。」

「我想我們還是自己去看看吧！」

「好啊，」我說：「因為老爸在那兒。你們也許可以幫我把木筏拖到岸上有燈光的地方。他生病了，媽媽和瑪莉安也生了病。」

「喔，天啊，我們在趕時間啊，孩子。但是我想我們還是會去看看的。來吧──把你的槳轉過來，我們走吧！」

我把槳掉過頭來，他們也划著船。當我們划一兩下之後，我說：「我敢說爸爸一定會感激你的。當我向別人請求幫我把木筏拖到岸上的時候，他們都拒絕了，可是我自己又沒有辦法辦得到。」

「喔，那些人真惡毒啊。不過也很奇怪。喂，孩子，你爸怎麼啦？」

「那是──嗯──沒什麼事啦。」

他們停了下來，現在離木筏只有一點距離。他們其中一人說：「孩子，你在說謊。你爸到底怎麼了？現在老實地回答我比較好。」

「是的，先生，我會老實說的——但是請不要把我們丟在這兒。那是——是——先生，你們可以拉著這繩頭往前拖，你們可以不用靠近木筏沒關係——求求你們！」

「約翰，往回轉！」其中一人說。他們退了回去：「孩子，讓開——躲到逆風處。該死！那風正朝我們吹來呢！你爸得的是天花吧，你很明白這一點。你剛剛為什麼不老實告訴我們呢？你想把它傳染開來嗎？」

我哭著說：「之前我都照實對他們說啊，可是他們立刻撇下我們不管。」

「可憐的孩子，這是可以理解的。我們真的很抱歉，但是我們——我們可不想染上天花啊。來，我告訴你，不要想自己把木筏拖上岸，不然你會把整個木筏弄散了。你順著河漂流，向下漂大概二十英里之後，靠河的左岸會有個小鎮，到時候天應該就已經亮了，然後你就可以上岸請他們幫忙。你跟他們說你的家人都感冒發著燒，不要再笨笨地告訴人家實話了，讓他們去猜吧。我們現在幫你一點忙，你現在划離我們二十英里吧，好孩子。在燈火處上岸不是個好點子——那不過是個伐木廠。我說——你爸真可憐，我只能說他實在是太倒楣了。來，我在這塊木頭上放了二十塊錢，當它漂過去的時候，你再把它撿起來吧。我們就這樣離開你實在是太不應該了，可是，我的老天啊，染上天花可不是鬧著玩的，你知道嗎？」

「等會兒，派克！」另外一個人說：「幫我也放二十塊吧！孩子，再見了！照著派

克先生說的話就會沒事了。」

「就這樣囉，孩子，再見，再見。如果你看到任何逃跑的黑奴，去找人來抓他們，那麼你就可以賺些錢。」

「先生，再見！」我說：「我不會放過任何一個逃跑的黑奴的。」

他們離開了，我回到木筏上，心裡覺得很沮喪，因為我知道我做錯事了，而且我也知道我沒辦法做出正確的決定。一個人從小不學好，以後就沒什麼出息——當麻煩到來的時候，他永遠沒辦法得到幫助，於是他便被懲罰了。我想了一會兒，對我自己說，等等——，如果我做了正確的決定，放棄了吉姆，你會比現在還高興嗎？不，我說，我的感覺會跟現在一樣糟糕。嗯，那麼，我說，那學好有什麼用呢？尤其當學好和學壞到最後都惹來一樣多的麻煩時。我愣住了，回答不出這個問題。於是我想我不必再煩惱了，只要順其自然就行了。

我走進帳篷；吉姆不在那兒。我四處看看；他哪兒都不在，於是我喊：

「吉姆！」

「哈克，我在這兒啦。他們走了沒？小聲點。」

他躲在河裡的船槳下，只露出了鼻子。我跟他說他們已經走遠了，他才上了船，然後說：

「我一直注意聽著他們的談話，打算如果他們上船的話就游到岸上，等到他們走了以後再回來。還好你把他們耍得團團轉，哈克。這眞是個好計！我告訴你，孩子，這條計策眞救了老吉姆一命——我永遠不會忘記你的，好孩子。」

然後我們談著那筆錢，二十塊可是一筆大數目。吉姆說我們現在可以坐汽船去了，這筆錢夠我們到自由邦聯的一切花用。他又說其實二十哩路並沒有多遠，坐木筏去也花不了多少時間，只是他希望能早一點兒到那兒。

天快亮的時候，我們把木筏綁了起來，吉姆對藏木筏是最有一套的了。然後他花了一整天把東西綁好，準備離開木筏。

那天晚上大約十點左右，我們看見河的左岸閃著燈光，看來是一座城鎮。

我乘著獨木舟去問個究竟。不久便看見一個人划著船，於是我靠上前問說：

「先生，這裡是凱洛城嗎？」

「凱洛？才不是呢，你這個呆瓜。」

「那，先生，這兒是哪裡呢？」

「如果你想知道的話，自己去看吧。如果你再繼續在這兒煩我，我就給你好看！」

我回到木筏。吉姆很沮喪，可是我告訴他說別洩氣，我想凱洛城應該就是下一個地方。

天亮前我們又經過一個城鎮，我照例前往察探，可是因為這座城位在高處，所以我沒去。吉姆曾說過凱洛城不在高處的，我倒給他忘了。我們停在靠河左岸的一處灘頭，等待天明。突然，我懷疑了起來，而吉姆也有這樣的感覺，於是我說：

「搞不好在起霧的那一晚我們已經經過凱洛城了。」

他說：「別說此了，哈克。我這可憐的黑奴運氣還真壞，我早就在懷疑摸到蛇皮的厄運還沒有過去哩。」

「吉姆，我真希望從來都沒見過那蛇皮——我真希望我看都沒看到牠一眼。」

「哈克，這不是你的錯；不知者無罪，不要再怪你自己了啦。」

等到天亮時，放眼望去，這可不是清澈的俄亥俄河岸麼！而在外頭流著的不正就是污濁的密西西比河水？凱洛城早就已經過去了。

我們討論了一會兒，覺得上岸也沒有用，而且也不能划著木筏逆流而上，只好等天黑再坐獨木舟去碰碰運氣囉。於是我們在棉花叢中睡了一整天，養精蓄銳。可是當我們回去的時候，卻發現獨木舟不見了！

我們不發一語了好一陣子，因為根本沒啥好說的了。我倆都知道這又是響尾蛇皮的詛咒，再多說又有什麼用呢？這詛咒會讓我們以為自己一直出錯，不斷地招來惡運——直到我們都無話可說為止。

過了一會兒，我們開始討論該怎麼辦才好，結論是沒法子了，只好先乘著木筏順流而下，到時再找機會買艘獨木舟回去。我們可不想學老爸教我的那套「借」字祕訣來借艘船，因為這樣會留下線索讓人找上門來。

於是我們天黑後便出發往木筏前進。

那些認為摸摸蛇皮會帶來厄運根本是無稽之談的人，如果繼續讀下去，看到蛇皮還會給我們帶來什麼樣的災難的話，相信對這種說法就不會嗤之以鼻的。

賣獨木舟的地方通常離停木筏的碼頭不遠，可是我們卻沒有看到什麼木筏停在河邊；於是我們又繼續划了三個多鐘頭。漸漸地，夜變得灰暗陰沉，簡直就像是起了濃霧一般，河的形狀也看不清楚，距離也分辨不出來了。現在是深夜，一切寂靜無比，突然有一艘汽船向上游而行。我們點了燈，想說船上的人應該會看得到才是。通常向上游航行的船是不會接近我們的；它們常順著淺灘外的水流行駛，以免觸礁。但是在這樣的夜裡，它們也只能盲目航行著。

我們聽得見那艘汽船的聲音，但是直到它靠近，我們才發現它正朝我們直衝而來。有時候他們這樣做只是鬧著好玩，想看他們能夠靠得多近；有時候機輪會把船槳打得粉碎，然後船員就會探出頭來大笑，自以為自己技術很好。啊，它向我們這兒開過來了，我們還以為它只是想從我們身旁擦身而過，然而它並沒有閃開的跡象。它十分的巨大，

而且急速地向我們前進，看起來就像布滿螢火蟲的一片黑雲；但是突然間，它好像鼓了起來，變得既大又嚇人，一排排敞開的爐門金光閃閃，像火紅的牙齒般，而它巨大的船頭和保險桿向我們直撲而來。我們聽見一聲喊叫、停止行駛的警鈴、一連串的咒罵以及汽笛聲——吉姆和我立刻從木筏兩旁跳了出去，這時它已經將木筏撞得粉碎了。

我潛到水底——直直往河底下游去，因為一個三十呎長的機輪正從我頭上經過，所以我需要更多的空間來躲避它。我通常在水裡只能停留一分鐘，但是這次我想我大概待了一分半左右，然後我很快地游出水面，因為我實在撐不下去了。我浮出水面，把鼻子裡的水擤一擤，又咳了幾下，突然一陣急流衝來，當然這是因為停了十秒鐘以後，那艘船又開始啟動引擎所引起的。他們根本沒把筏伕的性命放在眼裡嘛。現在它又繼續地向上游開去，消失在黑夜裡，在我耳邊只能聽見它前進的聲音。

我叫著吉姆十來聲，但是並沒有回應。當我在水中「漫步」的時候，我抓住一塊漂來的木板，把它放在我的前方，向河岸游去。但是我發現這急流是往左岸流去，剛好和我的方向相反。於是我調了頭，順流隨著它漂去。

這急流斜斜地穿過河面，約有兩哩長。我在它上面漂了好一陣子，最後終於安全上岸，爬上河堤。我摸黑走了一陣子，然後又走了大約四分之一哩的粗石子路。後來無意間經過一棟雙併老式木屋，當我正準備走開的時候，突然有一群狗跳出來對著我狂吠，而我知道這時我應該不要輕舉妄動比較好。

17

過了半分鐘，有人從窗裡喊了一聲：「別叫了！是誰啊？」

我回答：「是我。」

「你是誰？」

「喬治‧傑克森，先生。」

「你要幹嘛？」

「先生，我沒有要幹嘛，我只是要經過這兒，可是狗擋住了我的路。」

「這麼晚了在這兒鬼鬼祟祟的幹什麼——啊？」

「先生，我沒有鬼鬼祟祟的啊。我是從汽船上跌下來的。」

「喔，真的嗎？來人啊，把那裡的火點起來。你說你的名字叫什麼啊？」

「喬治‧傑克森，先生。我只是個小孩而已。」

「喂，聽好，如果你說的是實話的話，那就犯不著害怕——沒有人會傷害你的。但是可別耍花樣喔；站在那兒不要動。欸，你們誰去把鮑伯和湯姆叫起來，順便把槍拿

來。喬治‧傑克森，你旁邊還有沒有別人啊？」

「沒有，先生，沒有人跟我在一起。」

我聽見房裡有人走動的聲音，燈火也亮了起來。那個人又喊：「把這盞燈拿走，貝西，你這老糊塗──你有沒有頭腦啊？把它放在前門的後面。鮑伯，如果你跟湯姆都好了的話，就準備各就各位。」

「都好了！」

「好，喬治‧傑克森，你認識薛佛森一家人嗎？」

「先生，我不認識，我從來都沒聽過他們。」

「好吧，也許是真的，也許不是。好，現在大家準備好。喬治‧傑克森，你向前走過來，注意喔，不要急急忙忙地──慢慢地走過來。如果你旁邊有人，叫他往後退──他一露臉就會被射殺。好，慢慢走過來，慢慢地；自己把門打開──夠你一個人進來就夠了，聽見沒？」

我沒有走得很快，因為就算我想要也沒辦法。我一步一步地慢慢走，沒發出半點兒聲音，大概只聽見我的心跳聲在怦怦地跳動著。那些狗兒也像人一樣安靜，緊跟在我的後頭。當我跨上門前的木階時，聽見他們正開著鎖，拿起門栓。我把我的手放在門上，慢慢地慢慢地往前推，直到有人說：「好啦，夠啦。把你的頭伸進來。」我照做了，心

哈克流浪記 156

裡想著不知道他們會不會把我的頭砍下來。

地板上點了一根蠟燭，他們每個人全都盯著我看，我也望著他們，約莫有十五分鐘之久。三個壯漢拿著槍瞄準我，讓我嚇得倒退一步。他們之中年紀最大的那個人滿頭黑髮，大約六十歲，其他兩個大概三十幾歲吧──他們全都長得很不錯──還有一個很慈祥的灰髮老婦人，她後面站了兩個年輕的女子，可是我看不太清楚她們的長相。那個老年人說：

「嗯，我想應該沒事了，進來吧！」

我一進門，那老人立刻把門鎖了起來，放下門栓，告訴其他年輕人帶著槍走進鋪著新地毯的大客廳，聚在一個離前窗很遠的角落──房子的兩側並沒有窗戶。他們拿著蠟燭，從頭到腳仔細地看著我，然後異口同聲地說：「他並不是薛佛森家的人嘛──不，他看起來一點都沒有薛佛森家的樣子。」然後那個老人希望我別介意被搜身，因為他並沒有傷害我的意思──只是想要確定罷了，因此他並沒有搜我的口袋，只是用手大概摸了一下，然後就說沒事了。他叫我放輕鬆點，並且談談關於自己的事；然而這時那老婦人說：

「索爾，這可憐的小東西全身都濕透了；你不覺得他應該也餓壞了嗎？」

「你說的對，瑞秋──我倒忘了。」

於是那個老婦人又接著說：：

「貝西（這是黑女奴的名字），你去弄點東西給這可憐的孩子吃，要快一點喔；你們其中一個去把貝克叫醒，然後跟他說——噢，他已經在這兒了。貝克，帶這個小客人去把濕衣服換掉，再拿你乾淨的衣服給他穿。」

貝克看起來和我一樣大，大約十三、四左右吧，但是他長的比我高一點，只穿著一件襯衣，頭髮很亂。他邊打哈欠邊揉著眼睛走過來，手裡還拖著一把槍。他說：「薛佛森家的人來了嗎？」

他們回答說不過是虛驚一場。「好。」他說：「如果他們來的話，我想我現在已經抓到一個了。」

他們都大笑，然後鮑伯說：：

「像你動作這麼慢啊，他們早就把我們都殺光啦，貝克。」

「好，沒人幫我說話沒關係。哼，我每次都只能在後面守著，完全沒有機會露臉。」

「別在意啊，貝克，我的好孩子。」那個老人說：「以後會讓你露得夠的。別生氣嘛。去吧，現在照你媽所說的去做吧！」

於是我們一塊兒上樓到他房間裡，他給我一件他自己的粗布杉、外套和長褲。我趕忙把它們穿上。當我在穿衣服的時候，他問起我的名字，但我還沒回話時，他就開始說

著他前天在森林中抓到的藍樫鳥和小兔子的事。然後他又問我蠟燭熄滅的時候摩西在那裡，我說我不知道，我從來沒聽過這件事，當然也回答不出來。

「那猜猜看嘛！」他說。

「我要怎麼猜啊？」我說：「我從來都沒聽過耶。」

「可是還是可以猜啊，不行嗎？很簡單啦。」

「哪一隻蠟燭啊？」我問。

「啊？隨便都可以啊。」

「我不知道它在哪兒耶，它到底在哪兒？」

「它，它在黑暗裡啊，它就是在那兒！」

「欸，如果你知道它在哪兒的話，那你問我幹嘛？」

「喔，拜託，這是猜謎而已嘛，你看不出來嗎？喂，你要在這裡留多久啊？你一定要住下來喔。我們可以每天打混呢——現在這裡已經沒有學校了。你有養狗嗎？我有一隻狗——牠會跳到河裡去把你丟的木片咬回來。你喜歡每個禮拜天都穿得整整齊齊地去教堂做禮拜嗎？我可是一點都不喜歡，可是媽媽偏偏要我這樣做。這條舊褲子真討人厭，我可不想穿，熱死人了，但是還是穿上的好。你好了嗎？好吧——走囉！」

他們在樓下替我準備好了冷的玉米麵包、醃牛肉、奶油和牛奶。自從我跳船之後，

我再也沒有吃過這麼好吃的食物了。除了已經走開的黑人女傭和另外兩個年輕女人之外，貝克和他的媽媽以及其他的人都抽著菸斗。他們一邊吸菸一邊聊天；而我則一邊吃著一邊回話。年輕的女人身邊都圍著毯子，頭髮披在背上。他們對我問東問西的，我告訴他們爸爸和我們全家人住在阿肯色州南端的一個小農場上，我姊姊瑪莉安和人家私奔結婚去了，從此再也沒聽過她的消息；而比爾跑去找他們，後來也音訊全無；湯姆和摩特死了。全家就只剩下我跟爸爸了。後來因為發生了一些問題，爸爸變得一無所有。而爸爸死了之後，我拿了剩下的東西在河上航行，因為農場並不是屬於我們的；後來我就從船上跌下去了，這就是我來到這裡的原因。於是他們說只要我願意把這裡當作自己家的話，隨便我要住多久都行。這時天已經快亮了，大家都去睡覺了，而我也和貝克一起上床去。當我早上醒來的時候，想起了昨晚的一切，竟然忘記我的名字叫什麼了。我在那裡躺了一個小時，想要把名字記起來。這時貝克醒了，於是我問：「貝克，你會拼字嗎？」

「會。」他說。

「我打賭你一定不會拼我的名字。」我說。

「我打賭你會拼的話，我一定也會拼。」他說。

「好吧。」我說：「你拼拼看。」

「G-o-r-g-e J-a-x-o-n，沒錯吧？」他說。

「好，」我說：「你真得拼出來了耶，我還以為你不會拼呢。這名字可不好拼——

我偷偷地把它記下來，因為也許有人會要我把它拼出來。除此之外，我想要把它記得更熟，到時候如果有人問起的話，我就能夠毫不思索地把它拼出來，就好像是我的真名一樣。

尤其對一個沒讀過書的人來說。」

這真是一個美好的家庭，房子也蓋得不錯。以前在鄉下時，我從來沒看過蓋得如此精緻有風格的房子。它的前門並沒有鐵門栓，也沒有木頭栓和鹿皮繩釦，只有一個可旋轉的銅製把手，就像鎮上的房子一樣。客廳並沒有床，也不像有擺過的樣子；可是鎮上有很多房子客廳裡都有擺床。他們還有一個底部由磚砌成的壁爐，磚牆洗得乾乾淨淨的，有時候還會用一種叫作西班牙棕紅漆的東西上色，讓它看起來色澤更加鮮紅——就像鎮上的人常常做的一樣。他們還有一個銅製的支架，上面可以放砍伐下來的木柴。壁爐的中間還有一座鐘，在它下方的玻璃上畫了一座城鎮，中間圓圓的圖案象徵著太陽，而鐘擺就在這個地方盪來盪去。鐘擺擺動的聲音實在是好聽極了，有時候當發條不動時，只要把它轉緊，它就又可以擺上一百五十次。當然囉，這美妙的聲音是不需要付費的。

這座鐘的每一邊都立著一個充滿異國情調的石灰鸚鵡雕塑，上面塗滿了奪目的色彩。其中一隻鸚鵡旁邊有一隻陶捏成的貓，另外一隻鸚鵡旁邊則是隻狗。如果你去按牠們幾下，牠們會發出叫聲，可是嘴巴並沒有打開，看起來跟之前也沒有什麼不同，因為牠們是從底部發出聲音的。在這些東西的後面，張著兩把野火雞的羽毛扇子。房子中間的桌面上有一只可愛的陶籃，裡頭裝滿了蘋果、李子、橘子和葡萄，個個比真的還要鮮紅嫩黃，但是它們可不是真的，因為你仔細瞧瞧斷裂處就可以發現裡面可是由白石膏所做成的。

桌子上鋪著一條布滿了紅藍交雜圖案的精美油布桌巾，他們說這是從費城買來的。桌子的四腳整齊地堆滿了許多書。其中有一本是《家族聖經》，裡面充滿了圖畫；另外一本則是《朝聖者之旅》，說的是一個男人不知為何離家的故事。我三不五時會拿來讀一讀，它說得很有趣，但是滿難看得懂的。另外一本是《來自友誼的禮物》，裡面充滿了美麗的詩篇，但是可惜我並不讀詩；另外一本是《亨利克萊的演講集》；還有葛恩醫師寫的《家庭醫藥百科》，告訴你如果生病或者是死亡的時候應該要怎麼辦；另外還有一本聖歌和其他的書。這裡還有一張保存完好的堅固搖椅——中間並沒有像舊籃子般凹陷下去。

他們還在牆上掛了許多畫——大部分是華盛頓和拉法葉的畫像，還有戰爭、瑪麗斯

高地、和一幅叫作「真愛的禮讚」的圖畫，還有幾幅據說是鉛筆素描，是那老人其中的一個女兒在十五歲時的遺作。這些素描和我以前看過的畫都不一樣；比其他的畫來的深沉了些。其中一幅畫著的是一位女子身著合身的黑色洋裝，腋下緊緊地束起，袖子中間鼓著像一棵包心菜似的，頭上帶著一頂黑色船型軟帽，帽前懸著黑紗，細白的足踝纏著黑色的繃帶，穿著小的像鑿子般的黑脫鞋。她斜倚著墓碑，在柳樹下沉思，左手拿著一條雪白手帕和皮包。在這幅畫下方寫著「天啊，我永遠再也見不到你了。」另外一幅是一位梳著高聳頭髮的年輕女子，髮前紮了個結，看起來像椅背一樣地高高隆起。她正拿著手帕哭泣，另一手則握著一隻雙腳朝天的死鳥。這幅畫下面寫著「我再也聽不見你甜美的歌聲了。」還有一幅畫的是一個年輕的女子向窗外遠眺著月亮，兩頰流著眼淚，一手拿著上面沾了黑色封蠟的拆信刀，用嘴咬著飾盒的鍊子，下面寫著說「啊，你走了，你真的走了」。我覺得這些畫看起來都滿不錯的，但是我不太願意提到這些畫，因為就算只是稍微提一下，他們也會嘮嘮叨叨地對我說個不停。大家對她的死都很感到惋惜，因為她還有好多畫想畫，從這些留下的畫中我們就可以知道我們失去的是怎麼樣的一個天才。但是我想，像她這樣子的人還是在墓園中度過比較好吧。他們說當她在畫最偉大的一幅畫的時候竟然病倒了，家裡的人每天早晚都為她祈禱，希望能讓她畫完這幅畫再走，可是她終舊沒有得到這個機會。那幅畫畫著一位穿著白長袍的少婦，站在橋邊準備

跳河，她的長髮披在背後，臉龐流著兩行淚，向上凝望著月亮，雙手在胸前交叉，另外兩隻手向前伸出，還有一雙手朝月亮舉起——作者原本是想看看哪一個姿勢最恰當之後再把其他的幾雙手擦去，但是，就如我先前所說的，在她還沒下決定的時候就死了。現在他們把這幅畫掛在她房間的窗口上，每當她生日來臨時，他們就會在上面掛滿鮮花來紀念她。在平常的日子裡他們把它用一塊窗簾遮蓋住。畫中的少婦有一張甜美的臉孔，但是因為上面有太多雙手了，以至於對我來說她看來倒像是一隻蜘蛛。

這女孩生前有一本塗鴉簿，常會把長老會觀察報上所刊載的一些有關於死亡和意外的消息貼在簿子裡，然後在旁寫上自己所創作的詩。這些詩真是不錯。這裡有一首她為一位叫作史蒂芬·道霖·巴特所寫的詩，他生前是因為意外落井而死。

獻給史蒂芬·道霖·巴特：

年輕的史蒂芬芬病了，
年輕的史蒂芬芬死了嗎？
悲傷的心更沉重了，
那眾多的哀悼者哭泣了嗎？

不，不是的，

這不是年輕的史蒂芬‧道霖‧巴特的命運；

雖然他身邊悲傷的心更加沉重，

但這並不是因為他生了病。

不是百日咳折損了他的軀體，

也不是麻疹的斑點奪去了他的性命；

並不是這些惡疾損傷了

史蒂芬‧道霖‧巴特這個聖潔的名字

年輕的史蒂芬‧道霖‧巴特

胃病的折磨也沒有擊倒那

奪走他那一頭鬈髮，

殘忍的愛神並沒有

喔，不。在我告訴你他的命運時，

早已淚流滿面。

他的靈魂離開了這個冷酷的世界，

只因跌入了那口深井。

人們把他撈起，試圖挽救他的性命；

啊，一切都已經太遲了；

他的靈魂已經徜徉在

另一個遙遠的極樂世界裡。

如果艾莫琳格蘭潔佛在十四歲時就可以寫出這麼傑出的詩，她日後的成就想必一定不凡。貝克說她輕而易舉就可以背出一首詩，想都不用想；又說她能夠出口成詩，如果她一時找不出字句來和韻腳的話，她就會跳過而再想另外一首詩。她創作的題材不拘，叫她寫什麼她就能寫什麼，只是總是帶著一絲悲傷的氣息。不論男女老少過世，她都會親手獻上她的詩句。她把這些詩叫作禮讚。鄰居們常常說每當有人死去時，第一個到場的是醫生，再來就是艾莫琳，最後才是殯儀館的人員──殯儀館的人員只有一次趕在艾莫琳來之前到達。那時她當場用死者的名字──也就是魏斯勒先生──做了一首詩，而

之後她再也沒有向這次一般來遲了。她從來不抱怨，然而她卻日漸憔悴，以至於最終於與世長辭，眞是可憐啊。有好幾次當她的圖畫對我搞的心神不寧時，我就跑去她以前住的房間，把那本舊塗鴉簿翻出來讀，心裡悄悄地怪著她。然而我卻很喜歡這個家庭，不論已死的或是仍健在的，心想著我絕對不會讓任何事情來改變我們的關係。可憐的艾莫琳，她身前總是寫著關於死者的詩歌，現在她已經走了，卻沒有人幫她寫點詩，似乎是一件很不公平的事。於是我絞盡腦汁地想爲她寫此些東西，可是就是寫不出來。他們把艾莫琳的房間收拾得很整潔，一切都還是照她身前所喜歡的方式擺設，大家都不在她的房間睡覺。雖然家裡有許多黑奴，但是那個老婦人總是親自照料這個房間，大部分的時間裡都一個人待在裡面做做針線活兒、讀讀聖經。

欸，我剛剛在說那間客廳的時候不是有提到窗戶上掛著許多美麗的窗簾嗎？窗簾上畫著佈滿了藤蔓的城堡，以及成群到河邊來喝水的牛羊。客廳裡還有一架老舊的小鋼琴，我想裡面應該有錫盤，好發出叮叮噹噹的聲響。啊，再也沒有比聽到那兩位年輕女士唱著：「從此不相會」和彈著「布拉格之戰」還要來的美妙了。這裡的每個房子都刷上白粉，地板上也鋪著地毯，從外面看來整棟房子也都是雪白的。

這是棟雙併式的房子，兩棟房子間連接的地方搭著屋頂，也鋪著地毯。有時在中午的時候，他們會擺張桌子在那兒吃午飯，那眞是個涼爽舒適的地方啊，再也沒有什麼比這個更好的了。這兒不但有好吃的食物，而且還總是很豐盛呢。

18

你一眼就可以看出格藍潔佛上校是個十足的紳士，他的家人也是如此。據說他出身望族，而一個人的出身背景就和馬匹的血統一樣重要，就如同道格拉斯夫人說過鎮上沒有一個人敢否認她出身貴族；而老爸也總是這麼說，雖然他自己連當隻爛鯰魚都不夠格。格藍潔佛上校長得又高又瘦，皮膚有點黑黑的，一點紅潤的感覺都沒有；他每天早上總是把他那削瘦的臉修整整地十分整齊。他的嘴唇很薄，鼻子很小，有著高高的鼻梁，濃濃的眉毛，眼睛更是烏黑有神地深嵌在頭顱中，好像洞中射出的兩道光芒似的。他的前額很高，頭髮又黑又直地披垂在肩膀上。他的手很長很瘦，每天他都會穿上一件潔白的襯衫外套，從頭到腳一身的雪白，那白晰的光芒亮到會刺傷你的雙眼。每逢星期天，他會換上一套有縫釦的藍色燕尾服，帶著一把銀頭桃木手杖。他的舉止絕對不會有半點不莊重——甚至連他講話的聲音也不大。他實在是好得沒話說——你可以感覺得到，而且會對他產生自然的信任感。有時候他會微笑，那笑容看起來真是令人心曠神怡；但是當他直挺挺地像枝校旗桿站立著，雙眼如電時，你準會先爬上樹梢，看看究竟發生了什麼

事。他甚至不需要四處告誡他人的舉止——只要有他在，大家準是規規矩矩的。大家也都很喜歡有他在身邊的感覺；他總是像和煦的陽光一般——我的意思是說他使得一切事物都像好天氣一般地美好。如果他轉成烏雲密布，那也不過持續半分鐘；而且至少一個禮拜之內都可以保持好天氣。

每天早上當他和老婦人下樓來時，全家人都會站起身來跟他們說早安，而且直到他們倆坐下來以後才回座。然後湯姆和鮑伯會在酒櫃旁調一杯苦艾酒給他。他會接過來，等著湯姆和鮑伯的酒也調好了以後，互相行個禮，然後說：「爸、媽，敬你！」；然後他們會彼此微微鞠躬，接著一飲而盡。這時，鮑伯和湯姆會倒一匙水，加一點糖、一些威士忌和水果酒，遞給我和貝克，讓我們也向他們倆老請安。

鮑伯在家裡的排行最大，湯姆次之。他們兩個長得既高大又俊俏，有著寬厚的肩膀，兩個人都擁有棕色的臉龐，烏黑的長髮以及黑亮的雙眼。他們也和老人一樣，全身都穿著白麻布衫，頭上帶著巴哈馬式的寬邊帽。

接下來是夏洛琳小姐。她今年二十五歲，看起來很高，帶點驕傲的神色，但是只要她沒有被惹惱的話，她還算是滿好相處的；可是如果一旦有人惹她著惱，她看人的樣子就像她老爸一般，令人畏懼地倒退三步。不過她長得很美麗。

而她的妹妹蘇菲雅也很漂亮，可是個性卻和她不同。她溫順甜美，像隻鴿子般，而

且只有二十歲。

他們全家每個人都有個專屬的黑奴侍候者——貝克也不例外。侍候我的黑人很輕鬆，因為我不習慣事事都麻煩別人幫我做。可是貝克的黑奴可就忙得昏頭轉向的了。

以上呢，就是他們家裡的狀況；然而從前家裡的人其實還要更多——本來還有三個兒子，但是都被殺死了。而艾莫琳也已經去世了。

這個老紳士擁有很多的田產及超過一百個的黑奴，有時候會有一群人從十四或者十五哩外的地方騎馬來拜訪，通常會待上個五、六天，在河畔舉行野宴，好好地享受一下，白天在樹林裡跳舞野餐，晚上則在屋裡舉行舞會。他們大部分都是這一家人的親戚，每一個人都配著槍。我告訴你們，他們個個都有著不凡的氣質。

這附近還有另外一個貴族——有五、六個家庭——大多都姓薛佛森。他們和格蘭潔佛家族一樣富有偉大，他們兩個家族以前是在距離這兒兩哩外的地方，乘著同一艘汽船登陸的，所以有時候當我和一些同伴去那兒的時候，常會看到許多薛佛森家的人也騎著馬在那兒活動。

有一天貝克和我到林裡去打獵，聽到一匹馬朝我們過來，當時我們正要穿過小路。

貝克說：

「快點！快躲到樹林裡！」

我們趕緊溜了進去，從樹縫中向外窺看，沒多久有一位風采翩翩的年輕人騎著馬經過，他騎馬的樣子很熟練，像是一位士兵一樣，胸前配著一把槍。我看過他，他是哈尼‧薛佛森。我聽見貝克的槍聲在我耳邊響起，哈尼頭上的帽子就這樣飛了出去。他立刻拔出他的槍，往我們躲藏的地方衝來，然而我們一刻也不停留地拔腿狂奔出樹林。樹林並不十分地茂密，因此我一邊轉頭往後看，一邊小心地閃躲著子彈。後來他就騎著馬回去了——我想應該是去撿他的帽子吧。我們一刻也不停留地跑回家，那老人家的眼睛閃了一下——大概感到欣慰吧——然後他的臉色便和緩了下來，溫和地說：「我不喜歡你躲在樹裡放冷槍。孩子，你為什麼不光明正大地在路上和他決鬥呢？」

「爸爸，薛佛森家也不光明正大啊！他們老是佔我們便宜。」

貝克在講這件事的時候，夏洛琳小姐像個皇后般地抬頭嗤鼻經過，眼睛眨個不停。蘇菲雅小姐嚇得臉色發白，可是當她知道那兩個年輕人臉色凝重，但是什麼話也不敢說。蘇菲雅小姐嚇得臉色發白，可是當她知道那兩個年輕人沒有受傷的時候，她的臉色才又轉好。

後來我拖著貝克到樹下的穀槽旁問他：「貝克，你剛剛是不是真的想要殺他？」

「沒錯，我就是要給他死。」

「他對你做過什麼嗎？」

「他？他什麼也沒做啊。」

「那你爲什麼要殺他？」

「沒有爲什麼——這不過是家族恩怨了。」

「什麼叫家族恩怨啊？」

「欸，你在哪兒長大啊？你不知道家族恩怨是什麼嗎？」

「從來沒聽過——跟我說嘛。」

「好。」貝克說：「家族恩怨就是有個人和另外一個人吵架，然後殺了他；那另外一個人的兄弟爲了報仇也反過來殺了他，然後雙方的兄弟就這樣殺來殺去；最後連堂兄表親也進來參一腳。到最後大家都死光了，那家庭恩怨也就結束啦。可是這中間要花很久的時間呢，有得等啦。」

「那貝克，你們兩家的恩怨已經很久了吧？」

「嗯，我想應該是吧！大概是三十年前開始，或許更早也說不定呢。好像是爲了某件事鬧上了法庭，後來輸的那一方就站起來一槍把贏的那一方打死了——當然他這麼做是很自然的，換成任何人都會一樣。」

「貝克，到底是爲了什麼事呢？——田地嗎？」

「我想應該是吧，我不知道。」

「那是誰先開槍的呢？」──是格蘭潔佛還是薛佛森呢？」

「那是法律的問題，我怎麼會知道？而且這是很久以前的事了。」

「難道沒有人知道嗎？」

「喔，有啊，我想老爸知道，還有一些其他的人也知道吧。但是他們現在也不知道當初是為了什麼而吵起來的。」

「貝克，那時候有死很多人嗎？」

「對啊──舉行過很多喪禮呢。但是他們並沒有總是殺人，爸爸身體裡面還有兩、三顆大子彈還沒有拿出來呢。可是他說沒關係，反正多了這幾顆子彈也不會變得比較重。鮑伯身上也被砍了幾刀，湯姆也曾經被傷過一、兩次。」

「貝克，今年有沒有人被殺呢？」

「有啊，雙方各死了一個。大概在三個月以前吧，我十歲的堂弟巴德在河的對岸穿過林子的時候，這可憐的傢伙，身上竟然什麼武器都沒帶。在一處偏僻的角落，他聽見後面有人騎馬追來，原來是老包爾迪薛佛森拿著槍在後面追著，他的長髮在風中飄揚，巴德還想他他可以逃的開，所以就沒有跳入樹叢中躲起來。後來他們追了大概五哩左右吧，可是那老頭仍然窮追不捨。後來巴德心想反正逃不了了，就停了下來，想跟他正面對決，結果被那老頭當場射死。可是那老頭也沒走運多久，因為不到一個禮拜，他就被

我們幹掉了。」

「貝克，我覺得那老頭是一個懦夫。」

「我覺得他不是懦夫耶，你這樣說不太對。他們薛佛森家族裡面是沒有懦夫的，一個也沒有。當然在格蘭潔佛家族裡同樣也沒有。你知道為什麼嗎？有一次那老頭單挑了三個格藍潔佛家的人，結果最後竟然贏了。他們都騎著馬，可是他卻跳下來躲在柴堆後面，讓他的馬在前面擋子彈；可是我們的人騎在馬上，圍著攻擊他。而那老頭也回擊。最後他和他的馬受了傷，一跛一跛地走回去；可是我們的人卻要去接回來，其中一個人死了，另外一個人隔天也過世了。我告訴你，如果有一個人想要找懦夫打架，他絕對不會找薛佛森家的人，因為他們天生就不是那種人。」

下一個禮拜天，我們騎馬到距這裡有三哩路遠的教堂去，大家都帶著槍，貝克也不例外。他們把槍夾在膝蓋中間，或者是靠在牆邊；薛佛森家的人也是一樣。講道的內容千篇一律——都是那種關於同胞愛等等無聊的東西。可是大家都覺得牧師講的實在是太棒了，在回家的路上還興致高昂地說著什麼誠信美德、末世、和宿命等等我聽都聽不懂的東西。對我來說，這個星期天算是我所度過最痛苦的一次了。

午飯後一個小時，大家都在睡覺，有人睡在椅子上，有人睡在屋子裡，真是無聊透了。貝克和他的狗躺在灑滿陽光的草地上，睡得很沉。我跑進我們的房間，也想要小睡

片刻。我看見了蘇菲雅小姐站在她們房門口。她的房間就在我們隔壁。她帶我到她的房裡，輕輕關上門，問我喜不喜歡她，我說喜歡啊；然後她又問我願不願意爲她做一些事情，可是千萬不能告訴別人。我說好。她說她把她的聖經放在教堂的位置上，夾在兩本書之間，忘了拿回來，不知道我肯不肯溜出去幫她拿回來，而且替她保守祕密。我回答說沒有問題。於是我便溜了出去。到了教堂，裡面一個人也沒有，除了一、兩隻豬會因爲教堂門沒鎖而闖進來之外。夏天的時候豬喜歡在磚地上睡著，因爲比較涼爽。如果你有留心的話，你會發現大部分的人都只有在非必要時才會去教堂。

我對自己說這好像有點不太對勁——一個女孩丟了一本聖經應該不會如此地著急。

於是我抖了抖這本聖經，再也找不到其他的東西。我不清楚那張紙上寫的是什麼意思，於是我把它放回書中。當我回家上樓時，就看見蘇菲雅小姐站在門口等我。她把我拉進來，把門關上，在聖經裡翻了翻，直到找到那張紙條。讀完之後臉上顯得十分快樂；然後一把抓住我，抱了我一下，說我真是世界上最乖的孩子，並且叫我不要跟任何人說。她的臉上泛著紅光，眼睛閃爍，看起來真是美極了。我看的一愣一愣的，等我回過神來時，我問她那張紙條寫了些什麼。她問我識不識字，我說：「看不懂手寫的字，只讀過鉛體字。」然後她就對我說那張紙條不過是張書籤罷了，現在我可以出去玩了。

我走到河邊，一路上一直反覆想著這件事情。沒多久我發現服侍我的黑奴從我後頭跟上來。當我們走到看不見房子的地方時，他回頭看了看，然後跑過來對我說：「喬治先生，如果你願意跟我到沼澤那裡，我就帶你去瞧一瞧一窩水蛇。」

我想這實在太有趣了，他昨天就告訴過我這件事情了。他應該知道一般人怕水蛇都怕得要死了，哪會想要去抓它啊？他到底想要幹嘛呢？於是我說：「好啊，帶路！」

我們大約走了半哩路，然後他跨入那沼澤，水淹到腳踝上，我們又這樣走了大約半哩路。然後來到一處布滿了藤蔓灌木的平地。他說——

「喬治先生，你只要再往前走幾步就可以看到那窩蛇了。我以前已經看過了，所以我不想再看了。」

話一說完，他就順著原路回去了，不一會兒就消失在樹叢中。我往他指的地方走了幾步，來到一處差不多和臥房一樣大小的空地，四周掛滿了藤蔓，地上睡了一個人。天啊，那可不是我親愛的老吉姆嗎？

我把他搖醒，原以為他看到我會多麼地驚喜，可是他並沒有，只是高興的快要哭了，但是一點都沒有感到驚訝。他說那一晚他游在我後面，也聽見我在喊他，可是他不敢回答，因為不想讓別人再抓到他，把他送回去當奴隸。他說：「我那時候受了傷，游不快，後來跟你隔了有一段距離；當你上岸以後，我心想我可以從後面趕上你。當我正

想叫你的時候，突然看見那棟房子，於是我把腳步放慢。我離你太遠了，所以聽不見他們在說什麼──而且我很怕狗。當一切都恢復平靜，我知道你已經在房裡，於是我躲進林子裡等了一天。隔天早晨有幾個黑奴在要去田裡的路上遇見了我，就帶我來到這裡，因為這裡四周都是水，所以狗沒有辦法跟蹤我。每天晚上他們就會帶一些東西來給我吃，並且告訴我你的情況。

「吉姆，你為什麼不早點叫我的傑克帶我到這兒找你呢？」

「喔，哈克啊，去煩你有什麼用呢──不過現在我們又平安無事了。我已經買了水壺、鍋子和其他的東西，我都乘機買齊了，就連木筏也修得差不多了。趁著晚上──」

「吉姆，什麼木筏啊？」

「就是我們那一艘舊的木筏啊。」

「你是說我們那一艘木筏沒有被撞得稀巴爛嗎？」

「沒有啊。它是被撞得滿慘的──但是只有其中一邊啦──不過都沒有什麼大礙。只是我們的東西都不見了。如果那天晚上我們沒有潛到河裡游那麼遠，而且夜色也不是那麼灰暗，我們也沒有被嚇呆的話，我們應該會知道那艘木筏並沒有被撞爛。不過這沒有差啦，因為現在它已經被修理得像新的一樣了，而且我們又買了很多新的東西來替代不見的那些」。

「ㄟ，吉姆，你怎麼樣找到那艘木筏的——用撈的嗎？」

「我在林子裡怎麼撈啊？不是我撈的，是有幾個黑奴發現它卡在附近河灣的暗礁上，於是把它藏在柳樹叢中的溝裡，互相爭著想要這艘木筏。後來我趕了過去，告訴他們說它並不是屬於他們的，而是屬於我們所有。我跟他們說難道他們想要搶奪一個白人的財產，然後把它藏起來嗎？後來，我給他們一個人十分錢，他們每一個都高興死了，希望再多漂幾艘木筏下來，那他們可就發財了。他們對我不錯，我想做什麼他們就會馬上替我做好，用不著叫第二次。那個傑克是一個好黑奴，做事很伶俐。」

「沒錯，他的確是很聰明。他甚至沒有告訴我你在這兒，只是叫我來看一窩水蛇。如此一來，如果發生什麼事的話，他也可以不用牽扯在其中，他可以說他從來沒看過我們兩個在一起。這也算是實話。」

關於第二天所發生的事，我想就長話短說吧。我在清晨醒了過來，翻了身打算繼續再睡。當時靜悄悄的，一點喧鬧聲都沒有，這還真是奇怪。後來我發現貝克已經起床出去了，我感到有點狐疑，於是也跟著起床。走到樓下時發現一個人都不在，四周安靜極了，連個人影都沒有，外面也是一片寂靜。我疑惑著到底發生了什麼事了？到了柴堆那兒，我碰到了傑克，於是便問他說：「怎麼啦？」

「你不知道嗎？喬治先生？」

「不，我什麼都不知道。」

「唉，是這樣子的，蘇菲雅小姐跑了，她真的跑了。大概是在夜裡——沒有人知道是什麼時候。她逃跑去和哈尼薛佛森結婚了，你知道，他們是這樣子想的。大家還是在半小時前才發現這件事——或許更早也不一定——我跟你說，他們一分鐘也沒有停留，拿了槍就上馬，一刻也不停地趕去追捕了。其他的女眷也都到親戚家通報。老爺和少爺往河邊那條路去了，想抓住哈尼薛佛森，並且殺了他，因為他倆一定要在那個地方過河的，我想這下子有他們受的了。」

「貝克叫也沒有叫醒我就走了。」

「嗯，我想他沒叫醒你吧。他們不想讓你牽扯進來。貝克少爺把他的槍上滿了子彈，準備去抓幾個薛佛森家的人回來。你也曉得，只要有機會，他一定會抓一個回來的。」

我費力地往河邊的路上走去，沒多久，聽見遠處傳來槍聲。我看見那邊有家木材店，前面有堆汽船靠岸用的木頭。我在樹叢的掩護下，找到一個適當的位置，然後爬到一棵棉樹的枝頭，在那兒看個究竟。在樹前面不遠的地方堆滿了約四呎高的木板，本來我想躲在那後面；還好我運氣好並沒有過去。

木材店的前方空地上有四、五個人騎著馬，圍著圈圈跳著，又叫又罵，想要揪出那兩

179 哈克流浪記

個躲在木材堆後面的少年——可是並沒有成功。每次只要其中的一個少年從河岸旁的木堆中露出身來，立刻就會受到射擊。那兩個男孩背對背地在木堆後躲來躲去，這樣他們可以兩邊都防護到。

不久，那些二人停止叫罵，他們朝木材店騎去。就在那時，那兩個男孩的其中之一越過木板放了一槍，打中了一個人，使他摔下馬來。其他的人紛紛下馬扶著受傷的同伴，打算扶他到店裡；就在這時，這兩個男孩立刻拔腿就跑。他們跑到離這棵樹一半的距離時就被那些二人發現了。他們一看到這兩個男孩，立刻跳上馬背追了過來，可是因為發覺得太慢了，因此來不及追趕。這兩個男孩躲進我前面的木頭堆裡，又開始射擊和閃躲。這兩個其中之一是貝克，另外一個則是大約十九歲瘦瘦的少年。

那些二人回擊了好一會兒之後便走了，等到他們消失在視線之中，我就向貝克大喊，跟他說我在樹上。起先他弄不清楚從樹上傳下來的是我的聲音，他驚訝極了。他告訴我要提高警覺，等下那些人如果又出現的話，要立刻告訴他；他說他們還沒走遠，一定會玩一些下三濫的把戲。我真希望趕快從樹上下來，可是我並沒有這樣做。貝克憤恨地哭著說他和他的堂哥喬伊（就是另外那個年輕人）一定會對今天的事採取報復手段的。他說他的爸爸和兩個哥哥都被殺了，對方也死了兩、三個人，那都是因為薛佛森在樹林裡早已經有了埋伏。貝克說他爸爸和哥哥們應該要等到親戚來才對，因為薛佛森對他們來

說畢竟還是太強了。我問他那哈尼和蘇菲雅小姐怎麼了？他說他們應該安全渡過河了。

我聽到這個消息感到很欣慰；但是貝克卻因為那一天沒有殺了哈尼而感到十分激動——

我從來沒有聽過這樣子的故事。

忽然間，砰砰砰——那夥人從後面樹林中步行繞了回來！那兩個少年跳入河中——他們兩個都受傷了——他們順著河流向下游去，那幫人沿著河堤追趕，一邊開槍高呼著：「殺了他們，殺了他！」我難過極了，差點從樹上跌了下來。接下來的事我不打算繼續說了——如果我說了的話我會感到更難過。我真希望我那天晚上沒有上岸遇見他們一家人，那我就不會看到這樣的慘劇發生。我永遠沒有辦法忘記他們——到現在為止我還常常夢見他們。

我待在樹上直到天色變暗，怕得不敢下來。有時候我聽到遠方有槍響聲，而且兩次看到一小隊人馬拿著槍飛馳經過那家木材店。我想這場紛爭還在繼續上演著。我的心情很沉重；於是我決定我再也不要接近那棟房子了，因為我認為這一切的過錯都在我身上，那張小紙條可能是哈尼要蘇菲雅小姐在兩點半時到某處會合，與他一起私奔吧；我或許早就應該告訴她爸爸有關那張紙條和她奇特的舉止，或許他們就會把她軟禁起來，那麼這件慘事就不會發生了。

當我最後終於鼓起勇氣下樹的時候，沿著河岸走了一會兒，發現有兩具屍體躺在河

邊，我使勁地把他們拖上岸，再把他們的臉蓋起來，便盡快地離開。當我蓋著貝克的臉孔時，我忍不住哭了一會兒，因為他生前實在是對我很好。

現在天已經完全黑了，我絕不再靠近那棟房子了。於是我溜進林子裡，向沼澤前進。吉姆不在他的那個島上，於是我很快地朝小溝走去，死命擠過柳樹叢，急忙想要跳上木筏，離開這個令人傷心的地方——但是木筏居然不見了！我怕極了，我幾乎有一分鐘喘不過氣來。然後我大叫，在不到二十五呎遠之處有一個聲音傳來：「老天，真的是你嗎？不要發出聲音。」

那是吉姆的聲音——從來沒有聽過如此讓我安心的聲音。我沿河堤跑了一會兒，跳上木筏。吉姆把我一把抓住，緊緊地抱住我，他實在是很高興能夠再看見我。他說：「孩子，老天保佑你啊！我還以為你又死了呢！傑克有來過這兒，說你被槍打死了，因為你再也沒有回家了；於是我立刻起身，把木筏划到河口，等到傑克再次回來確定地告訴我說你真的已經死了之後，我就要馬上離開這裡了。天啊，看到你回來真是高興啊，孩子。」

我說——「好了——一切都太棒了；他們不會再找我了，因為他們以為我被殺死，訴我說你真的已經死了之後，我就要馬上離開這裡了。天啊，看到你回來真是高興啊，孩子。」

屍體漂到下游去了。那裡的兩具屍體一定會讓他們這麼想——所以，吉姆，別再浪費時間了，我們往那大河划去，愈快愈好。」

我們拼命划著，直到划了兩哩路遠，到達密西西比河的中央之後，我才放了心。然後我們掛起了信號燈，心想我們又恢復自由安全之身了。從昨天開始我一口東西也沒吃；於是吉姆拿出幾塊玉米麵包、奶油、豬肉、包心菜和豆子──世界上再也沒有什麼比現煮的東西更好吃的了──我們一邊吃晚飯一邊聊天，過得很愉快。我十分高興能夠遠離那些紛爭，吉姆也很高興能夠脫離沼澤。我們說畢竟世界上再也找不到比木筏更好的家了，其他的地方都是如此地令人難過和受束縛；可是木筏卻不會如此，在上面你一定會覺得十分地自由、安逸和舒適。

19

兩、三天過去了，我想或許該說這些日子輕輕悄悄地游過，帶著安靜、輕柔、和惹人愛憐的氣息。這也是我們這幾天在水上度日的寫照。

這條河十分地寬廣──有時寬達一哩半；我們晚上航行，白天就找個地方休息，躲藏起來；當天快要亮的時候，我們便停止探險，找個地方把木筏綁起來──幾乎每次都綁在死水旁的灘頭上；然後砍下一些棉樹枝或楊柳條覆蓋住木筏，再放下魚線；接著我們就溜下河去游泳，提振我們的精神，同時也降降暑氣；然後我們就坐在水深及膝的淺灘上，看著日出的到來。這時四處一片寧靜──一點聲音都沒有──就好像全世界都睡著了似的，只有偶爾聽見牛蛙彼此唱和的聲響。從河面向遠方眺望，看到的第一個事物是一條模糊的水平線──那是對岸的樹林──其他的你再也分不出來了；然後這片灰白漸漸地擴散；河面黑影退去，頓時灰柔了起來；你還可以看見遠方有一些小黑點漂流著──應該是平底箱船之類的船隻吧；還有一些長方塊──那一定是木筏；有時候可以聽到一聲尖銳的聲音劃過天際；還有一些雜聲從遠處傳來；沒多久便可

以看見河上的水波，只要一看就知道是一股衝向暗礁的急流所造成的水紋；還有河面上盪著一絲絲的水霧。東方漸漸透出紅光，將河面都照亮了起來；然後你就會看到在河的另一岸，森林的邊緣有一座小木屋，好像是個林場，旁邊堆滿了內頭鏤空的木材——這些洞大到連狗都可以在裡頭鑽來鑽去——好用來欺騙顧客；這時陣陣微風吹來，讓你感到如此地涼爽和清新，空氣中還帶著樹木和花草的芳香。接下來，嶄新的一天就在眼前，所有的事物在陽光下都顯得生機勃勃，愛唱歌的鳥兒也開始四處啼鳴以迎接這美好的一天。

因為他們會放死魚在陽光下曝曬，那聞起來可就臭氣沖天啦。但是有時候可不是這樣的呢，

現在輕煙已經消散了，於是我們抓了幾條魚，煮了頓熱呼呼的早餐。之後，我們懶洋洋地看著寂靜的河水，沒一會兒就睡著了。有時被聲音吵醒，我們就會起身來看看到底發生了什麼事。這時也許會看到一艘汽船，鳴著氣笛沿著岸逆水而上，但是因為離得太遠了，分不出到底是船尾還是船弦裝有機輪；在接下來的一個小時裡，什麼也看不見、聽不到，一切又恢復了寂靜——過了一會兒，你會看見一艘木筏划離碼頭，上頭也許有個人在劈柴——他們總是在木筏上劈柴；你會看見一把斧頭上下來回地揮動——然而卻聽不見聲音；然後你會看見斧頭又舉了起來，高過那個人的頭底，接著聽見「噹啷」一聲——就這樣一直反覆地持續著。白天的時候我們就這樣開開沒事做，聽著這一片的

185 哈克流浪記

寂靜度日。有一次起了濃霧，往來的小木船紛紛敲著錫鍋提醒汽船別撞上了他們。當平底船或木筏靠近的時候，我們可以聽見船上人嬉笑怒罵的聲音──聽得非常清楚；但是我們卻看不見他們，以至於心中有些毛毛的，好像幽靈在空中經過一般似的。吉姆說他相信這真的是幽靈，然而我卻說道：

「不，幽靈才不會說話呢，這都是因為霧的關係。」

到了晚上我們立刻就出發；當我們划到河的中央時，就讓它順著水流把我們帶到任何地方去；這時我們會點燃菸斗，把兩條腿跨在水中晃動著，閒扯著一些有的沒有的話題──無論白天或晚上，只要蚊子不來煩我們，我們總是不穿衣服──貝克家替我做的衣服穿起來總是覺得不舒服，而且除此之外，我還是不習慣穿衣服。

有時候一整天整條河上就只有我們，河的另一邊看得見河堤和一些小島；有時候會有亮光透出來，那也許是從小木屋的窗口透出來的燭光──有時候在河上你也可以看見一兩道閃光──那是從木筏或者是平底船上發出的；有時你也許還可以聽見小提琴的樂音或歌聲從船上流洩出來。在木筏上的日子是多麼地愜意啊，往上一望就可以看見天空布滿了閃爍的星星，這時我們會躺下來望著它們，討論著它們到底是人造的還是自然形成的──吉姆覺得它們是人造的，但是我覺得是自然生成的；因為我覺得如果是人造的話，那要花上很久的時間。但是吉姆說那些全都是月亮生出來的。嗯，聽起來還滿有道

理的，所以我並沒有反駁，因為我曾經看過青蛙下了很多蛋，那月亮自然也能生得出這麼多的星星吧。我們也曾看過流星隕落劃過天際，吉姆說那些流星是因為壞掉了，所以才從窩裡被丟出來。

有一、兩次我們會在晚上看過一艘汽艇在黑暗中行駛，窗口透著能照亮全世界的燈火。這些亮光順著河流而行，看起來真是美極了；然後它轉了個彎，所有的光就如一眨眼般地消失不見，一切又回歸寧靜；在它離開之後，漸漸地，它造成的波浪會往我們這兒傳過來，使我們的木筏搖晃不已，但慢慢地又回復成一片寂寥，什麼聲音也聽不見，除了偶爾傳來的蛙鳴或其他的聲音之外。

午夜過後，岸邊的人都入睡了，接下來的兩、三個小時，整個河岸一片漆黑——小木屋窗裡的燈光也都熄滅了，這些燈光是我們的時鐘——當第一盞燈又亮起的時候，就意味著天快亮了。於是我們就會趕緊找個地方躲藏，把木筏拴緊。

有一天早晨天將破曉的時候，我找到了一艘獨木舟，於是坐著它斜斜地向岸邊划去，大概只有兩百碼吧——然後又順著柏木林中的一條小溪而上，想要看看有沒有漿果可以採。當我經過一條泥巴小徑的時候，跑來了兩個人，樣子看起來十分地慌張，我還以為他們是來逮我的呢，因為每當有這種情況發生時，我老是以為他們是來追我或吉姆的。當我慌慌張張地想要趕快離開這裡的時候，他們突然很快地追上來，求著我，叫我

187 哈克流浪記

救他們一命——他們說他們什麼都沒做，但是卻被苦苦追趕——說後面有很多人和狗兒快追上來了。就當他們想要跳進獨木舟的時候，我說：「少來！我連馬蹄聲和狗叫聲都還沒聽見呢；你們有足夠的時間可以通過那些灌木叢，往河的上游逃去。到時候你再涉水上船——這樣一來狗兒才聞不到你們的味道。」

他們照做了——很快地他們就上了船。於是我就朝著我們木筏的灘頭前進。過了五分鐘或十分鐘之後，那夥人的呼喊和狗吠聲便傳了過來。我們聽見他們朝著小溪而來，但是卻看不見他們；他們似乎停在那兒漫無目的地搜尋了一陣子，然後，隨著我們離那裡愈來愈遠，我們幾乎聽不到他們的聲音了。這時我們已經離開樹林一英里，在河上漂流了，四周的一切都是如此地安靜。於是我們朝灘頭划近，躲進棉樹叢裡——終於安全了。

這兩人其中之一大約七十歲，也許年紀更大也說不一定；頭禿禿的，長滿了灰色的鬍鬚，戴著一頂破爛的垂邊帽，身穿一件油膩膩的藍毛衫和一條破舊的牛仔褲，褲管還紮在靴子裡，還穿著手工的吊帶——不，他只穿了一邊。他外面還穿了一件下襬墜著流蘇的牛仔外套，袖口上配了許多銅釦。而他們每人都有一個又大又破的氈呢袋。

另外一個人大概三十歲左右，打扮得怪裡怪氣的。早餐之後，我們坐下來聊天，才發現原來他們彼此並不認識。

「你惹上什麼麻煩了呢？」那個禿子向年輕人問著。

「喔，我是專門賣牙齒用的去漬膏——沒想到用了之後居然連琺瑯質也一起脫落了——可是我比預計逃走的時間多留了一晚，沒想到在逃出來的路上碰到了你們。你說有人在追你，求我幫你脫險，於是我告訴你我自己也是麻煩滿身，不如我們兩個就一起逃吧——就是這麼一回事——那你呢？」

「唉，還不是一個禮拜前那道禁酒令又發布了。我賣的酒可是女孩和婦人家的最愛，一晚可以賺五、六塊錢呢——一杯十分錢，小孩和黑奴則免費——生意好得不得了呢；可是昨晚有個消息傳來說有人要把我偷偷抓去蹲牢房。今天早上一個黑奴把我叫醒，告訴我說有批人馬帶著他們的狗祕密地聚集要來抓我，大概還有一個半小時就到了，如果他們抓到我的話，就要把我遊街示眾。於是我早餐也沒吃就溜了出來，哪還有時間去管肚子餓不餓。」

「老頭，」那個年輕人說，「我看我們還真是一對難兄難弟啊，你說對嗎？」

「那裡那裡。老弟，你主要是在做什麼的啊？」

「我白天是做報紙業務的，有時候也搞些專利藥品做些小買賣；我也是個舞台劇演員，演的是悲劇；有機會的時候啊，我還可以是一個催眠師，也懂得替人摸骨相命；有時候想要改變一下生活呢，就去學校教教歌唱和地理；有時候也會發表幾篇演說啦——

喔，我做過的事情太多太多了——只要覺得時機對，我什麼工作都會做。那你是做啥的啊？」

「我大部分的時間都在幫人治病，專門治一些疑難雜症——像癌症啦、癱瘓啦等等的症狀；我也很會算命喔；傳教也是我的拿手絕活，像是帳幕集會、四處宣傳教義等等，都難不倒我。」

大家沉默了一會兒，然後那年輕人嘆了口氣說：「唉！」

「你嘆什麼氣呢？」那個禿頭問。

「我想到我這輩子都必須要過著這樣的生活，而且還要自貶身價與你們這些人為伍。」說著說著就拿起破布拭著眼角。

「少自以為了不起了，難道我們還配不上你嗎？」那個禿子冒失地說著。

「不錯，你們當我的同伴是夠好的了，我也應該知足了；因為到底是誰把我弄到現在這個地步呢？其實是我自己啊。我並不怪你們——我真的一點都不怪你們；我誰也不怪，這是我活該，就讓這個冷酷無情的世界繼續這樣對我吧；我只確信——我的墳墓已經在某處準備好等著我了。這個世界也許可以像它之前一般把我所有的東西都拿走——我所愛的人，我的財產，一切的一切——但是墳墓永遠都在那兒等著我，總有一天我會躺進去把一切都遺忘，到時我破碎的心靈也就安息了。」他邊說邊哭著。

「去你的破碎的心！」那個禿頭說：「你破碎的心干我們屁事啊？我們可是什麼也沒做！」

「沒錯，我知道你們什麼都沒做，我並不是在怪罪你們。是我自己淪落到今天這般地步的——沒錯，是我自作自受，我應該要獨自受苦受難的——沒錯，我不應該再抱怨了。」

「從哪裡淪落？你是由什麼身分地位淪落到這個地步的？」

「喔，你們一定不會相信的，；全世界沒有人會相信——算了吧——沒什麼大不了的。這是有關於我出身的祕密。」

「你身世的祕密？你的意思是說——」

「各位，」那個年輕人非常嚴肅地說，「因為我信的過你們，所以現在我要向你們坦白地說，我是個正牌公爵！」

聽了這句話，吉姆的眼睛瞪得老大；我想我應該也是如此。然後那個禿頭說：「不會吧，是真的嗎？」

「沒錯，我的曾祖父，也就是布列基瓦特公爵的長子，在上個世紀末來到這個國家，想來享受一下自由的空氣。他在這兒結了婚，去世時留下一個兒子。在這兒的同時，布列基公爵也死了。公爵的第二個兒子繼承了領土、爵位和財產，漠視這個嬰孩的

權利。我就是這個嬰孩的正宗嫡長子——我才是正牌的布列基公爵；而我現在卻淪落在這兒，遭遇到財產被剝奪和任人追拿的窘況，並且被冷酷的世人所嘲笑不屑，最後還一事無成地帶著一顆破碎的心，淪落成木筏上罪犯的同夥！」

吉姆和我都對他十分地同情，我們試著要安慰他，可是他說安慰是沒有用的，這樣做並不會使他好過一些，但是如果我們願意承認他是公爵，這比說什麼都還有用。於是我們說好啊，如果他願意告訴我們怎麼樣做的話，我們就願意。他說我們跟他說話的時候應該要鞠躬，並且必須稱呼他為「閣下」、「殿下」，或者是「爵爺」，他說即使我們只稱他「布列基」也沒關係，因為這是一個頭銜，而不是個名字；我們其中之一在他吃飯的時候必須要服侍他，替他料理瑣瑣碎碎的事情。

嗯，這倒是很容易辦，於是我們就照做了。吃晚飯的時候，吉姆站在他旁邊服侍他，然後說：「閣下，你還要不要再吃點這些，或用點那些呢？」等等，大家都看的出來他很高興受到如此的禮遇。

可是不久後，那個老頭愈來愈沉默了——他很少說話，也似乎很看不慣我們對公爵所做的一切，他腦子裡似乎在想一些事情。於是到了下午，他說：「布列基，你聽好。」

他說：「我對你的遭遇感到遺憾，但是你並不是唯一經歷過這種不幸遭遇的人。」

「眞的嗎？」

「是的，不是只有你才有這樣子的遭遇。」

「天啊。」

「沒錯，並不是只有你的身世才是祕密。」說著說著，他就哭了起來。

「等一下，你的意思是什麼？」

「布列基，我可以信任你嗎？」那個老頭聲調嗚咽地說。

「當然囉，你當然可以信得過我！」他緊緊握住了老人的手，然後說：「說吧，告訴我你身世的祕密。」

「布列基，我是末代皇太子。」

沒騙你，這次吉姆和我都傻住了。

「你說你是？」

「沒錯，我的朋友，不要懷疑，現在在你眼前的正是可憐落難的皇太子路易十七，也就是路易十六和瑪莉安東尼的皇子。」

「你！以你的年紀！不會吧？你說你是已故的查里曼；那你至少已經六、七百歲啦。」

「歲月催人老啊，布列基，造化弄人；太多的苦難使得我的雙鬢灰白，頭髮掉落。

是的，各位，在你們眼前穿著牛仔外套、全身為愁苦所籠罩、慘遭放逐流放、漂泊無

依、任人摧殘的，正是那正統的法國國王啊。」

唉，他又一直哭個不停，搞得我和吉姆不知怎麼做才好。我們很替他感到難過，但是又很慶幸驕傲地能夠和他在一起。於是我們決定用剛剛侍候公爵的方法來安慰他，但是他說這是沒有用的，沒有比死更能夠得到解脫的方法了。但是如果人們用皇室的禮節對待他，就算只有一會兒，他可能會覺得好過一點。他說我們跟他說話時應該一隻腳跪下，稱呼他「陛下」，當他吃飯的時候要先服侍他，而且除非有他的允許才能坐下。於是吉姆和我就依照這套方法來服侍他，做牛做馬似的，直到他賜坐，我們才敢坐下。這時他滿意極了，看起來既高興又舒服，可是那公爵卻吃味了起來，很不滿意我們所做的一切。然而那個國王還是對他十分和善，並且說他的父親很寵愛布列基公爵的曾祖父和其他的家族成員，常常召見他們到皇宮裡來聚會呢。可是那公爵還是生了好一會兒的悶氣，直到最後那國王說：「布列基啊，如果我們兩個沒有在這艘木筏上相遇，那你這麼吃味到底有什麼用處呢？只會把所有的氣氛搞僵罷了。我生來不是公爵並不是我的錯，你生來不是國王也不是你的錯啊——所以煩惱又有什麼用呢？我說就讓一切順其自然吧——這是我的座右銘。我們在這兒過的也挺不錯的啊——不愁沒東西吃，又不用操勞。來吧，伸出你的手，大家都是好朋友嘛。」

公爵跟他握了手，吉姆和我都很高興看到這樣的結果，所有的不快樂都一掃而空

了，我們都覺得很開心，因為在同一艘木筏上如果大家氣氛很僵的話，那是一件很悲慘的事；在同一艘木筏上，我們最想要見到的就是一切和樂融融，大家彼此都能夠互相地信任與友善。

沒花多久，我就發現他們才不是什麼皇親貴族呢，只不過是一些不入流的騙子郎中罷了。可是我並沒有拆穿他們，這麼做是最好的了，因為這樣一來就不會有爭吵，也不會有麻煩。如果他們要我繼續稱他們為國王公爵，我是不會反對的，只要能夠維持這個家族的和平就夠了，而且告訴吉姆也沒有用，所以我並沒有告訴他。如果我從老爸身上學到任何東西的話，大概就是了解對付這種人的最好方法就是讓他們照自己的意思去過日子吧。

20

他們問了我們好多問題，比方說為什麼我們要把木筏蓋起來啦，白天為什麼要休息而不繼續逃亡——吉姆是不是一個脫逃的黑奴啊等等。我說：

「拜託喔，一個逃跑的黑奴會往南方跑嗎？」

他們想想也對。可是我必須要編些故事。於是我說：

「我家的人住在密蘇里州的派克郡，除了老爸、我、和弟弟伊克之外，大都死光了。老爸破產了，於是他跑去投奔我們的叔叔班，他在紐奧良南方下游四十四哩遠的地方有個只容得下下馬的地方。老爸很窮，而且還欠了一些債，當他把錢還清的時候，只剩下十六塊錢和老黑奴吉姆，可是這些錢實在不夠讓我們旅行一千四百哩路。有一天，河水高漲，老爸很幸運地抓了艘漂來的木筏，本以為可以乘著它到紐奧良去，可是老爸的好運並沒有持續多久。有一天晚上，一艘汽船撞了我們木筏的前端，我們全都摔到水裡，潛在機輪的下方。吉姆和我平安地游上岸了，但是老爸喝醉了，而伊克又只是個四歲大的小孩而已，於是他們再也沒有回來了。接下來的一、兩天裡，我們碰到了一些麻

煩——總是有人乘著小船想把吉姆從我身邊抓走，因為他們懷疑吉姆是逃亡黑奴。於是現在我們再也不敢在白天航行了；只有在晚上他們才不會來煩我們。」

那個公爵說：「讓我在這兒獨自想一想，看看有什麼辦法可以在白天活動。我得好好地想一下——我得想出個計畫來搞定這個問題。今天就照往常一樣進行吧，我們可不想在白天經過那個小鎮——這樣太不安全了。」

傍晚的時候，天色暗了下來，看起來似乎快要下雨了；一道道的閃電在天空的低處閃爍著，樹葉也開始搖擺——很明顯地，待會兒天氣一定會很糟。於是國王和公爵跑去察看我們的帳篷，看看裡面的床舒不舒適。我的床是用稻草做的，比吉姆的好得多，他的是用糠殼墊的，糠殼的旁邊總是圍繞著玉米穗軸，會把你刺得很痛；當你翻身的時候，沙沙的聲響就好像在一堆枯葉上面打滾似的，吵得你都睡不著。於是那公爵想要睡我的床；然而國王卻不肯。他說：「我想以我的身分和頭銜，你應該知道我不適合睡在糠殼做的被褥上。所以，爵爺，你就睡這張床吧。」

吉姆和我又緊張地汗流浹背，深怕他們兩個會再吵了起來；然而我們很高興聽到公爵說：「唉，我的命就該是臣服在壓迫者鐵蹄下的爛泥巴裡，不幸早已將我曾有的傲氣擊得粉碎；我認了，我臣服；這就是我的命運。我注定在世界上孤零零的一人——就讓我受苦吧；我承受得住的。」

天一黑我們就出發了，國王命令我們面朝河心站好，過了城鎮才准點燈。漸漸地，我們看見一小堆燈光——你知道的，那就是小鎮——然後輕輕溜了過去，划了差不多半哩，一切都平安無事。當我們到達距離城鎮四分之三哩的地方的時候，我們把信號燈點上；大約到了十點多的時候，開始颳風下雨，又是雷又是電的，於是國王叫我們要好好地守夜，直到天氣轉好爲止；於是他和公爵就爬回帳篷睡大頭覺去了。我本來要守到十二點的，不過反正就算有床我也不想睡，因爲這樣子的風雨可不是常常見都能夠得到的。天啊，那些風雨聲吹得多狂野啊，每隔一兩秒就閃來一陣電光將方圓半哩內的東西照得一清二楚，你可以看見小島在雨中變成霧濛濛的一片，樹木也在狂風的侵襲下前後搖晃。然後傳來一聲轟聲——砰！砰！砰碰——砰碰——砰——砰——砰——雷聲響起幾聲後就漸漸地遠離——然後又是一陣電光閃起，伴隨著陣陣雷聲。有時候波浪幾乎把我捲進河裡，不過反正我沒穿衣服，所以也不怕被打濕。我們並沒有觸礁；因爲閃電實在是太亮了，使得我們可以清楚地看見河面上的狀況，不至於撞上暗礁。

我本來應該守到半夜的，可是我實在是太想睡了，於是吉姆告訴我說他願意替我守前半段；吉姆總是這麼好的。我爬進帳篷，可是國王和公爵的腿攤得開開的，我根本沒有地方可以睡，只好到外頭去睡——我並不在意下雨，因爲天氣很溫暖，況且現在波浪也沒有這麼地高。大概兩點左右，波浪又高了起來，吉姆本來要叫我，但是他改變了

主意，因為他覺得這波浪應該不會太高才對，誰知道他算錯了，很快地，突然來了一陣大浪將我淋成落湯雞。

我和吉姆交了班，他躺了下來，呼呼地睡去。不久，風雨停止了，當我看到第一盞燈亮起時，我將他搖醒，一起將木筏藏了起來，因為白天已經到來了。

吃完早餐以後，國王拿出一副舊紙牌，和公爵玩了一會兒接龍，一局五分錢。後來他們玩膩了，說他們想要設計一個牌局競賽。公爵從他的氈呢袋中取出許多廣告單來高聲宣讀，其中一張印著「巴黎著名的阿赫蒙唐邦博士將於某日某處演講骨相學」，入場費十分錢，「骨相分析圖一張二十五分」。公爵說這指的就是他。在另外一張宣傳單上他是「舉世聞名的倫敦莎翁悲劇演員——小蓋瑞克」。在其他的宣傳單上他還有著許多不同的別名，並且做過很多偉大的事，譬如說「用一枝神杖找到水和金子」、「破解巫婆的咒語」等等。後來他說：

「可是舞台上的謬斯女神才夠過癮呢！陛下，你曾經上台表演過嗎？」

「沒有。」國王說。

「那麼趁著你還年輕時，你應該試試看，我的陛下。」公爵說，「等我們到了下一個城鎮就去租個舞台來表演『理查三世』中的那場武戲吧，還有『羅密歐與茱莉葉』裡那場談情說愛的戲。你覺得這個主意如何啊？」

「布列基瓦特，我是很願意參加的啊，可是你知道我對演戲根本一竅不通嘛，而且之前看的也不多。父王當年是很喜歡在宮中看戲，可惜我那時實在是太小了。你可以教我嗎？」

「沒問題啊！」

「好吧。反正我也想要試一些新玩意兒。那我們現在就開始吧。」

於是公爵把羅密歐和茱莉葉的一切都告訴了他，然後說他以前常扮演羅密歐，因此國王可以演茱莉葉。

「公爵，可是茱莉葉是這麼年輕的一位女孩，我光禿禿的頭頂和灰白的鬍子在她身上看起來也許很滑稽。」

「喔，這你一點都不需要擔心——那些鄉巴佬才不會想這麼多哩。除此之外，你還得穿上戲服，一換裝之後啊，一切就不同啦；茱莉葉站在陽台上享受睡前的月光，所以她會穿戴著睡衣和一頂褶邊睡帽。你看看，這是那場戲的戲服。」

他拿出兩、三套厚棉衣，說這是理查三世的戰袍，以及一件白棉布睡衣，配著一頂褶邊睡帽。國王很滿意；於是公爵便拿出一本書，叫他把所有的台辭都背起來。

得穿上戲服，一換裝之後啊，一切就不同啦；茱莉葉站在陽台上享受睡前的月光，所以

他拿出兩、三套厚棉衣，說這是理查三世的戰袍，以及一件白棉布睡衣，配著一頂褶邊睡帽。國王很滿意；於是公爵便拿出一本書，叫他把所有的台辭都背起來。

地演著，好讓國王進入狀況。然後他把書給了國王，叫他把所有的台辭都背起來。

在下游河灣三哩外有一座小到不能再小的城鎮。吃完晚飯以後，公爵說他想了個法

子可以讓我們在白天行駛木筏，而吉姆也不會遭遇到危險；他說他要進城去處理這件事，國王也想要去看看是否可以幫上什麼忙。我們的咖啡也都喝完了，於是吉姆說我最好也跟他們一起坐獨木舟上岸去買一些回來。

當我們到達鎮上時，連個人影都沒瞧見，街道上冷冷清清的，一片死寂，就好像星期天一般。我們找到了一個生病的黑奴在後院裡曬著太陽，他告訴我們說鎮上所有的人都去參加帳篷集會了，只有那些年紀太小、或者是病重、太老的人沒有辦法去。那集會就在兩哩外的林子中舉行，國王問清楚方向，打算去集會的地方瞧瞧，並且說我也可以去看看。

公爵說他想去找一間印刷店。我們找到了一家在木匠店樓上的小店——木匠和印刷工人都去集會了，可是門卻沒有上鎖，裡面髒亂無比，到處都是墨水和垃圾，牆上貼滿了手繪的馬和逃跑的黑奴通緝單。公爵脫了外衣，說他要開始工作了。於是我和國王便向集會的地點出發。

我們花了大概半小時就到那兒了，走得汗流浹背的，因為天氣實在是太熱了。那兒大概有一千人左右，都是從方圓二十哩外的地方趕來這兒的。林子裡停滿了許多馬匹和貨車，這些馬兒都在馬槽裡吃著乾草，跺著步趕蒼蠅。附近還有許多用四根柱子、一塊篷布、上面撒些樹枝就蓋好了的帳篷攤子，裡面賣的是檸檬水和薑餅，還有成堆的西

瓜、穀物、和一些其他的東西。

布道在類似的篷子下舉行，只是這些篷子更大，裡頭擠滿了人。裡面的長凳是用樹幹劈開做成的，在圓的那一端挖了一些洞，將樹枝穿入其中當作椅腳，這種凳子是沒有靠背的。牧師站在帳篷裡的一處講台。女人們都戴著寬邊軟帽，有些人則穿著棉毛交織的衣服，也有人穿棉衣，還有一些比較年輕的女孩穿著厚棉衣，有幾個年輕人赤著腳，也有一些小孩只穿了一件粗布汗衫，幾個老婦人正在做針線活，也有一些年輕人正在和情人打情罵俏。

當我們走到第一個帳篷時，牧師正在帶領著大家唱聖歌。他唱兩句之後，大家就跟著唱一次，聽起來滿雄偉莊嚴的。他們人實在是太多了，唱起來參差不齊；然後他再唱兩句，他們又跟著他唱，唱的人愈來愈多，歌聲也愈來愈大；到最後有些人開始呻吟了起來，而有些人卻開始高喊。然後牧師開始講道，樣子看起來很熱切，一會兒朝右，有時甚至彎下腰來，四肢和身體不停地蠕動，使盡全力大聲地演說；三不五時會舉起他的聖經將它打開，雙手不停地交換拿著，大叫：「這是荒野中那不知羞恥的毒蛇啊，看著牠，好好警惕吧！」然後台下的人們便喊著說：「吾主榮耀！阿——門！」他繼續講下去，下面的人繼續悲嘆著、大叫著，不斷地說著阿門：

「來到前排懺悔吧！來吧，黑暗帶來的罪惡，（阿們！）來吧，所有生病痛苦的人

們，（阿們！）來吧，帶著殘疾和眼盲的人們，（阿們！）來吧，所有悲苦有需要和充滿羞愧的人，（阿們！）所有孤苦無依貧苦受難的人都來吧！——帶著你破碎的靈魂來吧！帶著一顆懺悔的心來吧！帶著你們的破衣罪惡和污穢來吧！潔淨的聖水會洗淨你們的身體，天堂的大門也都永遠地打開著——喔，請進來安息吧！」（阿們！吾主榮耀，哈利路亞！）

他們就這樣一直進行著，到最後你甚至聽不清楚牧師在說什麼，因為哭喊的聲音實在是太大聲了。大家都從人群中站了起來，慢慢地擠向前排，臉上流滿了悲淒的淚水；當所有懺悔的人都到了前排圍成一小圈之後，他們開始唱歌、大喊，撲向地上的草堆，看起來瘋狂極了。

當我回過神來，才知道國王原來已經跑了過去，聲音大到在人群裡都聽得見；然後他往講台走去，向牧師要求要對群眾說話。他告訴他們他本來是個海盜——在印度洋裡過了三十年的海盜生涯。去年春天在一場征戰中他的人馬被折損了不少，因此他現在回家鄉來招募人馬。他感謝神讓他昨晚遭遇搶劫，身無分文地被一艘汽艇丟棄在岸邊。可是他高興極了，對他來說，這是有生以來最值得慶幸的事，因為他已經是個徹頭徹尾洗心革面的人了。在他的生命裡，他第一次感到快樂，雖然此刻他窮到了極點；他現在想馬上動身回印度洋，在他有生之年去感化那些海盜，帶領他們回歸正途；因為再也沒有人比

他更適合做這件事了，因為他和印度洋中的每個海盜幾乎都認識。雖然身無分文的他要重返印度洋需要花很多時間，但是他還是要去。每一次他成功感化了一名海盜之後，他將會對他說：「別謝我，這並不是我的功勞，這都得感謝波克菲爾村那些可親的人們，他們是永遠的兄弟，民族的恩人——而站在這兒的那位親愛的牧師將是一個海盜有生以來最值得相信的朋友啊！」

然後他涕淚縱橫，大夥兒也陪著掉淚。接著就有人喊著：「大家捐點錢給他吧，快點捐此錢！」大概有五、六個人立刻捐出錢來，但是又有人說：「叫他把帽子脫下來傳著捐錢吧！」大家一起附和著，連牧師也不例外。

於是國王拿著他的帽子，一邊拭著眼眶，一邊向群眾祝福，感激地謝謝他們對那些遠方的海盜存有如此的善念；每隔一會兒就有一些還滿漂亮的女孩淚流滿面的要求要親他，好留作紀念，他總是接受了；他們其中有些人還又親又抱了五、六次——他們甚至邀請他住上一個禮拜；大家都要邀請他去他們家住，並且認為這是一件光榮的事；可是他說今天是集會的最後一天了，他沒有辦法再留下來，除此之外，他急著馬上趕回印度洋去感化那些海盜。

當我們回到木筏上之後，他開始算錢，發現他募到了八十七塊又七分五角，除此之外，他還偷了一瓶三加侖裝的威士忌酒，這是他在回家的路上經過樹林的時候，在一輛

貨車上面找到的。國王說無論什麼時候他都能夠布道。他還說叫一個異教徒去參加集會根本是不可能的事，更別提海盜了。

公爵本來心裡面沾沾自喜，自以為自己做得不錯，可是當國王帶著他的成果回來之後，他就不這麼想了。他在印刷店裡替農人們做了兩份工作——拿了四塊錢，然後又宣傳說這種傳單值十塊錢，可是如果他們願意先付錢的話，就只算他們四塊錢，然後又宣傳說這種傳單值十塊錢——所以大家就照付了。報紙的定價是每年兩塊，可是有三個訂戶他只收一塊錢，因為他們先預付現金；有些人還想像往常一樣用柴枝或洋蔥來抵付，可是他說這已經是最底價，不能再低了，因為他想要現金，他自己還寫了一首短詩——只有三行——有點兒甜美和悲悽——這首詩的名字是，「是啊，一顆心在冷酷的世界裡破碎了」——他排好版，準備在報紙上印出來，這不另外收費的。他總共賺了九塊五角，還說這是他辛苦了一天的所得。

然後他又向我們展示他所做的另一份工作，這並不另外收費，因為這是替我們做的。上面印的是一個帶著行囊逃亡的黑奴，下面印著：「懸賞兩百元。」這張單子上面寫的都是關於吉姆的事，說他去年冬天從距離新紐奧良四十哩外的聖傑克農場溜了出來，似乎往北方逃去，如果有誰把他捉住了送回來，便可以領到賞金和一切的費用。

「現在，」公爵說，「過了今晚，我們就可以光明正大地在白天活動，只要我們發現有

人靠近，我們就可以把吉姆用繩子從頭到腳綁在帳篷裡，然後把這張單子拿出來說我們在河的上游抓到他，可是我們太窮了，沒法兒坐汽艇，只好向朋友借了一艘木筏，往河下游領賞去。手銬和腳鐐綁在吉姆身上看起來也許比較逼真，可是它看起來太像是珠寶了，跟我們貧窮的身分不太符合。對我們來說，繩索才比較適合——當然我們講話必須要一致，不可以露出馬腳。」

大家都說公爵真是聰明絕頂，這樣一來在白天行動也不會有什麼問題了。我們判斷那晚大概再划幾哩是沒有問題的，等到離開那個小鎮，人們趕不上我們的時候，就可以安心划行了。

我們待在那兒靜止不動，直到將近十點才出發。然後我們快速地通過城鎮，直到它遠離我們的視線之後才把燈亮起。

當吉姆把我搖醒，叫我起來守夜的時候，他說：「哈克，你覺得我們這趟旅行還會不會再碰到更多的國王呢？

「不，我想不會吧！」

「嗯，」他說：「是沒關係啦，我是不介意再多一、兩個國王，可是這樣就夠了，這個國王已經醉茫茫了，那個公爵也好不到哪裡去。」

我知道吉姆曾經要求國王跟他說一、兩句法文，因為他想知道法文聽起來是什麼樣

子；可是國王說他已經在這個國家住太久了，歷經許多劫難，所以他早就忘記法文是什麼了。

21

現在天已經亮了，然而我們繼續向前進，並沒有停下來休息。不久，國王和公爵一副累斃了的樣子走出帳篷，但是當他們跳下水游了一會兒之後，馬上就精神百倍。早餐之後，國王坐在角落，把靴子脫了，捲起褲管，將雙腳浸在河水中，舒舒服服地點起菸斗，繼續背著羅密歐與茱莉葉的台辭。當他背得差不多的時候，他便開始和公爵一起練習。公爵得一而再、再而三地教他怎麼樣去說每一句對話；他要他嘆著氣，把手放在胸口上，過了一會兒，公爵稱讚他做得真是不錯──「你可別亂吼亂叫地喊著，羅密歐！像隻牛似的──你得輕聲細語，有點病奄奄地、軟軟地說，就像這樣，羅──密歐！就是這樣；人家茱莉葉可是個甜美可愛的姑娘，她才不會像隻蠢驢般地亂吼亂叫呢。」

接著他們拿出兩把公爵用橡木條做成的長劍，開始練習著鬥劍──公爵自稱自己是理查三世.；他們在木筏上跳來跳去，互相擊劍的樣子真是精采極了。可是後來國王不小心摔了一跤掉到水裡，因此他們就休息了一會兒，聊了些從前在河上的冒險經歷。

晚餐後，公爵說：「好啦，茱莉葉，我們大家都要賣力地讓這次的演出呈現出超高的水準，所以我想我們得再多加些東西，才能應付觀眾喊安可的需求。」

「什麼是『安可』啊？布列基瓦特？」

公爵解釋給他聽，然後說：「我想用高原舞曲或是水兵角笛舞來回應他們，至於你嘛——嗯，讓我想想——噢，我想到了，你可以來段哈姆雷特的獨白。」

「哈姆雷特的什麼？」

「哈姆雷特的獨白啊，這可是莎士比亞裡面最有名的一段呢。啊，這場戲真是感人肺腑，棒極了！總是能震撼全場的觀眾。這本書裡面是沒有的——我只有帶一本來——不過我想我應該可以從記憶中拼湊出來吧，讓我來回走個幾分鐘，看看可不可以想起來。」

於是他便來來回回地走來走去，三不五時皺著眉頭，努力地想著；他還會豎起眉毛，然後用拳頭敲敲他的前額，搖搖晃晃地向後退，又呻吟又嘆氣，接下來竟然還流了一滴眼淚。看他的表情真是好玩極了。後來他終於想了起來，叫我們專心聽著。他擺了一個高貴的姿態，一隻腳向前跨著，雙手往上延伸，頭向上仰起，望著天空，然後張開了嘴，誇張大聲地念著，同時還挺著胸部。像這麼誇張的表演我還是頭一次見到呢。下面這些是他背出來的句子——這是當他教國王的時候我學起來的，實在是太簡單了⋯

行動，或是退縮；是一根長針

爲漫長的人生帶來災難；

而誰又會折難滿身，直到柏南的樹林一如預言般地行至唐希南？

然而，死亡之後的恐懼

扼殺了無邪的清夢，

大自然的輪迴再生，

使得我們寧可循著殘酷命運的箭鏃前進，

而不願投向未知的他者。

我們得好好停下來想一想：

叫醒鄧肯吧！我想你能；

因誰也不能忍受歲月的鞭打和嘲弄，

暴君的酷刑，傲慢者的無禮，

法律緩不濟急，解脫痛苦的死亡，

午夜時分在死寂的荒地，當墳場

著著肅穆的黑喪服，開著大口，

然而那從未有旅人返回的未知大地，

向世界吹襲著瘟疫的氣息，

而決心的膚色一如格言中那隻可憐的貓咪；

因著過多的照顧而生了病，

籠罩著屋頂的烏雲，

因著這些離我遠去，

失去了行動的力量。

這是大家誠摯希望的結局。然而美麗的奧菲莉亞⋯

可別打開你沉重如大理石般的嘴兒，

滾到修道院去──去吧！

唉，這老頭可愛死這段獨白了，沒一會兒工夫他就記得滾瓜爛熟，自自然然地念了出來。這段獨白就像是為他量身訂做似的；他握著拳頭，十分激動。看著他聲淚俱下地演著，還真是滿感動人的。

等到一有機會，公爵就去印了些戲碼的宣傳單；之後我們漂流了兩、三天。這幾天船上可是熱鬧非凡，鬥劍和排演不斷地在木筏上進行著──公爵是這麼稱呼它的。有一

天早上當我們已經十分靠近阿肯色州南方時，河灣口出現了一座小鎮；於是我們就在它上游大約四分之三的地方上了椿。這是一處小溪，路口處長滿了柏樹，看起來就像個隧道。除了吉姆之外，我們都坐著獨木舟順著小河入城，想去看看有沒有機會可以在那兒表演。

我們還真是幸運哩；當天下午將有一場馬戲表演，鎮上的人都會乘著各式各樣的馬車或騎著馬兒前來觀賞。馬戲團在傍晚前就會離開，這對我們的表演來說可真是個大好消息。公爵把表演場地租了下來，然後我們四處散發著傳單，上面是這樣寫的：

莎翁絕作再現！！！

絕對的吸引力！

僅此一晚！

舉世聞名的悲劇名角，

倫敦茉莉坊戲院，小大衛葛瑞克

和

倫敦皮卡第里，帕丁巷，白教堂區，

皇家漢馬克戲院的名角，老愛德蒙肯恩，及

皇家大陸劇坊，非常演出

不朽莎翁名劇

羅密歐與茱莉葉中的

陽台獨幕劇！！！

羅密歐………………………………肯恩先生

茱莉葉………………………………葛瑞克先生

暨全團人馬協力演出！

全新戲服，全新場景，全新感受！

另外：

理查三世中

刺激精湛喋血的

鬥劍場景！！！

理查三世………………………………葛瑞克先生

李齊蒙………………………………肯恩先生

另：

（應觀眾要求）

哈姆雷特不朽的獨白！

由傑出的肯恩街主演，三百場巴黎公演，場場爆滿

由於返歐之日迫近，僅此一晚！

入場券每張二十五分；稚童奴僕每張十分。

發完之後，我們在鎮上閒晃。鎮裡的店舖和房舍全都十分老舊，似乎都沒有上過油漆；這些房子都用木頭高架著，離地面約有三、四呎高，這樣一旦洪水來了才不會把房子淹沒。房子四周都有小花園，可是裡頭只有一些雜草和向日葵，還堆著些水管和破靴舊鞋、罐子、和抹布之類的破銅爛鐵。圍籬則是由各種不同的板子組成，看來是在不同的時間釘上去的，顯得東倒西歪。圍籬的門只有用條鍊子拴住——是皮做的鍊子。有一些圍籬曾用白漆刷過。公爵看了看說這可能是哥倫布時代的東西。花園裡常常有豬闖入，而人們則急急忙忙地將牠們趕出去。

商店都聚集在同一條街上，這些店的門口都搭著白棚，而鄉下來的人都把他們的馬兒綁在棚架上。白棚下通常擺著裝乾貨用的箱子，而鎮上遊手好閒的人們整天就躺在那上面，用小刀刮著木箱，嚼著菸草，打哈欠，伸懶腰——一副痞子樣。他們通常戴著一頂像雨傘般的黃色草帽，可是並沒有穿大衣或背心；他們互稱彼此為比爾、巴克、漢克、喬、或安迪之類的名字，說起話來總是懶洋洋地拖著尾音，不時還罵著髒話。每根

柱子下起碼有一個痞子倚在那兒，他們總是把雙手插在褲袋裡，不時掏出菸草來嚼，或者是把玩著刀。他們之間的對話總是——

「漢克，來點菸草吧！」

「別想——我自己也只剩一口了。去跟比爾要。」

比爾也許會給他一口；也有可能會騙說自己連一口也沒有。這些痞子大部分都身無分文，連菸草也沒有，他們的菸草都是向別人要的——他們會跟其他人說：「傑克，我希望你能借一口菸給我抽。剛剛我把最後一口給了湯普森了。」這當然是謊話，因為他們每次都這麼說；只有陌生人才會受騙，然而傑克當然不是陌生人啦，於是他說——

「你真的給他了嗎？哇哩勒你妹妹家裡的貓的祖母也是這樣吧。先把上次借你的還給我，那我就會再借你一、兩頓，也不會跟你要什麼利息的。」

「嗯，我真的有還過你幾次嘛。」

「對啊，你的確還過幾次——大概六口吧！你借的可是店裡面賣的菸草耶，但是你卻還我黑人頭牌的。」

店裡面賣的菸草是一整塊黑色的，而這些人通常用天然的菸葉捲在一起嚼。他們借菸草的時候，不用小刀切開，而是用牙齒一咬，用手拉成兩半——有時候借的人看了覺得噁心，當他拿回他的菸草時便會嘲諷地說⋯

「呸，把你嘴裡那塊吐出來還我，這半塊你自己留著吧。」

每一條街道巷弄都非常的泥濘，因為它們其實就是泥巴地——這些爛泥黑得像瀝青一樣，有些地方幾乎有一呎深；總體來說也總有兩、三英寸深。豬隻到處閒盪著，你會看見一隻滿身泥漿的母豬和一群小豬懶洋洋地在街上晃著，擋在路中央吼叫，人們都得繞過牠而行。牠會伸著腿，閉上眼，搖著耳朵，而這時小豬們會躺著吸奶，看起來像領薪水一樣地快樂。可是沒過多久，那些痞子會喊著：「嘿，小子，把牠趕走，噁心死啦！」然後牠便會慘叫著離開，因為有兩隻狗把牠的耳朵咬住，另外還有三、四隻從後面趕來，然後你會看見這些痞子都站了起來，目不轉睛地看著這場鬧劇進行，並嬉鬧地大笑著，似乎對這些嘈雜聲感到十分有興趣。然後他們又會躺回原來的地方，除非有狗兒在打架，否則他們是不會起來的。沒有什麼事像狗打架能讓他們如此地清醒和愉快——除非把一隻迷途的狗淋上松節油，放火燒死；或者是把一個錫鍋綁在狗尾巴上，看牠東奔西跑直到力竭而死。

靠河岸邊有些房子凸出至河堤，它們傾斜歪曲，看起來隨時都有可能會垮到河裡去，裡面的人早就已經搬走了。有些房子下面的河堤被河水侵蝕了一角，屋子便懸空在上面，這樣的屋子還是有人住，可是十分危險，因為每次被侵蝕掉的泥土大概有一棟房子這麼大。有時候有一長串大概約四分之一哩寬的地會被沖走，大約只要花一個夏天的

哈克流浪記 216

時間就可以被沖蝕殆盡。像這樣的小鎮總是不斷地向後一直遷移、遷移、遷移，因為河水總是緊咬著它們不放。

那天將近中午的時候，街上的馬車和人們愈來愈多，鄉下來的人帶著東西在馬車上吃著，還有不少人喝著威士忌，我還因此看見三場因為酒醉而引起的打鬥。後來有人喊著——

「老布吉斯來囉！」——他每個月都會從鄉下來喝個爛醉——各位，他來了！」

所有的痞子看起來都很高興——我猜他們一定常常捉弄老布吉斯。他們其中之一說：

「真不知道他這次準備威脅要咬誰。如果他真的把過去二十年裡所威脅的人都咬死的話，他現在一定很有名啦。」

另外一個人說：「真希望老布吉斯來威脅我，因為這樣我就知道我可能再過一千年也不會死。」

布吉斯騎著馬，一邊像個印地安人吼地喊著：

「讓開，大爺我來了！我經過的地方棺材的價格可是都在上漲呢。」

他喝得醉醺醺地在馬鞍上搖搖晃晃；他已經五十好幾了，而且滿臉通紅。大家對他又吼又叫，嘲弄著、咒罵著他，他也不甘示弱地罵了回來，說要好好地修理他們，讓他

們吃肉吃不完兜著走，可是他現在沒空，因爲他要趕到城裡去殺老老雪本上校。他的名言是：

「先吃肉，最後再喝口湯。」

他看見了我，便騎著馬朝我走來，說——

「孩子，你從哪兒來的啊？想要找死嗎？」

然後他就騎走了。我怕得要死；可是有一個人說——他沒什麼惡意的，他每次喝多了都是這樣，但其實他可是阿肯色州個性最好的老傻瓜——不管是喝醉酒或者是清醒時，他都不會傷害任何人的。

布吉斯騎到了鎮上最大的一間店鋪前，低著頭看看棚子裡的狀況，然後大喊——

「出來，雪本！快出來看看被你騙得最慘的人。我會緊緊地釘著你，而且一定會抓到你的。」

然後他便騎走了，同時用各種不同的字眼咒罵著雪本，整條街都擠滿了看熱鬧的人們，大家不停地嘻笑著。後來，有一個看起來很神氣的傢伙，大概五十五歲左右——他看起來是鎮上穿著最體面的一個——從那店裡走了出來，群眾都從他身旁退開，讓出一條路來讓他通過。他很鎮靜，慢慢地對布吉斯說：

「我對你的行徑已經厭煩透了；可是我會再忍耐你到一點鐘爲止。記住，到一點而已，不會再多了。如果到時候你膽敢再罵我一聲的話，就換我會去找你了。」

然後他便轉身進去了，人們一副緊張兮兮的樣子；沒有人鼓譟，也沒有笑聲傳出。

布吉斯一邊騎著，一邊沿街大聲地咒罵；沒多久他又回來了，停在店門口依舊咒罵個不停，有些人圍在他身旁勸他閉嘴，可是他不肯；他們跟他說只剩下十五分鐘就到一點了，他還是回家的好——他必須立刻回去。可是一點用也沒有，他發狠似的騎回街上，灰白的頭髮在空中飛舞，大家一有機會就想把他從馬上拉下來，把他關起來讓他靜一靜；可是根本沒有用——把帽子扔在爛泥裡讓馬兒踏過去。不久，他發狂似的騎回街上，死命地大罵雪本，後來有人說：

他又衝回到街上，死命地大罵雪本，後來有人說：

「快去叫他女兒來，快！叫他女兒來。有時候他會聽她的話的。如果有人能勸他的話，一定是他女兒了。」

於是有人跑去找他的女兒。我順著街走了一會兒，然後停住。大概十五分鐘之後，布吉斯又來了——但是這次他沒有騎馬。他對著我從街的那頭走過來，頭上沒有戴帽子，左右有兩個朋友攙住他，匆忙地將他帶開。他臉色很難看，也不像剛才發狂的樣子，可是顯得很是匆忙。有人喊：「布吉斯！」

我轉過頭想看看到底是誰在喊他，原來是雪本上校。他直定定地站在街上，右手舉著一隻槍，但並沒有瞄準任何人，只是把槍口對著天空。就在這個時候，我看見一個年輕的女孩一路跑過來，旁邊跟著兩個人。布吉斯和他的朋友們轉身看看是誰在叫他，當他

們一看見那手槍時，扶著他的那兩個朋友立刻就跳到一旁去。那把槍慢慢地移了下來，成為一直線——兩支槍管都已經上了扳機。布吉斯高舉雙手，喊著：「天啊，別殺我，別開槍！」砰！第一槍射了過來，他向後仰，雙手在空中胡鬧抓著；砰！第二槍又來了，他立刻重重地跌坐在地上，雙手攤開。那年輕女孩大聲喊叫著，衝了過來，撲在她爸爸身上哭泣，嘴裡喊著：「噢，他殺了他！他殺了他！」圍觀的人走了過來，擠得水洩不通。大家伸長脖子想要看個究竟，但是裡面的人卻把他們往後推，嘴裡喊著：「退後，退後！給他點空氣，讓他呼口氣！」

雪本上校把他的手槍丟在地上，腳跟一轉就走了。

他們把布吉斯帶到一家小藥局，群眾還是擠了過去，整鎮的人都跟來了。我衝過去在窗戶旁佔了一個好位置，可以看得一清二楚。他們讓他躺在地上，拿本厚厚的聖經枕在他的頭頂，另外再拿一本攤開放在他的胸口——他們先把他的襯衫撕開，我看見其中的一個彈孔，他一連串地吐著長長的嘆息，當他吸氣的時候，胸口上的聖經就隨之升起，一呼氣就低了下去——之後便靜靜地死去了。他們把他哭喊不停的女兒拉開，她大概十六歲，看起來很溫柔甜美，可是現在卻因受驚而顯得蒼白駭人。

沒過多久，全鎮的人都到了，急躁地擠來擠去，想站到窗邊看個清楚，可是那些佔到好位置的人可不願放棄，在後面的人不住地喊著⋯

「喂，你們看夠了吧，你們這些人；你們一直擠在這兒一點也不公平，也給別人機會看看嘛，別人也跟你們有同樣的權利啊。」

那裡充滿了互相咒罵的人，我想可能會出事，於是就溜了出去。街上滿是人潮，大家都很激動，親眼目睹槍殺發生的人重述著事件的經過，旁邊總圍繞著一群人，伸長著脖子聆聽。有個高高瘦瘦的人，頭髮長長的，戴著一頂很大的白色皮帽，拿著一根彎柄手杖，比劃著布吉斯和雪本站的地方，人群們跟隨著他走來走去，注意他的一舉一動，不時地點著頭，表示他們理解了；並且不時地微彎著腰，把手放在大腿上，看著他用手杖畫著地；後來他直直地站在雪本站的地方，皺著眉，把帽緣拉下來遮住眼睛，喊著：「布吉斯！」接著把手杖舉直瞄準，然後喊了一聲：「砰！」接著搖搖晃晃地向後退了幾步，又喊一聲：「砰！」然後直挺挺地向後倒了下去。看過真實情況的人都說他演得實在是太逼真了，簡直和當時發生的情況一模一樣，有十多個人都拿出酒來要請他喝。

嗯，漸漸地，有人喊著說雪本應該要被處殛刑，沒一會兒大家都附和了起來；於是他們邊憤怒地叫喊，邊回去把一切可以拿來絞死人的布條撕了下來，準備拿來對付雪本。

22

他們群聚在街上，朝雪本的店走去，又喊又叫像個憤怒的印第安人似的，任何擋在他們前面的東西都被踩得粉碎，眞是慘不忍睹。小孩們在這幫暴民前呼喊逃竄著；街旁的每扇窗口都擠滿了婦女，每棵樹上也攀滿了小黑奴，籬笆內不時有些紈袴子弟或村姑探出頭來四處張望。當那群暴民靠近他們的時候，大家一鬨而散地開，許多女人和少女們哭嚷著，差點沒被這情景嚇死。

他們湧到雪本家門前的圍欄，擠得水洩不通，吵鬧到你根本沒有辦法集中心思來想事情。這是一塊二十呎見方的空地，有幾個人喊著：「拆掉圍籬，把圍籬拆了！」接著又是一陣聲響，圍籬便倒下了。前面的人像浪潮般地湧到前頭。

就在那時，雪本從前面的門廊頂走了出來，手裡拿著雙管槍，不慌不忙，鎭靜地站著，不發一語。人們停止了騷動，人潮也往後退了一點。

雪本一句話也沒說——只是站在那兒往下看，這份寂靜讓人看了眞是毛骨悚然，感覺很不舒服。雪本的眼睛慢慢地往群眾打量；眼光所到之處，人們試著想回瞪他，可是

沒有辦法；他們的眼光向下，看起來畏畏縮縮的。沒多久，雪本笑了起來；但這並不是善意的笑容，而是那種讓你感覺吃到了含沙子麵包時的笑容。

然後他慢慢地、嘲諷地說：「你們想對人動私刑？這太好笑了。你們居然以為你們有種敢對一個男人動私刑！就憑你們這種只敢塗黑一個無依無靠女人的臉、在她身上黏羽毛的那點兒勇氣，你們就真的以為自己有膽子去碰一個男人？一個男人落在你們手中的話，就算你們人再多也是安全的——只要是在白天，而且你們沒有在背後暗箭傷人。

「我認識你們嗎？哼，我實在太了解你們了。我生在南方，長在南方，我也住過北方；所以我可知道一般的人是什麼模樣呢，大部分的人都是懦夫。北方的人通常會任人糟蹋、欺負，然後回家祈求上帝賜予他一個卑微的靈魂來忍受這一切；在南方，一個大丈夫會在白天攔下一幫人搶劫他們，你們的報紙上會稱你們是英雄，讓你們以為你們真的比其他人還勇敢——事實上你們只是跟一般人一樣勇敢罷了。為什麼你們的陪審團不敢絞死殺人犯呢？因為他們害怕凶手的朋友會在背地裡放冷槍——他們也只敢做這樣的事吧！

「所以他們通常赦免這些人；然後等到那犯人一個人在夜間行走時，後面就會跟著一百個蒙著面的儒夫，對他用私刑。你們的問題就在於你們缺乏真正的男子漢；另外呢，你們並不是在晚上戴著面具來找我，你們在場只有半個男人，就是巴克‧哈克尼

斯——如果你們不叫他來領導的話，你們還是乖乖地滾吧！

「你們其實並不想來這兒的，大部分的人並不想惹麻煩和危險，你們也不想吧。可是如果來了個像巴克·哈克尼斯這半個男人叫喊著：『絞死他！』你們便不敢退後——深怕別人發現你們是懦夫——於是你們也跟著吼叫，跟在他的後頭一路叫喊著衝到這兒來，信誓旦旦地說你們要如何如何。世界上最可悲的事就是一群暴民，軍隊也差不多——都是一群烏合之眾；他們並非天生有勇氣來打仗，大多只是靠著人多勢眾和長官的指揮，才有勇氣上戰場。然而一群沒有領導者的暴民連可悲都談不上。現在你們趕快夾著尾巴滾回家躲到洞裡去吧，如果真的想對我動私刑，就學南方人在晚上動手吧；他們來的時候會戴上面具，找一個真正的男人跟著。現在，滾吧——順便把那半個男人也帶走。」說著便把槍往上丟，橫過他的左臂，順勢扣上扳機。

群眾馬上向後退，一鬨而散地東奔西竄去了。而那個巴克·哈克尼斯看起來也一臉狼狽地跟著離開了。如果我願意的話，我是可以停留在那兒的，可是我才不想哩。

我跑到馬戲團，在後面走來走去，直到守衛走了才溜進帳篷裡。我帶著二十塊金幣和一些零錢，可是我想我還是省著點花比較好，因為說不上什麼時候會有急用，尤其是當一個人在外流浪，置身在一群陌生人中時，小心一點總是好的。我並不反對在沒有其他方法的時候花點錢去看馬戲，可是也沒必要把錢花在這上頭。

這場馬戲真是棒極了，當他們騎馬進場的時候，看起來真是酷斃了。男男女女成雙成對地並排入場，男的穿著汗衫和燈籠褲，沒穿鞋也不踏馬鐙，雙手放在大腿上，看起來既自然又悠閒——總共大概有二十個人吧——而每一位女士看起來既可愛又美麗，簡直像是如假包換的皇后一般，穿著一身價值不斐的禮服，上面綴滿了鑽石，看起來真是賞心悅目極了；我從來都沒有看過這麼可人的事物呢。然後他們一個個站了起來，圍著表演場地成一圈，像波浪般地前後搖擺，看起來很高雅。那些，男人看起來如此地高挺，對著觀眾點頭示意，遠遠地站在蓬頂下；而每一位女士所穿的衣服都如玫瑰花葉般清柔地裏著臀部，看起來就像把可愛的小洋傘。

然後他們愈跑愈快，大家都在馬背上跳著舞，剛開始是雙腳在空氣中交互踢踏，然後馬兒愈跑愈歪斜，那主持人便繞著中心柱子，揮著他的皮鞭喊著「嗨！——嗨！——」然後小丑就在後面搗蛋；漸漸地，大家的手都放開韁繩，女的扠著腰，男的雙方交叉在胸口，馬兒一邊斜著跑一邊載著他們的樣子真是令人嘆為觀止。最後他們一個個跳下馬來，站到舞台上，向觀眾行個最優雅的禮，然後跑出場，於是大家瘋狂地鼓掌叫好。

整場馬戲他們都表演一些令人嘆為觀止的伎倆，而小丑也帶給大家極大的歡笑。那主持人沒辦法對他說一句話，因為那小丑總是躲在他的後頭，說些令人發噱的話；我實在搞不懂他怎麼能想出這麼多的笑話，而且還能講得如此地即興和流利。如果是我的

225 哈克流浪記

話，我想一年也想不出這麼多的笑話話來。後來有個醉漢闖進場子裡——嚷著要騎馬，並且誇說他騎得比誰都還要棒。他們爭吵了起來，大家試著想把他趕出去，可是他根本不聽，於是整場秀就停頓下來了。觀眾開始對他叫喊，取笑他，讓他火冒三丈，於是開始破口大罵；大家都被搞得心浮氣躁，於是有些人開始搖著凳子向場中走去，喊著：「扁他！把他丟出去！」同時一、兩個女人開始尖叫了起來。後來那主持人出來說此話，希望大家不要鬧事，如果那醉漢保證不惹任何麻煩的話，他就讓他騎馬。於是大家笑著同意了，當那男人騎上馬的時候，那匹馬突然發狂了起來，上上下下跳個不停，馬戲團的兩個人想拉住控制牠，那個醉漢手抓著馬頸，雙腳隨著每次的跳動而在空中起伏晃盪，全場的觀眾都起立叫好，笑到眼淚都流出來了。後來，馬戲團的人鬆了手，於是那匹馬便失去控制，開始繞著場地狂奔。那名醉漢躺在馬背上，一隻腳幾乎拖地，另外一隻腳則盪在另一邊，所有人都樂得快瘋了。可是我覺得這一點也不好笑；看他情況如此危急，我不禁緊張地發抖了起來。然而過沒多久，他掙扎地跳上馬背，抓緊著韁繩，搖搖晃晃地騎著；而下一分鐘他跳了起來，竟然站在馬鞍上！那馬兒也跑得像棟著火的房子似的，他站在那很清醒得意地兜著圈子，好像他這輩子從來沒醉過似的——接著他脫起衣服，一件件地往外丟。他穿得很多，衣服丟滿了整個空中，他總共脫了十七件，脫到最後我們看到一位衣著華麗，身長修長英挺的男子，他舉起鞭子抽著那匹馬，讓牠氣喘

不已——最後他跳下來向大家敬個禮，手舞足蹈地奔向更衣室，每一個人看到這樣的情景都是又驚又喜。

然後那個主持人表現地好像被愚弄了一般，可是我覺得他實在是天底下最低級的主持人了。為什麼呢？因為那喝醉的人本來就是他的團員之一嘛！這完全是他自己所設計的，大家根本都不知道。唉，被人家如此玩弄，讓我覺得有點丟臉，即使再給我一千塊我也不願意去當那樣子的主持人。我不知道啦，或許有比這個更精采的馬戲團也說不定，但是我還沒看過就是了。總而言之，這個馬戲團對我來說已經夠好的了；所以每當我碰到馬戲團來表演的時候，我總是會去參觀一下。

當晚我們的戲也上演了，可是只有大概二十個觀眾；剛好夠應付開銷。那些觀眾從頭笑到尾，把公爵氣得半死；戲都還沒演完，大家就走光了，只有一個睡著的男孩除外。公爵說這幫阿肯色的蠢蛋根本不夠資格看莎士比亞；他們只想看一些低級的笑鬧劇——也許搞不好還想看比低級笑鬧劇更下流的戲哩。他說他可以預估他們的品味。於是隔天一大早他就拿了幾大張包裝紙和黑墨寫了一堆廣告，四處張貼在村子裡。這些單子是這麼寫的：

在馬戲團表演場地上演！

僅只三晚！

舉世知名的悲劇演員！

小大衛葛瑞克

及

倫敦河大陸劇院的

老愛德蒙肯恩

上演驚悚悲劇

國王的長頸鹿

或

皇家的寶物

入場費每人五十分錢

在下面有一行最大的字體寫著：

女賓及兒童不宜觀賞

現在呢，他說：「如果這行字還不能吸引他們的話，就算我不懂阿肯色州的人！」

23

公爵和國王整天都在忙著搭舞台、弄布景，另外還排了一些蠟燭當作燈光；當晚全場座無虛席。當場地大爆滿的時候，公爵便關起了門，從後面溜到舞台，站到布景前，說了幾句開場白，稱讚這齣悲劇，說它是有史以來最驚悚的悲劇；還不忘吹噓全劇的靈魂人物老愛德蒙肯恩；最後當他把觀眾的情緒帶到最高點時，便把布幕捲了上來。這時國王赤手赤腳、手舞足蹈地爬了出來，他全身上下用油彩塗滿了一圈又一圈的各種顏色，就像一道彩虹一般，而且——暫且不論他那一身的裝束，他的動作顯得既狂野又好笑。人們都被他逗得快笑翻了；當國王表演完，一跳一躍地走向後台時，觀眾又喊叫又拍手，瘋狂地喝采著，直到他再回到台前表演一次；之後他又回台前秀了一會兒。唉，看到這個老傻瓜如此低級的表演，連牛看了都會笑哩。

然後公爵把布幕放下，向觀眾鞠個躬，說這齣偉大的悲劇只剩兩場，因為倫敦的行程都已經安排好了，而倫敦茉莉坊戲院的門票早已銷售一空；然後他又鞠了躬說如果他在此藉著這齣戲劇真的能夠成功地取悅並教導他們的話，請大家向親朋好友多多宣傳，請

他們到這裡來捧場。

有二十個觀眾喊道：

「什麼，戲就這樣結束了嗎？這樣就沒了啊？」

公爵說沒錯，大家楞了一會兒，然後大喊著：「被騙了！」接著很生氣地站了起來，準備到台上找那個演員算帳，然而有一個大個頭的英俊男子跳到一條板凳上喊著：

「等一下！各位請先聽我說一句話。」大夥停下來聆聽。「我們被出賣了──而且被騙得很慘。但是我想我們大家都不想成為全城的笑柄，也永遠不願意被別人恥笑。絕不。我想我們只要安靜地離開這兒，向別人提起這檔秀，讓別人也來這兒受騙就好了！這樣一來大家就都半斤八兩啦。這聽起來有沒有道理呢？」（「沒錯！──說得沒錯！」大家喊著。）「好了吧！──千萬別向別人說我們被騙了，大家回家吧，記得回去叫大家都來看這齣悲劇唷。」

隔天，整個小鎮都在流傳著這齣劇有多好看，當晚這間房子又擠滿了人，而我們又以同樣的方法騙了這批人。之後，我們回到木筏上吃了晚餐。接近午夜的時候，公爵和國王叫我和吉姆划到河心去，把他藏在離小鎮兩哩遠的下游。

第三晚，又是大爆滿──可是這回他們並不是什麼新客人，而是前兩晚的老顧客。我倚著門站在公爵旁，發現每個觀眾的衣服口袋都鼓鼓的，似乎裝了什麼東西在裡面，

聞起來也沒有什麼好氣味。我聞到裝在瓶子裡的臭雞蛋和爛包心菜之類的味道；心裡有了不祥的預感，沒錯，一定是的。總共有六十四個人進場，可是人實在太多了，擠都擠不進去。嗯，當場地再也擠不下任何人的時候，公爵給了一個人二角五分錢，要他替他守著帳門，然後他繞到舞台的門口，我跟著他；可是當我們拐過一個黑暗的角落時，他說：

「快點，現在快離開這個地方，趕快搭著木筏走！」

我照做了，他也跟著溜走，我們同時到達木筏，沒有兩秒鐘的時間，我們便已向下游划去。四周一片黑暗死寂，當我們向河心漂去時，大家一句話都沒說。我想那可憐的國王現在一定正在和觀眾吵著翻天吧；可是情況才不是這樣呢⋯沒多久他就從帳篷裡爬出來說：

「公爵，這回老把戲玩得還順利吧？」

他根本沒有到鎮上去嘛。

我們直到離開小鎮約十哩左右，才把燈點了起來。我們吃著晚飯，國王和公爵很高興地談著他們如何耍了那群觀眾。公爵說：

「那群大白癡！我就知道他們第一天一定會閉嘴，然後讓全鎮的人都來看這齣戲；我也知道他們第三晚一定會來找碴，自以為現在輪到他們來報復了。哼，現在的確是輪

到他們了。我倒想看看他們要怎麼利用這個機會來大搞一番呢。如果他們想要的話，倒是還可以辦場野餐——他們可是帶來不少的食物哩。」

這兩個無賴，三個晚上總共騙了四百六十五元。我以前從來沒有看過錢多到需要用馬車來運的。

沒多久，他們就呼呼大睡。吉姆說：

「哈克，難道你對公爵和國王所做的一切都不感到驚訝嗎？」

「不，」我說，「一點也不。」

「為什麼不呢，哈克？」

「嗯，我一點都不驚訝，因為他們天生就是如此，我想這些皇親貴族都是這副德性吧。」

「可是哈克，這些皇親貴族都是痞子；他們就是這樣子的人。他們是不折不扣的流氓耶。」

「嗯，這就是我說的嘛，就我所知，所有的皇親貴族都是流氓。」

「真的嗎？」

「你去讀一讀他們的事蹟你就會知道啦。你看亨利八世，他可是主日學的總監；你再看看查理二世、路易十四、路易十五、詹姆斯二世和愛德華二世以及理查三世等等四

十多位人物，除此之外，還有那薩克森王朝在古老的時候總是四處征戰，隨處都可見到叛變。唉，你應該看看亨利八世正值盛年的時候，那時他每天娶一位新娘，隔天就把她的頭砍掉，無情地就好像他是在玩弄雞蛋一樣。『把妮爾葛茵叫到宮裡來。』他說。他的部下就把她接來。隔天早晨，『把她砍了。』他們就把她砍了。『把珍蕭爾接來』他說。然後她就來了。隔天早晨，『把她砍了。』他們就把她砍了。『搖鈴叫菲爾羅莎門來。』她便應聲前來。第二天呢，『把她砍了。』他每晚都叫她們跟他說一個故事；就這樣聚集了一千零一個故事，然後把它出版，將它叫作《地籍簿》——這名字取得倒是不錯。吉姆啊，你是不會了解這些國王的，但是我對他們可清楚得很；這些亂七八糟、分分合合的歷史我可看多啦。嗯，亨利想把他的國家搞垮。他怎麼搞呢？——貼公告嗎？——演齣鬧劇給大家看嗎？不，他沒頭沒腦地把茶從波士頓港倒下去，想破壞獨立宣言，激大家打仗。這就是他的作風——從不願意給人家任何機會，他甚至對自己的父親威靈頓公爵也起疑心。嗯，他怎麼做呢？問口供嗎？不——他把他像一隻貓似地淹死在桶裡。如果有人把錢留在他那兒，他會怎麼做呢？他會把錢全部拿走。如果你和他簽約做事情，付了錢可是卻沒有在那兒監督——他一定會去做另外一件事情，把你跟他的約定遠遠地拋到腦後去。如果他開了口——那會怎樣？如果他的嘴巴不趕緊閉起來的話啊，謊話就會從他口中傾洩而出。這就是我們偉大的亨利王；如果我們

和他在一起，包準全鎮的人都會被他騙得慘兮兮的。我不是說我們的國王和公爵很笨，就事實來看其實他們還滿高明的；可是他們都比不上亨利那狡猾的老傢伙。總而言之，他們都是一個樣子，你得體諒他們。全世界的國王都是痞子，因為他們就是這樣子被養大的。」

「可是，哈克，這個聽起來真得很糟糕耶。」

「吉姆啊，他們都是一個樣子的。一個國王要變成那種德性，我們是一點辦法也沒有的；歷史也沒告訴我們該怎麼辦才好。」

「那個公爵在某方面來說還算不錯嘛。」

「不錯，公爵是有點不同，可是也沒那麼不同。對一個公爵來說，他是有點難以辨認，當他喝醉的時候，有些見識淺薄的人還分不出來他是公爵還是國王呢。」

「喔，無論如何，我再也不會碰到他們了，哈克，我只能忍受到此為止。」

「吉姆，我也是這麼想。可是既然我們已經碰上了，那也只好認清他們，忍受他們囉。有時候我真希望能夠到一個沒有國王的地方去呢。」

告訴吉姆這些人其實並不是真的國王和公爵又有什麼用呢？一點用都沒有；除此之外，就像我所說的；他們和真的國王其實是很難分辨的。

我去睡覺了。輪到我守夜的時候，吉姆並沒有叫醒我，他常常這樣子。當我醒來

哈克流浪記 234

時，天才剛亮，看見他坐在那兒，頭埋在膝蓋中間嗚咽著，悲傷地哭泣。我一點也不驚

訝，因為我知道這是怎麼一回事，他正在思念遠方的妻小，所以心情不好，有點想家；

他從來沒有離開家鄉這麼遠；我真的相信他的確和白人一樣都很在意自己的家人。這聽

起來好像有點奇怪，但是我想應該就是如此吧。每次當他以為我睡著的時候，總是在晚

上哭著、嗚咽著說：「我可憐的小麗莎貝思，我可憐的小強尼，我想很難再見到你們

了，再也見也不到了！」唉，吉姆真是一個好黑人啊。

可是今天我主動和他談到他的妻子和小孩；漸漸地，他說：

「我今天這麼難過是因為我不久前在河岸那兒聽到一聲轟轟的聲響，這讓我想到我

曾經很兇地對小麗莎貝思發脾氣，她才四歲不到，得過猩紅熱，像被下咒語似地；後來

她總算好了。有一天她站在那兒，我對她說：

『把門關上，』她不聽我的話，只是站在那兒對我微笑。這讓我很生氣，於是我又

很大聲地說了一次：

『你聽到了沒？把門關起來！』

她還是站在那兒對我笑，我氣瘋了，我說：

『我要你知道你是我的女兒！』

「我狠狠地抓住了她，把她打得滿地爬，然後到另外一個房間裡。過了十分鐘以

後，我回來，發現門還是開著的，那小孩就站在那兒哭得很傷心，眼淚流個不停。天啊，我氣瘋了，正想在對她發脾氣。可是就在這個時候，突然一陣大風吹來，在那孩子身後把門砰隆一聲地關了起來——我的天啊，那小孩一動也不動！我嚇都嚇瘋了，我覺得——我實在不知道該怎麼說。我全身顫抖地慢慢地把門打開，從孩子身後把頭輕輕地低了下去，然後突然盡我全力大喊一聲：『哇！』，她竟然一點反應也沒有。喔，哈克，我哭了出來，把她抱在我懷裡說：『喔，可憐的寶貝！老天原諒可憐的老吉姆吧，因為只要他一日在世，就永遠都不會原諒自己的。』喔，哈克，她已經又聾又啞了，而我竟然還如此殘酷地對待她！」

24

隔天快接近晚上的時候，我們在河中央的一處柳樹灘頭上停下來，把木筏拴好。河的兩邊各有個小村落，公爵和國王便開始動這兩個小村落的歪腦筋。吉姆告訴公爵說他希望能夠被鬆綁個幾小時，因為整天被繩子綁縛著躲在帳篷裡實在是很難過。你知道的，當我們離開他的時候，我們必須把他綁著，因為如果有人碰巧看到他獨自一人而沒有被綁著的話，人家絕對不會相信他是一個被捉住的逃亡黑奴。公爵也覺得整天被綁著實在是很難受，因此他認為得想個法子來好好解決這個問題。

這公爵果然不是普通的聰明，很快他就想出方法了。他替吉姆穿上李爾王的衣服——是件用窗簾布做成的印花長袍；再戴上用白色馬鬃做成的假髮和鬍子；然後拿了演戲時的彩妝，用一種死氣沉沉、僵硬的藍色塗滿了吉姆的臉孔、雙手、耳朵和脖子，就像是一個已經淹死了九天的人似的。這真是我看過最恐怖的裝扮。然後公爵拿了塊板子，上面寫著——

生病的阿拉伯人——只要不酒醉的話，是人畜無害的。

然後他把板子釘在木條上，將它立在帳篷前四、五公尺的地方。吉姆很滿意，他說這總比每天被綁著綁個許多年要來得好過多了，而且每次一有什麼風吹草動，他只要從帳篷裡跳出來，向前走一、兩步，學野獸般地低吼兩聲，他相信大家一定會立刻閃得遠遠地，再也不敢靠近他。這聽起來滿有道理的；可是我想大多數的人不會等他低吼了以後才離開，因為他看起來不僅像個死人，而且簡直比死人還要可怕。

這兩個低級鬼又想要在這個鎮上重施故技，因為這樣可是可以賺到很多錢呢。但是他們推測這樣做很不保險，因為也許上回的消息現在已經傳到這兒來了。他們一時想不出什麼法子來，最後公爵說他想躺一會兒，花一、兩個小時想一想，看看還能對阿肯色州的村落動什麼腦筋；國王說他想在全無計畫的情況下到另一個村子去走走，相信上帝會指引他一條坦途——我想是指做壞事的路途吧。在上次停留的時候，我們買了一些衣服。國王穿得一身黑色，看起來既胖又古板。我從來不知道衣著可以讓一個人完全變個樣子，在這之前，他看起來就像是個邋邋遢遢的老頭；可是現在當他脫下全新的白呢帽鞠躬微笑時，看起來就像是剛從神聖的方

舟走出來的高貴正直又虔誠的教徒，簡直就是老賴衛提克斯本人。吉姆清理了一下獨木舟，我把槳準備好。距離小鎮上三哩遠的岸邊停了一艘大汽船——已經停在那兒好幾個小時了——上面載了許多貨物。國王說：

「瞧瞧我穿成這個樣子，看起來就好像是從聖路易或辛辛那提城來的。哈克，到汽船那邊去，我們就坐汽船到村落去吧。」

我馬上照著他的命令向汽船划去。我划到離村莊上游半哩遠的岸邊，然後順著水勢快速前進，沒多久，我們看見一個清純的年輕鄉下人坐在一根圓木上，臉上滿滿的都是汗，因為天氣實在是太熱了；他身旁還帶著兩個大呢袋。

「把船划向岸邊。」國王說，我照做了。「年輕人，你要去哪兒呢？」

「我要去汽船那兒；準備要到奧爾良去。」

「上來吧。」國王說：「等一會兒，我的僮僕會幫你提那些袋子。阿道菲斯，快跳上岸幫這位先生。」——我想他是在叫我。

我照他的話做了。然後我們三人繼續向岸邊划去。那個年輕人很感激我們；他說在這樣的天氣裡搬運這些行李實在不是一件容易的事。他問國王要去哪兒，國王告訴他今天早上他順流而下，在另一個村莊上岸，現在他要繼續向下游航去，想去幾哩遠的農場見個老朋友。那個年輕人便說：

「當我見到你第一眼，我就對自己說：『這一定是威爾克斯先生，他來得正是時候。』可是我又想：『不，不可能是他，他怎麼會往上游行駛呢？』你不是威爾克斯先生吧？」

「不，我的名字是布拉及特——亞歷山大布拉及特——亞歷山大布拉及特牧師，我想是該這樣稱呼的；因為我是上帝的僕人之一。對於威爾克斯先生沒有準時前來我也感到遺憾，希望他沒有錯過什麼事情才好。」

「喔，他不會損失什麼財產的，反正他最後還是會得到的；只是他錯過了見他大哥彼得的最後一面——他不會在意的，任何人都看得出來——可是他的大哥卻是寧願犧牲一切，只為了換取在臨終前能再見他一面；他這三個禮拜以來一直提到這個自孩提始就從未見面的弟弟威廉——他既聾且啞——威廉不過三十或三十五歲吧。當年只有彼得和喬治來這裡；他們夫妻倆去年就過世了，現在只剩下哈維和威廉；可是正如我所說的，他們並沒有及時趕到這兒來。」

「有人去通知他們嗎？」

「喔，有啊；一、兩個月以前吧。彼得剛生病時曾通知過他們，因為他覺得他可能撐不過這一次，你知道他已經很老了。而喬治的女兒們年紀又太小，不能和他做伴，除了那紅頭髮的瑪莉珍之外；因此自從喬治夫婦倆過世之後他便很寂寞，覺得活著也沒什

麼意思。他渴望能夠再見到哈維和威廉，因為他是他們之中那種不願意立遺囑的人。他留下一封信來給哈維，裡面寫著藏錢的地方，他希望把剩下的財產用來照料喬治的女兒——因為喬治什麼也沒留下來。這封信是他唯一留下的遺言。」

「你怎麼會以為哈維不來了呢？他住在哪兒？」

「喔，他住在英國雪菲爾德——在那兒傳教——從來都沒有來過這兒。他沒什麼時間——除此之外，他可能連這封信也沒拿到。」

「太慘了，生前未能見親弟弟一面，真是可憐。你說你要去奧爾良，是嗎？」

「沒錯，不過那只是我旅途中的一站，下禮拜三我要搭船到李奧嶺尼洛去，我舅舅住在那兒。」

「這可真是個漫長的旅行啊，但是我相信一定會很不錯的；真希望我也能去。喔，瑪莉珍是最大的那個女孩嗎？其他的女孩年紀多大了？」

「瑪莉珍十九歲，蘇珊十五歲，喬安娜差不多十四歲——她必須辛苦工作，因為她長了個兔唇。」

「可憐的孩子們，被遺棄在冷酷的世界裡。」

「嗯，她們本來應該更慘，還好老彼得有些朋友，才不至於讓她們吃太多的苦。他們是哈普森牧師和拉何菲、班拉克、艾布納雪克佛這幾位助祭，還有萊維貝爾律師，

羅賓遜醫生，和他們這二人的妻子，以及巴特立寡婦，還有——嗯，實在是太多了；可是這些人全都是和彼得有深厚交情的友人。彼得寫信回家時也常常提到他們；所以哈維來這兒時知道應該去哪裡拜訪他們。」

這老頭不斷地問著這些事情，直到他把這個年輕人所知的一切全部淘空才作罷。他問遍了那城鎮裡的每一個人和每件事，和威爾克斯的家庭狀況；彼得是個皮匠，喬治是個木工，哈維是個異教牧師等等。然後他說：

「那你為什麼要走路去坐那艘汽船呢？」

「因為它是一艘去紐奧良的大船，我怕它不會在這兒停站，因為它吃水很深，不會隨招隨停。辛辛那提的船就會，可是這是艘聖路易的船。」

「彼得維特斯很有錢嗎？」

「喔，對啊，很有錢，他有很多房子和田地，據說他還留了三、四千塊現金下來，不知道藏在那裡呢。」

「你說他什麼時候死的？」

「我沒說啊；他是昨晚死的。」

「那明天應該會舉行葬禮囉？」

「對啊，大概是中午吧。」

「唉，真是令人傷心啊。我想我們都應該抽個空去探望一下，所以我們得事先準備一下才安當。」

「先生，沒錯，這是最好不過的了。我媽也總是這麼說。」

當我們到達那艘船旁之時，貨物幾乎都已經裝好了，沒多久它就離開了。國王一點也沒提到要上船，於是最後我便失去了搭船的機會。那汽船走了之後，國王要我划到前方一哩遠的一處無人跡的地方，然後他上岸說：

「現在趕快划回去吧，把公爵和那些新氈呢袋接到這兒。如果他已經到對岸去的話，就去那兒把他接來，叫他要好好地打扮一下。現在趕快去吧！」

我知道他想要幹什麼：當然我什麼也沒說。當我和公爵回來之後，我們把獨木舟藏好，他們坐在一根樹幹上，國王把所有的事情都告訴了公爵，就如同那年輕人先前所說的一般——一字不漏地。他說話的時候裝得像個英國人似的；對一個壞胚子來說，他做得算是不錯了，我學他學不來，所以我就不打算學了；可是他真的學得維妙維肖，然後他說：

「布列基瓦特，你裝聾作啞有問題嗎？」

公爵說一切包在他身上，他說他曾經在台上扮演過聾子和啞巴。後來他們便等著汽船到來。大約下午三、四點左右，有兩艘小船經過，然而他們並沒有靠河岸太近；最後

243 哈克流浪記

終於有一艘大船經過，他們便把它攔了下來。那艘大船派了一艘小艇過來，把我們接了上去，它是從辛辛那提來的；當他們知道我們只要搭個四、五哩的短程時，大家都氣瘋了，罵著我們，不讓我們上岸。然而國王卻很鎮定地說：「如果我們肯付一英里一塊錢，當我們到達目的地的時候，你們肯不肯放船把我們載到岸邊呢？」

於是他們的態度軟化下來，答應了我們的要求。當我們到達村莊的時候，他們便用船把我們送上岸。當船靠近村落的時候，約落有十二個人聚了過來；然後國王說——

「你們有誰可以告訴我彼得維特斯的住處嗎？」他們互相看了看，點了點頭，好像在說：「我該跟你說些什麼呢？」然後他們其中一個溫和地說：

「先生，很抱歉，我想我們只能告訴你他昨天晚上住在哪裡。」

一眨眼，那老油條昏了過去，摔倒在那人面前，他的下巴靠在人家的肩膀上，哭了起來說：「啊，啊，我可憐的哥哥——他走了，我們再也看不見他了；喔，這實在是太悲慘了。」

然後他轉身，一邊大哭，一邊用手向公爵做一些滑稽的手勢，公爵立刻把手中的袋子放下，嚎啕大哭。他們兩個真是我見過最卑鄙下流的騙子了。

大家圍住了他們，紛紛施予同情，對他們說著安慰的話，還幫他們把袋子搬到山上，讓他們靠著肩痛哭，並且把他哥哥臨死前的狀況告訴國王，然後國王再用手語把一

切轉述給公爵。他們兩個看起來就好像那皮匠的死對他們而言如同耶穌失去了十二個門徒似的。唉，如果我曾經動過像這樣的念頭的話，那我就是個黑奴了。他們的所作所為真是使人類蒙羞啊。

25

兩分鐘之內，消息就傳遍了全村，你可以看見大家從四面八方跑來，有的人還邊跑邊穿大衣。沒多久，我們就被人群團團圍住，跑步所引起的聲音聽起來就像是一群士兵經過一般，窗戶和門口都擠滿了人；不時有人從圍籬探出頭說：

「是他們嗎？」

而人群中就會有人回答說：「沒錯，就是他們。」

當我們到達房子前時，前面的街道已經擠滿了人，而三個女孩就站在門前。瑪莉珍有著一頭紅髮，但這並不影響她的美貌，她看起來美麗極了；臉孔和眼神都充滿著動人的光彩，她很歡迎叔叔的到來。國王張開雙臂，她隨之撲向他的懷中，而那兔唇女孩也擁抱著公爵，他們最後終於相見了！每一個人，尤其是婦人，都因為看見他們的重逢而欣喜地流下淚來。

後來那國王偷偷地捏了公爵一下——我不小心看到的——然後他四處看了看，發現在角落的兩張椅子上放著彼得的靈柩；於是他和公爵兩人彼此搭著肩膀，另一手頻頻地

拭淚，慢慢嚴肅地走到那兒，大家都退開把路讓了出來，所有的談話和嘈雜聲也都停止，大家紛紛說著：「噓！」然後所有人把帽子脫了下來低著頭，這時的氣氛凝滯，空氣中安靜到連一根針掉到地上都聽得見。當他們走到棺材旁時，他們彎了身，朝裡頭看了一眼，然後放聲痛哭，聲音大到連紐奧良都聽得見；他們互相抱住頸子，將下巴靠在彼此的肩上；他們哭了三、四分鐘，我從來沒有看過兩個大男人能夠哭成這個樣子，而且我必須提醒你，現場的大家也都互相抱頭痛哭；我從來沒有看過一處如此「潮濕」的地方。他們兩個各站在棺木的一旁，跪了下去，把頭靠在棺木上，默默地禱告。唉，這幕情景使得群眾爲之動容，你可能從來都沒看過這樣的景觀，大家紛紛情緒失控，嚎啕大哭了起來，那幾個可憐的女孩也是如此；而幾乎每一位婦女都默默走到她們面前嚴肅地親了親她們的額頭，用手撫著她們的頭，仰望著天空，眼淚不停地流下來，然後大聲抽泣著離開，換下一位婦女來安慰她們。我從來沒有看過這麼噁心的事情。

後來國王站了起來，往前走了幾步，試圖讓自己的情緒安定下來，之後說了一些話，臉上涕淚縱橫，說他們失去了大哥，而且在旅行了四千英里之後竟還錯失了見親大哥的最後一面，對他們來說這是一件多麼痛苦的試煉，然而這個試煉卻因大家的同情和神聖的淚水而變得甜美神聖了起來，因爲他們兄弟倆不擅說話，只能打從心裡由衷地感謝大家，何況那些客套話也太微薄生疏了，都是些陳腔濫調。然後他嗚咽地說著阿們，

便轉身大哭了起來。

當他話一說完，人群中就有人開始禮讚歌頌起上帝來，大家齊心協力地唱頌，包準你聽了感動萬分，就好像你在教堂裡面唱聖歌一般。音樂的確是個好東西；尤其是在聽過這些噁心的廢話之後，音樂竟然能夠使得氣氛煥然一新，並讓這些話語聽起來如此地誠摯感人。

然後國王又開口說了話，他說家族中的朋友如果願意留下來陪他們吃晚飯，幫助他們處理後事，那麼他和他的姪女們都會十分高興；又說如果他死去的大哥會開口說話的話，他一定會說出那些好朋友的名字，因為那些名字對他來說是充滿溫情的，並且常常會在信中提及；因此他將說出這二人的名字——哈普森牧師、拉何菲、班拉克、艾布納雪克佛這幾位助祭、萊維貝爾律師、羅賓遜醫生，以及他們的夫人和巴特立寡婦。

哈普森牧師和羅賓遜醫生他們兩個一起到城的另一邊去了；我的意思是說醫生送病人去另外一個世界，而牧師就在他後頭跟著禱告。貝爾律師到路易斯蓓爾洽談公事，而其他的人都在場。於是他們都走向前去和國王握手寒暄；接著他們跟公爵握手，什麼也沒說，只是一直微笑，像傻瓜般地點著頭，而公爵不停地比手劃腳發出「咯咯——咯咯——咯」的聲音，就像一個還不會說話的嬰兒一般。

國王四處和人攀談，問著城裡每個人和每隻狗的名字，還提及鎮上、喬治或彼得家

曾經發生的林林總總雞毛蒜皮的小事；他跟人家說這些事情都是彼得在信中跟他說的。當然這全都是謊話，他所知道的一切啊，都是從那位和我們一起乘小船的年輕傻小子那兒聽到的。

然後瑪莉珍拿了一封他叔叔留下來的信給國王，國王一邊哭泣，一邊大聲地讀著。信中寫著那棟房子和三千塊金幣歸屬於那幾個女孩子；而哈維和威廉可以得到皮革坊（這可是個經營得很好的事業）、幾棟房子與田地（約值七千塊錢）、以及三千塊金幣，並且透露這六千塊現金藏在地窖裡。這兩個騙子說要把這些錢拿出來，公開公平地發放給繼承者。他們叫我拿著一根蠟燭跟過去，我們把地窖門關上之後，他們找了袋子，把它一股腦地倒到地上，裡頭全是黃澄澄的金幣，看起來賞心悅目極了。天啊，你看國王的雙眼閃耀著如此的光芒！他拍著公爵的肩膀說：

「這可不是唬爛的！喔，不，我想這絕對不是！布列基，這可比演幾齣鬧劇來的好太多了不是嗎！」

公爵說這的確沒錯。他們把金幣捧在手上，讓它們從指縫中滑落，掉到地板上發出叮咚的聲響。然後國王說：

「不用再多說了…我們既然是這個有錢的死人的兄弟，而且是家族中的一份子，那這筆錢就是我們兩個的了。布列基，這可是上天的恩賜啊。從長遠來考量，這是最好的

方法，我都試過了，再也沒有比這個更好的方法了。」

任誰見到這麼一堆金子都會心滿意足地信任這筆錢的數目；可是他們卻不是如此，他們還必須仔細地數。數完之後，發現少了四百一十五塊。國王說：「去他的，他把那四百一十五塊用到什麼地方去啦？」

他們想了一會兒，四處搜尋，然後公爵說：

「嗯，他病得很重，也許他記錯了——我想應該是這樣沒錯。最好的方法就是放著不管，保持原狀，省得麻煩。」

「喔，當然我們可以放著不管，我一點也不在乎——我擔心的是要在大家面前數錢這件事。我們是想要公開公平地處理這件事，在大家面前數這筆錢——這樣他們才不會起疑。可是那個死人在信上明明說有六千塊留下來的，我們可不想——」

「等等，」公爵說：「讓我們把缺的錢補足。」——說著他便從口袋裡把金幣拿出來。

「公爵，這可真是個好主意，你的頭腦實在是有夠聰明。」國王說。「上次演戲所搞出來的飛機可不會再重演了。」——他也跟著從口袋裡掏出金幣，把它們疊在一起。

他們幾乎把身上的錢都掏光了，湊足了六千塊金幣。

「喂！」公爵說：「我有另一個主意。我們上樓去數這筆錢，然後把它們全部都給

「好主意，公爵，我真是服了你！這可是史上最高明的主意，你真是我所見過最聰明的人。喔，毫無疑問，這是個高招。即使有人想懷疑我們——這也足以讓他們閉嘴的。」

他們上樓之後，大家圍著桌子，國王一邊數著，一邊把它們分成三百塊一疊——總共有二十疊令人炫目的金幣，大家看得垂涎不已，不時舔著他們的嘴唇。後來他們又把這些金幣裝到袋子裡，然後國王又開始說話了，他說：

「各位親朋好友，我那位躺在那兒死去的大哥生前對這個村裡的人們都很慷慨，他也對這三個沒爹沒娘的孩子十分地疼愛憐惜。的確，我們非常明白，如果他不是顧慮到怕會傷害威廉和我的話，他應該會對她們更慷慨，不是嗎？在我看來，這是毫無疑問的。那麼——如果在這個時候阻礙了他願望的達成，這算什麼樣的叔叔又會在這麼苦難的時刻搶劫——沒錯，搶劫——這些他所摯愛的女孩們呢？我很了解威廉——我想我應該很了解他，讓我來問問他。」他轉過身，開始對著公爵做出許多手勢，而公爵呆頭呆腦地看了他一會兒，然後他似乎了解他的意思，猛地撲向國王，嘴巴發出咯咯的聲音表示喜悅，快樂地抱著國王十五次才罷休。然後國王說：「我知道了；我相信你們也都知道他的感受。來，瑪莉珍，蘇珊，喬安娜，把錢拿去吧——把它們全

都拿走吧，這是你們躺在那兒的叔父留下來的，現在他應該可以含笑九泉了。」

瑪莉珍向國王走去，蘇珊和那兔唇的女孩走到公爵的面前，他們互相地擁抱親吻，我從來都沒看過這種情況。然後大家又聚了過來，眼中噙著淚水，爭著和這兩個騙子握手，一直說著：

「你們真是好人啊！真是令人欽佩！這真不是平常人所能做得到的啊！」

沒多久，大家又開始談起死去的彼得，說他生前是多麼地好，而失去他是件多麼大的損失。不久，有一個齙牙的男子從外頭擠了進來，站在一旁聆聽，不發一語；也沒有人跟他說話，因為他們只顧著聽國王說話，他正好說到一半——

「他們全都是大哥生前最好的朋友，這也是今晚他們會被邀請的原因；可是明天我們希望大家都能來——全部的人；因為他很尊敬喜愛各位，所以他的告別儀式也應該公開舉行才是。」

接著他精神恍惚了起來，好像在自言自語一般，每過一會兒就喝著喪酒，直到公爵受不了了，於是他拿出一張紙條，上面寫著：「你這老糊塗，別忘了葬禮。」寫完之後，便把它摺好，一邊咯咯地喊著，一邊穿過人群，從人們的頭頂上遞給他。國王讀完之後，把它收在口袋裡，然後說：

「可憐的威廉，他雖然身受苦處，心腸卻是很好，他請我邀請大家來參加葬禮，他

要我誠摯地邀請大家前來。其實他不用擔心的——這也正是我的意思。」

然後他又開始很鎮定地胡扯，三不五時又一如先前地喝著喪酒，當他喝完第三杯之後，他說：

「我說喪酒並不是因為這是個通用的字，因為事實上它並不是——葬禮才是大家常用的詞兒——我這麼說是因為喪酒才是正確的詞。現在在英國，葬禮這個詞已經不被使用了——這已經過時了，現在我們在英國都是說喪酒。喪酒比較好，因為它的意思是你所追尋的事情。這個字是希臘字orgo，意思指的是在外的、空曠的、在遠處的，和希伯來文jeesum衍生而來的，意思是種植、掩蓋，也就是內部的意思。你看，喪酒就是公開的葬禮。」

他真是我所見過最可惡的人。那個齙牙的人笑了起來，大家都被嚇了一跳說：「怎麼了，醫生？」而艾伯納雪可佛說：「羅賓遜，你還沒聽到消息嗎？這位就是哈維維特斯。」

國王微笑熱切地伸出他的雙手說：「你難道就是我那可憐哥哥親愛的醫生朋友嗎？我——」

「把你的手拿開。」醫生說。「你講話像個英國人——不是嗎？這可是我所聽過最糟的模仿。你是彼得維特斯的兄弟？你是個假貨。這就是你的真面目！」

哇，這下他們全都傻住了，他們圍住醫生，試著安撫他，跟他解釋，告訴他哈維可以舉出各種證據來證明他的確是哈維本人沒錯，而且他也知道村裡的每個人、甚至是每條狗的名字。大家都一再地求他別傷害了哈維和那些可憐女孩的感情等等；可是這並不管用，他繼續大聲地說任何假裝英國人說話而學得不道地的人一定都是個騙子。那些女孩拉著國王哭了起來；突然間醫生走了過來，面向他們，說道：

「我是你們爸爸的朋友，也是你們的朋友。我站在一個朋友的立場真誠地警告你們，希望保護你們遠離傷害和麻煩。遠離那個無賴吧，不要跟他有任何的牽扯，他只是個無知的流浪漢，說著他那白癡的、所謂的希臘文和希伯來文，他是最狡詐的騙子——不知道從什麼地方聽來這些事情和名字，而你們竟然把這些當作證據，愚弄了自己還不知道。瑪莉珍維特斯，你知道我是你們的朋友，心中毫不偏私。現在聽我的話，把這個無賴趕出去——我求求你，好嗎？」

瑪莉珍豁然地站了起來，天啊，那樣子看起來真是帥極了！她說：

「這就是我的回答。」她把那袋金幣給了國王，然後說：「請把這六千塊金幣拿去吧，幫我和妹妹們隨便投資什麼都好，也不需要拿收據給我們。」

然後她用手勾住了國王的一邊，而蘇珊和那兔唇的女孩勾住了另外一邊，大夥歡天喜地地鼓掌跺腳，而國王則很驕傲地抬著頭微笑著。那醫生說：

「好吧，我再也不管了，但是我警告你們，總有一天當你們想到此情此景時，你們一定會後悔的，就好像生了一場病似地。」──然後他就走了。

「好的，醫生。」那國王說，口氣帶著點嘲諷，「我們生病的時候自然會請你來的。」──大家都笑了起來，說這句話真是一針見血啊。

26

當大家都離開了之後，國王問瑪莉珍是不是有空房間可以讓他們休息一下。她說她有一間空房可以給威廉叔叔住，另外她會把她自己那間比較大的房間讓給哈維叔叔，而她自己可以到妹妹房中睡那張小床；樓上的閣樓也有床草席。國王說那草席可以讓他的僮僕睡——指的就是我啦。

於是瑪莉珍帶我們上樓去看房間，布置上雖然單調了點，但是看起來還算不錯。她說如果哈維叔叔覺得礙眼的話她可以把她的一些衣服和雜物從她房中搬走。但是國王說他們並不這麼覺得。有些衣服掛在牆上，前面有一席棉布窗簾擋著，長度直曳到地上；另外一個角落則放著一個吉他箱，還有一些有的沒有的小東西四散各處，看來這些女孩剛才急急忙忙地收拾了下房間。國王說這個樣子住起來反而更有家的感覺，不用再麻煩她們來收拾了。公爵的房間滿小的，但是看起來已經很好了；同樣地，我的小閣樓也還算舒適。

當晚他們吃了頓豐盛的晚餐，所有的男女客人都來了。我站在國王和公爵的椅後服

侍他們，而一些黑奴則服侍著其他的賓客。瑪莉珍坐在首位，旁邊坐著蘇珊，不斷說著餅乾有多麼難吃，果醬有多麼地難以下嚥，而炸雞又炸得太老等等這一類的廢話。女人總是喜歡這麼說來贏得客人的讚美；而賓客們都知道上桌的每一道菜餚都是精心調製的，於是他們會說——「妳怎麼能夠把餅乾烤得這麼地好看呢？」或「天啊，妳去哪兒找來這麼好吃的泡菜啊？」都是這一類老掉牙的客套話，你知道的嘛，就是那種人們在吃飯時喜歡講的那些話。

他們吃完飯之後，我便和那兔唇女孩在廚房裡吃飯，而其他人都在幫黑奴們收拾整理東西。那兔唇女孩不停地問著我關於英國的事情，問得我膽顫心驚，就像在薄冰上行走一般。她問說：

「你曾經見過國王嗎？」

「誰？威廉四世嗎？我想我見過，他常來我們的教堂。」我知道他好幾年前就死了，但是我沒有把這件事透露出來。當我說他常常來我們的教堂時，她說：「什麼——定期來嗎？」

「對啊——常常來。他的位置在我們對面——在講台的另一邊。」

「我以為他住在倫敦，不是嗎？」

「沒錯啊，他的確住在倫敦，不然妳以為他住在哪裡？」

「可是我還以爲你住在雪菲爾德呢？」

我一時說不出話來，只好放隻雞骨頭在嘴裡假裝被鯁到，以便乘機想些法子來度過這個難關。然後我說：

「我的意思是說如果他在雪菲爾德的話，他會定期來我們教堂，通常是夏天的時候，他會來這兒泡泡海水澡。」

「欸，你說的很奇怪——雪菲爾德並不靠海啊。」

「欸，誰說它靠海了？」

「你說的啊！」

「我才沒說。」

「你有說。」

「我才沒說。」

「你剛剛就這麼說的啊。」

「我才沒有說過這樣的話哩。」

「好，那你剛剛到底說了什麼？」

「我說他來泡海水澡啊——這就是我說的。」

「看吧——如果不靠海的話，他怎麼去泡海水澡呢？」

「妳聽好，」我說；「妳有見過『大議會的水』嗎？」

「聽過啊。」

「那妳一定要到議會才能得到它嗎？」

「不用啊。」

「那就對啦，威廉四世也不需要到海邊就能泡到海水浴啊。」

「那他怎麼弄到海水的呢？」

「就像這裡的人取大議會的水一樣的方法啊，用水桶裝嘛。在雪菲爾德的宮殿裡他們有做爐子，當國王要取熱水的時候就可以在那兒把水燒熱，他們沒有辦法讓整個海水都變熱，所以只好用這樣子的方法了。」

「喔，我現在了解了，你應該早一點說的嘛，何必這樣浪費時間。」

聽她這麼說，我知道我已經安全過關了，於是我的心情變得很好。後來她又接著說：「你也上教堂嗎？」

「有啊，我都定期去。」

「那你都坐在哪裡呢？」

「就坐在我們的位置上啊。」

「誰的位置？」

「欸，我們的——妳那哈維叔父的位置啊。」

「他的？他要個座位幹什麼？」

「要坐啊，不然你以為他要個座位幹什麼？」

「欸，我還以為他會站在講台上呢！」

去他的，我忘記他是個牧師了。我又危險了；於是我只好再把雞骨頭塞到嘴巴裡，努力想法子搪塞過去。然後我說：

「欸，你以為整個教堂只有一個牧師嗎？」

「他們要那麼多牧師幹什麼？」

「幹什麼！——在國王面前講道？我從來沒有看過像妳這樣的女孩，教堂裡大多都有十七位以上的牧師。」

「十七位！天啊！如果我是皇家的人，我才不會擺出這麼大的陣仗呢，聽完講道都要花一個禮拜的時間了。」

「傻瓜，他們又不是在同一天布道，一次只有一位上場啦。」

「那麼其他的人在幹什麼呢？」

「喔，什麼也不做啊，只是站在那兒領領聖餐——一下忙這一下忙那的。可是通常他們是沒什麼事可以做的。」

「那他們來這兒幹嘛？」

「唉，這只是一種形式罷了，妳眞的什麼都不懂嗎？」

「哼，我才不想懂這些無聊的事情呢。在英國奴隸是怎麼樣被對待的啊？是不是比我們對待黑奴來得合理呢？」

「才不呢！一個奴隸在那兒根本不被當人看，簡直比一隻狗還不如哩。」

「難道他們沒有像我們一樣給他們放假嗎？譬如說像聖誕節、新年、以及七月四號國慶日？」

「喔，妳聽好，聽妳那樣講，任何人都知道妳沒有去過英國。爲什麼？因爲──喬安娜，他們整年都沒有假期，也不能去看馬戲團，上戲院或者是看些黑人秀，什麼地方都不能去。」

「教堂也不能去嗎？」

「教堂也不能去。」

「可是你總是上教堂啊。」

唉，我又講錯話了，我忘記我是那老頭的僮僕。可是沒一會兒我就開始拉拉雜雜地開扯解釋說僮僕和一般的奴隸有某種程度的差別，不管他願不願意，他都必須上教堂，和全家人坐在一起，這是法律規定的。可是我圓謊圓得並不成功。當我說完時，我發現

她很不滿意，她接著說：

「跟我說實話吧，你是不是一直都在騙我？」

「我的確是在說實話啊。」我說。

「全部都是實話嗎？」

「完全都是實話，裡面一點謊話也沒有。」

「那麼你把手放在這本書上起誓。」

我看這也不過是本字典罷了，於是我把手放在上面發了誓。之後她看起來滿意多了，然後說：「好吧，現在我可以相信你一些了；可是如果我能夠全部相信你的話，那應該會更好。」

「喬，到底是什麼讓妳不相信呢？」瑪莉珍邊說邊走了進來，後面跟著蘇珊。「妳用這樣子的態度跟人家說話是不對的，他是個陌生的人，而且又從這麼遠的地方來，妳怎麼可以這樣對待他呢？」

「瑪莉，妳總是這樣子──在別人還沒有受傷害之前就衝去幫助人家，我什麼也沒對他做啊。他對我扯了一些謊；我說我並不全部相信他；我就只說這些，我想他應該不至於受不了吧，不是嗎？」

「我才不管這是小事還是大事，既然他在我們家是個客人，妳就不該這樣對他說

話。如果你站在他的位置想一想，這就足夠讓妳感到羞愧了；妳不應該對一個人說一些會讓他覺得困窘的事。」

「可是，瑪莉，他說——」

「不管他說什麼都沒關係，重點不是那兒，重點是妳應該對人家和善些，不應該對人家講一些話，讓他覺得他不是在自己的國家，而有人生地不熟的感覺。」

我對自己說，我竟然放任那個老無賴去騙這樣一個女孩的錢！

接著蘇珊也插了嘴；如果你們相信我的話，她眞的當場訓了那兔唇女孩一頓。

我心裡又想，我竟又讓另外一個女孩被欺騙了。

然後又換瑪莉珍甜美可人地走了過來——這一向都是她給人的印象——她覺得這時候應該要饒過那可憐的兔唇女孩了。於是她喊著：「好啦，」那兩個女孩說：「跟他道個歉吧。」

她照做了，而且態度很優雅，聽起來眞是令人感到愉悅；眞希望我可以跟她撒一千個謊，這樣她才能夠再向我道歉。

我對自己說，又一個女孩因為我的關係而被騙了錢。當她道歉完之後，她們盡全力讓我感覺像在自己家中般地無拘無束，還有種身旁陪伴著很多朋友似的感覺。我覺得自己實在是非常地下流和卑鄙。於是我對自己說，我下定決心了；一定要幫她們把那筆錢

討回來。

　　我關了燈，上床睡覺。我躺在床上把這整件事想了一遍，我對自己說我應該不應該偷偷去找那位醫生，把這兩個騙子拆穿呢？不——這行不通。他可能會洩漏是誰告訴他的；到時候國王和公爵就會找我算帳。那我應不應該偷偷地去告訴瑪莉珍呢？不——這樣也不好，他們一看到她的臉色一定就會知道，他們已經拿到錢了，有可能會捲款潛逃。如果她要找幫手的話，在整件事真相大白之前，我也會被牽涉在其中。不——只有一個好辦法：我一定要想個辦法把錢偷出來；而且要偷得讓他們不知道是我做的。他們在這兒過得挺愉快的；一定會想辦法把這個家和整個城鎮都戲弄個夠了才會離開，這樣我才有足夠的時間找機會來偷那筆錢。我會把錢偷出來，然後把它藏好，等過些時候，當我順流而下，離開這裡之後，我會寫封信告訴瑪莉珍說錢藏在哪兒。如果可以的話，我想我還是今晚把錢偷起來比較保險，因為或許那醫生還是不甘心，他可能會把那兩個傢伙嚇跑也說不定。

　　所以我想我現在就應該去他們的房間搜一搜才是。我走上樓之後，大廳很暗，可是我還是找到了公爵的房間，開始在那房間裡面四處用手摸來摸去，但我想除了自己之外，國王絕對不會放心讓別人保管那筆錢的；於是我便跑到他的房間，開始東摸摸、西找找，可是因為沒有蠟燭，所以我什麼也看不見，當然我還是沒有把蠟燭點起來。所以

我打算進行下一步——去偷聽他們說話。就在這個時候，我聽見他們的腳步聲傳來，我本打算溜到床底下，但當我躲了進去之後，發現那兒並不像我想像中的那麼安全；接著我摸到遮蓋瑪莉珍衣服的窗簾，於是我跳到它後面，躲在衣服裡頭，直挺挺地站著不動。

他們進來把門關上；公爵做的第一件事就是爬到床底下看看。我很高興我並沒有躲在床底下，可是你知道當人在做一件偷偷摸摸的事情的時候，躲在床底下是很自然的反應。他們坐了下來，然後國王說：

「欸，怎麼啦？趕快說，因為我們應該要在底下陪著他們掉眼淚，而不是在這兒給他們機會說我們的閒話。」

「嗯，這是沒錯啦，可是我一直感到不安；我覺得很不對勁，心裡老是想到那個醫生。我想知道你的計畫。我自己有一個主意，我覺得還不錯。」

「公爵，是什麼呢？」

「我想，我們還是在明天早上三點鐘以前就帶著這筆騙來的錢坐船溜走，尤其是我們這麼簡單就得到手——就像你可能會說的，這筆錢自動地送回來我們手中，它自己送上門來了，而不用再去把它偷回來，我覺得還是趁早收手比較好，趕快離開這兒吧。」

我心裡想這下可不妙了，一、兩個鐘頭以前我還以為我有機會可以把錢拿回來呢，

可是現在這話聽起來十分令人沮喪。然後接著國王大聲地說：

「什麼？你不打算把其他的財產都賣掉嗎？難道我們要像群白癡般地溜走，放著八、九千塊的財產不拿嗎？——這些可都是值錢的好東西呢。」

公爵回嘴說有這袋金幣就已經夠了，而且他也不想愈陷愈深——他不想讓這群可憐的孤兒一無所有。

「你怎麼能這麼說呢？」國王說。「我們並沒有把她們的東西都搶走啊，只不過是騙錢罷了。買那些遺產的人才是真正的受害者，因為當他們一旦發現我們並不擁有這些財產——我想我們溜走不久之後他們應該就會發現了——這筆交易一定不會有效，到最後還是會還給合法的繼承人。到時候這些孤兒就可以再把她們的房子拿回來，這樣對她們來說應該就已經夠了：她們還年輕，身手也還伶俐，討生活絕對不成問題，她們不會受苦的啦。為什麼？你想想看——這世上有成千上萬貧窮的人家耶。拜託你，她們沒有什麼好抱怨的啦。」

國王說服了他，最後公爵放棄了，同意國王的看法，但他仍然堅信再留在這兒是很愚蠢的，因為那醫生會釘著他們；然而國王卻說：「去他的醫生，我們根本不需要去在意他，全鎮的傻子不都站在我們這邊嗎？這群人難道不是城裡最龐大的勢力嗎？」

於是他們準備好要再次下樓。公爵說：「我覺得我們剛剛藏錢的地方好像不是很安

全。」

聽到這句話我精神為之一振，因為我不需要再四處瞎找了。

國王說：「為什麼？」

「因為瑪莉珍會從這兒拿校服出去穿，而且你也知道那些黑奴發現了這筆錢的話，難道不會偷一些走嗎？」

理房間；你覺得如果那些黑奴發現了這筆錢的話，難道不會要求來這裡清

「公爵，你實在太聰明了。」國王說；說完他便到離我兩、三呎遠的窗簾附近摸來摸去。我緊緊地靠著牆，動也不敢動，連大氣都不敢喘一下，心裡想著如果他們真的抓到我的話，我要怎麼回答他們。可是正當我還在想的時候，國王就已經把那筆錢拿走，一點都沒有懷疑我就在附近。他們把錢綁好，藏在羽毛床墊下的稻草堆裡約兩、三呎的地方，才放心地說現在這筆錢安全了，因為黑奴頂多只整理上面的羽毛床墊，而這些稻草床墊大約一年才清兩次，所以現在這筆錢不會有被偷走的危險。

可是我可聽得一清二楚，在他們下樓下到一半的時候，我就把錢偷了出來。我偷偷地走回我的小閣樓去，把它藏在那兒，心想如果有比較好的機會的話，再將它移走。我想我應該把這筆錢藏在房子外面的某處，因為如果他們發現錢不見的，他們一定會徹底地搜查這棟房子，我可是清楚地很。所以我又穿上衣服，可是卻怎麼也睡不著，雖然我

實在是累得半死了，因為處理這件事搞得我筋疲力盡。沒過多久，我就聽到國王和公爵走上樓的聲音。於是我溜下床去，從樓梯口探出頭來，想看看有沒有發生什麼事情，然而什麼事也沒有發生。我一直等到一切都安靜下來，再也聽不到任何聲音了之後才溜下樓梯。

27

我爬到他們房門口偷聽著；他們睡得鼾聲如雷，於是我踮著腳尖走到了樓下，呼，安全上壘啦。我從餐廳門的細縫中偷看，那幾個守靈的人都躺在他們的椅子上睡得很熟。門出去便是客廳，屍體就停放在那兒，那裡頭什麼人都沒有，只有彼得的遺體；我繼續往前面走，然而前門卻被鎖起來了，鑰匙也不在附近。就在那個時候，我聽見有人從後頭下樓梯的聲音，我溜回客廳，眼睛向四周看了一圈，發現唯一適合藏那袋錢的地方只有棺材。棺材約有一呎，是打開的，裡面露出死人的臉孔，上面蓋了一塊濕布，還有他整齊的壽衣。我把那袋錢塞到棺材板下，就在他雙手交叉處的下方。那雙手真是夠冷的，害我全身都起雞皮疙瘩。接著我就立刻跑去門後面躲起來。

原來下來的人是瑪莉珍。她輕輕地走到棺材旁，跪下來看著裡頭；當她拿起手帕時，我看見她哭了起來。雖然事實上我並沒有聽見她的哭聲，而且也看不到她的臉。我溜了出去，當我經過餐廳的時候，我想我最好還是確定那些守靈的人沒有看見我，於是

我從門縫中偷瞄了一下，還好一切都沒事，他們沒有被我吵醒。

我溜上床，心裡感覺有點憂傷，因為在我經過這麼多險之後，事情竟然還是演變到這種地步。我心裡想，如果那袋錢可以放在那裡不動，那是最好不過的了；因為當我們坐船往下游行駛個一、兩百哩的時候，我就可以寫信告訴瑪莉珍這件事，那麼她就可以把棺材挖出來，得到這筆錢；可是一切卻不如想像中的那麼順利；接下來將會發生的是，當他們把棺材關上的時候，那筆錢就會被發現，那時國王又會再次得到它，到時更別想從他身邊把這筆錢拿走了。當然我很想溜下去把這筆錢拿出來，可是我並沒有機會。從現在開始，每一分鐘都更接近天亮，沒多久，守靈的人就會醒來，到時候我有可能會被抓到——手裡還拿著一袋沒有人叫我去保管的六千塊錢。我對自己說我才不想再淌這渾水了哩。

當早上我下樓的時候，客廳被關了起來，守靈的人也都走了，只剩下這個家的人和巴特立夫人，以及那兩個無賴。我觀察他們的臉色，想看看是否發生了什麼事，可是我卻看不出任何的端倪來。

快到中午的時候，葬儀社的人帶了幾個幫手來，他們把棺材放在房間中的幾把椅子上面，然後把所有的椅子都排整齊，還向鄰居借了一些來，直到大廳、客廳和餐廳都排滿了椅子為止。我看到那棺材還是像之前一樣打開著，但是眾目睽睽之下，我並沒有走

向前去瞧個仔細。

然後人群開始接踵而至，那兩個騙子和女孩們坐在離棺材前方很近的那排座位上，接下來的半小時內，大家排成一列，慢慢地輪流瞻仰死者的遺容，有些人還流下淚來，而那些女孩和那兩個騙子也都低著頭，拿著手帕拭淚，不停地啜泣著。屋裡除了腳步移動的聲音之外，再也聽不見其他的聲音，除了一些擤鼻涕的聲音之外——因為人們通常是在葬禮擤鼻涕，其他時候是很少看見他們如此做的。當然除了上教堂之外啦。

當整間房間都擠滿了人之後，殯儀館的人帶了黑手套，輕輕地完成最後一道手續。他將所有的人和東西都安善地安排好，動作輕柔地像隻貓似的。他不發一語地指揮著人們移動，要他們讓出通道來，這一切都靠他的點頭和手勢來完成。然後他靠到牆的另一邊去。他真是我所見過動作最輕柔圓滑和神秘的人了；而他的臉上也擠不出一絲笑容，就像個硬梆梆的火腿一般。

他們還借了一台破破爛爛的老風琴來；當一切都準備就緒了之後，一個年輕的女子坐下來開始彈琴，琴聲聽起來十分尖銳刺耳，大家都跟著琴聲一起唱和，在我看來，彼得可能是唯一得到好處的人。接著哈普森牧師慢慢且嚴肅地走了出來，正要開口說話時，突然地，地窖裡傳來一聲十分駭人的吼叫聲；那只不過是隻狗罷了，然而卻引起極

271 哈克流浪記

大的騷動；牧師只好站在棺木後頭，等待這個騷動停止——場面混亂到你簡直無法聽見自己腦中的思緒。情況有點尷尬，大家也都不知道該如何是好。沒多久，他們看見那所有一雙長腿的葬儀業者對著牧師做一個手勢，好似要他「別擔心，一切交給我」。然後他便低著身子，沿著牆走去，他的肩膀還比一般人的頭高呢。在他走的同時，狗吠聲和吵鬧聲益發大聲了起來；最後，他越過房子的兩邊，走進了地窖，過了一、兩鐘之後，我們聽到「轟」的一聲響，那隻狗凄厲地吠了一、兩聲之後，一切就回歸死寂。然後牧師又開始用他低沉的語調說話。一、兩分鐘之後，那喪葬業者的背影又出現在大家面前；他低頭沿著牆的三邊走著，然後站直了身，脖子向牧師的方向伸了伸，用手蓋著嘴巴，輕聲地說：「牠逮到一隻耗子！」然後又低著頭回到他的位置上。你知道這件事情對人們來說是很令他們滿意的，因為大家很自然地想要知道發生了什麼事情，雖然只是一件沒什麼大不了的事，可是人們就是喜歡探究這樣子的小事情。鎮上再也沒有什麼比殯儀業者更受人們歡迎的了。

　　嗯，那葬禮的講稿寫得還不錯，可是實在是太長，聽起來乏味透了；後來國王又靠了過去，表演了他一貫貓哭耗子的伎倆。到最後整個葬禮儀式結束了，喪葬業者帶著他的螺絲起子準備將棺木釘上。當時我急得滿頭大汗，眼睛急切地望著他。他氣定神閒，輕輕地將棺材蓋上，動作極盡輕柔，然後將釘子緊緊地封住了那口棺木。啊，我完了！

我根本不知道那筆錢是不是還在棺材裡面。於是我對自己說，如果有個人偷偷地把這筆錢從棺材裡面拿走，我該怎麼辦哩？——那我現在到底該不該寫信給瑪莉珍呢？如果她把彼得的棺木挖出來，然後什麼也沒找到——那她會以為我是個什麼樣的人呢？可惡，我對自己說，到時我可能會被通緝，然後被抓去關起來；我看我還是保持低姿態，不要寫信算了；現在一切事情都已經被搞得亂七八糟的了；我本來是想要挽救這整件事的，結果現在反而把它搞得更嚴重。我真希望我當初根本沒有插手管這件事情！

他們將他下葬了之後，我們回到家。然後我又開始觀察每個人的臉色——我實在是忍不住，因為心裡面總是感到不安。可是卻毫無所獲；從大家的臉上根本看不出任何的蹊蹺。

到了傍晚，國王四處登門拜訪，展現出十分和善的樣子；同時他也放出風聲說英國的教廷正急著等他回去主持，因此他必須要趕快將田產處置完畢，啟程回英國去。他對於如此地倉促感到十分地抱歉，大家也都深有同感；他們希望他能再留久一點，然而這看起來是不可能的。他說他和威廉當然會將這些女孩帶回英國妥善安置，這句話贏得了眾人的讚賞，因為到時她們就可以和親戚們生活在一起了；而這個提議也使這些女孩感到欣慰——她們高興到忘卻了之前的生活是多麼地不幸；於是她們請國王儘快隨他的意思將財產安置好，她們也會準備好跟隨他到英國去的。看到這些可憐的傢伙如此地被愚弄

欺騙，竟然還高興成這個樣子，真讓我看了有些心疼，但是這時要我介入拆穿他們的謊言，在我看來卻是一件十分危險的事。

那可惡的國王如果沒有將整個房子、黑奴和財產立刻拍賣的話，那他可就不是國王了——果然，在葬禮兩天之後，拍賣便開始了；但是如果大家願意的話，也可以事先進行私下交易。

於是喪禮過後的隔天，大約在中午的時候，那些女孩的喜悅第一次蒙上了陰影：那天來了兩個黑奴販子，國王以合理的價錢將黑奴賣給了他們，開了一張三天到期的票子之後，他們便走了——有兩個小黑奴被賣到上游的曼菲斯城，而他們的媽媽被賣到下游的奧爾良。那些可憐的女孩和黑奴們真是傷心極了；他們互相抱頭痛哭。此情此景真是讓我不忍心看下去。那些女孩說她們從來都沒有想到黑奴一家會被拆散賣到遠方去，而看著這些可憐的女孩和黑奴互相抱頭痛哭的模樣，我也永遠沒有辦法將這一幕從我腦海中抹去。如果我不知道這筆交易是無效的，而這群黑奴將會在一、兩個禮拜之內回到家的話，我想我一定會受不了，而把所有的事情都告訴她們。

這件事在鎮上也引起了騷動，許多人也發出正義之聲說將媽媽和小孩拆散實在是太過分了，這的確讓這兩個騙子受到了一些批評。然而那個老渾球還是依然故我，也不理會公爵的勸告。我看得出來公爵的心裡十分地不安。

隔天便是拍賣日，天剛亮的時候，國王和公爵就上閣樓來把我叫醒。我從他們的臉色看出來大事不妙了，國王問我說：

「你前天晚上有沒有到我房間去過？」

「陛下，沒有啊。」——當只有我們自己人在的時候，我總是這麼稱呼他。

「那你昨天或是昨天晚上有沒有去過？」

「沒有，陛下。」

「老實說——別跟我說謊話。」

「閣下，我很老實啊，我告訴你的全都是實話。自從那天瑪莉珍小姐帶你去那間房間之後，我就再也沒有靠近過它一步了。」

公爵說：「你有沒有看過什麼人經過我們的房間呢？」

「公爵，沒有。在我的記憶裡並沒有人經過那間房間。」

「你給我好好地想一想。」

我想了一會兒，突然靈機一動說：

「嗯，我好像看到那些黑奴有進去過幾次喔。」

他們兩個聽了這番話之後嚇了一跳；看起來好像他們從來都沒有想過會是這麼一回事，不過後來卻竟然有點相信了。然後公爵便問：「什麼？他們全部都進去過嗎？」

「不——至少不是一次全部都進去。我的意思是說除了有一次之外，我從來沒有見過他們一起從那個房間出來。」

「喂，這是什麼時候的事呢？」

「就是我們辦喪禮的那一天呀，在早上吧，好像並不是很早，因為我睡過頭了。正當我要下樓梯的時候，我看到他們。」

「好，繼續說，繼續說。他們在幹什麼？他們的動作是怎樣？」

「他們什麼也沒做啊，就我看來也沒有什麼地方不對勁。他們踮著腳離開，我想很明顯地他們應該是要進去陛下你的房間整理，或是做一些其他的事情吧。他們可能以為你已經起床了；後來發現你還沒起來，所以才這樣子溜出去，也許是怕把你吵醒。」

「太好了，真是他媽的太好了！」國王說；他們兩個人看起來一副蠢樣，臉色也不太好。他們站在那兒邊想邊用手搔著他們的頭，過了一分鐘之後，公爵突然乾笑了幾聲說：

「這些黑奴裝得真是好，把我們都打敗了。當他們知道要離開這兒時，還假裝如此地傷心呢！我想他們『的確』很難過，你看其他人也是。你可別告訴我黑奴沒有演戲的天分，我告訴你，他們這麼會裝，任誰都會被欺騙。就我看來，他們還真有天分呢。如果我有錢、有戲院的話，除了他們我誰都不找——可是我們卻錯失良機，只用一首歌的

代價就便宜地把他們賣了，我們甚至還沒有唱那首歌的權利呢。欸，那首歌在哪兒呢？」

「當然是在銀行等著我們去領啊，不然還會在哪兒呢？」

「好，那就好，感謝老天。」

我有點膽怯地問：「發生了什麼事了嗎？」

國王轉身對我吼說：「不干你的事！把你自己的事管好就好啦。只要你還在這個鎮上，就得好好給我遵守這條規矩。」然後他對公爵說：「我們還是保持沉默，什麼都別說……只有我們兩個知道就好了。」

當他們下樓梯的時候，公爵又乾笑了幾聲，然後說：

「賣得快，賺得少，這真是筆好交易啊。」

國王聽得有點火，然後說：「我把他們賣得這麼快也是為了我們著想啊，假如賣得晚，什麼錢也沒撈到的話，這到底是你的錯還是我的錯？」

「好，如果早聽我的話趕快溜走的話，這時留在這房子裡的就是他們而不是我們啦。」

國王繼續辯解，他們爭吵了一會兒，然後又回頭找我。他怪我看見黑奴鬼鬼祟祟地從他房間裡出來卻沒有告訴他──又說任何白癡也知道事有蹊蹺。然後又對著自己咒罵

了一會兒；直怪自己那天沒有晚起，說他再也不會讓這種事情發生。於是他們邊吵邊走了；而我很高興我把一切的事情都推到黑奴身上，卻沒有讓他們受到任何的傷害。

28

沒多久天就亮了；於是我順著那女孩的房間時，門是開著的，我看見瑪莉珍坐在她那個舊氈呢箱旁，箱子開開的，她正為了去英國的旅程而忙著打包行李。然而現在她停了下來，將一件摺好的禮服放在她的膝上，手掩著臉哭了起來。我看了心裡覺得很難過；當然任何人看到這樣的景象都會有同樣的感受。我走了進去，然後說：

「瑪莉珍小姐，妳看到別人有麻煩時心中會感到不忍，而我也是如此——大多數的時間啦。跟我說到底發生了什麼事。」

於是她一五一十地對我說了，就如同我所預期的，問題的重點在於那些黑奴。她說這件事甚至打壞了她這趟到英國美麗旅程的興致；她不知道她到了那兒要怎麼樣才能快樂起來，因為她心中會一直想著他們母子一輩子再也不能相見了——說著她就放聲大哭了起來，揮舞著雙手，然後說：「噢，親愛的，他們母子們再也不能夠見面了。」

「可是他們會再見面的——在兩週以內——我知道得很清楚。」我說。

天啊，我想都沒想就脫口而出了！──在我還來不及反應的時候，她的雙手圍住了我的脖子，抱住了我，叫我再說一遍，再說一遍，再說一遍！

我了解到我說得太突然、太多了，這下可慘了。我要她給我一分鐘想一會兒；她坐在那兒，似乎掩不住心中的興奮，然而她的神情看起來卻比之前舒坦多了，就好像口中的蛀牙被拔掉似的。於是我想了一下，對自己說，一個人如果在身處危急之時還把事全盤托出的話，要承受的風險實在是太大了；雖然我的經驗不多，也說不得準，但是對我來說，事實看起來就是這麼一回事。然而照現在的情況看起來，說實話會比說謊來得有利的多，至少更安全些。我得好好地在腦中把它想過幾遍。這件事實在是太奇特、太不尋常了，我從來沒有見過這樣的事情。最後我對自己說，我要把握這個機會把事實說出來，雖然這對我來說有點碰運氣。於是我說：

「瑪莉珍小姐，請問一下這附近有沒有離鎮不遠的地方可以讓妳住個三、四天的？」

「有啊──羅素波先生家。你問這個做什麼呢？」

「妳先不要管要做什麼，如果我告訴妳為什麼我知道那些黑人會再見面──在兩週以內──就在這間房子裡──如果我證明我如何知道這件事的話──妳願意到羅素波先生家住個四天嗎？」

「四天！」她說：「待一年我都願意！」

「好。」我說：「我要的就是妳這句話──聽妳講一句話還比別人親吻著聖經起誓來得有誠信。」她微笑著，雙頰微紅，笑起來非常地甜美。然後我說：「如果妳不介意的話，我要把門關上，並且把它拴起來。」

我關了門，走回來坐下。然後接著說：

「你聽了可不要大叫出聲喔，只要靜靜地坐著，保持鎮定，像個男人一樣。我要跟妳說實話，可是瑪莉珍小姐妳可得要堅強些，因為這並不是一個好消息，聽起來很令人難受，可是沒別的法子了，我還是必須告訴妳。這些妳所謂的叔叔其實根本不是妳們的叔叔──他們是一群騙子──典型的懶鬼。現在我已經把最糟糕的都跟妳講了──接下來我要說的應該不會聽起來那麼令人難受了。」

她聽了這番話當然大吃一驚；可是我說都已經說了，只好繼續告訴她實情──她一邊聽著，眼睛裡的怒火也益發高盛了起來──我把所有的事都告訴了她，像當初如何遇見那位去搭汽船的年輕人，一直到她站在門前，撲倒在國王懷裡，而那騙子如何親吻了她十六、七下等等──她聽了滿臉通紅地跳起來說：

「這個混蛋！──快點──別浪費時間，一秒都不要浪費，讓我們把他們的臉塗黑，貼上羽毛，丟到河裡去吧！」

我說：「這當然沒問題，但是妳的意思是，在妳到羅素波先生家之前還是──」

「喔，」她說：「我到底在想什麼？」然後立刻坐了下來。「別在意我剛剛說的，請不要在意——你應該不會在意吧？」

說著她把她那如絲般的玉手按在我的手上，真是讓我飄飄欲仙。「我沒有想得太多，我實在是太生氣了。」她說：「現在繼續講吧，我再也不會這樣子了。你告訴我該怎麼做，你怎麼說我就會怎麼做的。」

「嗯，」我說：「他們兩個不過是對無賴罷了，而因為某些原因我不得不和他們一起旅行——我還是不要告訴妳什麼原因好了——如果妳能夠把他們拆穿，將他們趕出這個城鎮的話，當然我也就能夠逃出他們的魔爪，而到時我就會沒事了。不過還有一個妳不認識的人會因此而惹上大麻煩。我們應該救他的，不是嗎？當然我們應該救他。如果這樣的話，那我們還是不要拆穿他們吧。」

「我邊說邊想到了一個好主意，也許有可能讓我和吉姆擺脫那群騙子：把他們關在這個城鎮的話，當然我也就能夠逃出他們的魔爪，而到時我就會沒事了。不過還有一個妳兒，然後我們便離開。可是我又怕在白天划木筏會有人上船來對我問東問西的；所以我想等到今晚再把計畫付諸實現。我說：

「瑪莉珍小姐，我告訴妳我們要怎麼做——而且妳也不需要停留在羅素波先生家太久。他們家離這兒有多遠呢？」

「大概不到四哩路吧」——就在這個鎮的後頭而已。」

「喔，這樣還好。妳現在就出發到那兒去，在那兒待到九點或九點半，然後請他們送妳回家，說妳突然想到有一些事要處理。如果妳在十一點前回到這兒，就在這扇窗子旁點根蠟燭；如果我沒有出現，妳就等到十一點，如果到時候我還是沒有出現的話，就代表我已經走遠了，也安全了，那時妳就可以出來跟大家說明事實，把這些混蛋抓去關起來。」

「好，」她說：「我會照做的。」

「如果到時我沒有逃走，也和他們一樣被抓了起來，妳一定要出來跟大家說是我把整件事事揭發的，妳要盡可能地站在我這邊喔。」

「當然我會站在你這邊啊，他們別想碰你一根汗毛。」她鼻孔張大開激動地說，眼睛也睜得老大。

我接著說：「如果我逃走了，我就不會再回來這兒證明那兩個混蛋不是妳的叔叔，而且就算我人在這兒也沒辦法證明。我可以發誓他們的確是騙子流氓；雖然這麼說也許有點小作用，嗯，還有別人可以證明這件事，他們比我說的話還要有信服力——而且這些人絕對不會被別人所懷疑。我來告訴妳怎麼找到他們。給我一張紙和一枝鉛筆，妳看——『皇家的寶物』，把這張紙收好，別搞丟了。如果到時法官要一些證物、證人來告發這兩個渾球的話，叫他們把這張紙送到布李克菲爾鎮，告訴他們演『皇家的寶物』

的人已經被捉到了，需要他們出來作證——我跟妳說，到時候整城趕來作證的人會讓妳

數也數不清的，瑪莉珍小姐，而且他們一定也會怒氣衝天地指著他們的鼻子臭罵。」

我想現在一切都應該已經計畫好了。於是我說：

「就讓拍賣會照常舉行吧，別擔心，因為直到拍賣會舉行的隔天，那些人才會付

錢，因為通告上是這麼寫的，而那個混蛋也不會拿到錢就溜走——而且照我們的計

畫，這個拍賣會根本就不算數，他們一毛錢也不會得到，這個就像那些黑奴的情形一

樣，這根本不是樁有效的買賣，而那些黑奴不久後也會回來。為什麼呢？我告訴妳為什

麼，因為他們目前還沒有辦法拿到賣掉黑奴的那筆錢。瑪莉珍小姐，他們目前可是處在

一種進退維谷的處境呢。」

「好吧，」她說，「我現在就下樓吃早飯，吃完飯以後我就直接到羅素波先生家

去。」

「瑪莉珍小姐，這樣好像有點不妥。」我說：「妳最好還是在吃早飯之前就出發。」

「爲什麼呢？」

「瑪莉珍小姐，妳覺得我要去那兒幹什麼呢？」

「喔，這我倒是沒有想過——現在想一想，我不知道耶，到底是爲了什麼呢？」

「因爲妳並不是那種厚臉皮的人，我可不想讓妳的神色透出什麼樣的訊息。大家看

妳的臉色就像翻書一般地一目了然，妳認為妳現在還能裝做若無其事的樣子去向妳的叔叔請安問早，而不會——」

「喔，我們可不能讓他們看出蹊蹺。好，我會在早餐前出發——我十分樂意這麼做。那我要把我的妹妹們留在這兒跟他們在一起嗎？」

「沒錯——不用顧慮到她們。她們還能夠再忍受一陣子。如果你們全部都走掉的話，他們可能會起疑心。我希望妳不要去見他們，也不要去見你的妹妹或鎮上的任何一個人——因為如果有鄰居今天早晨向妳問候妳的叔叔們時，妳的臉色一定會露出馬腳。我會跟蘇珊小姐說要她代妳向妳的叔叔們問候，並且會跟他們說妳離開這幾小時去透透氣，轉換一下心情，或者去探望個朋友，今天晚上或者是明天早上就會回來了。」

「去看看朋友應該沒關係，但是我可不願意跟他們問候。」

「好吧，那就不用這樣子說。」告訴她這樣已經夠了——反正也不會出什麼大差錯，這只是件無關緊要的小事情罷了；說這些只是來安撫安撫她的情緒，這會使得瑪莉珍心情舒坦些，而且說這些話一毛錢也不必花。然後我說：「還有一件事要告訴你，關於那袋錢。」

「嗯，他們已經拿到手了；一想到他們怎麼得到那筆錢，就讓我覺得自己像個白癡似的。」

「不，妳不清楚，他們並沒有得到那筆錢。」

「啊，那是誰拿到那筆錢了呢？」

「我真希望我知道，可是我不清楚。我曾經得手過，因為我從他們那兒把錢偷過來；我偷那筆錢本來是打算要交給妳；我知道那筆錢藏在哪兒，可是我怕那筆錢已經不在那兒了。我實在是非常抱歉，瑪莉珍小姐，真的是十分十分地抱歉；可是說實話，我真的已經盡我所能了。那晚我幾乎就被他們抓到了，所以我便隨手把錢塞在一個地方，然後就逃跑了——這個地方並不是一個好地方。」

「噢，不要再責備自己了——責怪自己並沒有好處，而且我也不會如此做——這並不是妳的錯。妳到底把錢藏在哪兒呢？」

我實在不願意再讓她傷腦筋；但是我也實在無法啟齒告訴她說那筆錢其實是放在棺材裡，躺在那具屍首的肚子上。於是我隔了約莫一分鐘，什麼話也沒說。然後我說——

「瑪莉珍小姐，如果妳肯放我走的話，我想我還是不要『告訴』妳錢放在哪兒；我會把它寫在紙上，如果妳願意的話，妳可以在去羅素波先生家的路上讀它。妳覺得這樣好不好呢？」

「喔，好啊。」

於是我就在紙上寫著：「我把錢放在棺材裡。就是當妳在那兒哭的那晚放的，那時

候我躲在門的後面。瑪莉珍小姐，對於妳的遭遇我實在感到很同情。」

想到那晚她獨自在那兒流淚，還和那兩個騙子同處在一個屋簷下，任由他們欺騙搶奪她，我不禁流下淚來；當我寫完，把紙摺好交給她時，我看到她眼中也噙著淚水；然後她重重地握著我的手說：

「再見了——我一切都會照著妳所說的去做的；如果我永遠再也見不到妳的話，我也不會忘記妳的，我會時時刻刻都掛念著妳，替你禱告。」然後她便離開了。

為我禱告！我想如果她了解我的話，她應該不會去惹這個麻煩的。但是我打賭，她還是會為我禱告的——她就是那種人。如果她打定了主意，她會有耐心地向上帝禱告——在我看來，她是不會輕易放棄的。你們對她可以有各種不同的看法，但是對我來說，她比其他我所見過的女孩有更多的毅力；她全身上下簡直充滿了勇氣。這聽起來有點奉承，但是這可不是拍馬屁呢，而且論起美貌——和品德——她更是兩者兼備。自從她走出那扇門之後，我就再也沒有見過她了；可是我時時刻刻都想念著她，想起她曾說過要為我祈禱；而且如果我為她祈禱能夠對她有任何幫助的話，我一定也會這樣做的。

我想瑪莉珍是從後門溜走了，因為並沒有任何人發現她離開。當我撞見蘇珊和兔唇女孩時，我說：

「妳們常常去河的對岸找的那戶人家叫什麼名字呢？」

她們說：「那邊有很多家啊；不過大部分都是姓波克特。」

「就是這個名字。」我說：「瑪莉珍小姐要我告訴妳她急著趕往那兒去了——他們其中有一位生了病。」

「哪一位？」

「我不知道耶，可能是我忘了，可是我想應該是——」

「天啊，該不會是漢娜吧？」

「很抱歉，」我說，「可是就是漢娜。」

「老天啊——她上個禮拜還好好的呢！她病得很重嗎？」

「我不清楚她生了什麼病，瑪莉珍小姐說他們整晚都待在她身旁，他們說她恐怕只能再撐幾個小時了。」

「妳現在趕快再想想，她到底害了什麼病？」

我一時想不出適合的病名，於是我說：「腮腺炎啦。」

「不可能吧，他們才不可能陪一個得了腮腺炎的人呢。」

「真的嗎？他們不會陪她嗎？妳應該很清楚這種腮腺炎他們是會去陪的，因為它很不一樣。瑪莉珍小姐說這是一種新的病症。」

「是怎樣的新病症呢？」

「因為它和其他的病混合在一起。」

「什麼其他的病啊?」

「嗯,就是和麻疹、百日咳、丹毒、肺結核、黃膽、和腦膜炎混在一起的病啦。我一時也記不得這麼多。」

「瑪莉珍小姐是這麼說的。」

「唉,那他們到底為什麼要把這種病叫做腮腺炎呢?」

「因為這的確是腮腺炎啊,她剛開始得的就是腮腺炎嘛。」

「唉,聽起來一點道理都沒有啊。你想想看,一個人有可能腳趾頭被踩了,然後服毒,再跳到井裡摔斷了他的脖子,使得腦漿四濺;然後有人來問說他到底是為什麼死的,這時有個沒腦袋的人回答說:『啊,他是因為腳趾頭被踩到而死的。』這聽起來有道理嗎?當然沒有啊。這根本就是胡說八道嘛。這個病會不會傳染呢?」

「會不會傳染?妳怎麼會問這樣的問題?蛀牙會不會傳染呢?如果你不立刻把壞的牙拔掉,那另外一顆牙不就也會被傳染嗎?而且除非妳把整顆牙齒都拔掉,否則妳是擺脫不了蛀牙的,不是嗎?所以囉,就如妳所說的,這種腮腺炎就像蛀牙一般──碰到蛀牙我們可不能偷懶,得好好地把蛀壞的牙拔掉。」

「唉，這真是太可怕了。」兔唇的女孩說：「我要去告訴哈維叔叔和——」

「喔，對啊，」我說，「當然我會去說，一分鐘都不能再浪費了。」

「爲什麼呢？」

「妳只要好好地想一分鐘就不難明白，妳們的叔叔不是想看看他們會如此狠心地放棄妳們自己孤單單地旅遊嗎？妳知道他們一定會等妳們的。妳的哈維叔叔不是個牧師嗎？那好；一個牧師會去欺騙汽船的職員嗎？他會去欺騙一位輪船的工作人員，只是爲了要讓瑪莉珍小姐上船嗎？妳知道他一定不會這麼做的。那麼他會怎麼做呢？他會說：『這真是不幸啊，然而我教堂裡面的事還是得必須盡快處理；然而我的姪女又可能染上了那嚇人的腮腺炎。所以我的職責便是留在這兒觀察看看她是不是真的染上了這種病。』不過如果妳覺得告訴妳的哈維叔叔比較安當的話——」

「哈，要我們在這兒枯等三個月，只是爲了要確定瑪莉珍到底有沒有得這種病，而放棄英國的好日子不過，這聽起來真像是個傻瓜。」

「嗯，好吧，也許還是把這件事情告訴妳們鄰居比較好。」

「妳講的是什麼樣的傻話啊？妳難道不知道他們會到處宣傳嗎？除了不告訴任何人之外，沒有別的方法了。」

「好吧，也許妳說的是對的——沒錯，我想妳們是對的。」

「但是我想我們應該跟哈維叔父說瑪莉只是出去一下子，這樣他才不會太擔心，這樣好嗎？」

「好啊。瑪莉珍小姐就是要我跟妳們這麼說。她說：『告訴她們替我向哈維和威廉兩位叔叔請安問好，告訴他們我過河去探訪——嗯，嗯，你們的彼得伯伯常常提起的那個有錢人家叫什麼名字啊——我是說那個——』」

「唉，妳說的一定是羅素波家是不是？」

「沒錯；這名字真難記；沒錯，她說，告訴她們說她去確定羅素波他們明天是否會來拍賣會，把這棟房子買下來。因為她想彼得叔叔會比較希望這棟房子是由他們買下，而不是由其他的人；她會一直說服他們，直到他們點頭為止；到時候如果她不太累的話，她就會回家來；如果她很累的話，反正明天早上她也會回家來。她說千萬別提有關波克特家的事，只要提有關於羅素波的事就好了。她也沒說謊話，因為她的確是要去說服他們把這棟房子買下，這可是她親口告訴我的。」

「好吧。」她們說。然後便起身去向她們的叔父問安，傳遞這個消息。

現在一切都準備就緒了，這些女孩什麼話也不會說，因為她們想要去英國；而國王和公爵對於瑪莉珍為了拍賣會的事而離去應該也會感到很高興，因為這麼一來她就不會和羅賓遜醫生見面了。我心裡覺得好極了；我想我這次做得實在是漂亮極了——我想就

291 哈克流浪記

算是湯姆親自來做也不會做得比這更好了。當然他也許會在裡面再設計一些花樣，但是對於這種事我並不拿手，所以也就不打算這麼做了。

他們就在那公共廣場舉行拍賣會，一直進行到傍晚才結束。那死老頭裝得一副虔誠的樣子站在買方旁，三不五時謅些聖經或者是一些典故，而公爵也在旁邊裝得可憐，好博得大家的同情。

漸漸地，所有的東西都被賣得一乾二淨，除了墓地上的那一堆破銅爛鐵之外。於是他們打算把這些東西也賣掉──我從來沒有看過像國王這麼貪心的人，竟然打算把所有東西都吞了才甘願。就在他們想要把這東西賣掉的同時，一艘汽船靠了岸，大概兩分鐘左右，一群人鬧哄哄地邊喊邊叫走了過來，大聲地喊著：

「你們的對手在這兒！老彼得維特斯的繼承人竟然有兩組──大家快點來下注，選看看到底誰才是真的吧！」

29

他們帶著一位看起來很英俊的老紳士和一位右手綁著繃帶，相貌堂堂的年輕人前來。天啊，他們一直大聲嚷嚷嘲笑著他們。可是我覺得這一點都不好笑，而且我想這應該會使得公爵和國王的神經為之緊張，他們的臉色應該會轉白才是。然而才沒有呢，公爵依舊面不改色地繼續四處咯咯地叫喊，看起來既快樂又滿足，像個裝滿牛奶的罐子一般；至於國王嘛，他只是用著悲傷的眼神一直看著他們，似乎一想到世界上竟有如此的騙子和無賴存在，就會讓他胃痛不已。喔，他實在是裝得太像了。許多地方上有頭有臉的人物都圍著國王，讓他知道他們是站在他那一邊的。而那位剛到的老紳士看起來一臉迷惑，沒多久，便開口說話，一聽就知道他的口音的確是像個英國人；跟國王的一點都不像，雖然他已經模仿得夠好了。我記不起來他說了些什麼，也模仿不來；然而他轉身面向群眾說話，意思大概是這樣：「這真是令我意想不到；坦白說，我並沒有準備好來面對這樣的局面；因為我和我的弟弟路上遭受了一些意外：他的手折斷了。而我們的行李在昨晚也因為作業疏失，而被錯放在上一個城鎮。我是彼得維特斯的弟弟哈維，這是

他的小弟威廉，他聽不見，也不能開口說話——甚至連手勢也學得不多。現在他只能用一隻手來表示。我們的確是彼得的兄弟；在一、兩天內當我拿到行李之後，我便能向大家證明一切。但是目前我不願意再多說任何話，只想到旅館歇息，等待行李運過來。」

於是他們兩個便離開了。國王笑著瞎說：「摔斷了手——看起來像一回事，不是嗎？——這也太巧了吧，要裝個騙子也不先學學手語。行李都丟掉了！這實在是太好了！——真是高招——尤其在現在這種情形下！」

他又笑了起來；其他人也跟著笑，除了三、四個之外，也許五、六個吧，其中之一就是那位醫生；另外一位是看起來很精明的紳士，手裡提著一個老式的氈呢箱，他剛從汽船下來，正對著醫生低聲地說著話，三不五時瞄了瞄國王一眼，同時點個頭——他是萊維貝爾，也就是那位去路易斯維爾的律師；另外一位是個看起來有點粗魯的壯漢，他站在那兒聽著那位老紳士說話，現在又轉而聽國王發言。當國王說完話之後，他站了出來，然後問：

「喂，如果你是哈維維特斯，你是什麼時候來這個城鎮的？」

「葬禮的前一天啊，我的朋友，」國王說。

「那是幾點鐘啊？」

「在傍晚——大約太陽下山前的一、兩個小時。」

「那你是怎麼來的呢?」

「我是坐蘇珊寶維爾號從辛辛那提來的。」

「那麼那天早上你又為什麼會坐著獨木舟在品特村上岸呢?」

「我並沒有在那天早上從品特村上岸啊。」

「你騙人。」

這時有幾個旁觀的人走到他面前,求他不要以如此的態度向一位老人和牧師說話。

「去他的牧師,他是個騙子。他那天早上的確在品特村上岸,我不就是住在那兒嗎?那天我在那裡,他就從那兒上岸的,我親眼看見,不會錯的。他和提姆柯林斯和一位男孩搭著獨木舟來的。」

那醫生上前說道:「海因斯,如果你再看見那位男孩,你認得出來嗎?」

「我想應該可以吧,雖然我並不太確定。欸,他現在不就在那兒嗎?我很確定就是他。」

他指的就是我。

那位醫生說:「各位鄰居們,我不知道剛來的這兩個人是不是騙子;但是如果他們現在在場的這兩位不是騙子的話,那我就是個大白癡。在一切水落石出之前,可別讓他們找到機會逃跑了。海因斯,來吧,其他各位也一起來吧,我們帶他們到旅館和剛來的那兩

位先生對質，我想一定可以問出些什麼來的。」

這時群眾似乎起了疑心，雖然國王的朋友們也許還認為他是正牌貨。於是我們便出發了，這時天已經接近黃昏。醫生牽著我向前走，他對我很和善，但是卻從不放開我的手。

我們到了旅館的一個大房間裡，點了幾根蠟燭，然後把剛來的那兩人請了過來。

一開頭，醫生便說：「我不想對這兩位先生太過嚴苛，但是我想他們是騙子，說不定他們還有一些我們不知道的陰謀呢。如果眞的有的話，難道他們不會先帶著彼得留下來的那袋金子逃走嗎？這聽起來是很有可能的。如果這些人不是騙子，他們應該不會反對把這筆錢先交給我們保管，直到他們證明自己的清白吧。我這樣說對不對？」

大家都同意醫生說的話，我想他們用這一招可把我們壓得死死的，但是國王只是面帶悲傷地說：

「各位，我眞希望這筆錢現在就在這兒，因為我也不想對於這種公開公平的調查有所阻撓；但是天啊，這筆錢現在不在這兒。如果你們不相信的話，可以自己去查查看。」

「那麼錢到底是在哪兒呢？」

「喔，那天我姪女把這筆錢拿來交給我保管的時候，我把它藏在床下的稻草中，因

為我們只想在這兒停留幾天，所以並不想把它存到銀行去，而且我想床舖應該是個安全的地方。我們對這裡的黑奴不熟，想說他們應該像我們在英國的僕役一般地誠實才是。可是隔天我下樓之後，那些黑奴便把錢偷走了。而在他們被我賣走之前，我壓根兒都沒想到錢被偷了，於是他們便帶著那筆錢走了。我的僮僕可以為這件事情作證，各位先生。」

那位醫生和許多人都說：「騙人！」我想大家也都不全然地相信他。有一個人問我是否親眼看見黑奴把錢偷走，我說沒有，但是我看見他們偷偷地從屋裡溜出來，快速地離開，而我也沒有想太多，以為他們只不過是怕吵醒了我的主人而挨罵吧。他們就問我這些問題。然後醫生急急地問我說：「你也是英國人嗎？」

我說沒錯，他和其他人大笑，然後說：「胡說八道。」

他們繼續做了些一般性的調查，我們就一直待在那兒，一個小時接著一個小時，大家也都忘了吃晚飯，甚至壓根兒都沒想到肚子餓──他們只是一直不停地盤問；真是把人都搞糊塗了。他們要國王把他們的身世說出來，同時也要求那位老紳士說出他的生平；除了一些心有偏見的傻子之外，任何人都看得出來那老人說的是實話，而國王則是漫天撒著大謊。他們要我把我所知道的一切都說出來，國王用眼睛對我瞄了一下，於是我便開始說著雪菲爾德這個城鎮，以及我們在那兒的生活，還有一切關於英國的維特斯

家族的點點滴滴等等的事情；可是我才沒說多久，那醫生便笑了起來；而萊維律師便

說：

「孩子，坐下來吧。如果我是你的話，我就不會勉強自己胡扯瞎掰。我想你應該不

習慣說謊吧，說起來一點都不自然。我想你需要的是練習，你說起來太生疏了。」

我才不管他對我的稱讚呢，只是很高興他們終於放過我了。羅醫生開始說了些話，

然後轉過身來說：「萊維貝爾，如果你先回到鎮上的話——」

國王立刻伸出了手，然後說：「喔，原來你就是我那位死去的可憐大哥常常在信中

提到的老朋友啊。」

律師和他握了手，微笑著，看起來很愉快。他們談了一會兒，然後走到一旁低聲地

說話；最後李律師大聲地說：

「就這樣吧。我會把你的狀紙連同你弟弟的一起帶來。到時候就能證明你的清白。」

於是他們拿了些紙和一隻筆，國王坐下來，頭歪著一邊，舔舔舌頭，在紙上頭寫了

一些東西．；然後他們把筆遞給公爵——這可是第一次公爵的臉色看起來很不好，然而他

還是拿起了筆寫了幾個字。然後那律師轉向新來的老紳士說：

「請你和你的弟弟在這裡寫上字，並簽上你的大名。」

那老紳士照做了，可是沒有人讀得懂他在寫什麼。那律師看起來十分驚訝，然後

說：

「喔，我被打敗了。」——然後從口袋裡面掏出一些舊信，照著信件檢查那位老先生的筆跡，對完之後說：「這些舊信件都是哈維維特斯寫來的；而在這兒我們有他們兩個人的筆跡，任何人都看的出來這絕對不是這兩個人寫的。」（這時，國王和公爵知道自己上了律師的當，露出一臉被騙上當的蠢樣），「而在這兒是這位老紳士的筆跡，而大家也可以很容易看出來這些信也不是他寫的——事實上他在紙上所寫的那些根本稱不上是筆跡。這些信是從——」

那個新來的老紳士說：

「請讓我解釋一下，除了我弟弟威廉之外，沒有人能夠讀得懂我的筆跡——這些信都是他替我重新寫過的，所以在這信上的筆跡是他的，而不是我的。」

「那太好了！」律師說，「這樣就好辦了，我手邊也有一些威廉的信件，如果你叫他寫幾行的話，我們就可以來——」

「他不能用左手寫字。」那位老紳士說。「如果他可以用他的右手的話，你就會發現這些信都是他寫的。請看看這兩封信——他們都是由同一個人所寫的。」

律師照做了，然後說：

「我想應該是這樣沒錯——就算不是這樣子的話，那這兩者之間的相似程度也比我

以前注意到的要多得多。好吧，好吧，好吧！我想我們總算釐清了一件事實，雖然還有一些疑點尚未澄清，但是無論如何，有一件事實是確定的——他們兩個才不是維特斯家族的人呢。」說著並用頭朝他們的方向揚了一下。

「欸，你猜怎麼著——那個驢頭還不肯放棄呢！的確，他還在那兒硬撐著，爭說這個試驗太不公平了，又說他的弟弟威廉是世界上最不正經的人，心裡面根本不想寫東西——當威廉拿起筆在紙上寫東西的時候，他以為他又想要開玩笑了。他就這樣一直喋喋不休，說他現在才要開始真正認真起來——但是沒多久，那位新來的老紳士便插嘴說：

「我突然想到一件事，在場的各位有誰幫忙我的大哥——幫忙那已過世的彼得維特斯下葬呢？」

「有啊，」某人說，「我和亞伯透納幫了一些忙，我們兩人都在場。」

然後那位老紳士轉向國王說：「也許這位先生可以告訴我他胸口刺的是什麼圖案。」

國王一聽到這句話就像一處被河水沖垮的堤岸一般，這實在是太突然了——這招可是精心策劃好的，要在無意之中將他一軍啊——因為他怎麼知道那個人胸口到底刺了什麼圖案呢。他的臉色微微轉白；他沒辦法控制自己；而當場一片寂靜，大家都趨向前凝視著他。我對自己說，這下他總該舉白旗投降了吧——再怎麼辯都沒有用啦。欸，可是

他真的這麼做了嗎？大家一定不相信，他硬是不投降。我想他大概要和大家一起耗下去，直到大家都筋疲力盡為止，到時候他和公爵才好乘機開溜。總之，他就坐在那兒，沒多久便開始微笑，然後說：

「天啊！這可是個很棘手的問題，不是嗎！我可以回答你，先生，我可以告訴你他胸前刺的是什麼。他胸前刺著一個很小的藍色箭頭——就是這個東西；如果你不仔細看的話，你是看不出來的。呸，你現在還有什麼話可說？」

唉，我從來沒有看過像他這麼厚顏無恥的嘴臉。

那位老紳士很快地轉向亞伯透納和他的同伴，他的眼睛閃爍著，好像覺得這次逮到了國王的把柄，然後說：

「各位——你們已經聽到他所說的了！在彼得維特斯的胸前有這樣的圖案嗎？」

他們兩個人同聲說：「我們沒有看到這樣的圖案。」

「好。」那位老紳士說。「我可以告訴你，在他胸前刺的是一個很小很模糊的 P 和 B 字樣（這是他年輕的時候所用的縮寫），還有一個 W，中間還有破折號連著，就像這樣 P—B—W。」——他把這樣的圖案寫在一張紙上。「告訴我們，這是不是你們所看到的呢？」

他們兩個人又同時說：「不，我們並沒有看到這樣的東西，我們根本沒有看到任何

的圖案。」

這時大家心中似乎都有了定見了；於是他們大喊：

「原來他們全部都是騙子！讓我們把他們抓去遊街，然後丟到河裡溺死！」大家大吵大鬧，場面十分地混亂，可是那律師跳上桌子，然後大喊著說：

「各位——各位先生！請聽我說一句話，只要一句話就好——請你們冷靜一下！只有一個方法可以證明——讓我們去開棺檢查看看吧。」

大家立刻就同意了。

「好啊！」他們大叫著，立刻就出發了。然而那律師和醫生也一起帶去吧！」

「等一會兒，等一會兒！把這四個人和那男孩也一起帶去吧！」

「沒有問題！」大家叫喊著；「如果我們沒有找到刺青的話，就要把他們全部都絞死。」

我告訴你，現在我實在是嚇得半死了，可是根本沒有辦法脫身，他們緊緊地抓住我們，把我們直直地帶往墳場。那地方大約是在河下游約一英哩半的地方。這時全城的人都跟在我們後面，因為我們實在是太吵鬧了，而且現在也不過是晚上九點而已。當我們經過我們的房子的時候，我真希望我沒有把瑪莉珍送出城去；因為如果我現在向她使個眼色，她一定會出來救我，並且拆穿那兩個騙子的詭計的。

我們一堆人就這樣浩浩蕩蕩地往河下游走去，像是一群野貓似地；更恐怖的是，天空愈來愈暗了，雷電一陣陣地閃著，風也從樹葉中沙沙地吹了過來，而一切事情也和我計畫中的完全不同……我原先以為可以好好地站在旁邊，悠悠哉哉地欣賞這齣鬧劇，必要時再叫瑪莉珍來救我的；但是現在我和死亡中間只夾了一個刺青圖案。如果他們沒有找到那個圖案的話——

我想都不敢再想了，然而我卻沒有辦法擺脫這個念頭。天空愈來愈黑了，這可是個溜走的好時機，然而那個叫漢斯的壯漢卻死命地抓著我的手腕。他一路拖著我，看起來興奮極了；而我必須要小跑步才跟得上。

當他們到達墓地之後，便像水流般地蜂湧而入。他們到達墓碑之後，便不停地剷著土，可是卻沒有人想到要去拿盞燈籠來。他們還是藉著閃電的亮光繼續不停地挖著，然後派人到離這兒一哩遠外最近的人家去借盞燈過來。

他們就這樣全心全意不停地挖著；這時天已經全都漆黑了，雨也下了起來，同時夾著陣陣的風，閃電不停地亮著，伴隨著轟隆隆的雷聲；可是大夥兒一點也不在意，他們全神貫注在這件事情上；有時你可以趁著閃光把人群看得一清二楚，大家都奮不顧身地挖著墳墓；而有時又是一片漆黑，什麼東西也看不著。

終於他們挖到了棺材，準備把墓蓋打開，你想都沒想到當時大家爭先恐後地擠來擠

去，為的就是要看那關鍵性的一眼；而人群在黑暗中如此地擠來擠去看起來是很嚇人的。漢斯抓著我的手腕啊扯的，痛死我了，我想他大概忘記我在他身邊了吧，他看起來實在是太興奮了。

突然一陣閃電掠過，有人大喊：

「我的老天啊，他胸口放著的不正是那袋金子嗎？」

漢斯和大家喊了一聲，衝上前去，他把我的手放開了，想要擠進去看個究竟，而我在黑暗中偷偷地朝另外一條路溜走，大家一丁點兒都沒發現。

現在我獨自在路上前進，整條路都是我的了——至少除了那一片深沉的漆黑，以及三不五時閃起的亮光、嘈雜的雨聲、呼嘯的狂風和轟隆隆的雷聲之外，我是孤獨一人了；不管你信不信，我的確是這樣一路走過來的！

當我到達鎮上的時候，因為暴風的緣故，路上一個人也沒有。於是我不用躲躲藏藏，便直接順著大街而行；當我接近我們的房子的時候，我的目光緊緊地盯著它，裡面一點燈光也沒有，整間房子一片漆黑——不知道為什麼，這樣的景象讓我覺得既傷感又失望。但是最後當我從旁邊經過的時候，從瑪莉珍房間的窗戶裡閃出一道亮光！我的心突然揪了起來，好像要跳出來似的，就在這同時，整間房子以及在我身後的一切又都沉浸在黑暗中，而這一切再也不會在我的眼前出現了。她的確是我見過最好最正直的女

孩。

當我爬到離鎮很遠的地方時，我便開始想找艘船來「借」，好划去灘頭；突然一陣閃電亮起，我看到一艘沒有拴住的船，於是我爬了過去，坐上船向前划去。這是一艘只用了一條繩子拴住的獨木舟。灘頭離這兒是很遠，大概是在河的中央左右。然而我一刻也沒有閒下來；當我最後到達木筏時，我實在是累斃了，我真想好好地躺下來喘口氣，但是我並沒有如此做。當我一跳上船，我便大叫：

「吉姆，快出來，把木筏鬆開，感謝老天，我們終於可以擺脫他們了！」

吉姆跑了出來，張開雙手歡迎我，全身上下看起來都很快樂。可是當我藉著閃電看見他的時候，差點沒嚇破膽，還往後走了好幾步，因為我忘了他現在穿的是老李爾王和溺死的阿拉伯人的裝扮，真正把我嚇得魂飛魄散。然而吉姆把我一把抱了起來，本想對我又親又抱的，因為他對我的歸來感到非常地高興，而且我們也擺脫了國王和公爵。然而我卻說：

「等會兒，現在不行——留著等早餐再祝賀吧，我們趕快把木筏鬆綁，先逃走要緊！」

於是沒幾秒鐘，我們便順著河流而下，而整條河上只有我們，沒有別人來打擾的感覺真是自由極了。我高興地在木筏上跳著，因為我實在是忍不住；但是當我跳到第三下

的時候，我突然注意到一聲我很熟悉的聲音——我屏住呼吸，一邊聽著，一邊靜靜地等著——沒錯，當閃電照亮河面的時候，他們又回來了！——划著槳，乘著小艇往這兒過來了！他們就是國王和公爵。

於是我只好躺在木筏上，放棄了原先的希望；而這是我唯一所能做的，不然我可能會忍不住哭了出來。

30

當他們上了木筏，國王便向我走過來，抓住我的衣領，然後說：

「你這小子，是不是想乘機甩開我們啊！你覺得我們在你身邊很煩了是不是啊？」

我說：「不，陛下，我哪敢啊！請住手！」

「快點，告訴我們你心裡打的是什麼主意，不然我就要把你的骨頭拆散！」

「陛下，我會把所發生的一切老老實實地告訴你的。那個牢牢把我抓住的人對我很好，一直跟我說他也有一個像我一樣大的小孩，可是他去年去世了。所以他看到一個男孩身處這麼危險的境地，便感到十分地遺憾。後來當他們突然發現金子，在他衝向棺木的時候，他便把我放開，然後輕聲地說：『現在趕快逃吧，不然他們一定會把你吊死的！』於是我便溜了。留在那兒對我一點好處也沒有，我什麼事也不能做，而且如果我能夠溜走的話，我何必留在那兒被吊死呢。於是我頭也不回地一直跑，直到找到那艘獨木舟為止。當我到這兒的時候，我告訴吉姆動作要快，不然他們就會抓住我，然後把我吊死．；接著我告訴他說你跟公爵現在可能也沒命了，我實在是感到非常遺憾，吉姆也很

傷心。可是當我們看到你們回來的時候，我們都感到很高興，你不信的話可以問問吉姆啊。」

吉姆說的確是這樣沒錯，國王叫他閉嘴，然後說：「喔，沒錯，的確是這個樣子啊！」然後又抓著我搖個不停，說他打算把我淹死。然而這時公爵卻說：

「把那男孩放開，你這個老白癡！你自己還不是一樣？當你逃命的時候，你也沒有想要找他嘛，我可不記得你有這樣做過。」

於是國王把我放開，開始咒罵全城鎮的人。然而公爵卻說：

「我想你還是把你自己好好罵一頓才是，因為你是裡面最值得被罵的一個。從一開始你就沒做過什麼有意義的事，除了冷靜沉穩地胡謅出那虛構的藍色箭頭之外。這招還不錯——是招高明的騙術，而且也是因為它才救了我們。如果不是因為這樣的話，他們一定會把我們關起來，等待那群英國人的行李到來，到時啊——牢房就等著你去蹲啦！然而這個詭計卻把他們帶去墳場，而那包金子的出現也給我們不少幫助；如果那群興奮過度的白癡們沒有急急忙忙地向前推擠，想去看那包錢的話，我想我們今晚大概就要被吊死啦。」

他們停了一分鐘——思考著——然後國王有點心不在焉地說：

「哼！我們竟然還以為是那群黑奴把錢偷走的！」

這句話讓我心頭一驚！

沒錯，公爵緩慢地、刻意地帶著嘲諷的語氣說道：「我們之前的確是這麼想的。」

過了一分半鐘，公爵又用同樣的語氣吞吞地說了一句：「我可不這麼想。」

公爵又用同樣的語氣說：「我可不這麼想。」

國王有點生氣地說：「布列基瓦特，你給我說清楚，你到底在說什麼？」

公爵突然站起來說：「事已至此，我倒想問問你，你到底安的是什麼心啊？」

「去——」，國王酸溜溜地說：「可是我的確不知道啊——也許你睡太多了，把頭都睡昏啦。」

公爵現在可是怒髮衝冠，大聲說著：「喔，別再說這些有的沒有的了，你把我當傻瓜嗎？你難道不知道我知道是誰把那筆錢藏在棺材裡的嗎？」

「沒錯，先生，我知道你一定知道，因為那筆錢就是你藏的！」

「你說謊！」——說著公爵便向國王衝去，國王大叫：「把你的手放開！放開我的喉嚨——我把剛剛說的話都收回！」

公爵說：「好，你首先要承認那筆錢是你藏的，而你打算過兩天之後就要把我甩開，然後回來把錢挖出來自己獨吞。」

「公爵，等一會兒——你老老實實地回答我這個問題；如果那筆錢不是你放的，你

只要說句話，我就會相信你，並且把我剛剛說的話全部都收回。」

「你這老混蛋，我沒做，你知道我沒做的。好，現在請你把話收回去。」

「好吧，我相信你，但是只要再回答我這個問題——不要生氣：你難道沒有起過獨吞這筆錢的念頭嗎？」

公爵停了一會兒，什麼話也沒說，然後他說：

「嗯，就算我曾經想過，我也不管，反正我也沒做；可是你不僅想了，而且你真的做了。」

「公爵，我誠實地告訴你，如果這是我做的話，我便永世不得超生。我不否認我本來是打算這麼做的——我的意思是有人啦——有人早我一步下手了。」

「你又在騙人了！這確實是你做的，你最好承認，不然——」

國王開始激動了起來，然後他大聲地說：「夠了！——我承認是我做的！」

聽他這麼說我真是高興極了，這番話讓我心情紓緩不少。於是公爵放了手，然後說：

「如果你敢再狡辯的話，我就把你淹死。你坐在那兒像個嬰孩般地胡言亂語，對你來說是再適合也不過了——尤其是在你做了這麼多蠢事之後。我從來沒有看過像你這樣的老傢伙，像隻駝鳥般地什麼東西都要吞，還虧我一直這麼信任你，把你當作我自己的

父親一樣，你真該感到丟臉，把所有的事情都丟給那些可憐的黑奴，而且你一句話也不替他們辯解，我耳根子竟然這麼軟，居然會相信你講的那堆謊言，真是荒謬透了。你這混蛋，我終於明白你為什麼這麼急著想要把那筆短缺的錢補齊，原來你是想要把我上次演戲騙來的錢也撈走。」

國王帶著鼻音畏畏縮縮地說：

「公爵啊，說要補齊那筆錢的是你又不是我。」

「廢話少說！我再也不要聽你口中說出任何話。」公爵說，「你現在可是自討苦吃了，他們把所有的錢都拿回去啦，除此之外，連我們的也一起送給他們了。給我滾去睡覺──只要你活著，就別再跟我提起這檔子事！」

於是國王便溜進帳篷裡，借酒澆愁；可是公爵卻一把把他的酒瓶拿走；然而沒過半小時，他們兩個又親密地像是同夥的賊子一般，躺在彼此的懷裡呼呼大睡。他們兩個現在都喝得很醉了，可是我注意到國王並沒有醉得很嚴重，口中還不時說著那包錢不是他藏的。看到這樣的情景，讓我感到既心安又滿足。當然，當他們全都睡沉打鼾了之後，我便把一切的事從頭到尾都告訴了吉姆。

31

接下來一連好幾天，我們都沒有在城鎮靠岸；我們一直順著河流往下游划去。現在我們已經來到溫暖的南方，離家非常非常遠了。我們開始發現沿岸的樹木上面長滿了西班牙苔蘚，像灰鬍子般地在樹幹上墜著，這還是我第一次看到這種東西，它讓樹林顯得肅穆沉靜。現在這兩個騙子心想他們應該已經遠離危險了，於是又開始想對沿岸的村落動歪腦筋。

首先他們發表了一篇關於禁酒的演講，可是騙到的錢還不夠他們買酒喝；在另外一個村莊，他們又開辦了一個跳舞學院，可是他們的舞技比一隻袋鼠還差，所以開了第一期的課程之後，他們很快就被全村的人轟出城外了；又有一次他們試著演此戲，可是他們才沒演多久，觀眾就站起來對著他們臭罵，他們只好狼狽地溜走；後來他們又傳教，謊稱精通催眠術，還當起大夫來，甚至替人算命等等；可是看來幸運總是遠離他們，最後他們終於破產了，躺在木筏上，隨著它四處漂流，不停地動著腦筋，卻一句話也不說。這情形一持續就半天之久，看起來真是憂傷絕望極了。

後來他們爬了起來，兩個人溜進帳篷裡去交頭接耳，一次就要花上兩、三個小時。吉姆和我覺得不安，我們並不喜歡這個樣子，我們猜想他們正在策劃更邪惡的詭計。我們想了又想，最後我們猜想他們應該是要去闖空門，或者是去做偽幣等等。這時我們心裡很害怕，兩個人達成了共識，發誓說我們絕對不要插手介入這些可怕的計畫，如果逼不得已，我們只好把他們丟下，然後遠走高飛。隔天一大早，我們把木筏藏在一處叫作派特斯維爾的破舊村落下游大約兩英哩的地方，國王便自顧自地上岸去了，告訴我們要好好躲在木筏上，他要去鎮上探聽是否還流傳著「皇家的寶物」的消息。（我心想：「你的意思是要找間房子去搶吧！當你搶完了回來之後，再回來看我、吉姆和木筏的狀況時──到時你可就要大吃一驚了。」）他說如果他中午前還沒有回來的話，公爵和我就應該知道這代表一切都沒事，到時候我們就可以到村子裡去了。

我們待在原地不動，公爵急急躁躁地來回走動，對著我們破口大罵，四處挑剔，我們做什麼好像都不順他的心意；他對每件小事都找碴，一定有什麼事情不對勁了。當中午來臨時，國王還沒有回來，我心裡很高興；至少我們可以去透透氣──而且也許就快有機會將現在的情況大逆轉了。於是公爵和我便到村莊去四處尋找國王的下落，後來我們發現他在一間很窄、很擁擠的酒館的後室裡，身旁圍著一群小流氓吵鬧不休。他不停

大聲地咒罵他們，可是裡面實在是太擠了，他動彈不得，而且對他們也無可奈何。公爵開始罵他是個大白癡，然後國王也回嘴罵了回來；當他們兩個人在那兒對峙的時候，我便溜了出來，像頭鹿般地沿著河邊的道路跑著——因為我看到我們的機會來了；我心中想他們兩個要再看見我跟吉姆，大概會是很久以後的事了。我上氣不接下氣地衝到木筏旁，心中充滿喜悅，大聲喊著：

「吉姆，快把繩子鬆開，我們沒事了，快！」

然而卻一點也應也沒有，沒有人從帳篷裡走出來，吉姆不見了。我大叫了一聲——然後又叫了一聲——再喊一聲；我在樹林裡四處奔跑著，大聲呼叫；可是一點用處也沒有——老吉姆走了。我坐了下來，哭泣著，我實在是沒有辦法控制自己。可是我並沒有坐很久，沒多久我便回到路上，心中想著我應該怎麼做。就在這時候，我碰到一個經過的男孩，便問他說有沒有看到一個穿著什麼樣衣服的陌生黑奴，然後他回答：

「有啊！」

「在哪兒看到的？」我問。

「就在離這兒兩哩遠的下游處一個叫做席拉斯菲普斯的家裡，他是個逃跑的黑奴，他們抓到了他。你是在找他嗎？」

「我當然是在找他啊，一、兩個小時前我在樹林裡碰到他，他說如果我敢鬼吼鬼叫

的話，他就要把我的肝臟挖出來，要我躺下來別動。於是我照做了，從那時起我就一直躺在這兒了，嚇得都不敢出來。」

「喔，」他說，「你現在不用再怕了，因為他們已經抓到他了，他大概是從南方的什麼地方跑來這兒的吧。」

「唉，他們抓到他眞是好事一件！」

「沒錯，我也是這麼想！有人懸賞兩百塊錢抓他呢，這就好像在路上撿到錢一樣。」

「沒錯，沒錯——如果我夠強壯的話我也可以得到這筆錢，可是我先看到他的呢！是誰把他抓住的啊？」

「是個老傢伙——一個陌生人——他用四十塊把這個消息轉賣給別人了，因為他等不及要趕到河上游去。你想想看，就算要我等七年啊，我也會等的。」

「我也這麼想。」我說，「可是他用這麼便宜的價錢就把他轉賣了，也許這機會並不如想像中的那麼有利可圖，也許其中有什麼蹊蹺也說不定。」

「可是事實就是這樣啊——一切都清清楚楚的，我親眼看見那張傳單，上面寫著關於那個黑奴的一切，還畫著圖像呢，記述著他逃出來的地點，大概是在紐奧良的下方。這筆投機買賣可是十分地好做。喂，可不可以給我一口菸草嚼嚼啊？」

我身上並沒有菸草，於是他便離開了。我回到木筏，坐在帳篷中思索著，可是我什

麼也想不出來。我想得頭都痛了，還是想不出什麼方法可以來解決這個難題。在我們經歷這麼久的旅程，替他們這兩個混蛋付出了這麼多之後，到頭來卻是一無所有，一切都被搞砸了，因為他們竟然狠心到能夠用這樣的伎倆來對待吉姆，讓他這輩子再次成為一個奴隸，而且是在一群陌生人裡。這一切的代價卻只為是了那骯髒的四十塊錢。

於是我對自己說，既然他好歹都要成為一個奴隸，那麼在他自己的家裡，身旁有家人陪伴，總比現在要好上個一千倍。我想我還是寫封信給湯姆，叫他跟瓦特森小姐說明吉姆的去處。但是沒多久我就放棄了這個想法。有兩個理由：瓦特森小姐一定會為了他的不知感激和劣根性而對他生氣，進而厭惡他，最後會把他再次賣到河的下游去；就算她不會的話，很自然地，大家都會鄙視一個不知感激的黑奴，而他們也會時時刻刻讓吉姆有這樣的感覺，那麼他心中將會感到內疚不安。而他們會怎麼想我呢？大家一定會傳說哈克就是那個幫助黑奴得到自由的人；我這輩子要是見到從那個城鎮來的人的話，我一定會羞愧地跪下來舔他的靴子。人們總是這樣，當他做了一件不光彩的事時，他就會想要擺脫一切與這件事有關的蛛絲馬跡，心裡想著只要他能夠好好隱瞞，這便不是什麼不光彩的事了。這句話完全說中了我的心態，我愈是這麼想，我的良心愈覺得不安，心裡覺得我是如此地卑鄙齷齪。最後我突然警醒，在我幫助一個對我很好的可憐老女人的黑奴逃跑時，上蒼賞了我一巴掌，讓我知道舉頭三尺有神明。現在上天向我展示祂無時

無刻不在監視著我，絕對不允許這種事再繼續發展下去了。我害怕得不得了，試著為自己找一些理由來說我受的教養不好，因此我不應該被處罰；然而在我的內心裡卻有一道聲音不停地說著，「有主日學的課程啊，要去的話你應該會去的；而且如果你曾經去過的話，他們會告訴你像你這樣幫助黑奴逃跑的人將會永受地獄之火的煎熬的。」

這念頭讓我心驚膽戰不已，我幾乎下了決心要祈禱；看看這樣一來可不可以變成一個好孩子，擺脫過去的壞模樣。於是我跪了下來，然而卻是說不出一句話來。為什麼呢？在天父的面前想要隱藏缺點是沒有用的，這些缺點自己是再清楚也不過了。我知道為什麼我說不出口，因為我心念不正；因為我行為不檢；因為我常常表裡不一。我常常假裝要與罪惡劃清界限，但是在我內心深處，我卻攀住最深的罪惡不放。我試著要從我的口中說出我會做正確正當的事，寫信給黑奴的主人告訴他他的去處；然而在我心深處，我知道這是個謊言──而天父也知道如此。你不能以謊言向天父祈禱──我了解這個道理。

我的心中亂極了，苦惱不已，卻又不知如何是好。最後我有個主意；我說，我會寫那封信──寫完之後到時再看看我是不是能夠順利地祈禱。很令人驚訝地，當我這麼一想，我的心情就像一根羽毛般地輕盈，而我所有的苦惱也都完全消失了。於是我拿出一張紙和一隻鉛筆，既高興又興奮，坐下來開始寫著…

瓦特森小姐，妳逃走的黑奴吉姆現在正在派克斯維爾下方的兩哩處。菲普斯先生已經逮到他了，如果妳願意提供獎賞的話，他將會送吉姆回去。

哈克芬

這是我生平以來第一次感到身上的罪惡都被洗淨了。我感到很快樂，知道我現在可以祈禱了。然而我卻沒有立刻這麼做，而是把那張紙放下來，坐在那兒思索著；想著事情如此發展真是再好不過了，還想著我竟然差一點就誤入歧途下了地獄。然後我又繼續想著我們一路順流而下的旅程；我無時無刻都看見吉姆出現在我的面前，有時在白天，有時在夜晚，有時在月光下，有時在風雨中，我們就這麼一路漂流著，聊天、唱歌和歡笑。我心中無法硬下心來出賣他，我想起他曾經替我守夜，只因不忍心叫醒我──讓我可以好好地繼續睡覺；又想起當我從濃霧中回來的時候，他是多麼地高興；還有在那場家族爭鬥中，我後來跑到沼澤去找他的情景等等；他總是很親切地叫著我，寵我，凡事都替我設想，他總是對我這麼地好；最後我想到有一次我向別人說我們船上有人得了天花，救了他一命之後，他對我是如此地感激，說我是他老吉姆在世界唯一最好的朋友。然後我不經意地向四周看了看，看著那張信紙。

現在是個關鍵的時刻。我把那張紙拿了起來，放在我的手中，我全身顫抖，因為我必須要在兩件事情中間做抉擇。我想了一會兒，屏住呼吸，然後對自己說：「好吧，我決定下地獄去。」——然後就把這張紙撕得粉碎。

這些思想和字眼真是可怕，然而我卻把它們說了出來。我把這件事從我腦中移走，對自己說我將再度披上邪惡的外衣，這也不想悔改的事了。我把這件事從我腦中移走，對自己說我將再度披上邪惡的外衣，這邪惡的因子深植在我的血脈中，和別人不一樣，我可是帶著它長大的。首先，我要去幫助吉姆再度從奴隸制度中逃脫，如果我還能想到更邪惡的任何事，我一定也會這麼做的；因為反正只要我被牽涉進來的立意是好的話，我就要全力以赴。

於是我開始坐下來，計畫要怎麼樣達成我的目的。我在我的腦袋瓜裡反覆想了許多種方法；最後終於想出了一個適合我的計畫。後來我看到遠處有一座長滿樹林的小島，等到天一黑，我便划著我的木筏偷偷地前進，把木筏藏在那兒，然後回到帳篷睡覺。我睡了整晚，在天快亮的時候起床，吃了早餐，穿上我在店家裡買的衣服，把一些東西綁在一起，帶著它們乘著獨木舟上岸。據我的推測，我是在菲普斯家的下游登陸的。我把那綑雜物藏在樹林裡，然後用水把獨木舟裝滿，裡面裝滿了石頭，讓它沉入水中，如此一來，等到我需要它的時候便可以再找到它。這個地點約在靠河岸四分之一哩的淺水裡。

然後我便上了路。當我經過鋸木廠的時候，我看見上面有個標示寫著：「菲普斯鋸木廠」。我再向前推進兩、三百碼，在靠近房子附近的時候，我提高警覺，但是雖然現在已經天亮了，四周卻一個人也沒有。可是我並不在意，因為現在我還不想遇見任何人——我只想先探勘地形。根據我的計畫，我應該要從村裡出發，而不是從村的下游而來。所以我只是看了看，繼續直直地朝村莊的方向前進。當我到那兒時，我所看到的第一個人居然是公爵，他正在釘著宣傳「皇家的寶物」的布告牌——就像上次一樣要演三晚。這些騙子還真是厚臉皮啊！在我還來不及避過他的時候，他便看到我。他看起來很驚訝，然後說：「哈——囉——你從哪兒來的啊？」然後他有點高興急切地說：「木筏在哪裡？你把它藏好了嗎？」

我說：「欸，我還正想問你木筏在哪兒呢。」然後他看起來似乎有點不爽，接著說：「你怎麼會來問我呢？」

「欸，」我說，「當我昨天在酒館看到國王的時候，我對自己說，要等到他清醒，然後把他接回去，可能要花上好幾個小時。於是我便在鎮上東晃西晃打發時間。這時有一個人向我走來，給我十分錢，要我幫他拖一艘小船過河，好去載隻羊，於是我便跟著他去了；可是在我們把羊拖上船的時候，那個人讓我一個人牽著羊，他繞到後頭去推他，可是這隻羊對我們來說實在是太大了，牠甩了一甩便掙脫了，開始逃跑。於是我們便

在後面追趕，我們身邊並沒有帶著狗，所以我們必須要親自追牠，直到牠累壞了為止。

到了晚上我們才逮到牠，把牠載上船。之後我才往木筏的地方走去。可是當我到那兒時，木筏已經不見了。我對自己說：『國王和公爵可能惹上麻煩，必須先走了；而他們也把我在這世界上唯一的黑奴帶走了。現在我身處異地，身上什麼值錢的東西都沒有，我該怎麼樣活下去呢？』於是我便坐下來哭了起來。晚上我在樹林裡過夜，可是那艘木筏到底怎麼了呢——還有吉姆——可憐的吉姆啊！」

「我知道才怪呢——我的意思是說那木筏怎麼了我一點也不知道。那個老白癡做了個交易，賺了四十塊錢。當我們在那酒館找到他的時候，那些流氓便把他身上除了買酒喝之外所剩下的錢都撈走了。最後當我在晚上把他拖回去，發現木筏不見的時候，我們說：『那小混蛋偷了我們的木筏，撇下我們，自己往河下游逃去了。』」

「我可不會背棄我的黑奴，不是嗎——他可是我在這世界上唯一的黑奴，是我擁有的唯一的財產哩！」

「我們倒沒有想到這一點，事實是，我想我們認為他是我們的黑奴；沒錯，我們的確是這麼想的——因為他，我們受到的麻煩可多了。我們看到木筏不見了，身上又一毛錢也沒有，只好再來演一演『皇家的寶物』騙點錢。從那時起我便缺錢缺得緊。你說的那十分錢在哪兒？把它交出來。」

我身上還有一些錢，於是我給了他十分錢，可是我求他把它拿去買點吃的，並且分一些給我，因為這些錢是我身上僅有的東西，而且我從昨天開始就什麼都沒吃了。他一句話也沒說，下一分鐘便對著我說：

「你覺得那黑奴會不會出賣我們？如果他敢這麼做，我們會活活地把他的皮剝下來。」

「他怎麼敢告密呢？他自己都在逃亡呢。」

「不，那老傻瓜把他賣了，可是卻不肯把錢分給我，最後還把這筆錢用光了。」

「把他賣了？」我說，同時哭了起來。「為什麼？他是我的黑奴耶，而那筆錢也應該是我的錢。他到底在哪兒——我要我的黑奴啊。」

「反正你就是沒辦法得到你的黑奴啦——還是別哭了。你聽好——你有那個狗膽敢出賣我們嗎？我可是一點都不相信呢。如果你真的想出賣我們的話——」

他停了一下，我從來沒有看過公爵的眼神裡透露出如此的邪惡。我繼續哭著說：

「我誰也不想出賣；而且我也沒有時間好去出賣誰，我得趕緊去找我的黑奴才是。」

他看起來很苦惱，站在那兒，手臂上的傳單啪啦啪啦地飄著，他思考著，前額都布滿了皺紋。最後他說：

「我告訴你，我們還得在這兒待上個三天，如果你不告密，並且也不讓那個黑奴告

密的話，我就告訴你哪裡可以找到他。」

於是我向他做了保證，然後他說：

「有一個叫作席拉斯菲——菲什麼來著的農夫，」他突然又停下來，你看，他本來要告訴我實話的；可是當他那個樣子停了下來，又開始思考時，我想他又在鬼鬼祟祟地改變主意了。我猜得一點也沒錯，他一點都不信任我；只想要確定我在這三天不會妨礙到他。沒多久他就說：

「把那個黑奴買走的人叫作愛步蘭 G. 佛斯特，他住在離這四十哩遠的鄉下，也就在往拉法業特的那條路上。」

「好吧，三天內我應該可以走得到。今天下午我就出發。」

「不，你現在就該出發；一刻也不能停下來，路上也不要耽擱，只要閉上你的嘴巴一直往前走，這樣你就不會替我們惹麻煩了，你聽到了嗎？」

這正是我所要得到的命令，也正是我計畫中的一部分。計畫中我必須要獨自一人才好辦事。

「好吧，你趕快走吧。」他說；「到時你想告訴佛斯特先生什麼都可以，也許你可以讓他相信吉姆是你的黑奴——有些白癡不會看證明文件的——至少我聽說在南方是有這樣子的人。你到時候再告訴他傳單和懸賞都是假的，也許當你跟他解釋過一切之後，

323 哈克流浪記

他會相信你。現在趕快走吧，想告訴他什麼你都盡量講沒關係；可是你可別留在這兒阻撓我們的好事。」

於是我便離開了，往鄉下出發。我並沒有四處張望，然而我卻覺得他正在背後看著我。可是我知道終究他會看煩的。我直直地朝鄉下走了約一哩左右才停下；然後我穿過樹林，向菲普斯的住處前進。我想我最好不要再閒晃了，應該立刻開始我的計畫，因為在這兩個傢伙離開之前，我得先去阻止吉姆亂說話。我不想再跟他們有任何的牽扯，我已經把他們看透了，想要完完全全地擺脫他們。

32

我到了那裡之後，一切寧靜地像是星期天似的，天氣很熱，而且陽光普照，大家都到田裡去工作了；蒼蠅和蚊子在空中嗡嗡地聲響，使得這個地方看起來更加地寂寥，一片死氣沉沉的；就算有時一陣微風吹過樹梢，你還是會感到悲戚，因為那聲音聽起來就像是死靈的低吟——那種已經死了好幾年的鬼魂——你總覺得他們是在談論著你。這種感覺一般說來，會讓一個人覺得真想死了算了。

菲普斯的工廠就是一般小規模的棉花工廠；它們看起來都很相像。柵欄圍繞著一塊約兩畝寬的地；有個供人攀登用的階梯，是用裁好的木板做成的，像極了各種大小不同的木桶，它的作用是讓要人們攀越圍籬，而且提供婦女上馬方便之用；這兒還長了一些稀稀疏疏的雜草，但是大致說來，整塊牆壁光禿禿的，像是頂中間破了個洞的舊帽子。

那些雙排木造的大房子是給白人住的——在房子中間的細縫還抹上了黑泥或灰漿，外頭則漆成了白色；還有一間用原木頭搭成的長形廚房，裡頭有條寬敞的通道和房子連接起來，上面還蓋著屋頂；廚房的後面則是煙囪；在煙囪的另一方則是三間小小的木造房

屋，是給黑奴住的；還有一間獨棟的小茅屋，座落在後院籬笆處；另外一頭還有一些建築物；小茅屋旁邊放著存放和製造肥皂的器具；廚房旁邊放了一張長凳，上面有一桶水和一個胡瓜瓢；獵犬就當著大太陽在那兒睡覺，還有幾隻睡在各處，有的四處躺著，有的則睡在角落的樹蔭下；在籬笆的旁邊長了一些醋栗樹叢；籬笆外還有一個花園和一個西瓜田；在過去就是棉花田了；而棉花田的盡頭則是一片樹林。

我走了過去，爬過階梯，向廚房的方向前進，才走沒幾步路，我就聽到織布機運轉的聲音；這時我很確定我內心想求死的欲望──因為這聲音的確是世界上最孤寂的聲音。

我繼續走著，心中沒有任何特別的計畫，只是全心全意地信賴上天會讓我在適當的時機說出該說的話；因為我已經注意到如果讓一切順其自然的話，上天總是會在適當的時機引領我說出最恰當的話。

當我走到一半的時候，幾隻獵犬開始尾隨著我。當然我停了下來，面對牠們保持安靜。牠們發出的咆哮聲真是夠驚人的了，沒過多久，我周圍被十五隻狗圍了起來，牠們的脖子和鼻子都伸向我，咆哮狂吠不已；而且後頭還聚集更多過來；你可以看到牠們是四處從叢林越過籬笆，向我所站的這個地方跑來的。

這時有個女黑奴急急忙忙地從廚房衝出來，手上還拿跟擀麵棍，喊著說：「走

開，小虎！走開，小花！走開走開！去！」然後她抓了一隻，又拍了其他幾隻，剩下的狗都跟了過去。過了沒多久，一半的狗都回來了，對我搖著尾巴表示友好，現在牠們對我已經沒有敵意了。

在女黑奴後頭跟著一個小女黑奴和兩個小男黑奴，身上只穿了橫條的上衣，他們抓住媽媽的衣服躲在後頭偷看我，一如往常地害羞。然後有一個約莫四十五或五十歲的白種女人走了出來，她頭上沒有戴帽子，手中還拿著織布棒，她後頭跟著一群白種小孩，行為舉止就像那些小黑奴一樣。她沿路笑著走過來，幾乎站都站不穩了——口中說著：

「你終於來啦！——這可不就是你嗎？」

我想都沒想，就說了一句：「對啊，正是我。」

她抓住我，把我緊緊抱住；握著我的雙手，不停地搖著；她臉上泛滿了淚水，然後流了下來；她似乎覺得對我又親又咬還嫌不夠，緊接著說：「我還以為你長得跟你媽媽很像，但是其實你們兩個並沒有那麼像，反正我也不在意這些，我真高興見到你！親愛的。我高興地真想把你一口吃掉！孩子們，這是你的表哥湯姆——快來向他打招呼。」

然而他們縮著頭，口中吸吮著手指，躲在她後面。於是她又繼續說：

「莉芝，趕快去替他準備一頓熱騰騰的早餐——還是你已經在船上吃過了呢？」

我回答她說我在船上吃過了。於是她一手勾著我，開始向屋子的方向走去，那群小孩在後頭跟著。當我們到了那兒之後，她要我坐在一張椅子上，自己則坐在我前方的一張小矮凳上，她握住我的雙手，然後說：

「現在我可以好好地看看你了；天啊，這些年來我是多麼地期待現在這個時刻啊，最後它終於來了！我們等你已經等了好久了，是什麼讓你耽擱了啊？船擱淺了嗎？」

「是的，女士——那艘船——」

「別叫我女士——叫我莎莉姨媽。那艘船在哪兒擱淺啦？」

我一時不知道要說什麼，因為我壓根兒不曉得那艘船到底是從河的上游還是下游而來，可是我的直覺告訴我說這艘船應該是從下游的奧爾良市向上游行駛而來的，雖然這個直覺並沒有幫到我什麼忙；因為我還是不知道這艘船經過的每個淺灘的名字。我想我應該要編個淺灘的名字，或者是騙說我忘了在哪個淺灘擱淺——或者——。突然我有一個主意，於是我便說：

「並不是因為船擱淺耽誤了我——這件意外只耽擱了我一點點的時間，我們的船碰上暗礁了。」

「老天爺啊，有人受傷嗎？」

「沒有啊，只死了一個黑奴。」

「喔，算你們幸運；可是有時候還是會有人受傷的。兩年前的聖誕節你的姨父席拉斯坐著拉力努克號從紐奧良回來的時候，那艘船撞到了暗礁，還傷了一個人，我想他過沒多久就死了。他是位浸信會的教友，你的姨父在八敦鎮認識那一家人的，那家人都跟他很熟。沒錯，我現在記起來了，他後來的確死了，當時他的腳都潰爛了，於是他們必須替他進行截肢手術，可是這並沒有救活他的性命。沒錯，他就是因為全身腐爛發青，最後便在心中懷著會再次復活的希望死去的。大家都說他死得很慘。你的姨父每天都到那個城鎮去等你，現在他又去了，事實上走了才一個小時左右；他應該隨時都會回來，你路上應該有碰到他吧——是一個老人，身上帶著——」

「莎莉姨媽，我並沒有碰到任何人啊。天剛亮的時候船就靠岸了，我把行李放在碼頭上的一個擺渡船裡，到站裡四處逛逛，然後到鄉間走一走，打算拖延一點時間，不要太早來這兒。所以我是從後面的路走過來的。」

「你把行李托給誰啊？」

「沒有托給任何人啊。」

「天啊，孩子，它一定會被偷走的。」

「我想我藏的那個地方應該不會被發現吧。」我說。

「你這麼早在船上怎麼有早餐吃呢？」

這句話問得讓我有點難以招架，然而我說：

「那船長看我在那兒閒晃著，便告訴我在上岸前最好先吃點東西，於是他便帶我去船艙，和船員們一起吃早餐，我想吃什麼他就給我什麼。」

我全身上下都覺得很不自在，以致我聽話都聽不清楚了。我的心思一直停留在那群小孩身上；我想要從他們身上探聽一些消息，打算把他們帶到旁邊問話，以便探知我真實的身分。可是我一點機會也沒有，因為菲普斯太太一直說個不停。沒多久，她問了一句話，讓我全身背脊都發涼了。她問說：

「唉呀，我一直說個不停，你都還沒有機會告訴我你的姊姊和家人的情況呢。現在我先休息一會兒，讓你說些話。你把家裡的一切都告訴我吧──告訴我他們每一個人的近況，他們過得好不好呀，最近都在做什麼啊，還有叫你替他們捎來什麼消息；你想到什麼就說什麼吧。」

這下我可踢到鐵板了──真是死路一條。雖然天父之前一直站在我這邊，但是現在我可是真的遇到麻煩了。我想再待下去也沒什麼用，看來只好投降了。於是我對自己說，現在我應該要冒險說出實話了。我才當開口想要說話時，她突然抱住我，把我推到床後面說，「他回來了！頭放低點，對對對，就是這樣，現在不要被他看到，不要讓他知道你在這兒，我要跟他開個玩笑。孩子們，什麼話都不要說喔。」

我想我現在可是怎麼逃都逃不了啦，但是擔心也沒有用；現在什麼事都不能做，只有乖乖地安靜不動，等待更危急的狀態到來，就像一道閃電從我頭上劈下來一般。

那老紳士走進來的時候，我只瞥見了他一眼，後來床便把他遮住了。菲普斯太太迎向前問他說：「他來了嗎？」

「沒有。」，她丈夫回答。

「我的老天啊！」她說，「他到底發生了什麼事啦？」

「我想不出來。」那個老人說；「而且我真得覺得很不安。」

「不安！」她說，「我都快急瘋了，他一定已經來了。」

「莎莉啊，我怎麼可能在路上錯過他呢——妳很清楚的啊。」

「可是，喔，天啊，姊姊知道了會怎麼說呢！他一定已經來了，你一定錯過他了。」

我知道一定是這樣——我的直覺是這麼告訴我的。

「我現在已經很沮喪了，不要讓我再更沮喪。我不知道他到底怎麼了，我想得頭都破了，而且我必須說，我心裡有點害怕。但是說他已經來了是不可能的；因為他不可能已經到了，而我卻沒有在路上碰見他。莎莉，這真是太可怕了——太可怕了——那艘船一定發生了什麼事！」

「唉，席拉斯——看那兒！——那路上是不是有什麼人走過來了啊？」

他跳向床頭的窗戶，這剛好給菲普斯太太一個機會。她很快地彎下腰來，從床下把我拉了出來。當他從窗戶回頭時，菲普斯太太站著微笑，好像一棟著火似的房子，而我在旁溫馴地站著，嚇得滿頭大汗。那個老人瞪著我，然後說：

「欸，這是誰啊？」

「你覺得他是誰呢？」

「我不知道耶，他到底是誰啊？」

「他就是湯姆莎耶啊！」

天啊，我聽了幾乎跌了一大跤，可是還根本等不到我摔倒，那老人便抓住我的手搖個不停；而在此同時，她的太太則在一旁跳著，又笑又哭；然後他們兩人便一起問了我一連串關於席德、瑪莉和其他一些人的情形。

他們就算再歡喜也沒有我來得高興；因為這對我來說就像得到重生一般，知道我自己是誰實在讓我感到非常高興。他們把我留在那兒問了兩個多小時；講到我下巴都痠了，再也講不下去了。我告訴了他們關於我家裡的事——我的意思是說湯姆的家啦——當然中間還加雜了不少謊話。我向他們解釋說我們的船在白河口觸礁，花了三天才修好。談話進行地十分順利，一點縫隙都不漏，因為他們不知道什麼樣的狀況竟然要花上

三天才能夠處理完成。現在就算我隨便說什麼，他們也都會相信的。

現在我一方面覺得很安心，另一方面又覺得有些不安。要我冒充湯姆實在是簡單透頂；可是不久當我聽到河的那邊傳來汽船的笛聲時，我便開始感到渾身不自在。萬一湯姆坐那艘船來了怎麼辦——又如果他走了進來，在我還來不及向他使個眼色之前，他就把我的名字叫出來，那又該怎麼辦？我想我絕對不能讓這件事情發生，我現在就應該趕到路上去攔截他。於是我告訴他們說我想回鎮上去拿行李，那老人本來要跟我一起去，可是我婉拒了，告訴他我自己可以駕馬去，不用再麻煩他了。

33

於是我乘著馬車向鎮上前進。當我走到一半時，我看見一輛馬車迎面而來，上面坐著的正是湯姆沒錯，於是我停了下來，對他喊：「等一下！」那輛車便停了下來，他驚訝地張大了嘴，待在那兒不動，然後像個口渴的人一般，吞了兩、三下口水之後說：

「我從來都沒害過你，你很清楚的，既然是這樣，那你又回來找我幹什麼？」

我說：「我沒有回來——我根本就沒死。」

當他聽到我的聲音之後，似乎有點安心，但是他還不十分滿意。他接著說：

「你可別跟我耍花樣，因為我從來也沒有耍過你。你現在老實地告訴我，你到底是不是鬼？」

「我向天發誓——我不是。」

「那我——我——我相信你；可是我還是有個地方搞不明白。聽著，你到底有沒有被謀殺啊？」

「沒有，我根本沒有被謀殺，我騙了他們。如果你不相信的話，上來摸摸我啊。」

他照做了，這讓他很滿意。他很高興再度看見我，興奮地不知所措，他想立刻知道一切的經過，因為聽起來這段遭遇顯得既刺激又神秘。然而我說待會兒再跟你說；我叫他的馬夫在旁邊等一下，我們兩個則找了一個隱密的地方。然後我立刻把我現在的狀況告訴他，而你想他覺得我們應該怎麼做呢？他說讓他靜一會兒，別打擾他。沒多久他便說：

「好，現在我已經全部都了解了。把我的行李拿到你的馬車上，假裝那是你的；然後你現在立刻折返，拖點兒時間，等到時間差不多了你再回去；而我現在便回鎮上，重新再出發，大約比你慢十五分或者半小時再到。剛開始你不用假裝你認識我。」

我說：「好啊。可是等一會兒，還有一件事——一件只有我知道的事，有個我想要拯救他逃離奴隸制度的黑奴——也就是瓦特森小姐的黑奴吉姆。」

他說：「什麼——吉姆在——」他停下來，想了一會兒。

我說：「我知道你要說什麼，你一定會說這是一個齷齪的事；可是就算齷齪又怎麼樣呢？我本來就很下流啊；我決定要幫助他，而我要你聽過最驚人的話了——我真該保持沉默，不要揭發我們，好嗎？」

他的眼睛閃起一陣光芒，然後說：「我會幫你讓他逃走的！」

我聽到這句話時，真像被槍打到一般地震驚，這是我聽過最驚人的話了——我真該說湯姆已經跟我一起墮落了，只是我實在不敢相信湯姆莎耶竟然是個偷奴賊！

「喔，少來了。」我說，「你是在開玩笑嗎？」

「我可沒有再開玩笑。」

「好吧，」我說，「不管你是不是在開玩笑，如果你聽到有關於逃亡黑奴的消息，不要忘記你什麼事都不知道，而我對這件事也是一無所知。」

於是我們把行李搬到我的車上，然後各自離開。可是因為我實在是太高興了，而且還在想著別的事情，於是我忘記要減緩速度；因此我到家的時間比預期的還要早。那老人站在門旁，然後說：

「哇，真是太神奇了，誰會相信這匹馬竟然能夠跑得這麼快？我真希望把時間記錄下來，而牠全身上下竟然連一根毛都沒有流汗──真是太神奇了。現在就算有人拿一百塊來跟我買這匹馬，我也不會賣，說實話，我絕對不會賣的。之前我還曾經以十五塊把牠賣掉呢，以為牠只值這麼多錢。」

這就是他所說的一切，他真是我見過最天真的老人了，可是這並不令人驚奇；因為他不僅是個農人，還是個牧師呢。他獨力在農場後頭蓋了一座木造小教堂，和一間供人念書的小屋。他布道也從來都不收費，他這麼做是值得的。在南方還有很多像他這樣身兼農夫和牧師的人。

過了半小時之後，湯姆的馬車開到了階梯附近，莎莉姨媽從窗戶中看到了他──因

為大概只離五十碼左右吧——然後她說：

「欸，有人來了！不知道是誰呢！我想應該是個陌生人吧。吉米，」（那是其中一個小孩的名字，）「去告訴莉芝在餐桌上多加一副餐具。」

大家都衝到前門去，當然這是因為這裡不常有陌生人來，所以他的到來好似黃熱病一般地惹人注意。湯姆爬過階梯，向房子走來；這時馬車便從往村莊的路回去了。我們大家都擠在前門。湯姆穿著店裡買來的衣服——湯姆總是懂得裝模作樣，在怎樣的場合他都能夠輕輕鬆鬆地裝出該有的樣子。他可不像個在路上行走的綿羊一般地溫順，不，他沉靜又穩重地走了過來，就像一隻公羊。當他走到我們面前時，他很優雅地舉起了他的帽子，就像裡頭裝滿了一箱熟睡的蝴蝶，而他優雅沉靜的姿勢便是不想把它們吵醒。

然後他開口說話了：

「我想你應該就是阿契伯尼可拉斯先生吧？」

「不，孩子，」那個老人說，「我想你的馬夫應該搞錯了。尼可拉斯家離這兒還要三英里呢。請進，請進。」

「太晚了——太遲了——那馬夫看都看不見了。」

「沒錯，孩子，他已經走遠了。你進來和我們一起吃晚飯吧；到時我們再送你去尼可拉斯家。」

「喔，這麼麻煩你怎麼好意思呢？我走過去好了，我不怕走遠路的。」

「我們不會讓你走過去的——南方的禮儀不會允許我們這樣做的。請進來吧。」

「喔，進來吧，」莎莉姨媽說：「這對我們來說一點都不麻煩，你一定要留下來，這趟路可是很遠的，同時風沙也很大，我們不會讓你走過去的。除此之外，當我看你走過來時已經叫他們多加一副餐具了。你不會讓我們失望的吧？進來吧，不要客氣。」

於是湯姆很優雅誠心地謝謝他們，遵從他們的意見進了屋。當他進來之後，他說他是從俄亥俄州的希克斯維爾鎮來的陌生人，他的名字叫作威廉湯姆森——然後他又鞠了一個躬。

唉，湯姆就這麼一直說個不停，胡謅著一些希克斯維爾鎮那裡的狀況和居民們的事情。我有點緊張，心想他這樣子胡說能夠幫我什麼忙呢？最後，他一邊說一邊走向莎莉姨媽，對著她的嘴巴親了一下，然後又很舒服地坐回自己的座位。正當他還想繼續說的時候，莎莉姨媽跳了起來，用手臂擦著她的嘴，然後說：

「你這個下流的小雜種！」

他看起來有點受傷，然後說：「女士，我真是驚訝。」

「你很驚訝——你到底把我當作什麼了？我可要好好地問你，你親我到底是什麼意思？」

他看起來很謙卑地說：「女士，我並沒有惡意，我什麼也不想做啊。我——我——

我以爲妳會喜歡這樣。」

「什麼？你這個天生的白癡！」她拿起那根織布棒，看起來好像要賞他一棍似的。

「是什麼讓你覺得我會喜歡這樣的？」

「嗯，我不知道啊，只是他們是這麼告訴我的。」

「他們告訴你我會喜歡這樣？告訴你的人一定是神經病。他們到底是誰？」

「欸，大家啊，大家都這麼說啊，女士。」

她用盡全身的力氣克制自己，她的眼睛睜得很大，手指動來動去，好像要朝湯姆抓下去一般。然後她說：「誰是大家？告訴我他們的名字——不然就有你這個白癡好看的。」

他站了起來，臉上看來很沮喪，抓了抓他的帽子，然後說：「我很抱歉，我眞的不知道會這樣，他們是這麼告訴我的，大家都這麼說。他們都說親她一下她會很歡喜的，每個人都這麼說。可是，女士，我實在很抱歉，我再也不會這麼做了——我發誓。」

「你不會再這麼做了，是嗎？我想你也不敢這麼做了！」

「女士，不，以我的人格保證，我再也不會這麼做了。除非妳要求我的話。」

「我要求你！打從我出生還沒有見過像你這麼不要臉的人！要我請求我的話做，你慢

慢等到死吧。」

「好吧，」他說，「這實在令我太驚訝了。我真的搞不懂，大家都這麼說，所以我以為妳會喜歡這樣。可是——」他停住了，慢慢地看著四周，似乎希望著能找到一雙友善的眼睛，最後他看著老紳士，然後說：「先生，你不覺得我親她會讓她覺得高興嗎？」

「不——我想我不這麼認為。」

然後他又用同樣的方式看了看四周，最後望著我，然後說：「湯姆，你不覺得莎莉姨媽會張開她的雙手，然後說『席德莎耶——』」

「我的天啊，」她跳起來，打斷他的話。「你這不知死活的小兔崽子，竟然敢戲弄像我這樣子的——」然後起身想要去抱抱他，然而他卻推開她說：「等會兒，你先求我再說。」

於是她等都沒等便要求他，抱著他一遍又一遍地親吻著，接著把他推向老人，而那老人也對著他又親又抱。等他們都冷靜了下來之後，她說：

「老天啊，我從來沒有碰過這樣的驚喜。我們還以為只有湯姆會來呢，姊姊寫信告訴我只有他會來啊。」

「那是因為原先在計畫中只有湯姆要來。」他說：「但是我求了又求，最後她才讓

我來的；於是在來這兒的路上時，湯姆和我覺得如果我們先來這兒，然後之後我才裝作是個陌生人到達，會帶給你們很大的驚喜。可是我錯了，莎莉姨媽，這個地方可不歡迎陌生人呢。」

「不，我們當然不歡迎頑皮的小鬼，席德。你應該早就被我打得滿地爬了；我已經不知道有多久沒發過火了，可是我一點都不在意——我寧願再被騙一千次，只要你能夠來這兒。唉，想想你剛剛騙我們的樣子！我不否認你剛剛親我的時候，我實在是又驚又氣啊。」

我們在房子和廚房間的露天拱廊上吃飯，桌上的東西夠七家人吃了，而且全部都熱騰騰的。這裡可不會有整晚放在潮濕地窖的櫥櫃裡，早上吃起來像是冷冰冰咬都咬不動的生肉。席拉斯姨丈在吃飯前說了一長串的祝禱，可是這是值得的，這段禱辭也沒有像我從前聽過的那些一樣，聽完飯菜都變涼了。整個下午大家都在聊天，湯姆和我時時刻刻都在注意傾聽，可是一點用也沒有，他們並沒有談到一點關於逃脫黑奴的事，而我們也怕提起這個話題。可是等到晚上吃晚飯的時候，其中一個小男孩說：

「爸爸，我可以和湯姆、席德去看戲嗎？」

「不行，」那個老人說，「我想應該不會有什麼戲好看的吧，就算有的話你們也不能去。因為那個逃跑的黑奴告訴伯頓和我關於那齣戲的醜聞，伯頓說他會告訴大家這件

事。我想現在他們應該把那一群騙人的渾球攆出城去了吧。」

原來吉姆的確在這裡！可是我一點辦法也沒有。湯姆和我被安排在同一間房間；於是吃完飯之後，我們感到很疲累，便向他們道了晚安，上床去了。可是一進房間，我們就從窗子爬下來，往鎮上出發；因為我想沒有人會給國王和公爵這個消息的，所以如果我不趕快去向他們打暗號，他們一定會惹上麻煩的。

在路上，湯姆告訴我一切關於為什麼大家認為我被謀殺了，以及沒過多久老爸就消失不見了，而且從此再也沒回來過，還有發現吉姆逃跑時所引起的騷動；我也告訴湯姆那兩個演「皇家的寶物」的無賴，還有途中我在竹筏上的經歷；最後我們由一條貫穿全鎮的道路進城──那時候應該已經晚上八點半了。我們迎面看到一群拿著火炬，怒氣衝天的人們，大家不停地喊著叫著，敲打錫鍋，吹著號角；我們急忙跳到旁邊讓他們經過；當他們經過的時候，我看見他們把國王和公爵綁在一根棍子上──我的意思是我知道棍子上的那兩個人的確是國王和公爵，雖然他們全身已經被泥巴和黑漆沾滿了，看起來根本不像是個人。看到這個景象我感到很難過；對於他們兩個人的遭遇也感到同情，我對他們似乎再也沒有抱存著任何的仇恨了。這個情景真是讓人看了慘不忍睹，人們對彼此還是可以十分殘酷的啊。

我們知道我們來得太晚了──什麼忙也幫不上。我們向路邊幾個看熱鬧的人問了情

況；他們說大家去看這場戲的時候，起先還裝作什麼都不知道，直到那老國王在台上又叫又跳的時候，有人給了個信號，大家才一擁而上逮住他們。

我們慢慢地走回家，我的心情不像剛才來的時候那麼興奮，反而有點沮喪難過，甚至責怪自己——雖然我什麼事也沒做。可是事情總是這個樣子：不管你做對做錯都沒什麼分別，一個人的道德感什麼用也沒有，反正它總是會追著你不放。如果我有一隻和人一樣有道德感的黃狗的話，我就會把牠毒死，因為它比所有人的內在佔據更大的空間，可是卻一點用處也沒有。湯姆也是這麼說的。

34

我們停止談話，靜下來思考了一會兒。沒過多久，湯姆說：「嘿，哈克，我們之前沒想到這件事真是個白癡。我猜我知道吉姆在哪裡了。」

「不會吧，在哪兒？」

「他一定被關在放製造肥皂器具旁的小茅屋裡。為什麼呢？你聽我說，當我們吃晚飯的時候，你沒有看到一個男黑奴端著一些吃的東西進去那兒嗎？」

「有啊。」

「你覺得那些東西是給誰吃的？」

「給狗吃的吧。」

「我也這麼想，可是這並不是給狗吃的。」

「為什麼呢？」

「因為那盤食物上面有放西瓜。」

「的確——我有注意到。你說的的確沒錯，我從來沒想到狗會吃西瓜的。同樣的東

「還有，那個黑奴進去的時候，還用鎖把門打開，出來之後再把它鎖起來。差不多當我們離開餐桌的時候，他給了姨父一把鑰匙——我想是同一支鑰匙。我們看到的西瓜代表裡面住的是人；鎖呢，代表他還是一個囚犯；可是在這樣一個小農場裡，應該不會有兩個囚犯才是，尤其是這裡的人是這麼地親切友善。吉姆就是那個囚犯。太好了，我很高興我們用這種偵探的方式把所有事情都弄清楚了，再也不需要用其他的方式去瞎猜了。現在你好好想想該怎麼樣把吉姆救出來，我自己也會擬一個計畫，然後到時候我們再來商量用哪一個比較好。」

一個小小的小孩，腦筋竟然如此地靈光。如果我有湯姆的腦袋的話，就算拿公爵的頭銜，或是要我當一個汽船的船夫，馬戲團的小丑，或者是其他我想得到的東西來換的話，我也不換。接著我開始想計畫：我很清楚，有一個絕佳的計畫就要出現了。沒多久湯姆便問：「想好了嗎？」

「好了。」我說。

「太好了——說出來吧。」

「我的計畫是，」我說，「我們可以很容易就知道吉姆是不是被關在那兒。確定了之後，明天晚上去把我的獨木舟撈起來，然後乘著它去島上把木筏划來。等到第一個夜

晚來臨時，我們就趁那老頭睡著了之後，把鑰匙從他的褲子裡偷出來，帶著吉姆乘著木筏離開。白天躲起來，晚上再繼續逃亡，就像我們以前做的一樣。你覺得這個計畫行得通嗎？」

「行得通？當然可以啊，就像老鼠打架一樣，實在是太簡單了；裡頭一點曲折都沒有。一個裡面什麼曲折都沒有的計畫怎麼稱得上是好的呢？這計畫太平淡了，你居然可以講得口沫橫飛。」

我什麼話也不多說了，因為我心裡實在也沒有什麼不同的計畫；可是我知道當他妥善地將計畫安排好之後，別人一定不會有什麼異議的。

而事實果然就是如此。他把計畫告訴了我，而我立刻就知道他的計畫比我的好上十五倍。就像我的計畫一般，他會讓吉姆獲得自由，但除此之外，也可能會讓我們全部都被殺死。我很滿意，便說我們就照這樣做吧。現在我不用告訴你們這個計畫是什麼，因為我知道他一定會有變動的。我知道他一定會隨時改變計畫，逮到任何機會他便會加些刺激冒險的情節進去，他就是這麼樣的一個人。

而有一件事卻是確定的；那就是湯姆莎耶的確是熱切地想要幫助那位黑奴脫離奴隸制度，這點我是永遠都比不上他的。現在在眼前的是一位備受尊敬、出身良好的男孩；他自己和家鄉的人都擁有良好的品德；他很聰明卻不狡猾；博學而不無知；親切而不卑

鄙；然而這一次他卻心中不存任何驕傲、正義感和情感，在這裡做了一件使得他和他的家人在大家面前蒙羞的勾當。我實在一點都不了解這是為什麼。這件事實在是太離經叛道了，我知道我應該要挺身這麼告訴他；身為他忠實的朋友，我應該讓他立刻就此打住，以免向下沉淪，我的確這樣告訴了他；然而他卻叫我閉嘴，然後說：

「你難道不覺得我能夠認清我自己是誰嗎？難道我對想做的事一無所知嗎？」

「你知道啊。」

「我不是說了我要幫助那個黑奴逃走嗎？」

「沒錯。」

「那就好。」

這段對話就是我和他所說的。再說什麼也沒有太大的用處；因為當他想做什麼事時，他總是會去做。可是我還是想不通他為什麼願意來做這檔事，於是我便順其自然，再也不提起這件事了。如果他願意這麼做的話，我也沒有辦法。

當我們回到家裡的時候，整間房子又漆黑又寧靜；於是我們便溜到那座小茅屋，在四周打探情況。我們從空地翻了過去，看看那些狗在做什麼。牠們認識我們，於是便各自活動，並沒有發出太大的聲音。當我們到達小屋時，便向前門和兩側看了看；而在北方的一處我不很熟悉的地方，我們發現了一扇很高的氣窗，上面只用了一塊木板釘住。

我便說：

「有辦法了。如果我們把板子拔掉的話，那個洞應該夠吉姆爬過來。」

湯姆說：「這不就像跳三人一列的踢踏舞一般地夠吉姆爬過來？我們又不是在逃學。哈克，我希望我們能夠想出一些比這個更複雜的計畫來。」

「好吧，」我說，「那我們鋸個洞把他救出來，就像我從前被謀殺的一樣，如何？」

「這聽起來還像話一點。」他說。「這計畫有點神秘，有點麻煩，聽起來不錯。」

他說：「但是我想我們一定可以找到比這個要花上更久時間的計畫。我們又不急；我們再四處看看吧。」

在小屋的後方與籬笆之間有一間用木板做成的披棚和小屋的屋簷連在一起，它和這間小屋一樣長，只是窄了些，大概只有四呎寬。門的開口向南，上面上了鎖。湯姆跑到裝肥皂的桶子旁，在裡面翻了翻，拿出一根用來撬開蓋子的鐵棍，接著便把鎖撬了下來，鐵鍊便應聲落地。我們開了門，走了進去，關上門之後，我們點了根蠟燭，發現這個地方只是靠著小屋的牆壁而建，裡面並沒有通路。這間小屋也沒有地板，裡面除了一些生鏽的鋤頭、剷子、耙子和彎曲的犁頭之外什麼也沒有。火柴很快就熄滅了，於是我們便走了出來，重新把門上鎖，一切看起來就像沒有人進去過一般。湯姆很高興地說：

「現在一切都沒問題了，我們把他挖出來吧，大概要花一個禮拜。」

於是我們便回屋子去，我從後門進去——你只要把鹿皮繩子拉下來就好了，因為他們都不鎖門的——但是這種方法對湯姆莎耶來說是不夠浪漫刺激的；他非得要從燈桿拿上去才罷休，可是他爬了三次，每次爬到一半就滑了下來，最後一次還摔得鼻青臉腫。他本想要放棄的；可是他休息了一會兒之後，想要再去試一試運氣，這次他終於成功地爬上去了。

隔天早晨，天還沒亮我就起床了，出門往黑奴住的房子前進，一路上逗逗狗，想要去和端東西給吉姆吃的那個黑奴交朋友——如果他送食物去的對象的確是吉姆的話。黑奴們剛好吃完早餐準備下田幹活，而餵吉姆的那個黑奴正端著麵包和肉；當其他人離開的時候，他便從房子裡走了出來。那個黑奴看起來臉色很和善，頭髮也全都盤成辮子，這樣做的原因是為了要防止巫婆近身。他說最近這幾晚那些巫婆常常來騷擾他，讓他看到許多怪異的東西，聽到許多奇怪的話語和聲響。這幾天的經驗是他從來沒有過的。他想盡辦法絞盡腦汁想要解決這個問題，以至於他忘了他的正事。於是湯姆說：

「這盤東西是要給誰吃的啊？是要餵狗的嗎？」

那黑奴慢慢地笑了起來，那笑容就像你在泥漿裡面丟了一塊磚頭一般。然後他說：

「沒錯，席德少爺，是隻『狗』。大家也常罵我們是狗。你想不想去瞧一瞧啊？」

「好啊。」

349　哈克流浪記

我用肩膀推了推湯姆一下，輕聲地說：

「你大白天就要過去嗎？這可不是計畫裡的一部分。」

「沒錯，這的確不是計畫中的一部分——但是現在是了。」

於是我們跟在那黑奴的後頭，可是我並不喜歡這麼做。當我們進入小屋時，什麼都看不見，因為實在是太黑了；然而可以確定的是，吉姆的確在那兒，而且他可以看到我們。

「哈克！老天爺啊！那不是湯姆少爺嗎？」

我就知道會發生這樣的狀況，正如我所預料的一般，我不知道該怎麼辦；就算我知道該怎麼做的話，我也沒辦法，因為那個黑奴插進來說：

「老天爺啊！你認識這幾位先生啊？」

現在我們彼此都看得一清二楚了。湯姆看著那位黑奴，臉上一副鎮定又好奇的樣子說：

「誰認識我們啊？」

「欸，是那個逃跑的黑奴啊。」

「我想他應該不認識我們吧；你怎麼會有這種想法呢？」

「奇怪了？他剛剛不是叫說認識你們嗎？」

湯姆一副迷惑的樣子說：「欸，這可有趣極了。誰在叫啊？什麼時候叫的？他說了些什麼？」然後十分鎮定地轉向我說：「你有聽到任何人在喊叫嗎？」

當然在這種情況我只能說一句話，於是我便說了……

「沒有啊，我沒有聽到人在講話啊。」

然後他向吉姆轉去，一副從來沒有看過他的樣子，說道……

「你剛剛有喊叫嗎？」

「先生，沒有。」吉姆說，「我什麼也沒說。」

「一個字也沒說？」

「先生，沒有，我一個字也沒說。」

「你曾經看過我們嗎？」

「先生，並沒有；我從來沒有看過你們。」

於是湯姆轉身面向那個看起來既困惑又沮喪的黑奴，然後以嚴厲的口吻說……

「你到底是怎麼了？是什麼讓你認為有人在喊叫呢？」

「喔，先生，是那群天殺的女巫，我真希望我死了算了，我心裡的確是這麼想。她們時常來騷擾我，想要取我的性命，把我嚇得半死。先生，請不要跟任何人提到這件事，不然席拉斯主人他會臭罵我一頓的。因為他說根本就沒有女巫的存在。我真希望他

351 哈克流浪記

現在就在這裡——不知道他會怎麼說！我想他這次絕對不會再理由來推託了。可是事實就是這樣：不清醒的人永遠不清醒⋯他們甚至不會親自去查明事實的真相。可是當你查清楚了，把結果告訴他們時，他們卻又不相信你。」

湯姆給了他一枚硬幣，然後告訴他我們不會向任何人說的；要他再去多買一些線把頭髮綁起來。然後他看著吉姆說：

「不知道席拉斯姨父會不會把這個黑奴吊死。如果我在晚上有聽到任何人在挖掘的聲音的話，我一定會把他吊死的。」而當那黑奴走到門口，口裡咬著這枚硬幣想試試看它是不是假的時候，湯姆輕聲地向吉姆說：

「你絕對不要讓別人知道你認識我們唷。如果你在晚上有聽到任何人在挖掘的聲音的話，那聲音是我們弄出來的⋯我們會把你救出去的。」

吉姆只有少許的時間足夠緊緊抓住我們的手，暗示他懂了。沒多久那黑奴就回來了。於是我們說，如果他需要我們的話，我們會回來的。他說他一定會這麼做的，尤其是天黑的時候，因為巫婆都是在晚上來找他，而那時身旁有人來陪伴是再好也不過的了。

35

距離早餐時間大概還有一個小時，於是我們便從小屋離開，往樹林裡走去；因為湯姆說我們總得要燒點柴火才能夠在晚上挖洞，而掛燈籠的話會太亮，這樣可能會替我們惹來麻煩；所以我們必須要找些爛木頭來燒，這種木頭燒來的火叫作狐火，在黑暗中只會發出微微的亮光。我們找了一大綑，然後把它藏在雜草裡，之後坐下來休息。湯姆有點意興闌珊地說：

「可惡，這整件事要說簡單嘛很簡單，要說困難嘛又很難。所以要想出一個充滿波折的計畫實在是很麻煩。這兒也沒有守衛——這種情況本來就應該要有守衛的嘛。甚至也沒有狗可以讓我們下安眠藥。而吉姆的腳被一隻十呎長的鍊子鎖在床腳上……你只要把床向上抬就可以把鍊子拉出來了。席拉斯姨父又這麼信任大家，把鑰匙交給那個呆頭呆腦的黑奴，也不找人來監視他。在我們救他之前，吉姆早就可以從氣窗脫身了，只是腿上脫了一條十呎長的鍊子逃亡，說來還是不怎麼方便。哈克，這大概是我見過最愚蠢的安排了……所有的困難都還要我們自己來想。唉，沒辦法，我們還是得就著手邊所有的東

西盡其所能地來完成我們的計畫。反正只要記得一件事——將他從困難和危險中解救出來，更顯得此次行動的高貴，而這所有的一切都還要從我們自己的腦袋瓜裡想出來。現在讓我們先來想想燈籠的事情吧。當我們仔細分析現有的狀況，就得承認說用燈籠實在是很冒險。可是我想如果我們願意的話，拿著火把一樣也是可以進行的。現在趁著我還在思考之中，我們得先找些東西做一把鋸子啊。

「你要鋸子做什麼？」

「我們要鋸子做什麼？我們難道不需要把吉姆的床腳鋸斷嗎？這樣他才能夠掙脫鍊子啊。」

「可是你說只要把床腳抬起來，鍊子就可以掙脫啦。」

「哈克，你看你，還是用那種小孩子的方式處理事情。難道你從來都沒有讀過書嗎——你沒讀過拜倫川克、卡柑諾瓦、班森魯托卻理尼，或是像亨利四世他們這些人的英雄事蹟嗎？有誰聽過幫助犯人逃獄還用那種老方法的？不；這些英雄的作法都是把床腳鋸斷，把它擺在那兒，然後將木屑吞掉，讓別人看不出來，然後再將一些土和油脂灑在鋸過的床腳上，這樣一來就算是最細心的人也看不出來床腳被鋸過的痕跡，只會覺得這床腳還是和原先一樣的堅固。然後等到一切都準備好了之後，趁著夜晚把床腳踢開便可以溜走了；然後再掙脫鐵鍊；接著只要用繩梯鉤住城牆，順著划下去，往壕溝一跳——

因為你知道那繩梯還短少了十九呎。於是你摔斷腿了，可是你的馬兒和忠心耿耿的僕人就在那兒等著你，他們會攙扶你上車，然後揚長而去，回到你的故鄉蘭邱塔克，或是那法賀，或者是其他的地方。哈克，這真是酷斃了，真希望這個小屋旁邊有個壕溝。如果時間夠的話，在逃亡的那一晚我們也來挖一條吧。」

我說：「既然我們要幫助他逃出小屋，那幹麼還要挖壕溝呢？」

可是他並沒有聽到我說的話，他全神貫注，用手托著下巴思考著。沒過多久，他嘆了口氣，搖搖頭，然後又探了嘆氣，便說：「不，這樣不行——再怎麼做都不夠的。」

「做什麼啊？」我問。

「當然是把吉姆的腿鋸掉啊。」

「我的天啊！」我說，「根本不用這麼做啊。而且你為什麼要把他的腿鋸斷呢？」

「因為書上的英雄都是這麼做的啊，他們拿不下鐵鍊，於是便把手砍掉才能脫身，砍一條腿更好呢。可是我們不能這麼做，因為這次的計畫並不是這樣的。除此之外，吉姆是個黑奴，他不能了解我們為什麼要這麼做，尤其這是歐洲的習慣，所以我們就算了吧；可是還有一件事，他可以用繩梯；我們可以把被單撕破，這樣可以很容易就幫他做一個繩梯了，然後再藏在派裡面給他；一般都是這麼做的。我還吃過更難吃的派呢。」

「湯姆，你這樣講好奇怪。」我說，「吉姆根本用不著繩梯啊。」

「他一定要用。你怎麼會這麼說呢？你什麼都不懂，他一定要有個繩梯；大家都有的。」

「他拿到繩梯之後要怎麼辦？」

「怎麼辦？他可以把它藏在床裡不是嗎？大家都是這麼做的；所以他也一定要這麼做。哈克，你似乎做什麼事都不照規矩來，無時無刻你都想要創新。如果他不用繩梯的話，那他逃走之後，在床上不是會留下線索嗎？你難道不覺得他們會四處巡察線索？當然他們會啊，而你要把線索留下來給他們嗎？豬頭才會這麼做！我從來沒有聽過這樣的事。」

「好。」我說，「如果規矩是這樣，那他就應該這麼做。好吧，就做條繩梯給他吧；因為我可不想打破什麼慣例。可是還有一件事，湯姆莎耶——如果我們要把床單撕破，替吉姆做條繩梯的話，莎莉姨媽一定會知道我們在搞什麼花樣。照我的看法，用山胡桃和樹皮做條繩梯最簡單也最不浪費，放在派裡也最合適，還可以把它藏在乾草堆裡，就像一般的繩索一樣；而且對於吉姆來說，他根本沒有這種經驗，所以他也不管到底是什麼樣的——」

「喔，去你的，哈克，如果我像你一樣無知的話，我一定會閉嘴，我一定會這麼做的。有誰聽過哪個國家的犯人是用胡桃樹皮編的繩梯逃跑的？這真是可笑極了。」

「那好吧，湯姆，就用你的方法吧；可是如果你接受我的忠告的話，讓我去借一些布來。」

他同意了，而這個忠告給了他另外一個主意。他說：

「順便也借一件上衣。」

「我們要上衣做什麼呢，湯姆？」

「這可以讓吉姆在上面寫日記。」

「你腦筋有問題嗎？──吉姆根本不會寫字。」

「就算他不會寫，他難道不能在衣服上做記號嗎？我們只要拿個白蠟湯匙，或是用一塊圈住木桶的鐵皮給他當筆不就成了嗎？」

「唉，湯姆，我們從鵝上拔一根羽毛就可以了嘛；而且這也比較省事。」

「你這白癡，犯人在地窖裡哪有鵝群四處亂跑讓他們拔毛當筆用呢？他們通常都拿像舊燭台之類又硬又難弄的東西；而且這要花他們好幾個禮拜，甚至好幾個月的時間才能做成，因為他們必須把它對著牆壁磨，就算他們有鵝毛筆他們也不會用，這太不合規矩了。」

「好吧，那我們要用什麼讓他當墨水呢？」

「很多人用鐵鏽和淚水；可是這是普通人和女人才這麼做的；真正的英雄是用他們

357 哈克流浪記

的鮮血，吉姆也可以這麼做；當他想要傳遞些神秘的訊息，讓大家知道他被關在哪兒的時候，他就可以用叉子把它刻在錫盤底部，然後再從窗戶丟出來。鐵面人總是這麼做的，這個方法也不錯。」

「吉姆可沒有錫盤。他們用鐵鍋餵他耶。」

「這不成問題，我們可以弄一個給他。」

「可是沒有人讀得懂他在寫什麼啊。」

「哈克，這沒關係，他只要在盤子上寫點東西丟出去就好了，不一定要讀得懂。因為大多數的時候犯人寫在錫盤或其他東西上的字多半是讀不懂的。」

「那幹麼這樣浪費盤子呢？」

「反正那又不是犯人的盤子。」

「可是它們總是某人的盤子不是嗎？」

「欸，就算是那又怎樣呢？一個犯人怎麼會去計較這到底是誰的──」他停了下來，因為我們聽到早餐的號角聲響起。於是我們便回去了。

那天早上我借到一條床單和白色的上衣；我找了一個舊袋子把它們放進去，然後我們再回去把那些爛木柴也裝進去，我把這樣的行為叫作借，因為老爸總是這麼說的，可是湯姆說這才不是借，這是偷，他說我們現在就代表犯人，而犯人才不管他們到底是怎

樣拿到東西的，別人也不會因此而責怪他們。對一個犯人來說，偷一些能夠幫助他逃亡的東西並不是什麼罪過。湯姆說，那是他的權利；所以只要我們還是代表著犯人，我們就有權利在這個地方偷一切能夠幫助我們逃離監獄的東西，就算那些東西一點用處也沒有。他說如果我們不是囚犯的話，那情況就會不同，只有最卑鄙下流的人才會偷東西。

於是我們允許自己這種偷竊的行為。然而隔天當我從一個黑奴盤中偷片西瓜來吃的時候，他卻大發牢騷：他要我拿一枚硬幣去給那些黑奴，並且叫我不要告訴他們為什麼給他們這一角。湯姆的意思是說我們可以偷任何我們「需要」的東西，可是我說我需要吃西瓜啊，但他說逃獄並不需要吃西瓜，這其中的差別就在這兒。他說我如果是想要裡面藏把刀，然後拿給吉姆，讓他行刺看守他的奴僕的話，這就沒有關係。於是我便說沒有再繼續跟他爭論下去了。我看當個犯人也沒什麼好康的，尤其是每次當我有機會撈個西瓜來吃的時候，還得坐下來想一想這其中亂七八糟的分別，真是累人啊。

那天早上，我們一邊說著話，一邊等著大家下田去工作。當四周空無一人的時候，湯姆提了那袋東西溜進了披棚，而我只在外面守衛。沒多久他就出來了，我們一起坐在木頭上聊天。他說：

「工具？」我問。

「現在除了工具之外，一切都準備就緒了；那些工具應該很容易就可以得到。」

「沒錯。」

「那些工具要做什麼？」

「當然是要挖地啊。我們不會要用手挖地道把他救出來吧？」

「欸，裡面那些彎掉的犁頭和舊劍子不夠我們挖地道把吉姆救出來嗎？」我問。

他轉過身來，用一種會使人落淚的憐憫眼神看著我，然後說：

「哈克啊，你有聽說過一個囚犯會有那些現代的器具，像劍子、鐵耙這樣的東西來幫助他挖地道逃亡嗎？我現在要問你，如果你還講理的話——如果是這樣的逃亡，那他還能夠被算作是英雄嗎？他們乾脆就把鑰匙拿給他不就好了嗎？鐵劍和耙子——那還不如把他們當作國王來對待吧。」

「那好。」我問，「如果我們不用鐵劍和耙子，那我們要用什麼呢？」

「用兩把小刀。」

「要用來挖地道嗎？」

「沒錯。」

「湯姆，這未免太笨了吧。」

「笨不笨無所謂，重點是這才是正確的方法——這可是慣例，我也沒有聽過其他的方法……我已經讀過關於各種逃獄的書，他們總是用小刀挖洞——順便告訴你，通常都不

是挖土；他們通常都是挖硬梆梆的石頭。這可是要花他們好幾個禮拜，甚至一輩子的時間。馬賽港旁的畢夫堡地牢裡有個犯人就是這樣子逃脫的。你知道他到底挖了多久呢？」

「我不知道。」

「猜猜看嘛。」

「我不知道，一個半月吧。」

「三十七年——後來他是從中國出來的。這才對嘛。我真希望這個城堡的底部是硬石。」

「吉姆在中國一個人都不認識啊？」

「這跟那有什麼關係呢？剛剛我提到的那個人也不認識任何人啊。你總是岔去別的話題。你難道不能把心思放在重點上嗎？」

「好吧——我才不管他在哪兒出來，只要他出來就好了；而且我想吉姆也不在意。」

「可是還有一件事——吉姆太老了，等不到我們用小刀挖地道，他撐不了那麼久的。」

「他會撐那麼久的。你不會以為挖個土道要花三十七年吧？」

「那這要花多久時間呢？」

「嗯，雖然我們很想這麼做，可是我們卻不能夠挖太久，因為也許過沒多久席拉斯

姨丈就會從新奧爾良那兒聽到此消息。他會知道吉姆不是從那兒來的，那他下一步就會把吉姆的資料公開出去，把他賣掉。所以我們不能夠如我們所願挖久一點，本來我想我們至少應該挖個好幾年的，可是這行不通，一切情況都是如此地不可預測。所以我的建議是，我們盡快挖進去；之後呢，我們可以對我們自己假裝說我們已經挖了三十七年了，到時我們再把他救出來。如果情況不對的話，立刻叫他逃走。沒錯，我想這應該是最好的方法。」

「現在這聽起來才像話。」我說，「假裝一下並不會損失什麼，也不會惹來什麼麻煩；如果挖的是東西的話，我可不在乎假裝挖了一百五十年，這我不會在意的。我現在就去弄兩把小刀來吧。」

「弄三把來，」他說，「我們還需要一把來做鋸子呢。」

「湯姆，如果我現在的建議不是很反常可笑的話，」我說，「柴房後面的遮雨棚下有一把生鏽的鋸子。」

他看起來有點疲倦沮喪，然後說：

「哈克，教你任何東西都是沒有用的。趕快去弄那些刀吧——要三把。」

於是我便走了。

36

那晚，當我們猜想每個人都睡著之後，便爬下燈桿，將自己關進披棚裡，拿出狐火開始工作。我們沿著木地板中間約四、五英呎清出一塊空地來。湯姆說我們現在的位置正在吉姆的床正後方，我們會從下面挖進去，等到挖通時，屋子裡沒有人會知道那裡有個洞，因為吉姆的床罩懸掛到地板上，你必須要拉起床罩往下看才能看到那個洞。於是我們用小刀挖呀挖的，直挖到大半夜。然後我們筋疲力盡，手上也起了水泡，但是你幾乎看不出來我們有任何的進展。最後我說：

「湯姆，這不只是件要耗費三十七年的大工程，這是件要花上三十八年的時間才能完成的工作。」

他什麼也沒說，但是卻嘆了一口氣，很快地就停止挖掘，然後等了好一會兒，我知道他正在思考。之後他說：

「沒有用，哈克，這樣做是行不通的。如果我們是監獄的囚犯，我們當然可以這樣做，因為我們想有多少年的時間就會有多少年的時間，根本不用急，我們一天只需要趁

著警衛換班的時候挖個幾分鐘就行了，這樣我們的手也不會起水泡，而且我們可以一直這麼做，一年又一年的，用該有的方式一直進行下去。但是現在我們可不能閒晃，必須要趕快完成，沒有時間可以浪費了。如果我們用這種方法繼續再弄一個晚上，我們就必須停工一星期讓手好起來——而且馬上就不能用手拿小刀了。」

「那現在怎麼辦呢，湯姆？」

「我會告訴你的。雖然這麼做並不正確，也不道德，而我也不想用這個方法把吉姆弄出來——但不是只有這一種方法的：我們可以用十字鎬把他挖出來，但要假裝那是個小刀。」

「你這麼說才像話嘛！」我說。「湯姆，你的腦袋愈來愈聰明了。十字鎬正是合適的東西，我才不管它道德或不道德呢；當我開始動手要去偷個黑人，或一顆西瓜，或一本主日學校的課本時，我才不管要怎樣做，我只管有沒有成功。我要的就是我的黑人，我的西瓜，和我的主日學校課本。如果十字鎬是最方便的東西的話，那我就會用它去挖出那個黑人、那顆西瓜或那本主日學校課本。我才不在乎當局怎麼想呢，絕不。」

「好吧。」他說：「在這種情況下，要有用十字鎬假裝成小刀的藉口；如果沒有的話，我是不會贊成的，也不會站在一旁，眼睜睜地看著規則被破壞——因為對就是對，錯就是錯，當一個人並非無知而且甚至是知道得更多的時候，是絕對不能犯錯的。對你

而言，用十字鍬把吉姆挖出來就是答案，不需要任何假裝，因為你知道得不多；但是對我來說，這樣是不夠，因為我知道得比較多。給我一把小刀。」

他手上拿著他自己的，但是我還是把我的交給他，他丟下刀子，說：「給我一把『小刀』。」

我不知道要怎麼辦──但後來我想了一下，在那堆舊工具當中摸索，抓到一把尖鋤交給他，他拿了之後便回去工作，然後再也沒說半個字。

他總是這麼特別，充滿著原則。

然後我拿了個鏟子，我們又挖又鏟的，搞得整間屋子塵土飛揚。我們持續弄了約莫半個小時，這是我們可以忍耐的時間，但是要完成我們的洞還得挖上好一段時間呢。當我爬樓梯時，往窗外望了望，看到湯姆正努力沿著燈桿往上爬，但是並沒有成功，因為他的手太痛了。最後他說：

「沒有用的，這樣是不能成功的。你認為我應該怎麼做比較好？難道你想不到別的法子了嗎？」

「有啊，」我說，「但是我想這不太符合你的規矩。你就爬樓梯吧，假裝它是個燈桿就好了。」

他照做了。

第二天，湯姆偷了屋子裡的一個白鐵湯匙和黃銅燭台，好為吉姆做些事，另外還偷了六根羊脂蠟燭。我在黑人小屋的周圍晃來晃去，逮到機會就偷了三個錫盤。湯姆說這樣不夠，但是我說沒有人會看到吉姆丟出來的盤子，因為它們全掉在窗口下面的狗尾草和曼陀羅當中——這樣我們就可以把它們搬回去再重新使用一次。湯姆滿意了。然後他說：

「現在，我們要研究的是如何將東西交給吉姆。」

「當我們把洞挖好之後，就從洞口塞進去啊。」我說。

他看起來一臉的不屑，說什麼從來就沒有聽過這麼白癡的想法。然後他開始自個兒靜靜思考著。不久，他說他想到兩、三個方法，但是並不急著決定要用哪一個，還是先跟吉姆討論一下好了。

那晚十點多一點，我們爬下燈桿，帶著一根白天偷來的蠟燭，在窗口下聆聽，吉姆已經呼呼大睡了，我們把蠟燭丟進去，但是並沒有吵醒他。接著我們趕緊拿十字鎬跟鏟子開始工作，約莫兩個半小時之後，終於完成了挖洞的工作。我們爬到吉姆的床底下，進入了小屋，在地上摸了半天，找到那根蠟燭，把它點亮了。我們站著看吉姆好一會兒，發現他看起來很健康，接著我們便溫柔而緩慢地叫醒他。他看到我們顯得十分高興，幾乎都快哭了，直叫著我們寶貝或其他所有他可以想得到的暱稱。他還叫我們馬上

找一支冷鋼鑿子切斷他腳上的鏈子，趕快逃走，別浪費任何時間。但是湯姆向他表示這樣會有多不正常，並坐下來告訴他我們的計畫，以及有緊急狀況時，我們可以如何隨時改變計畫，叫他不要害怕，因為我們會保證他能夠逃走。所以吉姆同意了。我們坐在那裡，談了一會兒過去的時光，然後湯姆問了一大堆問題。吉姆告訴他席拉斯姨丈每隔一、兩天就會進來與他一起祈禱，而莎莉姨媽也會進來看看他過得是否舒適，以及是否有足夠的東西吃，他們兩個都儘可能地仁慈。湯姆說：

「現在我知道怎麼安排了，我們會透過他們送給你一些東西。」

我說：「別做這種事，這是我碰過最爛的主意之一。」但是他根本不甩我，繼續自顧自地講下去。一旦計畫決定後，他就是這副樣子。

因此他告訴吉姆我們透過那位替他送食物的黑人耐特偷偷地把一些繩梯索和其他大型的物品送給他，他必須保持警戒，不要被嚇到，也不要讓耐特看到他打開這些東西；我們會放一些小東西在姨丈的大衣口袋裡，他必須把它們偷出來；如果有機會的話，我們也會綁一些東西在姨媽的圍裙帶子上，或是放到圍裙的口袋中。我們告訴他那是些什麼東西，以及要做什麼用，並且還告訴他怎麼用他的血在襯衫上寫日記等等。湯姆告訴他所有的事情，但吉姆卻看不出來這些事情有什麼意義，但是他承認我們是白人，因此他所知道的事情應該比他多。所以他很滿意地聽著，並且還說他會完全照湯姆所說的去做。

吉姆有很多玉米穗軸製的菸斗和菸草，所以我們度過一段很愉快的時間。然後我們爬出洞口回家睡覺，雙手像是被狗啃過似的。湯姆興高采烈地說這是他這輩子碰過最好玩的事情，也是最知性的，他說如果他有辦法的話，我們可以下半輩子就保持這個樣子，讓我們的小孩去把吉姆挖出來，因為他相信吉姆會愈來愈喜歡這種方式，如果他能愈來愈習慣的話啦。他說這樣可以撐上八十年都沒問題，這將會是紀錄上最棒的時間。他說這樣會讓參與的人都備受讚揚。

早上我們到外面的木材堆那裡，將黃銅燭台劈成方便使用的大小，湯姆將這些及白鑞湯匙放在他的口袋裡。然後我們到黑人的小屋去，當我引開耐特的注意力時，湯姆塞了一片黃銅燭台片到玉米穗管煙斗中間，這是要放在吉姆的鍋子裡面的。我們跟著耐特去看看我們的主意行不行得通，結果棒極了。當吉姆咬到時，這個銅片幾乎搗碎他的牙齒；這個辦法再好不過了，湯姆對著自己說。吉姆他本來還以為只是一些夾在麵包裡的小石塊，但是從那之後，除非他先用叉子戳過三、四個地方，否則他不會去咬任何的東西。

當我們站在小屋裡微弱的光線中時，從吉姆的床底下跑進來了幾隻獵犬，這些狗一直擠進來，總共塞進了十一隻，幾乎沒有空間可以呼吸。我們忘記關上小屋的門了。只聽見黑人耐特大喊了一聲「有女巫！」，然後就翻倒在地上，在那群狗兒當中開始呻

吟，好像就快死了似的。湯姆猛地將門推開，丟出一塊吉姆要吃的肉，狗兒馬上就追出去了；兩秒鐘之內，他出去又進來，並把門關上，我知道他也關上了另一扇門。接著他跑去對那個黑人下工夫，勸誘他，安撫他，問他是否又想像自己看到了某樣東西。他站起來，眨眨眼睛看了四周一下，說：

「席德少爺，你會說我是個笨蛋，但是假如說我沒有看到一百萬隻狗，或是惡魔什麼的，我真希望我馬上死在鐵軌上。我真的看到了，一點都不假。席德少爺，我感覺到牠們──我感覺的到牠們，牠們全在我的上方。老天爺啊，我只希望我曾經親手摸過其中的一隻，否則那些女巫就會會贏了──就會贏了──我要的就只是這樣而已。但我最希望的是牠們讓我獨自一人，我真的這麼祈求著。」

湯姆說：

「我告訴你我是怎麼想的。是什麼讓牠們在這個逃跑黑人的早餐時間出現呢？因為牠們餓了，這就是為什麼。你去替牠們弄個魔法派來吧，這是你可以做的。」

「但是我的老天爺啊，席德少爺，我怎麼弄個魔法派呢？我不知道怎麼弄啊，我甚至沒聽說過這種東西。」

「好吧，那我會自己弄的。」

「你真的要幫我做嗎？──真的嗎？我一定會跪在地上膜拜你的，真的！」

「好吧，我會弄的，因為你對我們一直很好，還讓我們看這個逃跑的黑人。但是你必須要非常非常小心，當我們來的時候，你得轉過身，不管我們放什麼在鍋子裡面，你都要裝作沒看到。當吉姆打開鍋子時，你不可以看——會有事情發生，我不知道是什麼事。而首先，你別碰這些有魔法的東西。」

「碰它們？席德少爺，你在說什麼？我不會讓我的身體或手指碰到它們的，用一兆元來換，我都不會這麼做。」

一切都安排好了，於是我們離開那兒到後院的垃圾堆去，他們在那裡堆放著舊靴子、破布、瓶子碎片、和破損的錫製品這一類的廢物。我們在那裡翻攪了老半天，找到了一個舊的錫盆，於是我們盡可能地把上面的洞都堵住，好把它拿來烤派。我們把盆子拿到地下室，偷裝了一盆麵粉，之後才準備去吃早餐。結果我們又找到一些圖釘，湯姆說這些很適合用來讓囚犯將名字與悲傷刻在地牢的牆上，於是便丟了一根到席拉斯姨丈在椅子上的圍裙口袋裡，另外還把剩下的塞到席拉斯姨丈的帽子邊緣裡頭。

我們聽到小孩說他們的爸爸媽媽今天早晨會先去看那位逃跑的黑人，之後才會回來吃早餐，於是湯姆便塞了一根白鐵湯匙到席拉斯姨丈的外套口袋裡；此時莎莉姨媽也還沒有出現，所以我們必須等她一下。

當她來的時候，看起來十分激動，她紅著臉，生氣極了，幾乎等不到禱告做完，她就一手倒咖啡，另一手則用上面的頂針敲了最靠近她的那個小孩的頭，說道：

「我上上下下都找遍了，可是就是找不到，你的另外一件襯衫怎麼了？」

我的心七上八下，一塊硬硬的玉米麵包皮掉進我的喉嚨，但卻在半路上被咳了出來，飛過桌子，打到其中一個小孩的眼睛，使他蜷曲得像條蚯蚓般，放聲大哭了起來，聲音大到足以跟作戰呼號聲媲美；湯姆他氣色有點不好，緊張的情況持續了約莫十五秒鐘，我真希望有人出面來緩和這個緊張的局面。可是之後我們又沒事了——只是因為情況太突然了，嚇得我們全身打寒顫。席拉斯姨丈說：

「這實在是太不尋常了，我真搞不懂。我明明清楚地記得我把它脫下來了，因為——」

「因為你不只穿一件。聽聽這個男人怎麼說！我知道你脫掉了，我記得的比你那心不在焉的記憶知道得更清楚，因為它昨天在曬衣繩上——我昨天在那裡看到的。但是現在卻不見了——總之，你必須改穿那件紅色法蘭絨襯衫，直到我有時間做新的為止。這會是兩年內我做的第三件。要讓你乖乖地穿著襯衫真是一件困難的事；而你破壞它們的能力更是超乎我的想像。你是不是應該好好學學怎麼去照顧你的襯衫呢？」

「我知道，莎莉，我盡力的試過，我盡力了，但這不該全是我的錯，因為妳知道，我並沒有看到它們，也跟它們沒有關係，除非它穿在我身上時有掉過任何一件。」

「嗯，如果你沒有就不是你的錯——而且我相信如果你有能力的話，你會盡力保存它們。再說襯衫也沒有就全部都不見啦，但是卻有一根湯匙不見了。這些還不是所有不見

的東西的全部啫。我們原來有十根湯匙，但是現在只剩下九根了。我猜想可能是小牛拿了襯衫，但是小牛不會去拿那根湯匙吧，這是我可以確定的。」

「莎莉，那還有什麼東西也不見了？」

「六根蠟燭不見了——我猜可能是老鼠把它們拿走的，我很好奇牠們怎麼沒有在這兒爬來爬去。你總說要去堵住那些老鼠洞，但卻一直沒有這麼做。如果那些老鼠不是笨蛋啊，牠們就會睡在你的頭髮裡面，席拉斯，你永遠都找不到牠們的。但是你這回不能再怪罪說是老鼠拿的了，我很清楚這一點。」

「嗯，莎莉，我承認我錯了，是我疏忽了，但是我明天一定會去把那些洞堵起來。」

「好，我不催你，等到明年也沒關係，我親愛的席拉斯菲普斯。」

她手中的棒針猛抽了一下，小孩立刻從她的手中搶走糖罐，一溜煙地就跑掉了。此時，那個黑女人走進走廊，說：

「太太，有件床單不見了。」

「一件床單不見了！喔，拜託！」

「我今天就去把洞堵住。」席拉斯姨丈說道，看起來很可憐。

「喔，閉嘴！——妳認為是老鼠拿走了床單？莉芝，床單到哪兒去了？」

「老天，我不知道，莎莉夫人。昨天明明還晾在曬衣繩上的，但是現在卻已經不在

那兒了。」

「我想世界末日快到了。在我有生之年，我從未碰過這種日子。一件襯衫，一張床單，一根湯匙，六根蠟——」

「太太，」來了一個皮膚黑棕色的年輕女僕。「有一個黃銅燭桿不見了。」

「走開，你這個傻子，否則我會拿鍋子敲妳。」

嗯，她只是有點不開心。我開始等待偷溜出去的機會，我想我會跑到森林裡去避風頭，等到一切都風平浪靜了為止。她一直都很憤怒，獨自發著飆，其他的人則表現地十分溫順安靜。最後，當席拉斯姨丈一副傻不愣登的樣子，從口袋裡撈出那把湯匙時，她停住，嘴巴張得開開的，雙手高舉；至於我呢，我真希望我現在處在耶路撒冷或其他的地方。可是，過沒多久，她就說：

「正如我所預料的。你一直把它放在你的口袋，好像你也沒有拿走其他的東西似的。它怎麼會到那裡去了呢？」

「我真的不知道，莎莉。」他有點歉疚地說。「否則妳知道我會說的。早餐前，我正在研究十七章的原文，我猜我是那時不小心放進去的。我原本應該是要把我的聖經放進去，一定是這樣的，因為我的聖經不在裡面，但是我會去看看，如果聖經在我原來放的地方的話，那這就代表了我放下聖經，拿起了這根湯匙，然後——」

「喔，看到老天的份上，讓人鬆口氣吧！出去！你們這些惱人的傢伙，在我恢復平靜前，別再靠近我了。」

這些話即使只是她對自己說的，我也聽得一清二楚，更別提這是她大聲說出來的了。於是我站起來，乖乖地遵守她的話，除非我想找死，不然我是不敢跟她唱反調的。

當我們穿過客廳的時候，那個老人拿起了他的帽子，那根圖釘便掉到地板上；他什麼話也沒說，只是把它撿起來放到壁爐架上，然後就走了出去。湯姆看到他這麼做時，便又想起了那個湯匙。他說：

「唉，不用再透過他送東西給吉姆了，沒有用的，他太不可靠了。」他接著又說道：「但是無論如何，他用那根湯匙幫了我們一個大忙，雖然他並不知道他這麼做對我們的意義有多大。因此我們也應該默默地幫他一個忙——就幫忙堵住他的老鼠洞吧。」

地窖裡真的有一大堆的老鼠洞，花了我們一整個小時才將它們全部都補好，而且補得十分緊密紮實。然後我們聽到樓梯上有腳步聲響起，於是便將蠟燭吹熄，躲了起來。那個老人走了過來，一手拿著蠟燭，另一手則拿了一綑東西，看起來跟以前一樣心不在焉地巡視每一個老鼠洞。之後他呆站在那兒大約五分鐘，摘去蠟燭淚滴，並且陷入思考之中。最後，他慢慢地、做夢似地將注意力轉向樓梯，說道：

「喔，打死我我也不記得我什麼時候把這些洞補好了。現在，我可以告訴她，我不

該因老鼠的緣故而被罵了。但還是別管了——這樣就算了。我想這樣做也沒什麼好處。」

他就這麼喃喃自語地上樓去了，接著我們也離開了。他真是個非常好的老人。而且一直都是。

湯姆花了好大的工夫思考我們該如何拿到那根湯匙，他說我們無論如何一定要拿到不可：所以他必須好好地想一想。當他想出來後，他告訴我我們該如何做；於是我們就到湯匙籃旁等候莎莉姨媽，當看到她來時，湯姆便走過去數算那些湯匙，把它們拿到旁邊排開，我則偷偷抽了一根到我的袖子裡，湯姆說：

「莎莉姨媽，為什麼湯匙還是只有九根？」

她說：

「去玩你的，別來煩我。我自己算過的，所以我清楚得很。」

「喔，姨媽，我已經算過兩次了，怎麼算都是九根啊。」

她看起來快失去所有的耐性了，但是她還是走過來數——換成任何一個人也都會這麼做的。

「真的只有九根！」她說，「究竟是怎麼一回事？我還要再算一次。」

於是我將剛剛抽走的那根湯匙偷偷放回去，當她數完時，她說：

「這個麻煩的東西真是該死，現在有十根了！」她看起來怒氣沖天，但卻又煩惱極了。湯姆說：

「唉啊，姨媽，我不認爲有十根。」

「你這個小笨蛋，難道你沒看到我算過它們嗎？」

「我知道，但是——」

「好吧，我再算一遍。」

我又偷走了一根，結果跟前一次一樣，只剩下九根。嗯，她算得方式很激動——搞得所有的東西都在震動，顯得如此的憤怒。她算了又算，直到她搞糊塗了，開始把籃子算成一根湯匙；就這樣，三次算對，三次算錯。然後她抓起籃子，將它甩過屋子，敲中了那隻斜眼貓。然後她叫我們全都出去，讓她平靜下來，如果我們敢在晚餐前又來煩她，她鐵定會扒了我們的皮。就這樣，我們拿到了那根湯匙，並且在她下令趕我們出去時，偷偷地放進她的圍裙口袋裡面，而吉姆也因此在中午之前拿到了湯匙跟圖釘。我們對這個情況都很滿意，湯姆說就算要花上兩倍的麻煩來弄也是值得的，因爲現在就算要了她的命，她都不可能再去算這些湯匙了，即使她眞的算對了，她也不會相信她是對的；他說，在她把頭腦弄混了之後，他判斷接下來的三天，她就會放棄，而且會想殺掉任何一個要她再算一次的人。

那天晚上，我們把床單放回曬衣繩上，再從她的櫃子裡偷出另外一條；接下來幾天，一直反覆地放回去、偷出來，直到她再也搞不清楚她有多少條床單。她說她已經不在乎了，也不願再用她剩下的靈魂來關心這件事。就算要她的命，她也不會再算一次，她寧可先死了算了。

所以現在，關於襯衫、床單、湯匙及蠟燭的事情，在那些小牛、老鼠、和亂成一團的算術的幫助之下，我們已經搞定了；至於燭桿嘛，那一點兒都不重要，反正總會蒙混過去的。

但是那個派可是項大工程，我們費了九牛二虎的工夫去弄它。我們在森林裡準備、烹煮，最後總算弄好了，結果也頗令人滿意，但這卻不是在一天之內就完成的。在弄好之前，我們用掉了三鍋滿滿的麵粉，全身上下都被燒到，眼睛也被煙燻到凸出來。因為你看，我們要的只是一個麵皮，但是我們卻無法讓它發起來，對，它總是塌下去。但是我們最後當然想到了正確的方法，那就是把繩梯也放進派裡面一起烤。在天還沒亮之前，我們就編好了一條美麗的繩子，你可以用它來吊人。我們假裝是花了九個月的時間才完成它的。

那天上午，我們把繩子帶到森林裡去，但是卻塞不進去派裡頭，因為那是用一整條床單做出來的繩子，足夠塞進四十個派裡頭，如果我們願意的話，剩下的還可以配湯、

香腸或任何你選的東西，我們可以有全套的晚餐。

但是我們並不需要，我們只要派放夠用就好了，所以我們把剩下那些全都丟掉。我們沒有把派放在鍋子裡煮，因為怕白鑞會融化。席拉斯姨丈有一個高級的黃銅加熱鍋，他很看重這個鍋子，因為這個帶著長木柄的鍋子是屬於他一位跟隨著威廉大帝，搭乘五月花號或其他船隻從英國過來的祖先的。而現在它跟許多其他古老的罐子和一些珍貴的東西高置在閣樓裡，不為了任何其他理由，只是因為它們是具有紀念價值的古董。我們偷偷地把它從閣樓裡抽出來，然後把它帶到林子裡去。但是我們在弄第一個派時，就失敗了，因為我們不知道該怎麼處理，但是弄到最後一個時，總算是成功了。我們把麵團塞到裡面，然後放到煤炭上，再把繩梯塞進去，上頭再放上一個麵團，接著蓋上蓋子，把熱騰騰的煤屑放在上頭，然後站在五尺遠涼爽又舒服的地方，手中拿著那隻長柄拌著。十五分鐘之後，它變成一個很令人滿意的派。但是要吃它的人可要用上一堆牙籤，因為那繩梯準會硬得讓他吞不下去（唉，我這是在說什麼啊），就算他吞的下去，也包準會讓他的胃痛死。

當我們把這個魔法派放到吉姆的鍋子裡時，耐特不敢看。我們還把三個錫盤放在鍋子底部，用食物蓋住它，所以吉姆安全地得到了每一樣東西。等到房間裡只剩他一個人時，他就把派搗碎，拿出繩梯來，把它藏在他的稻草被套裡面，然後在錫盤上刮出些記號，將它丟出窗外。

38

要做那些筆和鋸子可不是件容易的事，而要吉姆刻字更是難上加難。可是犯人總得在牆上畫些東西才像樣，湯姆說我們一定要這麼做才行……因為沒有一個地方的囚犯在逃跑時不在牆壁上刻下一些字，或是家族的盾徽的。

「你看珍凱瑞夫人，」他說，「還有吉爾佛戴德利和老諾商柏藍，他們都是這麼做的！哈克，你覺得這樣做很麻煩嗎？——那你要怎麼做？——你要怎麼解決這個問題呢？吉姆一定得刻下一些字和盾徽，他們都是這麼做的。」

吉姆說：「可是，湯姆少爺，我可沒有盾徽啊；我所有的就只是這件襯衫而已，你知道那是用來讓我在上面寫日記的啊。」

「喔，吉姆，你不懂啦，盾徽是很特別的。」

「好吧，」我說，「吉姆說他沒有盾徽是對的，因為他本來就沒有啊。」

「我想我明白，」湯姆說，「可是在他逃離這裡之前，他勢必要有一個盾徽——因為他一定要按照規矩逃跑，這樣他逃跑的紀錄才不會有缺陷。」

於是我和吉姆便在磚塊上磨著筆。吉姆磨著那根黃銅燭桿，而我磨著那根湯匙，湯姆則在一旁畫著那個盾徽。沒多久，他說他已經想出好幾個很棒的樣式了，可是他不知道要選哪幾個。最後他決定其中的一個，然後說：

「在盾型的圖案中間我們畫上一道斜線，中間擺隻狗，上面上了腳鍊，盾型的兩旁則寫上他的支持者，也就是你和我；在提上一句格言：``Maggiore fretta minore atto''，這句話是我從書上抄來的——意思是欲速則不達。」

「我的老天啊，」我說，「另外剩下的這些到底是什麼意思？」

「我們沒有時間去想了啦，」他說，「我們得要趕快動工了。」

「好吧，」我說，「那你畫的這個到底是什麼？」

「那個——那個喔——你不用問那麼多啦……到時候我就會告訴你的。」

「可是湯姆，」我說，「我覺得你應該要跟我們講清楚。他肩上挑著的到底是什麼啊？」

「喔，我也不清楚啦，反正他一定得這樣做才行，所有的大人物都是這麼做的。」

湯姆總是這樣，如果他想不出要怎麼跟你解釋，他就會耍賴到底，就算你追著他問一個禮拜，也不會有什麼結果的。

他把盾徽這件事情解決完以後，便開始進行其他的部分，也就是要寫出一些哀悽的留言——他說吉姆一定要跟別人一樣這麼做才行。他想了很多，把它寫在紙上，讀了出來：

1. 在此有一位心碎的囚犯

2. 在此有一位可憐的犯人被整個世界和朋友遺棄，過著悲慘的生活

3. 在此有一顆孤寂的心破碎了，在卅七年孤獨的幽禁後，破碎的靈魂即將安息。

4. 在此，經過了卅七年悲苦的囚禁，沒有朋友，沒有家庭，一位高貴的陌生人入土為安。他是路易十四的親骨肉。

當湯姆讀出來的時候，他的聲音顫抖著，幾乎快崩潰了。讀完之後，他拿不定主意要吉姆把哪一句刻在牆上，它們實在都寫得太好了；最後他決定讓吉姆把它們全部都刻上去。吉姆說要把這些東西用釘子刻在木頭上可要花上他一整年的時間，而且他也不知道該怎麼寫字；而湯姆說他會先在牆上幫他刻此二樣子，然後他只要照著痕跡刻就可以了。

沒多久他便說：

「現在想想，刻在木頭上好像不太對；在地牢裡是沒有木板牆的：我們得要把這些

字刻到石頭上。我們去搬顆石頭來好了。」

吉姆說石頭比木頭還要難刻，他說要把字刻到石頭裡可是比把字刻到木頭上還要花上更長的時間，到時候他就別想逃出去了。可是湯姆說他會叫我幫他的忙。接著他看了看我和吉姆做筆的進度，這可是件超難搞的事情，而且我的手都快痠死了，卻一點進度也沒有。於是湯姆說：

「我知道該怎麼做了，我們得去弄塊石頭，在上面刻上盾徽和哀悼的詩文，這可是一石二鳥的好方法。在木廠那兒有塊石磨子，我們去把它搬來，然後在上面刻字，也可以拿它來磨筆和鋸子。」

這真是個爛主意，去他的石磨子；可是我們也只好照辦。這時還沒到午夜時分，於是我們留下吉姆一個人在那兒工作，便向木廠出發。我們找到了石磨子，把它滾回去，可是這真是件困難的工作，就算我們使盡力氣也沒有辦法使它滾動，有時甚至快把我們壓扁了。湯姆說在我們還沒有將它推到小屋之前，它一定就會把我們其中一個人壓扁的。我們推啊推的，到了半途已經是筋疲力竭、汗流浹背，實在是推不下去了，於是便回去叫吉姆來幫忙。他將床抬高，把鐵鍊從床腳抽了出來，然後將它繞在脖子上，就這樣我們從洞裡爬了出來，吉姆和我輕輕鬆鬆地推著石磨，而湯姆在旁監督著。他真是我所見過的孩子中最傑出的督導了，對於一件事情應該怎麼做，他總是所有人裡頭最清

楚的。

我們挖的洞很大，可是並沒有大到可以讓石磨子穿過去；吉姆立刻拿起鐵鏟把它挖大，然後湯姆便用鐵釘在上面刻了些字，要吉姆用釘子當作鑿子；接著又從披屋旁的一堆破銅爛鐵裡撿來一個鐵條當作槌子，要吉姆順著他所畫的痕跡慢慢地刻，一直到燭火熄了他才能夠上床睡覺，並且要他把石磨藏在稻草裡，讓他睡在上頭；最後我們再替他將鐵鍊拴回原處之後，我們才準備回去睡覺。可是這時湯姆突然像想到了什麼似的說：

「吉姆，你這裡有蜘蛛嗎？」

「沒有。湯姆少爺，謝天謝地，這裡一隻也沒有。」

「沒關係，我們會幫你抓幾隻來。」

「喔，求求你，我才不要什麼蜘蛛呢，我怕它們怕得要死，前陣子這裡才有些響尾蛇晃來晃去的。」

湯姆想了一、兩分鐘之後說：「這真是個好主意，我想應該這麼做，一定得這麼做，這樣才合理。沒錯，這真是個好主意。你可以把牠藏在哪兒呢？」

「湯姆少爺，藏什麼東西呢？」

「欸，響尾蛇啊。」

「我的老天爺啊，湯姆少爺！如果這有一隻響尾蛇的話，說什麼我也一定要用頭鑽

過那個洞逃出這間屋子。」

「嘿，吉姆，沒多久你就會習慣了，你可以馴服牠。」

「馴服牠！」

「沒錯——這再簡單不過了。每一種動物都會樂意得到溫柔的照料和撫愛的。牠們絕對不會傷害養牠們的人，書上都是這麼說的，你試試看——我的要求就只有這麼多；就試個兩、三天吧，沒多久你們就會彼此習慣，到時牠就會愛上你的；陪你一起睡覺，寸步不離，甚至還會讓你將牠圍在脖子上，讓牠的頭伸進你的嘴裡。」

「湯姆少爺，拜託拜託——別這樣子對待我，我受不了了！你說牠會讓我將牠的頭放在我的嘴裡，是嗎？我想可要等很久我才會要求牠這麼做吧，而且話說回來，我也不想要牠跟我一起睡覺。」

「吉姆，別這麼孩子氣，一個囚犯一定得要有些安靜的寵物，如果從來沒有人養過響尾蛇的話，養隻響尾蛇可比想出其他幫助你逃出這裡的方法還要來的榮耀呢。」

「可是，湯姆少爺，我才不要這種榮耀，那蛇一定會把吉姆的下巴咬掉，到時候還談的上什麼榮耀啊。不，我才不要這麼做。」

「真是的，你不能試試看嗎？我只是要你試啊——如果沒用的話，你也可以不養牠啊。」

「可是這會惹來很多麻煩，比如說當我在訓練牠的時候，牠會咬我一口。湯姆少爺，我願意忍受其他不合理的要求，可是如果你要哈克抓隻響尾蛇來讓我馴養的話，我一定會從這裡逃走的。」

「好吧，那就算了，如果你真的這麼堅持的話。我們可以幫你抓幾隻小蛇來，到時候你在牠們尾巴上綁上幾個鈕釦，就當作牠們是響尾蛇好了。我想這應該可以了吧？」

「湯姆少爺，我實在是受不了牠們，我告訴你，有牠們在場我準是過得心驚膽跳的。從前我真不知道當一個囚犯要這麼地麻煩啊。」

「欸，當你照規矩來做的話，總是會這麼麻煩的。你這裡有沒有老鼠啊？」

「少爺，沒有耶，我從來沒有看過。」

「好吧，那我們會幫你抓幾隻來的。」

「可是，湯姆少爺，我可不要什麼老鼠，牠們是最討人厭的東西了，牠們常常從人身上跑過，趁人家睡覺的時候咬他的腳。喔，不，如果我一定得選的話，那我還是選小蛇好了，但是千萬不要給我什麼老鼠啊，牠們對我一點用處也沒有。」

「可是，吉姆，你一定要有啊——大家都有的。所以不要再鬧脾氣了，犯人是不能沒有老鼠的。之前可沒有什麼特例，他們還會訓練牠們、養牠們，並且教牠們些把戲，

到時這些老鼠就會像蒼蠅一樣懂得社交禮儀，可是你還得奏些音樂給牠們聽，你有什麼東西可以奏音樂嗎？」

「我只有一把木梳、一張紙和一隻口琴；我可不認為牠們聽得懂口琴的聲音。」

「牠們聽得懂，牠們才不管是什麼樣的音樂呢。口琴對老鼠來說已經是夠好的了，所有的動物都喜歡音樂——我是說在監獄裡的時候；牠們可是很喜歡音樂的，特別是傷感的音樂；這種音樂用口琴吹出來是再適合也不過了。這種音樂總會吸引牠們，到時候牠們便會從洞裡爬出來，看看你怎麼了。沒錯，你什麼事也沒有，一切如常，你只是想在上床前整理一下床舖，在清晨吹奏著你的口琴，就吹著"The Last Link is Broken"這首曲子吧，沒有什麼曲子能夠像它一樣吸引老鼠的：當你吹差不多兩分鐘之後，你便會發現所有的老鼠、蛇和其他的動物會開始替你擔憂，然後牠們便會出現，圍著你，和你共度美好的時光。」

「沒錯，我想牠們的確會這樣，湯姆少爺。可是吉姆享受的又是什麼樣的好時光呢？我真是搞不懂。可是如果一定得這麼做的話，我是會照做的，我想我最好還是讓那此動物們高興，討牠們的歡心，這總比讓牠們把整間屋子弄得亂烘烘的好吧。」

湯姆又思考了一會兒，看看是不是有什麼遺漏的地方，沒多久他便說：「喔，我還忘了一件事，你在這兒可以種盆花嗎？」

「我不知道，也許可以吧，湯姆少爺。可是這裡很暗耶，而且我養花也沒有什麼用，照顧起來也挺麻煩的呢。」

「反正你就試著種種看就對了，有一些犯人這麼做過。」

「湯姆少爺，在這兒也只能種些貓尾草吧，可是在這兒種草實在是一點好處也沒有。」

「別相信那種鬼話，我們會拿一小盆來給你，然後你就可以把它種在角落，就在那兒好了，然後好好照料它。你不要把它叫作草，叫它皮裘拉——這是它在監獄裡正確的名字，你可要用你的淚水灌漑它喔。」

「可是湯姆少爺，我有很多泉水耶。」

「你不要用泉水澆，你要用淚水澆，他們都是這麼做的。」

「可是湯姆少爺，我想用泉水澆比用眼淚澆長得快吧。」

「問題不是這個，你一定要用眼淚澆。」

「湯姆少爺，那它一定會死在我手裡，因為我幾乎都不哭的。」

這下子湯姆可被考倒了，可是他又想了想，然後叫吉姆不要擔心，到時聞聞洋蔥他準會流眼淚的。他說他會去黑奴的房間那兒偷一顆來，然後在早上偷偷地把它放進吉姆的咖啡壺裡。吉姆說到時候他一定也會把菸草放進他的咖啡裡的。接著他對著湯姆的主

意挑著種草有多麻煩，一下說著吹口琴叫老鼠，以及取悅那些蛇和蜘蛛是多麻煩的一件事，最困難的是他還得在牆上畫記號和刻字。他說擔負一個做囚犯的責任可比他以前做過的任何事都還要麻煩得多，他喋喋不休，直到最後湯姆終於對他失去了耐性。湯姆說他之所以要擔負這麼多苦難還不是為了要讓他在歷史上留名，而他竟然如此不知感激，一切心血就白白浪費在他身上了。聽了這番話之後，吉姆覺得很抱歉，說他以後再也不會這樣了。於是湯姆和我就回去睡覺了。

39

到了早上，我們去鎮上買了一個鐵絲做的捕鼠器，把它放在最適當的老鼠洞前，大概一個小時左右，我們就抓到了十五隻笨老鼠；然後我們把牠們藏在最安全的地方，那就是莎莉姨媽的床底下。可是當我們出去抓蜘蛛的時候，小湯馬斯富蘭克林班雅明傑佛遜亞歷山大菲普斯找到了捕鼠器，便把鼠籠打開，想看看那些老鼠會不會跑出來，結果牠們果然跑出來了，而且還在屋裡亂竄；接著莎莉姨媽便走了進來。當我們回來的時候，我們發現她驚慌地站在床上，而那些老鼠則在底下亂跑亂鬧著。她拿了把棍子把我們趕走，可是隔了兩個鐘頭左右，我們又抓到了十五、六隻，但這些討人厭的小傢伙並沒有和第一批老鼠一樣傑出，因為第一批是從老鼠群中挑選出來的菁英，我從來沒有看過像第一批那麼有活力的老鼠。

我們抓到好多種蜘蛛、小蟲、青蛙、毛毛蟲、和其他各式各樣的東西；我們本來還想要摘一個黃蜂巢，可是並沒有成功，因為所有的黃蜂都在巢裡。我們起先本來還不打算放棄，而在旁邊等了很久，心想著要和牠們比耐性，結果牠們還是贏了。後來我們去

摘了些草藥抹在被叮咬的地方，沒多久就舒服多了，然而我們卻沒有辦法舒服地坐下來。於是我們又去抓了些蛇，把牠們放在袋子裡，藏在我們的房間內。這時已經是晚餐時分了，而我們也忙了一整天。肚子餓嗎？──喔，當然不，因為當我們再回去的時候，那堆蛇已經不在那兒了──因為我們並沒有把袋子綁緊，於是牠們便溜了出去。可是這並沒有關係，因為牠們應該還在房子裡的某個角落，所以我們心想應該還可以再抓幾條回來。牠們溜出來之後，在這間房子裡看到蛇便不是件什麼稀奇的事，有時候你會看見牠們從樑柱上垂下來，有時候又掉到你的盤子裡，或是你的後頸上，而且大部分都來的不是時候。唉，牠們其實都長得十分可愛，身上充滿著條紋，而且絕對不會傷害人；但是這對莎莉姨媽來說，一點差別都沒有，因為她非常地討厭蛇，不管牠們是什麼品種，她絕對都無法忍受，任你說破了嘴皮子也沒有用；而每一次只要有蛇掉在她身上，不管她在做什麼，她都會立刻放下手上的工作，嚇得落荒而逃。我從來沒有看過這樣的女人，你會聽到她喊得驚天動地，而且你根本沒有辦法使她冷靜下來，叫她用夾子把蛇夾出去；另外如果她回來發現床上還有蛇的話，她會立刻放聲尖叫，好像房子著火了似的。她把姨丈搞得煩死了，到後來他說真希望這世界上沒有蛇這種玩意兒。大概過了一個禮拜之後，所有的蛇都被清了出去，可是莎莉姨媽還是不罷休，她就是沒有辦法恢復平靜；當她坐在那兒想事情的時候，如果你用一根羽毛輕輕碰著她的後頸，她便會

嚇得跳了起來。這真是太好玩了。可是湯姆說所有的女人都是這樣的，這就是上帝創造她們的方式，不管原因為何。

每一次她發現我們的蛇又跑出來的時候，我們就會遭到一頓鞭子算不上什麼，因為如果我們敢再把屋子都裝滿了蛇的話，那就有我們好受的了。我並不在意那些鞭打，因為那其實沒什麼大不了的；我只擔心要怎麼樣把牠們帶到吉姆那裡去。然而最後我們還是想了個辦法把這些小動物帶了進去。當這些小動物循著音樂向吉姆爬去時，這真是幅快樂的景象。吉姆討厭蜘蛛，而那些蜘蛛也不喜歡吉姆；於是牠們爬了他滿身都是，弄得他全身又紅又癢的。他說這房子裡塞滿了老鼠、蛇和石磨，根本沒有地方可以讓他睡覺，就算有空間他也睡不著，因為裡頭實在是太熱鬧了，而且是時時刻刻都很熱鬧唷，因為那群小動物並不會在相同的時間睡覺，而是輪流換班著睡。所以當蛇開始睡覺的時候，老鼠便醒了過來；當老鼠睡著了，蛇又開始四處爬竄。所以吉姆的下面總是有一群小動物在睡覺，而上頭又有另一群小東西在爬來爬去，如果他想要站起來找個新地方睡，那些蜘蛛便會跟著過去，一點都不放棄咬他的機會。他說他這次如果能夠逃出去的話，就算給他錢，他也不會再當犯人了。

當三個禮拜過去之後，一切都準備就緒了，襯衫也早已經藏在派裡送給了吉姆，而每一次吉姆被老鼠咬了之後，他便會爬起來趁墨水還沒乾的時候在牆上刻些字；筆已經

做好了，而那些記號和字也早已刻在石磨上了；床腳被鋸成兩半，我們把那些木屑吃了下去，害我們肚子痛得要命，我們還以為會就此死去呢，不過還好沒有。這真是我見過最難消化的木屑了，湯姆也同意。然而就如我所說的，最後這一切終於都準備好了；而我們也都累垮了，尤其是吉姆。姨丈寫了好幾封的信去給紐奧良的黑奴，然而卻一點音訊也沒有，因為根本沒有這個農場嘛。於是他想在聖路易和紐奧良的報紙上登廣告；當他提到聖路易的時候，我嚇得全身發抖，要他領回逃跑的黑奴，然而卻一點音訊也沒有，因為根本沒有這個農場嘛。於是他想在聖路易和紐奧良的報紙上登廣告；當他提到聖路易的時候，我嚇得全身發抖，要他領回浪費時間了，於是湯姆說該是寫匿名信的時候了。

「那是什麼？」我問。

「寫這信是要警告大家有事情要發生了，有時候是這麼寫，有時候又得另外寫才行。可是總是要有人四處偷偷地打探消息，然後把訊息傳給古堡的總管。當路易十六逃獄的時候，是一位侍女做的。這實在是個好方法，而匿名信也有如此的效用。我想我們兩個都採用吧，通常都是由犯人的媽媽和逃犯互換衣服，她留在裡面，而他則穿著女人的衣服跑出來。我們也要這麼做。」

「可是，湯姆，我們為什麼要警告人家有事要發生了啊？讓他們自己發現不就好了——那個監獄是他們的啊。」

「沒錯，我知道；可是他們是靠不住的，從一開始他們就是這樣——讓我們所有事

情都得一手包辦。他們太信賴別人了，笨到不會發現有任何事情不對勁。所以如果我們不給他們一點提示的話，不會有人來管我們的，到時候我們之前辛苦所做的一切都會變得無趣：變得一文不值——一點意義也沒有。」

「嗯，湯姆，可是對我來說，我正希望這樣呢。」

「別傻了。」他一臉厭惡地說。於是我回答：「我不會再隨便抱怨了，你怎麼說怎麼好。那關於那個侍女要怎麼辦呢？」

「你來當他，在半夜的時候你偷偷溜進去，把那個黑女奴的衣服偷走。」

「可是，湯姆，這樣隔天會有麻煩耶，因為她很有可能只有那一件衣服。」

「我知道，可是你只要用它大約十五分鐘就夠了，你只要穿著它把匿名信塞進前門就可以了。」

「好吧，那我就這麼做。可是就算穿著女生的衣服，我還是會用平常的樣子把信送去。」

「那這樣你看起來不就一點都不像個侍女了嗎？」

「是不像啊，可是反正也沒有人在那兒看我到底像不像。」

「話可不能這麼說，我們應該照我們的本分去做，不要管別人是不是看得見我們。你難道一點原則都沒有嗎？」

「好吧，我閉嘴，我是侍女。那誰來當吉姆的媽媽呢？」

「我來他當他的媽媽，我會從莎莉姨媽那裡偷件衣服來。」

「好吧。可是當我和吉姆離開的時候，你就必須留在小屋裡。」

「那可不一定，我會把吉姆的衣服塞滿稻草，讓它躺在床上，假裝它是他的媽媽；而吉姆則會穿上莎莉姨媽的衣服，到時候我們再一起逃。當一個有計畫的逃犯逃跑的時候，我們都稱這是越獄。通常國王逃跑的時候都是這麼稱的，王子也一樣；不管他是真王子還是假王子，都是沒有分別的。」

於是湯姆開始寫匿名信。而當晚我便去偷那黑女奴的衣服，穿上它，照湯姆所說的把信塞到前門。信上是這麼寫著的：

注意。有麻煩要來了。提高警覺。

密友

隔天晚上，我們在門上釘上一張湯姆用血畫的圖，上面畫了一個骷髏和兩根交叉的骨頭；而隔晚又在後門貼了一張畫了棺材的圖畫。我從來沒看過這家人如此緊張過，他們嚇得以為整間房子都有鬼，或許躲在床底下，或許飄在空中。如果一扇門砰地關了起來，莎莉姨媽就會嚇得跳起來說：「天啊！」如果有東西掉下來，她也會嚇得說：「天

395 哈克流浪記

啊！」如果你趁她不注意時不小心碰到她，她的反應也是如此；她隨時隨地都緊張兮兮的，老是覺得她背後有東西——所以她總是會突然地轉身，然後大叫著：「天啊！」可是當她還沒完全轉過身之時，她又會立刻轉了回來，同時嘴中亂喊著；她不敢上床睡覺，可是又無計可施。湯姆說這一切都進行地非常順利，他從來沒看過比這更令人滿意的狀況了，他說這正是因為我們用了正確的方法。

所以，他說現在該是行動的時候了！於是在隔天天剛亮時，我們準備好另外一封信，心裡想著該怎麼處理它比較好，因為前天晚上吃飯的時候，我們聽見他們說最好找個黑奴守夜。湯姆從燈桿溜下去看看狀況時，發現在後門守夜的黑奴已經睡著了，於是他便把信塞到那黑奴的後頸，然後便溜了回來。這封信上寫著：：

別不相信我，我希望能做你們的朋友。今晚將會有一群從印第安領土那兒來的斷喉幫，準備要搶走你們抓來的那個脫逃黑奴。他們一直想盡辦法嚇你們，讓你們乖乖地待在房子裡，不要壞了他們的好事。我是他們其中的一員，可是因為信仰的緣故，我想要離開他們，過一個正直的生活，所以準備告訴你們他們這邪惡的勾當。今晚十二點整，他們會從北邊的籬笆帶著鑰匙，闖入那黑人所在的小屋，將他劫走。我會在一旁，當看見有任何風吹草動的時候，便吹號角警告他們；可是當他們進去之後，我會學羊叫，而

不吹號角；當他們在解開黑奴的腳鍊時，你們便可以溜過去將他們鎖在房內，到時候要殺要剮就隨便你們。除了我所說的方法之外，你們可不要輕舉妄動，不然他們便會起疑心，到時整個計畫便會失敗了。我這麼做是不求任何回報的，只是為了做該做的事。

密友

40

吃完早餐之後，我們心情很好，於是便帶著午餐，乘著我的獨木舟到河邊釣魚。我們玩得很盡興，也順道瞧瞧木筏的情形，發現它還好端端地躺在那兒。之後我們便回家吃晚飯。當我們到家時已經很晚了，發現大家都急得像熱鍋上的螞蟻似的，他們要我們吃完晚飯後立刻上床睡覺，並沒有告訴我們到底發生了什麼事，也沒有提到剛剛所收到的那封信。其實根本沒有必要這樣嘛，因為我們早就和大家一樣，知道裡面寫的是什麼了。

當我們上樓梯才上到一半時，看見姨媽轉身過去，於是我們便溜到地窖裡去，搬了許多食物到我們房間來，接著上床睡覺，大約十一點半左右我們就起床了。湯姆穿上他那時偷偷來的衣服，喬裝成莎莉姨媽的樣子，帶著午餐，便準備要出發了。然而他卻問：

「牛油在哪兒？」

「我切了一塊放在麵包上啊。」我說。

「啊？你說你把它放在麵包上──可是它不在那兒啊。」

「沒有牛油也沒關係啊。」我說。

「可是有不是更好嗎？」他說：「你再溜到地窖裡拿一塊來嘛，然後再從燈桿溜下來跟上我們便是了。我先去把稻草塞在吉姆的衣服裡，把他裝扮成他媽媽的樣子，好學綿羊叫。然後等你一來，我們就可以逃走了。」

於是他便出發了，我也往地窖的方向走去。我找到我忘記帶走的那塊牛油，它大得像一個人的拳頭似的。於是我把它夾在麵包裡，吹熄蠟燭，偷偷摸摸地爬上樓來，安全地到達了地面。可是就在這個時候，莎莉姨媽拿了根蠟燭走過來，我立刻把麵包塞進帽子裡，再緊緊地把帽子壓緊。沒多久，她便看到了我，於是問道：

「你到地窖去了嗎？」

「是啊。」

「你在那兒幹嘛？」

「沒幹嘛啊？」

「沒幹嘛！」

「是沒幹嘛。」

「那你告訴我，這麼晚了你去下面幹什麼啊？」

「我不知道，姨媽。」

「你不知道？湯姆，別這樣唬弄我。我要知道你到底在下面搞什麼鬼。」

「莎莉姨媽，我根本什麼都沒有做啊。我發誓，我什麼都沒有做。」

我心想她現在應該會讓我走了吧，就像以前一樣；可是我想也許是因為最近發生了許多奇怪的事情，把她搞得緊張兮兮的，四周稍有不對勁她便會詳加盤問。於是她非常堅定地說：

「你現在給我去會客室，待在哪兒不要走，直到我來為止。你一定也牽扯到一些事情不讓我知道，等我查清楚了再來找你算帳。」

於是她便走了。我開了門走進會客室，天啊，那裡面竟然擠了一堆人！有十五個農夫，每個人都拿著一把槍。我緊張地簡直快昏倒了，於是便找了張椅子坐下來。他們分散在四周，有些人低聲地交談著，看起來都十分地緊張不安，但是卻又盡力裝作一副沒事的樣子；可是我知道他們其實是緊張死了，因為他們一下脫帽，一下又把它們戴上，抓著他們的頭，不停地換著座位，手還不時地抓著鈕釦。我自己也很緊張，但是我並沒有把帽子脫下來。

我真希望莎莉姨媽趕快來把我罵一罵，好讓我離開這個地方，到時我就可以跑去通知湯姆說大事不妙了，然後趕快在那群失去耐心的農夫跑來找我們之前，立刻帶著吉姆溜之大吉。

最後姨媽終於來了，問了我一些問題，可是我卻沒有辦法好好地回答她，真不知道

是哪根筋不對了；因為這群人現在情緒似乎很激動，想要立刻去捉拿那群暴徒，嘴裡說著離午夜十二點只剩下五分鐘只不到了；而有人些則試圖叫他們沉住氣，等聽到羊叫聲再動手。姨媽又不停地問著我各種問題，我嚇得全身發抖，真想躲到地底下去。屋子裡愈來愈熱了，使得頭頂上的牛油開始融化，並順著我的脖子和耳朵開始往下流；沒多久，他們其中一人開始說話，「我想我們還是先躲到小屋裡，等他們進來之後便可以把他們通通抓起來。」我幾乎快昏倒在地上了；這時一道牛油從我的前額流了下來，莎莉姨媽看到了，臉色發白，然後說：

「老天啊，這孩子到底是怎麼了！──他肯定是患了腦膜炎了，他的腦漿全都滴出來了。」

這時大夥全都圍過來看，莎莉姨媽掀開我的帽子，裡面的麵包和殘存的牛油便掉了出來。她抓住了我，將我緊緊地抱住，然後說：

「喔，真是把我嚇壞了！還好你沒事；這幾天我們真的是倒楣透了，當我看到那道牛油時，我還以為我將永遠失去你了哩，因為從顏色看來，那簡直和你的腦漿沒什麼兩樣──親愛的，親愛的，你為什麼不早告訴我你去地窖就是為了拿這些東西呢？我一點都不在乎啊。現在趕快上床睡覺吧，到明天早上之前別讓我看到你在四處閒晃！」

沒一秒鐘我便上了樓，在外頭昏暗天色的遮掩下，我順著另外一根燈桿溜了下來。

我緊張地幾乎連話都說不出來，然而我還是盡快地告訴湯姆發生了什麼事，而且我們現在必須立刻離開這裡，不能再浪費任何時間了——整間房子都已經擠滿了人，而且大家都拿著槍呢。

湯姆的眼睛亮了起來，然後說：「不會吧！——真的是這樣嗎？這可鬧大了！哈克，我告訴你，如果我們可以重新再來一次的話，我跟你打賭，一定可以引來兩百個人，如果我們能夠再繼續拖到——」

「趕快啊！」我說，「吉姆在哪裡？」

「就在你旁邊啊；你手伸出去就可以摸到他了。他已經打扮好了，一切都已經準備就緒啦。現在我們就溜出去學羊叫吧。」

可是就在這個時候，我們聽到人們的腳步聲走到了門口，開始摸著掛鎖；接著聽到一個人說：

「我早就告訴你我們來得太早啦；他們還沒到呢——門還是鎖著的。聽著——我要把你們鎖到小屋裡去，你們就在黑暗中等著，等他們來時再把他們殺掉；而剩下的人分散到四周去，去探探他們到底來了沒有。」

於是他們便走了進來，可是在黑暗中並沒有發現我們的身影，雖然當我們急忙地鑽到床底下時，他們還差點踩到我們，但是我們還是安全地溜到床下，接著迅速、敏捷且

輕巧地從洞口溜了出去，先是吉姆，然後是我，最後才是湯姆。當然囉，這個順序是依照湯姆的命令而排定的。現在我們已經來到了披棚下，聽到外面有腳步聲向我們走近，於是我們爬到門口，湯姆叫我們停下來，他自己則從細縫中向外偷看，可是什麼也看不到，因為實在是太黑了。然後他輕聲地說，等他聽到那些腳步聲走遠了之後，他會用手肘提醒我們，要吉姆先出去，他自己則殿後。說完他便把耳朵貼在細縫上，仔細地聽著、聽著，然而那些腳步聲卻一直在外頭走來走去。最後他用手肘碰了我們一下，我們便溜了出去，壓低身子，摒住呼吸，一丁點兒聲音都不敢發出來，偷偷摸摸地溜到籬笆旁，吉姆和我安全地通過了，可是湯姆的褲子卻被上面的釘子鉤住了。就在這個時候，他聽見腳步聲走來，他急得把褲子扯開，可是卻因此而發出了聲音。正當他跳下來，準備順著我們的路繼續向前進的時候，有人大喊：

「是誰？快回答，不然我要開槍了！」

然而我們一句話也不回答，只是沒命地一直往前跑。我們聽見一陣追趕的聲音，然後砰、砰、砰！子彈從我們的身旁呼嘯而過，我們聽見他們大聲地喊著：

「他們在那兒！他們已經過河了，快追！快放狗去追！」

他們全副武裝地衝了過來，我們可以聽見他們跑過來的聲音，因為他們全都穿著靴子，而且不停地大喊大叫著；然而我們既沒有穿靴子，也不敢發出任何聲音地，直直地

往鋸木場衝去；當他們快接近我們的時候，我們躲進灌木叢裡讓他們經過，因此這時我們反而落在他們後頭了。在之前他們本來把所有狗的嘴巴都套住，怕牠們把那群盜匪嚇走；可是這時候有人把狗的嘴巴鬆開了，於是牠們便一路咆哮著跟了過來；但是這些狗認識我們，於是我們便待在原處不動，當牠們經過時看到是我們，而且也沒有什麼好玩的東西給牠們玩，牠們便只是低鳴著發出一些聲響，然後一溜煙地向前跟了上去；之後我們便跟在他們的後頭，直到接近鋸木廠的時候，便穿過灌木叢來到獨木舟旁，跳上去沒命似地往河中央划去，同時注意不要發出多餘的聲響。當我們到達那座藏著木筏的小島時，我們才鬆了一口氣；但仍舊可以聽見河岸旁傳來的叫喊聲和狗吠聲。可是等我們划愈划愈遠時，那些聲音也就漸漸地淡去了。最後，當我們終於爬上木筏之後，我說：

「現在，老吉姆，你又再次成為一個自由的人了。而且我趕打賭，你永遠不會再是一個奴隸了。」

「哈克，這次的行動真是做得太好了，不但計畫得很周詳，而且實行的手段也很巧妙；再也沒有人可以想出比這個還要再複雜的計畫了。」

我們大家都高興極了，然而湯姆卻是我們裡面最高興的一個，因為他的小腿中了一槍。當我和吉姆聽到這件事時，我們之前雀躍的心情便冷了下來。他的傷可不輕呢，而且還流著血。於是我們讓他躺在帳篷裡，撕下公爵衣服的一角幫他包紮。然後他卻說：

「把那塊布給我，我自己來就可以了，現在不要停在這兒；不要再浪費時間了。

這次的逃脫計畫實在是太成功了⋯快把木筏鬆開。夥伴們，我們真是做得太漂亮了！⋯

我們真的辦到了。如果我們能夠幫路易十六一把的話，他的傳記裡面便不會寫著『聖路

易之子，一命歸西！』⋯不，我們會在邊界歡送他──我們一定會這麼做的──做得漂

漂亮亮的──快往前划吧！」

然而我和吉姆卻在商量著──並思考著該怎麼辦才好。我們想了一會兒，我說⋯

「吉姆，你說吧。」

於是他便說了⋯「哈克，我想應該這麼辦吧。如果今天是他被救出來，而救他的其

中一個男孩中了一槍，他會說：『快救救我，趕快去請個醫生來救我』嗎？這是湯姆的

作風嗎？這是他會說的話嗎？他一定不會這麼做的，那麼──吉姆會這麼說嗎？不──

我一步也不會離開這裡去看醫生的，就算等到四十年也不會！」

我知道他的內心像白人一樣地純潔，我也知道他心裡有什麼就說什麼──於是我告

訴湯姆，我要去找個醫生來。他囉唆地吵個不停，可是我和吉姆堅持要這麼做；於是他

便想要自己爬出去鬆開木筏，可是我們不讓他去；然後他又說了些長篇大論想要說服我

們──但是，這對我們來說一點用都沒有。

最後他看到我把木筏準備好了，便說⋯

「好吧，如果你一定要去的話，我就告訴你到了村莊以後應該要怎麼做。首先，你要把門關上，然後用布把醫生的眼睛緊緊地綁起來，要他發誓一句話也不透露；接著再把一袋金子放到他手上，在黑暗中帶著他四處亂走；再把他帶到獨木舟上，在這附近的小島間亂划亂逛；不要忘了還要好好地搜他的身，把他身上的粉筆拿走，直到你送他回村裡時再還給他，不然他會忘在木筏上做下記號。他們都是這麼做的。」

我答應了他，然後便離開去請醫生了。而吉姆則打算躲在叢林裡，直到醫生走了之後再出來。

41

那醫師是個很和善的老人，我把他吵醒，告訴他昨天下午我和我哥哥在西班牙島打獵，並且在我們找到的一艘木筏上紮營過夜。可是大約午夜時分的時候，哥哥在夢中不小心踢到了他的槍，導致槍枝走火，射傷了他的腿；我們想要請他過去那兒療傷，並且不要對外聲張，也不要讓其他人知道，因為我們想要在今晚回家時給全家人一個驚喜。

「你的家人是誰啊？」他問。

「就是住在那一頭的菲普斯一家啊。」

「喔。」他說。過了沒多久，他便問：「你說他是怎麼受傷的啊？」

「他做夢了。」我說，「然後他就受傷了。」

「這真是一個奇怪的夢啊。」他回答。

他點了盞燈籠，拿著他的藥袋，然後我們便出發了。可是當他看到那艘獨木舟時，他並不喜歡它的樣子，說它只能夠坐一個人，如果坐上兩個人的話好像會不太安全。我說：「喔，先生，你不用害怕，它能夠輕輕鬆鬆地載我們三個人呢。」

「哪三個人啊？」

「欸，我，席德，和——和——和那些槍啊；我的意思是這樣的啦。」

「喔。」他說。然而他踢踢船弦，用手晃一晃它，接著搖著頭說，他想還是找另外一艘大一點的會比較好，可是那些大的獨木舟都上了鎖鍊了；於是他帶著我的獨木舟，叫我在那兒等他回來，不然我可以自己一個人先去打獵，或者是先回家，好讓家人準備接受驚喜。可是我說我才不要呢；於是我告訴他那艘木筏的方向之後，他便出發了。

沒多久，我想到了一個主意。我對自己說，如果他沒有辦法很快地治好湯姆的腳傷的話，那要怎麼辦呢？如果他要花上個四、五天的時間才能把湯姆治好，到時我們又該怎麼辦才好呢——難道我們要在那兒等他慢吞吞地治療嗎？不，我想我知道該怎麼做了：我先在這兒等他回來；如果他又折回來說他不想幹的話，就算要我游泳我也要把他拖到那兒。到時我們會蒙住他的雙眼，帶著他順流而下；等到他把湯姆醫好了之後，我們便會給他應得的報酬，或者是把我們所有的錢都給他也無所謂，然後再送他上岸。

於是我爬到一堆木頭旁小睡片刻，可是當我醒來的時候，太陽都已經高高地掛在天上了！我連忙跑到醫生的家裡，可是他們告訴我他昨晚便出去了，到現在還沒回來。

唉，我想湯姆的傷可能太重了，我得立刻趕到小島去才是。於是我轉身便走，然而在一個拐彎的地方，我竟然一頭撞上了席拉斯姨丈的肚子。他說：

「欸，湯姆！你到底跑到哪裡去了，你這匹野馬？」

「我什麼地方也沒去啊。」我說，「只是去找那個逃跑的黑奴而已」──我和席德。

「欸，你到什麼地方找過啊？」他說，「你的姨媽很緊張呢。」

「她不用那麼著急，」我說，「因為我們都沒事。我們跟著那群人和狗一起出發，可是他們跑得太快了，以至於我跟席德最後跟不上他們，可是卻可以聽到他們在水上的聲音，於是我們便乘著一艘獨木舟向他們趕去。我們過了河，但是卻找不到他們。於是我們便在河上划來划去，直到席德和我都累壞了為止。之後我們把獨木舟綁了起來就睡著了，大概一個小時前才醒過來，接著就划獨木舟到這兒來看看有什麼風聲啦。席德現在就在郵局那兒打探消息呢，而我現在則是打算去找一些東西來吃，之後我們就會回家了。」

於是我們便到郵局那兒去找「席德」；可是正如我所料，他當然不在那兒，於是姨丈便去郵局領了一封信。我們等了一會兒，然而席德卻沒有出現；於是姨丈說我們先回去吧，等到席德玩夠了之後他自然會走回家，或者是划獨木舟回去──然而我們卻可以坐馬車回去。我沒有辦法使他同意讓我留下來等席德；他說再等下去也沒有用，一定要我先跟他回去，好讓莎莉姨媽知道我們都沒事。

當我們回到家時，莎莉姨媽一看到我就高興地又哭又笑，緊緊地抱住了我，說當席

德回來時她也要這麼對他。

晚餐的時候，整間房子擠滿了農夫和農婦，嘰嘰喳喳地談個不停，吵得要命，而霍其斯老太太是裡面最吵的；到處都聽得到她的聲音。她說：

「唉，我說席妹妹啊，我去那間小屋看過，我想那個黑奴一定是瘋了，我也是這麼跟丹薇爾妹妹說的。丹薇爾妹妹，是不是啊——我說他瘋了——我就是這麼說的。你們大家都聽到我說的啊……他瘋啦，一切都著了魔啦。看到那個石磨，我說啊，哪有哪個正常人會在石磨上寫些像那樣的鬼東西啊？這個人大概是出了毛病啦；寫著什麼三十七的牢獄生涯啊——又寫著路易的什麼兒子來著，寫得淨是這些廢話。我說啊，他一定是完全地瘋了……我從頭到尾都是這麼說的——那黑奴瘋啦——瘋到沒藥醫啦，我說。」

「霍其斯姊姊，妳看那條用破布做成的繩梯。」丹薇爾老太太說：「他到底要那東西做啥啊？」

「唉啊，這些話我前一分鐘才對歐特妹妹說過，讓她自己跟妳說。她啊——她，看到了那條繩梯，我就說喔——他要這條繩梯做啥啊？她啊——她，霍其斯姊姊，她——她——」

「可是他們到底是怎麼把這個石磨搬進去的呢？而且到底是誰挖了這個洞的啊？到底是誰——」

「我也是這麼問的，潘羅德！我還正在說給鄧姐聽，他們到底是怎麼樣把這個石磨搬進去的呢？沒有人幫忙——沒有人幫忙嗎？別告訴我沒有人幫他們的忙，一定有很多人幫那個黑奴的，大概有一打以上吧。我說啊，要是讓我找到是誰幹的話，我一定讓這裡的黑奴每一個都脫層皮。還有啊，我說——」

「你說至少十多個人幹的——！四十個人也不可能做出這樣的事情。你看那把用小刀做成的鋸子，還有其他的東西，做得多麼地糟糕啊；還有那隻被鋸斷的床腳，六個大男人花一個禮拜才鋸得斷吧；還有那個坐在床上用稻草做成的黑奴，以及——」

「你說的真沒錯，海陶爾！就像我跟菲普斯先生說的。霍其斯妹妹，你認為呢？想想看，菲普斯，那床腳怎樣被鋸斷的？我想它當然不是自己斷掉的——一定有人把它鋸斷的。無論如何，這是我的意見。不管你們贊不贊同，反正這就是我的意見，如果有人可以提出更好的解釋，那就提出來吧。就是這樣。我對鄧姐說——」

「唉，才不是這樣呢，一定是每晚許多黑奴聚在在那兒做了四個禮拜才做成的，菲普斯姊姊。看看那件上衣——上面的每一吋都用鮮血寫滿了非洲的秘文！我願意出兩塊錢來請人讀給我聽；至於寫這些字的黑奴們，我非賞他們一頓鞭子不可——」

「一定有人幫他們的，馬普樂斯兄！如果你早一點來這個房間看看的話，我想你一定也會這麼想的。他們可偷走了一切能偷的東西——我要提醒大家小心一點，他們就從

曬衣繩上把那件衣服偷了去！還有那用被單做成的繩梯。他們偷被單的次數可是不計其

數；還有麵粉、蠟燭、燭桿、湯匙、和那個黃銅鍋，還有林林總總，我記都記不清了

喔，還有我那件新的印花洋裝；我、席拉斯、湯姆和席德可是不分白天晚上，整天釘著

他們，但讓我告訴你，我們沒有一個人可以看出有什麼蹊蹺；最後他們竟然在我們的眼

前戲弄我們，和那幫第地安搶匪安安全全地把那個黑奴救了出去。十六個壯丁和二十二

隻狗竟然都追不上他們！我跟你們說，我從來也沒聽過這樣的事。唉，鬼魂也不可能做

得比他們更聰明的了，我想他們一定是一群鬼——因為你知道我們那群靈巧的狗：牠們竟

然連一個都抓不到！如果可以的話，誰來解釋給我聽啊！——你們其中的任何一個人都

可以！」

「嗯，的確厲害——」

「天啊，我從來沒有——」

「饒了我吧，我不可能——一定是有內賊和——」

「老天爺啊，我真怕住在這樣的一個——」

「真是可怕啊——我怕到根本不敢上床睡覺，簡直是坐立難安。瑞琪姐，他們偷走

了——天啊，妳可以猜想昨晚午夜時分的時候，我是多麼地緊張：我發誓，當時我真怕

他們把家裡的人都偷走了！我那時候真的是這麼想的，喪失了理智的判斷。現在聽起來

真是有點蠢；然而那時我對自己說，在樓上孤單的房間裡還睡著我兩個可憐的孩子，於是我竟然緊張到爬上去把他們鎖在裡頭！我真的這麼做。換做任何人也都會這麼做的，因為妳知道嘛，當一個人被嚇成這樣時，會在腦海中一直想、一直想，幻想著情況會愈來愈糟糕。妳的智慧都被蒙蔽了，開始做一些奇奇怪怪的事情，漸漸地妳會自己想說，假如我是個男孩，一個人睡在樓上，門又沒鎖，然後妳——」她停了下來，滿臉疑惑，然後她慢慢地轉頭，眼睛對準了我——這時我站了起來，在屋裡走動。

我對自己說，如果我走到另一頭，好好地想一下，我便能想出個理由來解釋為什麼今天早上我們沒有待在房裡。可是我不能走太遠，不然她會派人四處來找我。當天晚上，大家都離開了之後，我便走進房裡，告訴她說那晚整間房子吵翻了天，外面又有槍聲，於是我和「席德」吵了起來，我們發現門被鎖起來了，可是又想出去看熱鬧，於是便從燈桿爬了下去。我們兩個都受了一點傷，但是我們以後再也不敢這麼做了。然後我又把之前告訴席拉斯姨父的事向她說了一遍，她說她願意原諒我們。就她來看，我們的所作所為應該是很平常的，因為大家都覺得男孩子本來就是這麼好動、調皮；所以只要我們沒有受任何傷，她就不應該對我們所作所為大發脾氣，反而應該覺得感恩才是。

於是她親了我一下，摸摸我的頭，然後自顧自地沉思：沒多久她突然跳起來說⋯

「老天啊，這麼晚了，席德怎麼還沒回來？那孩子怎麼啦？」

我見機會來了，於是便跳起來說：

「我去鎮上把他找回來好了。」

「不，你不行。」她說，「你給我好好地待在這兒。一次丟掉一個孩子已經夠了，好讓他回來的時候可以看見路。

如果他當然沒有回來吃晚飯的話，你的姨父會去找他的。」

他當然沒有回來吃晚飯，於是晚飯之後，姨丈便出發去找他了。他十點多回來的時候，神情有點緊張；他並沒有找到湯姆。莎莉姨媽比他還要緊張；可是席拉斯姨丈說不必那麼著急——他說男孩子就是這個樣子。明天早上你就會發現他好端端地站在你面前。這時她才稍稍寬了心，可是她說不管如何她還是要熬夜等他一會兒，順便亮盞燈，好讓他回來的時候可以看見路。

當我上床去睡覺的時候，她跟在我身旁，手裡拿著蠟燭幫我蓋棉被，就像一個母親一般。這時的我覺得羞愧極了，不敢看她的臉；然後她坐在床邊和我聊天聊了很久，說席德是多麼好的一個男孩，一直不停地說著他；還三不五時地問我覺不覺得他迷了路，或者現在正不知道躺在那兒受苦，或是已經死了，而她卻沒有辦法在他身旁幫助他。說著說著，她的淚珠就靜靜地掉了下來。於是我便告訴她席德一定會沒事的，明天早上他一定就會回到家裡來的；她緊緊握住我的手，親吻我，要我再說一次，一直不停地說，因為這麼說可以安慰她所受到的苦難。當她要離開的時候，她

俯身溫柔堅定地看著我的眼睛，然後說：

「湯姆，我不打算把這扇門鎖起來；窗戶和燈桿也還在那兒；可是你會做個乖小孩吧？為了我，不要亂跑好嗎？」

當她說了這句話之後，我便打消了這個念頭。

天曉得我實在是想要趕快溜出去看看湯姆的狀況，而且心裡也正打算這麼做。可是

然而，她和湯姆的身影都不停地在我的腦海中出現，我睡得很不安穩。於是晚上我就順著燈桿爬下去兩次，溜到前門，看見她點了根蠟燭，雙眼泛著淚光，坐在窗戶旁望著路上；我真希望我能替她做些什麼，然而我卻什麼也不能做，只能暗暗祈禱我這輩子再也不要做讓她傷心的事了。當我第三次醒來時，天已經微微亮了，我爬了下來，她還在那兒，蠟燭幾乎已經快要燒光了。她的那頭灰髮靠在手上，已經睡著了。

42

早餐前，姨丈又去村裡找湯姆，但是都沒有他的消息；他們夫妻倆坐在桌旁思考著，一句話也不說，滿臉的愁雲慘霧，桌上的那杯咖啡早已變冷了，然而他們卻一口東西也沒吃。沒多久，姨丈說：

「我把信給你了嗎？」

「什麼信？」

「就是我昨天從郵局領回來的那封信啊。」

「沒有啊，你什麼信也沒給我。」

「啊，那我一定是忘了。」

說著他便在口袋裡摸索著，然後走到他放信的地方，把信拿來交給姨媽。她說：

「欸，這是從聖彼得堡來的信——是姊姊寫來的。」

我想現在出去走走對我來說應該是比較好的，但是我卻動彈不得。然而在她還來不及拆信之前，她突然把信丟下，衝向外頭——因為她看到了一些東西。我也看見了。原

來是湯姆躺在床墊上，還有那位老醫生以及吉姆。吉姆身上穿著印花洋裝，手被綁了起來，後面還跟著一大堆的人。我順手把信藏起來，然後衝了出去，姨媽整個人撲向湯姆，哭著說：

「喔，他死了，他死了，我知道他已經死了！」

這時湯姆的頭轉了一下，口中喃喃自語，看樣子他的神智並不是很清楚；然後她緊握雙手，說著：

「他還活著，真是感謝老天！這就夠了！」說著便親了他一下，然後奔回屋裡準備床鋪，還忙著指使黑奴們做這做那的，一刻都沒有休息。

我跟著那群人，想看看他們打算對吉姆怎麼樣；而那老醫生和席拉斯姨父則跟著湯姆進了屋。那群人十分地生氣，有些人想要把吉姆吊死，好讓其他的黑奴有個警惕，這樣他們就不會像吉姆一樣想要逃跑，而搞出這麼多的麻煩來，讓整個家日日夜夜都得提心吊膽；然而有些人並不同意這樣做，說著因為他並不是我們的黑奴，如果我們這樣做的話，他的主人會來向我們要求賠償的。這些話讓這群人稍稍冷靜了些，因為那些最心急想要吊死黑奴的人，說到要付錢的時候啊，可不會跑第一個的。

然而他們還是不停地咒罵著吉姆，三不五時打著他的頭，但吉姆一句話也不說，一刻都不曾露出認識我的神態。後來他們把他帶到原來的小屋，換上他自己的衣服，把他

綁了起來，可是這一次並沒有把他綁在床腳，而是把他鎖在木板的大鐵環上，雙手雙腳都上了鍊子，只答應給他吃些水和麵包，直到他的主人來贖他，或者是帶到市場上去拍賣為止。他們還把我們挖的洞填滿，說要派幾個農夫帶著槍，每晚在小屋旁邊守夜；至於白天呢，則綁隻鬥牛犬在門外看守著。他們把一切事情都商量好以後，又對著吉姆臭罵了一頓。然而這時老醫生過來看了看情況，然後說：

「你們不要對他太過分，因為他可不是個壞黑奴。當我找到那個男孩的時候，我發現沒有人幫忙的話，我是沒有辦法把子彈拿出來的，而他當時的情況也不允許我離開去找人來幫忙；後來他的傷勢愈來愈重，沒多久就神智不清，不讓我接近他，嘴裡又嚷嚷著說如果我用石膏粉在木筏上做記號的話，他就要把我殺了，嘴裡說的淨是一些愚蠢的話語。我實在是拿他沒有辦法；於是我說無論如何一定要找人來幫忙；我話才剛說完，這個黑奴就不知道從什麼地方爬了出來，說他願意幫我忙。他不但如此，而且做得非常地好，當然我想他一定是個逃跑的黑奴，然而我人已經在那兒了，只好日夜在他身旁看護著他。我告訴你，這可真是難以抉擇啊！因為我還有幾個病人得了傷風需要我照顧，當然我很想到鎮上去幫他們治病，可是我沒有辦法，因為如此一來那個黑奴可能會偷跑，到時候一切的過錯都會怪到我頭上來；然而附近也沒有碰到其他的小艇好讓我求助，於是我只好在那兒待著，直到今天早上為止。我從來沒有見過比他還要更忠貞、更

好的黑奴了。他可是放著自己的自由不顧來救他，而且也實在是累壞了。我心裡知道他最近一定是吃了不少的苦頭。我很欣賞這個黑奴；各位，我坦白地說，像這樣的黑奴，至少值一千塊錢，而且他也值得主人善待他。我身邊帶了一切需要的東西，而那男孩也接受了所有像在家裡一般的治療——也許是更好的治療也說不定，因為那裡十分地安靜。我一個人待在那兒，手上掌控了他們兩個人的命運，因此我必須在那兒繼續待下來，直到今天破曉時分，我才看見有人坐著小艇經過，那時也許是運氣好，那黑奴正把頭埋在雙膝間睡得很熟；於是我安靜地向他們告知了一切的情況，在那黑奴還沒搞清楚是怎麼回事之前，他們便偷偷地溜到他身旁，將他綁了起來。也就是因為這樣，所以我們一點麻煩也沒碰到，而那時那個男孩也睡得很熟。在我們划著槳的路程中，那黑奴從頭到尾一句話也沒說。各位，他可不是個壞黑奴，至少我是這麼認為的。」

這時有個人說：「嗯，這聽起來似乎很有道理，醫生，我必須承認你是對的。」

然後其他人的態度也軟化了下來，我打心坎裡感謝那位老醫生出來替吉姆說話；而這和我原先的判斷也很吻合，因為當我第一眼看到他的時候，我便認為他是一個好心腸的人。後來他們大家都同意吉姆做得十分好，應該值得嘉獎，於是他們大家便誠心誠意地發誓從現在開始不再咒罵他了。

後來他們便從屋子走了出來，將他鎖在裡頭。我原先還以為他們會將他的鍊子拿掉

一、兩條，因為那些鍊子實在是很重；或者是除了麵包和水之外，再給他一些蔬菜；然而他們並沒有想到這些，而我現在介入也不是個好時機。我滿腦子想的都是當老醫生要把事實真相說了出來之後，我應該怎麼樣向莎莉姨媽解釋我之前所說的謊。我想我應該會被問說為什麼我忘記提到席德被槍傷的事情，因為那時我只說我們兩個一起在夜裡去追那個逃亡黑奴而已。

然而我現在有很多的時間可以來思考這個問題，因為莎莉姨媽整天待在病房裡守著席德，而每當我看見席拉斯姨丈滿臉愁容地走過來時，我便躲他躲得遠遠的。

隔天早晨，我聽說湯姆的狀況已經好些了，而姨媽也去小睡片刻。於是我溜到病房，心想著如果他醒著的話，我便可以跟他一起商量如何騙過這一家人；然而他卻還在睡覺，而且睡得十分地安詳；他的臉色蒼白，不像那天他剛回來時那麼紅潤。我在床邊坐下來等他清醒，大約半小時之後，莎莉姨媽輕輕地走了進來，把我嚇了一大跳！她要我別出聲，並在我旁邊坐下，輕聲地說：「我們現在應該可以放心了，因為他現在的狀況很好，依照他現在如此安詳的睡容看來，他醒來的時候，病情應該也恢復得差不多了。」

於是我們坐在旁邊守著，沒多久他動了一下，很自然地張開眼睛看了看，然後說：

「嘿，我怎麼會在家啊？怎麼了？木筏呢？」

「木筏好好的啊。」我說。

「那吉姆呢?」

「一樣。」我說,可是並沒有說得很順口,但是他沒有注意到,而說:「太好了,太棒了。現在我們都平安無事了。你跟姨媽說了嗎?」

我正想要回答已經說過了,然而她卻插進來問說:

「關於什麼呢?席德?」

「欸,就是整件事的經過嘛。」

「什麼整件事啊?」

「欸,就是那件事啊——就是啊……我們怎麼樣幫助那個黑奴逃跑啊——我和湯姆。」

「老天爺啊!幫助他逃跑——這個孩子到底在說些什麼啊?天啊,天啊,他的神智又不清楚了!」

「我才沒有神智不清呢,我很清楚我在說什麼。我們真的幫助他逃跑——我和湯姆。我們計畫好的,並且把它實行,還做得很高明呢。」他一開口便說個沒完,而姨媽只是坐在那兒,盯著他看,讓他滔滔不絕地說著。我想這時就算我插話進去也沒有用了。

「姨媽,我告訴妳,這可花了我們很大的工夫呢——好幾個禮拜哷——數不清有多

少個小時。我們都是趁妳晚上睡覺的時候做的，我們還偷了蠟燭、床單、襯衫、妳的洋裝、湯匙、小刀、銅盆、石磨、麵粉、還有一些其他的東西，妳無法想像要做鋸子、筆，和在石磨上刻字要花多少的時間，而且妳也很難體會到其中的樂趣。我們還畫了棺材和骷髏頭，用強盜的名字寫信，還從燈桿上爬下來，在小屋裡挖洞，將繩梯塞在派裡面送進去，還把湯匙和其他的東西從妳的圍裙裡夾帶出去——」

「老天爺啊！」

「——我們還抓了一些老鼠和蛇之類的小動物丟到小屋裡和吉姆做伴；還有妳那晚把湯姆留了很久，以至於他帽子裡的牛油都融化了，幾乎把整件事都搞砸了，因為那群人在我們來得及離開小屋之前就到了，所以我們只好急急忙忙地溜出去。結果他們聽見了我們，便緊緊地尾隨在我們之後，我們只好躲到灌木叢裡，讓他們先走；就在那時，那些狗兒發現了我們，可是牠們對我們一點興趣也沒有，不一會兒便跟著前面的吵鬧聲追去。於是我們上了獨木舟，劃到木筏上，就這樣，一切都平安無事了，吉姆也成了一個自由人，而這一切都是我們自己做的。我可沒有跟妳吹牛唷，姨媽！」

「喔，我這輩子從沒聽過像這樣子的事情！原來是你們這兩個小無賴闖出這麼大的摟子，把大家耍得團團轉，讓我們嚇得半死。我這輩子還沒有受過這麼大的驚嚇，搞得我夜夜失眠——等你一旦康復了，我一定要好好修理你們這兩個小混蛋！」

可是湯姆他實在是太得意、太高興了，無法抑制地一直說著話——姨媽也火冒三丈地不時插著嘴，兩個人同時七嘴八舌地講著，像是一群貓咪在吵鬧；然後她說：

「好，你現在玩得可高興了，但是我告訴你，如果我再抓到你管那個人的閒事的話——」

「管誰的閒事？」湯姆問，臉上的笑容瞬時消失，看起來一副很驚訝的樣子。

「誰？還有誰？當然是那個逃跑的黑奴啊，不然你以為我在說誰？」

湯姆很嚴肅地看著我，然後說：

「湯姆，你剛剛不是說他一切都沒事嗎？他沒有逃走嗎？」

「他？」莎莉姨媽說；「那個逃跑的黑奴可沒有逃亡成功，他們把他抓了回來，現在他又待在那間小屋裡，吃著麵包，配著白開水，手腳都被鎖鍊扣住，等著有人來認領他，或者是被拍賣！」

湯姆的眼睛像噴火似的，鼻孔如同魚鰓般地一開一合，直挺挺地坐了起來，對著我大叫：

「他們沒有權力把他關起來！快！——快去把他放了！他不是奴隸，他和世界上任何人一樣地自由！」

「這個小孩到底在說什麼啊！」

「我剛剛說的每句話都是眞的，莎莉姨媽。如果沒有人要去的話，我自己去。我對

他的一切瞭若指掌，湯姆也是。瓦特森小姐在兩個月前就去世了，而且她對於將他賣到

河下游這件事情感到十分愧疚，這是她親口說的；所以她在遺囑裡吩咐要放他自由。」

「既然他已經是自由了，那你們幹嘛還要帶著他逃走？」

「唉，這的確是個好問題，；只有女人才會問這種問題！我這麼做是因爲我想要利用

他來冒險，；我喜歡把事情幹得轟轟烈烈地，最好還是血流成河──老天啊，玻莉姨

媽！」

如果她沒有站在門邊，像位甜美可人的天使一般，我眞不敢相信她就這樣出現在我

眼前。

莎莉姨媽立刻跳了起來，張開雙臂給她一個熱情的擁抱，對著她又叫又喊。這時我

在床底發現一個好地方，於是便鑽了進去，因爲對我來說，外面的情況似乎有點不妙。

我從床底下探出了頭，沒一會兒，玻莉姨媽便轉了過來，戴著她那副眼鏡看著湯姆，好

像要一口把他吃掉似的。然後她說：

「沒錯，你最好把頭轉過來──如果我是你的話，我就會這麼做，湯姆。」

「喔，老天啊，」莎莉姨媽說，「他變了這麼多嗎？他不是湯姆，他是席德。湯姆

在，湯姆在──咦，他到哪裡去了？他剛剛還在這的啊。」

哈克流浪記 424

「你的意思是指哈克芬吧，你一定是在說他！我想我養了他和湯姆這幾年，看到他一定不會認不出來的。哈克芬，快從床底下出來。」

我照做了，可是卻不覺得有什麼好丟臉的。

這時莎莉姨媽臉上的表情是我看過最複雜的；當然席拉斯姨丈看來也是如此，他一進門時，大家就把事情的來龍去脈都告訴他了。他聽完之後，整個腦袋昏昏沉沉的，像喝醉酒一般。接下來的一天，他什麼事情都搞不清楚；當晚他便召開一次禱告會，也許這樣才能讓他回復神智，因為老人家對這種複雜的事情總是少一根筋。玻莉姨媽告訴大家我真正的身分和背景；我只好上前解釋說是席拉斯太太先把我當作湯姆的，這並不是我自願的——這時她插嘴說道：「唉，你還是繼續叫我莎莉姨媽。我現在已經習慣你這麼喊我了，你用不著改口。」——我又接著說道，當那時莎莉姨媽把我錯認成湯姆時，我只好順水推舟——因為當時實在沒有特別的方法，而且我知道湯姆不會介意的，因為這種離奇的事情對他來說是挺有趣的，而且他自己也會想出一套冒險計畫來付諸實行，好滿足他愛冒險的天性。於是事情演變到最後，湯姆就變成了席德，和我一搭一唱了起來。

然後玻莉姨媽又說關於湯姆說瓦特森小姐在遺囑中答應給吉姆自由的這件事情是真的；所以湯姆搞出這麼多的麻煩，只是為了幫助一個本來已經得到自由的黑奴逃跑！之

前我實在是搞不懂，一個像他如此出身背景的人怎麼會幫助一個黑奴逃獄呢？現在我全都明白了。

玻莉姨媽又接著說當莎莉姨媽寫信告訴她說湯姆和席德已經安全到達的時候，她心裡就在想：

「欸，奇怪了，我寫給你兩次問你說，席德也到了是什麼意思？」

玻莉姨媽慢慢地轉身，臉色很嚴肅地說：

「湯姆。」

「嗯——什麼事啊？」他有點急躁地回答。

「你還敢跟我說『什麼』？你這膽大包天的小子——把信交出來。」

「什麼信？」

「就是那些信。如果給我抓到的話，我一定好好地把你——」

「妳看看！我早就猜到讓他自己一個人去遲早會捅出摟子的。所以現在我只好親自奔波一千一百哩來看看這個小子又鬧出什麼問題來，因為我寫信問妳，也沒收到任何的回音。」

「欸，我從來沒有接到你捎來的任何消息啊。」莎莉姨媽說。

「欸——我寫給你的信。」

「姊姊，我可沒有接到信。」

「它們都放在箱子裡啊，現在還好好地放在那兒，就像我剛從郵局把它領回來一樣，原封不動地擺在那兒。我碰也沒碰，看也沒看，但是我知道它一定會帶給我們麻煩，所以我想如果妳不急的話，我就——」

「好啊，你真的是欠揍。我還寫了一封信告訴妳說我要來，我想他一定又——」

「喔，那封信昨天就收到了，可是我還沒有讀它。不過沒關係，那封信我真的收到了。」

我很想拿兩塊錢賭賭說她並沒有收到，但是我想為了安全起見，我還是不要這麼做好了，於是我一句話也沒說。

終章

當我一有機會，我便偷偷地問湯姆說他花了這麼大的工夫搞逃獄是為了什麼？——

他說，從一開始他腦子裡便想著如果我們順利地將吉姆救出來，那我們便乘著木筏順流而下，在河上過一個月的冒險生活，然後到時再告訴他他已經獲得自由的事，然後搭著汽艇風風光光地回家；並拿一些錢給他，好彌補他損失的時間。當然事先還要先寫信，把所有的黑奴都叫來，讓他們帶著火炬，跟著他一路跳著華爾滋回城，而且還要再找一隊管樂隊。到時候他便會成為一個英雄，而我們也是。可是我想現在的情況跟他的期望也差不多了啦。

我們立刻把吉姆身上的鍊子解開。後來當玻莉姨媽、席拉斯姨丈、和莎莉姨媽知道他當初如何幫助醫生照料湯姆時，便大大地稱讚他一番，還替他準備了任何他所想吃的食物。他過得好極了，什麼事都不用做，我們還把他找到病房裡來，興高采烈地聊了好久。；湯姆還給吉姆四十塊錢，當作他這陣子蹲在牢裡的賠償。吉姆高興死了，大叫地

說：

「嘿，哈克，記得我跟你說過嗎？——就是我在傑克島跟你說的那番話，我那時候跟你說我有胸毛，那就是我會發財的徵兆，現在我果然又變成有錢人了；它真的實現了；不要告訴我這一切都是胡扯。徵兆就是徵兆，我告訴你；現在我果然又有錢了！」

然後湯姆又一直興奮地講個不停，說要我們三個找一天從這兒溜出去，帶著行李到印地安人那兒去探險個一、兩個禮拜。我說好啊，這正好符合我的胃口，可是我可沒有錢買衣服，而且我想我大概也不能從家裡拿到錢，因為也許老爸已經回去了，而他一定從柴契爾法官那兒把錢都領去買酒喝光了。

「他才沒有呢，錢都在這兒，你看，超過六千塊呢。你老爸從那時就再也沒有回來過，至少我從那兒離開時他並沒有回來。」

吉姆突然很嚴肅地對我說：「哈克，他再也不會回來了。」

「為什麼呢？」我問。

「哈克，不要管為什麼——反正他再也不會回來了。」但是我一直逼問著他，最後他終於說：「你還記得那間漂流在河上的房子嗎？裡面有個人用布蓋著，那時我進去看，卻不讓你進來；你要用錢的話盡可以把你的錢都拿去花，因為那個死去的人就是你爸爸。」

現在湯姆幾乎已經康復了，他把那顆取出來的子彈綁在錶鍊上當作掛錶，三不五時把它拿出來看看時間。寫到這兒呢，好像已經沒有什麼好寫的了，我鬆了一口氣，因為早知道寫一本書要這麼麻煩的話，我當初就不會寫了，而且我想我以後再也不會這麼做了。但是現在我可要先溜到印第安人那兒去探險了，不然的話莎莉姨媽就會正式收養我，叫我去上學，那我可受不了，因為我老早就嚐過這種苦頭了。

結尾，哈克敬上。

文學世界 004

哈克流浪記

作者：馬克吐溫
譯者：廖勇超

發行人：吳怡芬
出版者：大田出版有限公司
台北市106羅斯福路二段79號4樓之9
E-mail:titan3@ms22.hinet.net
http://www.titan3.com.tw
編輯部專線（02）23696315
傳真（02）23691275
【如果您對本書或本出版公司有任何意見，歡迎來電】
行政院新聞局版台業字第397號
法律顧問：甘龍強律師

總 編 輯：莊培園
主　　編：蔡鳳儀
企劃統籌：胡弘一
校對：陳佩伶／耿立予／蘇清霖
印製：知文企業（股）公司（04）23581803
初版：二〇〇二年（民91）二月二十日
二刷：二〇〇四年（民93）八月三十日
定價：299元

總經銷：知己圖書股份有限公司
（台北公司）台北市106羅斯福路二段79號4樓之9
TEL:(02)23672044・23672047　FAX:(02)23635741
郵政劃撥：15060393
（台中公司）台中市407工業30路1號
TEL:(04)23595819　FAX:(04)23597123

國際書碼：ISBN 957-455-137-7／CIP:874.59/90022669
Printed in Taiwan

國家圖書館出版品預行編目資料

哈克流浪記／馬克吐溫(Mark Twain)；廖勇超譯；
　－－初版.－－台北市：大田，民91
　　面；　公分.－－（文學世界；004）
　　ISBN 957-455-137-7(平裝)

874.59　　　　　　　　　　　　　　　　90022669